Su Turhan
Die Siedlung – Sicher bist du nie

SU TURHAN
DIE SIEDLUNG
SICHER BIST DU NIE

Thriller

PIPER

Mehr über unsere Autoren und Bücher:
www.piper.de

Wenn Ihnen dieser Thriller gefallen hat,
schreiben Sie uns unter Nennung des Titels
»Die Siedlung – Sicher bist du nie«
an *empfehlungen@piper.de*,
und wir empfehlen Ihnen gerne vergleichbare Bücher.

Von Su Turhan liegen im Piper Verlag vor:
Kommissar-Pascha-Reihe:
Kommissar Pascha
Bierleichen
Kruzitürken
Anstich
Getürkt
Mordslust pur

Die Siedlung – Sicher bist du nie

ISBN 978-3-492-06135-3
© Piper Verlag GmbH, München 2019
Redaktion: Kerstin von Dobschütz
Satz: Satz für Satz, Wangen im Allgäu
Gesetzt aus der Dante
Druck und Bindung: CPI books GmbH, Leck
Printed in the EU

Wer die Hand in Blut wäscht,
muss sie in Tränen baden.
Deutsches Sprichwort

Ein Blick in die Welt beweist,
dass Horror nichts anderes ist als Realität.
Alfred Hitchcock

1

»Gebt uns das Baby zurück! Heise, du Schwein!«, schwingt Josef Stielers Stimme durch die nasskalte Luft. Eisiger Wind weht am Siedlungszaun entlang. Undefinierbare Geräusche zischen durch die Nacht und vermischen sich mit dem verzweifelten Rufen des Mannes in strahlend weißer Uniform. Stieler ist am Ende seiner Geduld, seine Verzweiflung ist grenzenlos. Wegen seiner Frau Marion, die in der Siedlungsklinik behandelt wird. Stieler hat den Haarschopf von Doktor Frieda Drechsler in seinen von Schwielen übersäten Händen. Sie unterdrückt das Wimmern. Er zerrt sie mit sich. Er will zum Leiter der Siedlung. Zu Adam Heise, zu dessen Anwesen am anderen Ende der Anlage.

Der Bauch seiner Frau sei leer, kein Embryo auf dem Ultraschall zu sehen, hat Drechsler, die Klinikchefin, behauptet. Mit medizinischem Kauderwelsch hat sie ihm weismachen wollen, dass er und seine Frau sich getäuscht haben. Marion sei nie schwanger gewesen. Er weiß, dass sie ihn und seine Frau anlügt.

Mit der jammernden Ärztin erreicht er den Eingang des Grüncenters. Er hält die Hand an den Scanner. Beim Betreten des Baus setzt sich ein Roboter der ersten Generation in Bewegung. Der Kopf ist rund und groß wie ein Medizinball. Ein Auslaufmodell, das seinen Gnadenstrom bei Stieler, dem Siedlungsgärtner, erhält. Mit elektronischer Stimme begrüßt die Maschine ihn und fragt, was er zu später Stunde wünsche.

»Halt's Maul!«, schreit er den mechanischen Kollegen an, mit dem er normalerweise über schmutzige Männerwitze lacht. Er kramt einen Kanister mit Benzin hervor, den er seit Jahren für Notfälle versteckt hält.

Der Leiter des Objektschutzes von Himmelhof, Axel Macke, steht am Schwebedisplay in der Empfangszentrale. Hastig erklärt er dem eingetroffenen Einsatzleiter Kommissar Steffen Vogt, dass jeder Winkel, jeder Quadratzentimeter des Außengeländes von Kameraaugen abgedeckt ist. An den Einheiten, den Wohnhäusern, sind zudem Außenmikrofone installiert. Unter bestimmten Umständen, Notfall und dergleichen, können die Mikrofone hinzugeschaltet werden.

»Worauf warten Sie?«, fordert der Kommissar in Lederjacke und heraushängendem Hemd Macke auf. Wegen des Notrufs hat er nicht einmal das Bier in der Kneipe austrinken können. »Schalten Sie die verdammten Mikros ein!«

Macke gibt dem diensthabenden Sicherheitsmann, der die Polizei verständigt hat, ein Zeichen. Die Lautsprecher erwachen. Stielers Keuchen und Drechslers Stöhnen erfüllen die Zentrale.

»Wo will er hin?«, fragt Vogt.

Macke deutet auf eine Villa am Ende des Hauptweges. »Zu Adam Heise, dem Leiter der Siedlung.«

Gegenüber der Villa entdeckt der Kommissar ein Einfamilienhaus mit Flachdach. Es ist dunkel. »Wer wohnt dort?«

»In Einheit 11? Niemand, ist gerade fertiggestellt worden. Wir haben Zugriff auf Fenster und Türen«, entgegnet Macke. Er schaltet auf die Softwarekonsole um. Mit einigen Klicks entriegelt er die elektrischen Schlösser des Hauses, dem Standardmodell der Siedlung.

»Wir marschieren los, Dreierformation«, informiert Vogt die Einsatzkräfte über das Funkgerät. »Schaltet die Bodycams ein. Beim Einsatz, nicht beim Pinkeln!«

»Warten Sie«, hält Macke ihn auf. Er reicht ihm eine Hand-

voll weißer Gummibänder mit rotem Logo. »Pflicht«, erklärt er.
»Muss jeder Gast hier tragen. Am besten am Handgelenk. Ohne
Himmel-Band lösen Sie Alarm aus.«

»Himmel-Band?«, fragt Vogt. »Ein Tracker oder was?«

»Mehr als das«, erwidert Macke.

Vor Josef Stieler und der Geisel taucht Adam Heises Anwesen
auf. Ein frei stehendes Herrenhaus aus dem 19. Jahrhundert. In
all den Jahren, seit er hier als Gärtner arbeitet, hat Stieler es nicht
betreten. Wie ein Gutsbesitzer befindet Adam Heise über das
Wohl seiner Untertanen, meinen einige wenige der Bewohner.
Die meisten jedoch sehen in ihm einen Weltverbesserer und
Visionär. Himmelhof ist Heises Werk.

In der Zwischenzeit hat Kommissar Steffen Vogt die Einsatz-
kräfte instruiert. Sie schwärmen aus und postieren sich um das
Anwesen. Er selbst stellt sich unter eine Laterne am Hauptweg.
Gut sichtbar für den Geiselnehmer, der sich ihm mit schweren
Schritten nähert. Er nimmt Kontakt zu ihm auf. »Herr Stieler!
Ich bin Einsatzleiter Steffen Vogt ...«

»Verhaften Sie Heise! Er ist schuld. Er hat unser Baby gestohlen!«, schreit der Geiselnehmer zurück.

Vogt lässt sich von dem konfusen Gerede nicht beirren. »Bitte,
Herr Stieler, lassen Sie Doktor Drechsler frei. Wir klären ...«

Ohne Vorwarnung stößt Stieler die Ärztin zu Boden und
dreht den Benzinkanister auf. Beißender Geruch wirbelt durch
die Nachtluft. Doktor Drechsler bekommt Spritzer in die Augen. Das Benzin brennt wie Feuer auf ihrer Netzhaut. Sie schreit
und reißt die Hände hoch. Die Flüssigkeit benetzt Haare und
Kittel. Bevor der Kanister zur Neige geht, schüttet sich Stieler
den Rest über seinen Kopf.

»Ich will Heise sprechen, verschwinden Sie!«, schreit er und
hält ein Feuerzeug in die Luft. Es glänzt grünlich im Laternen-
schein.

Die Scharfschützen in den verdunkelten Hauseingängen stehen bereit. Die Lage ist angespannt. Jeden Moment erwarten sie die Freigabe für den Schuss. Doch der Einsatzleiter hält das Schießkommando zurück.

»Einverstanden, Herr Stieler«, lenkt er ein. »Unter einer Bedingung. Wir gehen zusammen zur Villa. Sie reden mit Herrn Heise. Dafür lassen Sie Doktor Drechsler frei. Ist das in Ordnung für Sie?«

»Ja, in Ordnung!«, krächzt Stieler, ohne zu zögern. »Ich will mit ihm reden. Das ist alles!«

»Ihr habt ihn gehört«, spricht Vogt ins Mikrofon und geht voraus.

Stieler zieht die Geisel hoch, packt sie erneut und folgt ihm.

Der Scharfschütze auf dem Dach von Einheit 11 bekommt Sichtkontakt mit Vogt. Beim Vorbeigehen schielt der Einsatzleiter zu ihm hoch.

»Keine Dummheiten!«, mahnt er ihn und die anderen Einsatzkräfte über das Funkmikro. »Wir warten ab. Vielleicht schafft es Adam Heise, ihn zu beruhigen. Kein Blutbad, ja! Abzugsfinger schön ruhig halten. Kein Schuss, bevor ich das Kommando gebe. Bestätigen.«

Mit Tastendrücken quittieren die Beamten den Befehl.

Adam Heise sitzt am Küchentisch bei einem ungeplanten Nachtmahl. Wie immer hat er mit ureigener Besonnenheit reagiert, als der Sicherheitsmann ihn vorhin über die Geiselnahme informierte. Die Polizeieinheiten auf dem Gelände stören ihn nicht. Er denkt über Josef Stieler nach. Der Angestellte der ersten Stunde ist zu einem Problem geworden, das er nicht hat kommen sehen. Der Gärtner ist verzweifelt. Einem werdenden Vater, der erfahren hat, doch keine Familie gegründet zu haben, nimmt er den Wutausbruch nicht übel. Das Problem ist die Geisel in seiner Gewalt. Auf Doktor Drechsler kann er nicht verzichten.

Der Leiter von Himmelhof öffnet die Auster, beträufelt das

Fleisch mit einem Spritzer Zitrone und schlürft. Er kaut genüsslich. Der Geschmack nach tosendem Meer lässt ihn schmunzeln.

»Amma«, befiehlt er. »Außenkameras in den Salon.«

Mit der Serviette tupft er den Mund sauber und geht in den Salon der Villa.

Eine hauchdünne Folie rollt aus der Deckenverschalung. Sie schwingt leicht, bis sie über den Magneten ausgerichtet ist, die im Boden eingelassen sind. Die Projektionsfläche erstreckt sich über die gesamte Breite des zwanzig Schritt großen Raumes mit Sofalandschaft und Kamin. Nach und nach erscheinen Bilder der Außenkameras. Adam Heise setzt sich auf das Sofa. Aus unterschiedlichen Perspektiven sieht er Josef Stieler, den er seit Jahren kennt, und Frieda Drechsler, die er noch sehr viel länger kennt.

»Amma. Außenmikrofon.«

Stielers wütende Stimme tönt aus den Lautsprechern: »Kommen Sie raus! Zeigen Sie sich.«

»Amma. Zoom auf Stielers rechte Hand.«

Amma fokussiert ihn mit der Kamera über der Eingangstür. Das grüne Einwegfeuerzeug in der Hand des Geiselnehmers füllt den mittleren Bereich der Leinwand.

»Bist du aufgeregt, Adam?«, fragt die Stimme namens Amma. »Dein Puls ist erhöht.«

»Mir geht es gut«, antwortet er. »Ich werde nicht gerne aus dem Schlaf gerissen, das ist alles.« Er pausiert. »Amma. Jalousien im Salon hoch.«

Die einbruchssichere Jalousienfront setzt sich in Bewegung. Heise stellt sich an das Fenster und blickt auf den Eingangsbereich seines Zuhauses.

Der Scharfschütze auf dem Flachdach von Einheit 11 ist hoch konzentriert. Im Display des Gewehres zappelt die Zielperson von einem Bein auf das andere. Er flüstert dem Gewehr einen Befehl zu. Die Zielerfassung schaltet von realistischer Abbildung auf Konturmodus. Geiselnehmer und Geisel verlieren ihre menschlichen Züge. Striche und Flächen zeigen sich ihm auf dem Zielmonitor. Der Gewehrlauf folgt Stielers Bewegungen, als die vertraute Stimme des Einsatzleiters in seinem Ohr erklingt. Er wechselt zurück in den Realmodus. Im Display hebt Stieler den Arm. Gleichzeitig drückt der Schütze ab.

In dem Moment dreht die Zielperson den Körper ein. Das Projektil schlägt unter dem Brustbein ein statt in der Schulter. Das Stahlmantelgeschoss durchbohrt Hautgewebe und Knochen, zerstört im Bruchteil einer Sekunde Vorhöfe und Herzkammern. Stieler bricht zusammen und bleibt röchelnd auf dem Boden liegen. Adam Heises Name liegt auf seinen Lippen.

Der Siedlungsleiter tritt aus der Villa in den Schein der Solarleuchten. Der Schrecken auf seinem Gesicht bleibt nicht unbemerkt. Wie versteinert verharrt er in der Eingangspforte.

Die mit dem Leben davongekommene Geisel entdeckt ihn. Sie läuft auf ihn zu und drückt ihren Kopf an seine Brust. Heise schielt auf den Gärtner, der ihn eben noch beschuldigt hat, sein Baby gestohlen zu haben. Stieler liegt leblos auf dem Boden.

Welch Glück, denkt er, welche Tragödie.

Welch Wahnsinn, denkt Kommissar Vogt. Die herbeieilenden Sanitäter erreichen das Opfer. Aus dem durchlöcherten Brustkorb pumpt Blut. Stielers Augen sind aufgerissen, sein Leben ausgelöscht.

Auf dem Dach richtet sich der Scharfschütze auf. In Montur und Helm, mit dem Präzisionsgewehr im Anschlag, wirkt er wie Gottes strafende Hand. Trotz der Entfernung und des Helmes hat Vogt das Gefühl, der Schütze strahle vor Selbstzufriedenheit.

»Du verdammtes Arschloch! Was war das?«, brüllt er ihn über Funk an. »Warum hast du geschossen?«

Der Schütze zuckt mit den Achseln. Er klappt den Sichtschutz hoch und schiebt das Mikrofon vor die Lippen. »Sie haben den Befehl erteilt. Klar und deutlich. Stimmt's, Leute?«

Ein Quittungston nach dem anderen bestätigt seine Aussage.

»Das habe ich nicht!«, schreit Vogt zurück.

Im selben Augenblick wird ihm bewusst, welche Konsequenzen das Drama haben wird. Er ist der Einsatzleiter, er ist verantwortlich. Vollkommen einerlei, wer auf seinen angeblichen Befehl hin geschossen hat. Angstschweiß rinnt über seine Stirn. Er wischt ihn mit dem Ärmel ab.

2

Die Morgendämmerung nach dem gewaltsamen Tod des Siedlungsgärtners ist nicht anders als die Tagesanbrüche zuvor. Die Sonne glitzert auf der Wasseroberfläche des umzäunten Sees, nördlich vom Siedlungsgelände. Die Boote am Steg wippen im Wind. Auf dem Areal ist Ruhe eingekehrt.

Auch in dem Gebäude in U-Form, das von der Ferne wie ein windschiefes Kartenhaus auf Stelzen wirkt, herrscht Stille. Zwei Bewohnerinnen beherbergt die Siedlungsklinik zu dieser Zeit. Doktor Drechsler, äußerst mitgenommen von der Geiselnahme, liegt im Venuszimmer mit Blick auf den See. Die zweite Patientin wälzt sich in einem anderen Heilraum, dem Mondzimmer, unruhig hin und her.

Die Nachtschwester, eine gutmütige, erfahrene Pflegerin, ist noch schockiert. Eine Katastrophe wie diese hat Himmelhof nicht verdient, seufzt sie innerlich. In der Siedlung leben gute Menschen. Feinsinnige, umsichtige Menschen, die sich das Wohl anderer zur Lebensaufgabe gemacht haben. In tiefer Trauer denkt sie an den verstorbenen Josef Stieler. Mit Häkelnadel und Garn in den Händen bemerkt sie nicht, wie die Patientin aus dem Mondzimmer das Klinikgebäude verlässt.

Marion Stieler spürt das Stechen und Ziehen im Bauch kaum. Das Schmerzmittel ist für eine liegende Patientin dosiert. Doch Marion Stieler rennt. Rennt, so schnell sie kann. Die Kälte an dem frühen Morgen kriecht durch das Klinikhemd. Sie läuft. Eingefangen von den Kameras, die jeden ihrer Schritte beobachten. Nicht aber die Schmerzen, die sie erduldet, getragen von einer unsagbar wohltuenden Euphorie. Sie hat den Entschluss gefasst, mit Josef die Siedlung zu verlassen. Mit ihrem Ehemann ein neues Leben anzufangen. Irgendwo in Augsburg. Egal, mit welchen Verlockungen Adam Heise versuchen würde, sie zurückzuhalten.

Ihr Zuhause, direkt am Siedlungszaun gelegen, gehört zur Bestandssubstanz. Das ehemalige Einfamilienhaus mit Giebeldach ist von Grund auf zu einem Smarthome modernisiert worden. Sie hält die Hand mit dem implantierten Himmel-Chip an den Scanner. Nichts passiert. Mit Zeigefinger und Daumen tippt sie eine Klopffolge auf das Türblatt. Wieder passiert nichts, obwohl sie sich sicher ist, den Notfallcode korrekt angewendet zu haben. Sie hämmert gegen die Tür. Josef öffnet nicht. Wo ist er? Um die Uhrzeit? Sie starrt auf das leere Handgelenk. Die Watch haben sie ihr in der Klinik abgenommen.

»Adam, steh auf.« Ammas Stimme ist nicht weich. Hohe Frequenzen dringen in Heises Schlaf.

»Adam, wach auf.«

Heise öffnet die Augen. Sein Schlafzimmer ist mit Antiquitäten und Bildern eingerichtet. Er hat geträumt. Von einer Drohne. Sie schwebte auf Schritt und Tritt neben ihm. Ein schwebendes Hündchen. »Amma. Was ist?«

»Marion Stieler hat die Klinik verlassen. Sie befindet sich in der Empfangszentrale.«

Panik ist dem ehemaligen Spitzenforscher in der Biochemie als Gefühlsregung fremd. Er legt die Hände unter den Kopf. Im nächsten Moment ist er hellwach. Weiß Frau Stieler überhaupt, was passiert ist?

Heise springt von seinem schmalen Holzbett auf und geht zum Fenster. Die Morgensonne erhebt den Anblick auf die Siedlung zu einem Erlebnis. Mit einer Spur Stolz schweift sein Blick über die schlafenden Einheiten. Vor zwölf Jahren hatte er das Brachland für seine Zwecke auserkoren. Der Lageplan erlaubt ihm die freie Sicht zum Eingang.

»Amma. Wie ist Frau Stieler aus der Klinik gekommen?«

»Darüber hat Amma keine Information«, antwortet die Stimme. »Marion Stieler hat um 5:56 Uhr die Klinik verlassen. Vor fünf Minuten.«

»Was macht sie jetzt?«

Amma überträgt die Bilder aus der Empfangszentrale auf ein Display im Schlafzimmer. Der Ton ist klar und deutlich, als würde die Witwe neben ihm am Fenster stehen.

Der Sicherheitsmann in der Empfangszentrale ist ein Nervenbündel. In Kürze soll er abgelöst werden. Die schlimmste Schicht seines Lebens soll endlich ein Ende haben, fleht er in sich hinein. Er holt Marion Stieler einen Stuhl. Sie setzt sich dankbar.

»Wo ist Josef?«, fragt sie. »Zu Hause ist er nicht. Sieh im System nach.«

Sie krümmt sich. Der Schmerz wandert vom Bauch in den Schambereich. Das Klinikhemd färbt sich dunkel.

»Du blutest«, sagt der Pförtner erschrocken.

Sie hebt das Klinikhemd an. Spreizt die Beine. Dunkle, zähe Flüssigkeit gleitet an den Oberschenkeln herab. Sie starrt auf das Blut, spürt, wie ihr schlecht wird. Sie versucht aufzustehen, unter Stöhnen, in Gedanken bei der Untersuchung in der Klinik. »Sag Josef, ich gehe in die Stadt. Ich warte in der Eisdiele auf ihn. Er weiß, wo. Grüß deine Frau.«

Marion Stieler nimmt die stützende Hand des Sicherheitsmannes.

»Es ist sechs Uhr morgens, Marion. Wovon sprichst du? Was für eine Eisdiele?«, redet er besorgt auf sie ein. »Darfst du überhaupt gehen? Bist du entlassen worden? Du hast kaum etwas an. Und du blutest.«

»Josef sucht bestimmt das Baby. Sie haben unser Kind gestohlen.«

»Bist du denn sicher wegen dem Baby?«

Marion Stieler fehlt die Kraft, um überzeugend zu klingen. »Ich war schwanger, als ich in die Klinik kam. Josef hat meine Hand gehalten, bis ich eingeschlafen bin«, sagt sie. »Der Mond hat geschienen.«

»Der Mond?«, fragt er erstaunt. »Dass euer Baby verschwunden ist, hat Josef Herrn Heise gesagt.«

Eine Bewegung im schwebenden Display zieht beider Aufmerksamkeit auf sich. Auf einem Segway fährt Adam Heise den Hauptweg entlang. Direkt auf die Empfangszentrale zu.

Marion Stieler erschrickt. »Drück den Knopf! Lass mich raus!«, kreischt sie. »Mach auf! Schnell!«

Der Pförtner drückt keinen Knopf. Er klickt mit der Maus. »In die Stadt schaffst du es in deinem Zustand nicht.«

»Mach auf!«

Adam Heise beugt den Oberkörper vor. Das Segway aus Nordkorea beschleunigt. Ein Sondermodell des Militärs, entwickelt für den Einsatz von Spähtruppen. Optimiert für leichtes Gelände. Auf einigermaßen ebenem Boden, wie dem Kies des Hauptweges, erreicht es dreißig Stundenkilometer. Vor der Kurve lehnt er sich zurück. Das Gefährt drosselt den Elektromotor herunter. Heise entdeckt Marion Stieler. Das Klinikhemd berührt das Eisengestänge, als sie durch das Tor nach draußen gelangt. Er bremst ab. Mit durchgestrecktem Oberkörper hält er das Gleichgewicht auf dem Segway. Er wägt ab, überlegt, was zu unternehmen sinnvoll ist. Den unfähigen Pförtner zur Rede zu stellen, hält er für nicht aussichtsreich. Er wird ihm wohl oder übel kündigen. Der Nachtschwester den Kopf zu waschen, hat genauso wenig Sinn. Wahrscheinlich hat sie nicht einmal bemerkt, dass Stielers Witwe nicht mehr im Mondzimmer liegt.

Heise kehrt zu seinem Anwesen zurück. Er parkt das Segway

an der Ladestation und tritt durch die sich automatisch öffnende Tür. Das Signal eines biometrischen IDs im Gaumen weist ihn aus. Die Gaumenerweiterung befindet sich in der Testphase. Der Himmel-Chip übernimmt bei Fehlfunktionen dieser Neuentwicklung, die Heise nicht erwartet.

In der Küche streckt er die langen Arme aus und bewegt die feinen Finger in der Luft. Er vergewissert sich auf der Watch der Uhrzeit. Jeder in der Siedlung trägt sie. Neben den gängigen Funktionen, Uhrzeit, internes und externes Messaging und Vitalwerte, zeigt die Spezialanfertigung Emotionen, die vom Himmel-Chip erfasst werden. Anspannung, Entsetzen, Angst, Freude. Der Schlafzeitmesser blinkt: zu wenig Ruhezeit.

»Amma«, sagt er. »Mix mir etwas in den Tee. Was Leichtes gegen die Müdigkeit. Wann kommen die Beamten von der Baubehörde?«

»Acht Uhr Abnahme Einheit 11«, antwortet die Stimme. »Zehn Uhr Besprechung Baustelle, mit Architekten.«

»Sag den Architekten ab. Wir haben einen Trauerfall.«

Heise nimmt die Treppe in das obere Stockwerk. Im Schlafzimmer zieht er das Oberteil aus und entledigt sich der Hose. Die Boxershorts behält er an.

»Adam, du bist müde und abgespannt.«

Heise vergewissert sich auf der Watch. Wie unnötig, denkt er. Amma hat Zugriff auf seine Vitalwerte, auf alle erfassbaren Daten seines Körpers.

»Adam«, hört er erneut Ammas Stimme. »Marion Stieler ist von einem Logistiktransporter angefahren worden. Eine Lieferung Labormittel für Einheit 42.«

Heise schluckt. »Wo ist das passiert?«

»Auf der Landstraße. Einhundertzwölf Meter von der Empfangszentrale entfernt. Marion Stielers Himmel-Chip sendet keinen Herzschlag mehr. Sie ist tot.«

»Ist sie das?«, fragt der Leiter der Siedlung verwundert.

3 Zwei Tage nach den Ereignissen in der unheilvollen Nacht scheint der sonnige Morgen wie ein Gruß der Toten aus dem Jenseits. Josef Stieler hat ein Geheimnis daraus gemacht, welches Prachtkleid aus Blumen und Pflanzen Himmelhof tragen soll, und manche Arbeiten über Nacht erledigt. Es sprießt in Ecken und Winkeln, wo niemand etwas vermutet.

Adam Heise ist kein Freund von Überraschungen. Jede Pflanze, jede Blüte auf dem Gelände ist ihm wie ein Faustschlag in den Unterleib. Einen ebensolchen fühlt er beim Anblick der Journalisten, die sich in der Siedlung eingefunden haben. Jeden von ihnen hat er durchleuchten lassen, bevor er eine persönliche Einladung zur Besichtigung verschickt hat. Presseanfragen für Interviews oder Reportagen über Himmelhof hat er bislang grundsätzlich abgelehnt. Nach den dramatischen Ereignissen hat er auf Drängen seines Finanzgebers die Regel aufheben müssen.

Vor zwölf Jahren gewann Adam Heise Bauunternehmer Ferdinand Kreuzer als Investor, überzeugte ihn, in die Finanzierung seines Lebenstraumes einzusteigen. Mit den Millionen der Kreuzer Holding im Rücken konnte der Augsburger Stadtrat die Baugenehmigungen für seine Vision einer gelebten Zukunft nicht verweigern. Obendrein ließ Adam Heise bei der Präsentation fallen, die Mustersiedlung vor den Toren Münchens zu erbauen.

Die Aussicht, das Prestigeprojekt zu verlieren, brachte die Skeptiker zum Schweigen.

Heise weiß genau, was für Kreuzer auf dem Spiel steht. Nichts weniger als die Zukunft seines Konzerns hängt von der Siedlung ab. Er ist gerade im Begriff, das Konzept »Himmelhof« zu verkaufen, verschiedene Firmen aus dem Fernen Osten sind daran interessiert. Mit dem Vorschlag, für mehr Transparenz zu sorgen, hat er seinen Finanzgeber beruhigen können. Öffentlichkeitsarbeit soll Abhilfe schaffen. Aus dem Grund arbeitet Astride Funke wieder. Fünfzehn Jahre lang hat die agile Vierzigjährige die Pressearbeit für eine Privatklinik gemacht. Als Heise sie nach der Tragödie um Unterstützung gebeten hat, hat sie keine Sekunde gezögert. Himmelhofs Image, das ihres Zuhauses, ist in Verruf geraten.

Sie schießt mit einer geballten Ladung Gegeninformation auf die Journalisten. Astride wird nicht müde, von den Vorzügen der Siedlung zu berichten. Sie spricht aus Überzeugung, als Bewohnerin, die mit ihrer Tochter Esther in Einheit 3 lebt. Das Elektromobil mit ihr und einem Dutzend Journalisten passiert gerade das Einfamilienhaus mit Garten. Sie berichtet vom Standardbau, der mit zwei Leichtkränen und acht Hilfsarbeitern in vier Wochen errichtet wurde. Die Gebäudeteile, inklusive Leitungen und Sensoren in Wänden und Böden, stammen aus einer ehemaligen Ziegelfabrik. Ein patentierter Steckmechanismus gewährleistet die schnelle und unkomplizierte Verbindung der Fertigbauteile. Das integrierte, hausinterne Steuersystem ist mit dem zentralen Himmelhof-Server gekoppelt. Der Innenausbau der Einheiten entsteht in derselben modularen Bauweise. Die Raumaufteilung der zweistöckigen Einheiten ist festgelegt. Die Journalisten werden hellhörig, als sie einräumt, dass den Mietern keine Mitsprache zugestanden wird.

»Friss oder stirb«, höhnt ein Journalist.

»Keineswegs«, korrigiert Astride ihn. »Adam Heise hat auf die Vorgabe bestanden, um sich Immobilienspekulanten vom

Leib zu halten. In Himmelhof wohnen Arm und Reich zusammen. Vom Millionenunternehmer bis zum Laborangestellten sowie Menschen mit weniger Einkommen, die in den Siedlungsblöcken leben. Alle sind Mieter.«

Von den zähen Verhandlungen zwischen Heise und Kreuzer hat Astride keine Kenntnis. Damals stand es Spitz auf Knopf, als Heise Kreuzer drohte, mit seiner Vision woanders hinzugehen. Zu den Chinesen, die viel offener für Neues waren. Als der Bauunternehmer Heises Ideen in Fertigungstechnik und Gebäude-IT durchdacht hatte, erkannte er den zukunftsweisenden Gedanken hinter der Mustersiedlung. Alles ist mit allem verbunden. Die durchdringende Synergie von Menschen und Dingen leuchtete ihm ein. Mit der millionenschweren Entscheidung in die Zukunft setzte der Vorstandschef alles auf eine Karte, sein persönliches Schicksal und das seines Unternehmens.

Auf dem Elektromobil winkt Astride ihrer Tochter Esther zu. Die nimmt gerade ihren E-Roller von der Ladestation. Sie trägt die verbindliche Schuluniform der Siedlung. Weiß mit rotem Logo.

»Liebes!«, ruft sie ihr zu. »Um elf ist dein Mathetutor online!«

Esther bleibt stehen, hebt den ultraleichten Roller über den Kopf und ruft entnervt zurück: »Mama! Was glaubst du, wohin ich gerade fahre!«

Die Journalisten lachen über die Reaktion des Mädchens. Die Mutter winkt stoisch weiter.

»Hat sie einen eigenen Mathelehrer?«, fragt ein Blogger für Zukunftstechnologien.

Astride dreht sich nach hinten. »Wir buchen Zusatzstunden für Esther bei einem Harvard-Studenten. Sie hat Fragen zur Quantengeometrie auf dem Herzen.«

»Quantengeometrie?«, staunt der Blogger. »Wie alt ist Ihre Tochter denn?«

»Dreizehn«, antwortet sie stolz. »Esther ist aufgeweckt und wissbegierig, aber kein Wunderkind oder eine Little Miss Einstein. Sie ist kein Genie! Schreiben Sie das. Das dürfen Ihre Leser ruhig erfahren. Sie ist ein ganz normal entwickeltes Kind. Das Talent für komplexes Denken wurde bei Tests festgestellt, als wir nach Himmelhof gezogen sind. Esther erhält individuelle Förderung zu Themen, die ihr Spaß machen.« Sie räuspert sich und legt pastorale Überzeugung in ihre Stimme: »Der Kreuzer Konzern sorgt nicht nur für ein Dach über den Kopf und ein sicheres Zuhause. Pädagogische Unterstützung der Eltern bei der Ausbildung der Kinder ist Teil des Himmelhof-Modells. Ein Netzwerk von Lehrkräften aus der ganzen Welt bilden die Schülerinnen und Schüler aus. Später zeige ich Ihnen das Schulgebäude, die Sporthalle sowie Serverzentrum, Supermarkt und Gemeindehaus. Sie werden sich wundern, wie alles mit allem vernetzt ist.«

»Dann stimmt es also, was man draußen hört?«, fragt eine Journalistin um die fünfzig. Sie hält ein altmodisches Diktiergerät in Richtung Astride.

Astride hat mit der Frage gerechnet. »Sie meinen den Himmel-Server?«

»Die künstliche Intelligenz, die hinter allem steckt, ja«, bestätigt sie. »Der Computer, der über alles wacht und zusammenhält und bestimmt über ...«

Mit einem amüsierten Lachen unterbricht Astride die elegante Frau. »Himmelhof hat nur einen Chef! Und der heißt Adam Heise.«

Das E-Mobil hält am Holztor, das zum Siedlungssee führt. Der drei Meter hohe Zugang zum Wasser ist ein Augenfang. Ein pulsierendes, fließendes Türblatt, geschaffen von einem lokalen Künstler in Heises Auftrag. Unzählige Bahnen sind in das Holz eingelassen, den Venen des menschlichen Körpers nachgeahmt. Es hat die Form eines Ahornblattes wie das Gelände selbst. In den Bahnen, angelehnt an die geschwungenen Wege der Siedlung, fließt eine leuchtend rote Flüssigkeit.

Astride klatscht in die Hände, um die Aufmerksamkeit der

Journalisten zu bekommen. »Wären Sie so freundlich, einen Halbkreis zu bilden? Sodass jeder etwas sieht?«, bittet sie.

Die Männer und Frauen von der Presse steigen ab. Eine Journalistin schießt ein Foto des Tores und zoomt die Aufnahme heran. Irritiert nähert sie sich dem Kunstwerk. »Das ist doch kein echtes Blut, was da fließt?«

Astride lacht herzhaft. »Aber nein!«, sagt sie. »Wäre aber im Sinne des Künstlers«, schiebt sie hinterher. »Ich glaube, ich liege mit meiner Interpretation nicht ganz falsch. Das Werk symbolisiert das Zusammenleben in Himmelhof. Wir sind eine Gemeinschaft im Fluss. Alle und alles hängt zusammen. Ein in sich geschlossenes, sich gegenseitig nutzendes System.«

Während Astride Funke am See Imagepflege betreibt, erwacht in der Siedlungsklinik Doktor Frieda Drechsler. Ihr erster Gedanke gilt der Schönheit des Blumenstraußes auf dem Nachtkästchen. Herber Duft hängt im Heilraum. Das helle, freundliche Mobiliar orientiert sich an den Planeten, die die Sonne umkreisen. Sie liegt im Venuszimmer. Eine reine Vorsichtsmaßnahme. Ihr fehlt nichts. Nicht körperlich. Der Schock über Stielers Brutalität jedoch hat sie angeschlagen. Sie richtet sich auf. Zwei Tage Ruhe haben nicht die erhoffte Erholung gebracht. Der Kopf schmerzt. Ein pulsierender Druck an den Schläfen. Vorsichtig beugt sie sich zum Strauß und überzeugt sich. Kein Gruß des Schenkers liegt bei. Warum sollte er seinen Namen darunter setzen? Er ist der Nabel der Siedlung. Kopf und Herz. Vater und Mutter. Fürsorglich und fordernd. Nicht nur von ihr verlangt er alles ab. Jeder Einzelne, jedes Team, das an der großen Aufgabe beteiligt ist, leistet viel. Auf ihr aber lastet die größte Verantwortung.

Drechsler steht auf. Etwas wacklig auf den Beinen geht sie vorsichtig zur Toilette. Danach kontrolliert sie ihre Vitalwerte und verabreicht sich etwas gegen die Kopfschmerzen. Es ist Zeit, wieder an die Arbeit zu gehen. Der Sanitäter, der bei Marion Stielers Unfall im Einsatz war, hat ihr einen halben Liter Blut für das Labor abgezweigt. Nun kann sie das Experiment, das sie vor der Geiselnahme begonnen hat, doch noch abschließen. Sie ist gespannt, wie die weißen Blutkörperchen des australischen Mutterschafes auf Stielers Leukozyten reagieren. Ammas Hochrechnungen und Analysen nach besteht kaum Aussicht auf Erfolg. Ein Sechser im Lotto ist wahrscheinlicher. Dennoch rafft sie sich auf und zieht ihren Arztkittel an.

4

Mit einer Reisetasche über der Schulter schlendert Helen Jagdt neben Edgar Pfeiffer, der einen Rollkoffer auf dem Hauptweg von Himmelhof hinter sich herzieht. Sie ist schlank, blondhaarig mit hell glänzender Haut. Er wird in der Regel auf fünfzig Jahre geschätzt, ein eleganter Geschäftsmann mit Kurzhaarschnitt.

Die beiden bewundern das mit Architekturpreisen überhäufte Grüncenter. Das kristallene, wabenartige Gebäude besteht aus drei Teilen mit je drei Stockwerken. Aufzüge und Rolltreppen sind durch die Glasfronten zu erkennen. Menschen und Maschinen arbeiten gemeinsam. Was an Obst und Gemüse für den Eigenbedarf der Siedlung nicht gebraucht wird, verkaufen Marktfrauen im Umland. Helen Jagdt hat achtundvierzig Stunden Zeit gehabt, sich auf diesen Einsatz vorzubereiten. Sie hat an Fakten und Daten aufgesogen, was an wenigem überhaupt öffentlich zugänglich ist. Unterlagen und Dokumente in den Archiven ihres Arbeitgebers bestehen überwiegend nur aus Bauplänen und Verträgen. Was sie nach der kurzen Vorbereitungszeit erwartet, ist ein Dorf mit einem Zaun drum herum. Dazu ein Dorfvorsteher, alt und weise, der mit Hightech das Leben in der Gemeinde besser und schöner gestaltet. Doch jetzt, da sie sich inmitten des Geländes befindet, überkommt sie das Gefühl, in der Zeit gereist zu sein. In der Zukunft angekommen zu sein. Sie weiß, dass Himmelhof für Fußgänger, autonome Maschinen und selbstfahrende Fahrzeuge konzipiert und optimiert ist. Auf Satellitenbildern ist zu erkennen, dass das Siedlungsgelände in Form eines Ahornblattes angelegt ist. Eine merkwürdig nostalgische Anmutung.

Tatsächlich empfindet Helen Wärme und Vertrauen, als habe die Siedlung auf sie gewartet. Weitläufig ist das Areal, luftig, von Enge und Abgeschlossenheit ist nichts zu merken. Pflanzen und Blumen finden sich überall. Die Wege sind breit, die Bauten alt wie neu. Eine Mischung, die Lust macht, den Schlüssel in eines der Türschlösser zu stecken und heimzukommen.

Helen zerrt an ihrer Reisetasche aus Krokodilleder. Teuer und neu. Das Letzte, wofür sie sich entschieden hätte. Genauso wenig kann sie sich mit Cardigan und Joggpants anfreunden. Sie liebt Kleider und Röcke, einen femininen Look. Anders als ihre Schwester Julia. Ihr würden die Sachen, die Edgar Pfeiffer ihr aufgezwungen hat, wunderbar passen.

»Dafür hasse ich dich!«, meint sie halb ernst, halb im Scherz. »Ich kann anziehen, was ich will. Ich bin und bleibe eine Yogalehrerin! Du hast mich ausstaffiert, als wäre ich ein Mannequin für einen Werbeprospekt.«

Edgar schmunzelt. Er findet sie hübsch, wie sie ist. Die weißblonden Haare, die helle Haut, das offene Gesicht. Seit dem Tag, als er ihr begegnet ist, fühlt er ein Band zu ihr. Dass sie ihm wie eine unartige Tochter auf dem Kopf tanzt, wurmt ihn nur, wenn sie sich dadurch in Gefahr begibt. Wie unberechenbar Helen sein kann, hat er in der Zusammenarbeit mit ihr mehr als einmal erfahren müssen.

Ein Mann in Morgenmantel und Schlappen trottet ihnen entgegen. Narbenpflaster bedecken seine Wangen. Sein Kopf ist gesenkt. Dem Anschein nach führt er ein Selbstgespräch. Unvermittelt bleibt er stehen. Der selbstfahrende Einkaufswagen neben ihm stoppt ebenfalls. Er greift nach einer Banane und beißt, ohne sie zu schälen, davon ab. Edgar und Helen stehen keine drei Meter von ihm entfernt und grinsen. Ohne sie wahrzunehmen, setzt er in Gedanken den Weg mit dem Einkaufswagen fort.

»Der Typ ist Gehirnforscher. Implantate, Brain-to-Brain Communication«, erklärt Helen. »Komischer Kauz. Habe irres Zeug über ihn im Netz gefunden.«

Dann entdeckt sie eine junge Frau mit wehendem Mantel auf einem E-Roller auf sie zurasen. »Geh du vor. Das erledige ich von Frau zu Frau.«

Schicksalsergeben schüttelt Edgar den Kopf und geht weiter. Unberechenbar wie Helen ist, stellt sie sich der Raserin in den Weg. Die bremst und hüpft herab. Das Gestell des Rollers ist rot, ebenso das Logo der Siedlung auf dem Lenkrad. Trittbrett, Reifen und Griffe glänzen weiß.

»Was ist?«, fragt die Frau, die Helen als Marnie Renner erkennt. Bei der Vorbereitung hat sie versucht, mehr über sie zu erfahren. Doch das Netz gibt nicht viel her, außer ein paar biografische Angaben über die hochbegabte Ausnahmestudentin.

»Marnie, oder?«, fragt sie.

»Seit meiner Geburt, ja, und komm mir nicht mit Hitchcock!«, erwidert sie. »Also, was ist, ich hab's eilig. Du hast fünf Sekunden.«

»Ich bin Helen«, stellt sie sich vor. »Wo finde ich Einheit 11?«

Marnie Renner greift zwischen die Knopflöcher des Mantels, kratzt sich darunter, schüttelt den Kopf und fährt weiter, ohne ihr eine Antwort zu geben. Nach einigen Metern hält sie an und bleibt freihändig auf dem Roller stehen. Er wippt hin und her und hält das Gleichgewicht. »Du bist wohl die Tante, die mit dem Kreuzer Manager ins Elfer zieht!«

Helen geht auf sie zu. »Woher weißt du das?«

»Du bist ganz schön gut darin, dumme Fragen zu stellen«, sagt sie. »An jeder Ecke sind Wegweiser, die sich mit deinem Band koppeln. Frag sie. Bist nie allein, glaub mir. Verlaufen ist nicht.«

Renner fährt freihändig weiter, während Helen auf das Himmel-Band sieht, das ihr und Edgar an der Empfangszentrale angelegt wurde.

5 Enttäuscht über die belanglose Begegnung geht Helen den Hauptweg weiter und entdeckt einen der elektronischen Wegweiser. Auf dem Display taucht ihr Name auf, als sie sich nähert. Unentschlossen, was sie tun soll, ist sie froh, als ein Mädchen in schneeweißer Schuluniform auf demselben Rollermodell wie Marnie bei ihr hält.

»Sagen Sie einfach, was Sie brauchen, oder fragen Sie nach Einheit 11, Frau Jagdt«, empfiehlt sie höflich. »Ich bin Esther Funke.«

Helen zaubert ein Runzeln auf die Stirn. »Woher weiß hier jeder, wer ich bin und wohin ich will?«

»Aus der täglichen Infomail. Kriegt jeder seit der Tragödie. Idee von Mama. Sie ist die erste PR-Frau der Siedlungsgeschichte. Die Menschen sollen nicht glauben, dass es bei uns gefährlich ist«, erklärt sie.

»Verstehe«, entgegnet Helen. »Eine furchtbare Tragödie. Du hast sicher geschlafen, als die Polizei den Mann …«

»Herr Stieler«, fällt sie ihr ins Wort. »Er war der klügste und lustigste Gärtner der Welt. Alle mochten ihn und Frau Stieler. Deswegen sind so viele zur Trauerfeier ins Gemeindehaus gekommen. In der Mail stand, dass Doktor Franzen extra früher von Buenos Aires zurückgereist ist, um dabei zu sein.«

»Selbst Doktor Franzen?«, tut Helen überrascht. »Er hat sich bestimmt erkundigt, wie es zu der Tragödie kommen konnte.«

»Auf solche Fragen darf ich nicht antworten. Anweisung von ganz oben und von Mama«, sagt Esther schnell. »Herzlich willkommen jedenfalls.« Sie steigt auf den Roller. »Zur 11 die nächste Abzweigung links. Mit Blick auf den See und der Villa von Heise.«

»Wie ist er so, mein Nachbar? Kennst du ihn?«

»Klar, ihn kennt jeder«, erwidert sie erstaunt. »Adam Heise hat Himmelhof erfunden. Er kümmert sich um alles und …« Sie unterbricht sich. »Komisch, dass Sie ihn nicht kennen. Als wir eingezogen sind, haben wir uns persönlich vorgestellt. Mama war total nervös. Er allein entscheidet, wer in Himmelhof wohnen darf und wer nicht. Es gibt Leute, die würden töten, um hier sein zu dürfen. Hat Mama mal gesagt. Ich finde das übertrieben. In der Stadt ist es auch schön. Und Hochhäuser sind eh besser als Einfamilienhäuser. Der Baugrund wird nicht optimal genutzt. Ich werde nämlich mal Architektin. Das steht fest. Dann entwerfe ich kuschelige Hochhäuser, die denken können.«

Helen lächelt über das selbstbewusste Persönchen. »Ich erzähle dir, warum ich Herrn Heise nicht kenne. Aber nur, wenn du mich Helen nennst, ja?«

Esther nickt lächelnd.

»Gut«, lächelt Helen zurück. »Das behältst du aber für dich, kein Wort zu deiner Mama. Versprichst du mir das?«

Esther balanciert auf dem Roller. »Versprochen.«

»Mein Freund ist ein hohes Tier beim Kreuzer Konzern. Wir wohnen nur ein paar Tage hier, er hat einen wichtigen Auftrag in Augsburg.«

»Und was machst du? Urlaub?«

»Urlaub?«, überlegt sie. »Mich etwas ausruhen wäre nicht schlecht, da hast du recht. Viel Yoga und viel schwimmen.«

»Yoga?«, ruft Esther begeistert aus. »Wie geil! Kann ich mitmachen?«

Adam Heise beobachtet seit einigen Minuten durch das Salonfenster den neuen Nachbarn vor dem Eingang zu Einheit 11. Der Manager, der ihm vom Vorstandschef des Kreuzer Konzerns avisiert wurde, hat den Auftrag, eine Tochterfirma in Augsburg aufzupäppeln. Aus dem Personalbogen geht hervor, dass Walter Fromm in München geboren und achtundvierzig Jahre alt ist. Geschieden, in zweiter Ehe.

»Amma. Was spricht er?«, flüstert er.

Walter Fromms Stimme erfüllt den Salon. Er telefoniert. Heise lauscht, wie er mit seinem Gesprächspartner den ersten Arbeitstag in der Firma durchgeht. Begrüßung, Kennenlernen der Führungsriege. Belanglosigkeiten, die ihn nicht interessieren.

»Amma. Schalt ab. Das Geschwätz vertrage ich nicht.«

Fromms Stimme verstummt.

Heise hat keinen Widerstand geleistet, als Ferdinand Kreuzer ihm den verdienten Mitarbeiter aufs Auge gedrückt hat. Eine Woche hat er ihm für die Augsburger Firma gegeben. Angestellte durchleuchten, kündigen und austauschen. Je nachdem, welche Strukturen er vorfinden würde. Zahlen wälzen, durch Analysetools jagen. Schlüsse ziehen und Maßnahmen ergreifen. Heise hasst Menschen wie Fromm. Mit einem Lächeln und einer Machete in der Hand köpfen sie Menschen, die nicht das leisten, was sie sollen.

»Wer ist das?«, fragt er unvermittelt sich selbst, als er eine sehr blonde, schlanke Frau den Weg entlanglaufen sieht.

»Amma. Außenkameras.«

Es ist Helen Jagdt, die Adam Heises Aufmerksamkeit gewonnen hat. Mit wehenden Haaren läuft sie auf Edgar zu und fällt ihm in die Arme. »Heise steht am Fenster«, flüstert sie. »Drück mich.«

Edgar ist die Umarmung unangenehm. Helen hingegen hat Gefallen an seiner schamhaften Reaktion. Sie schmiegt sich fester an ihn und flüstert: »Das war doch deine Idee! Du wolltest mich als Lockvogel dabeihaben.«

»Ja, schon gut, Helen. Aber wir müssen das nicht übertreiben. Hier wird alles aufgezeichnet.«

»Sprich leise«, zischt Helen. »Mikrofone sind in der Dachrinne integriert. Angeblich werden sie nur im Notfall eingeschaltet.«

Unverfroren bleibt sie in ihrer Rolle und küsst ihren Vorgesetzten, den Chef der Sicherheitsabteilung des Kreuzer Konzerns, auf den Mund. Dabei bewegt sie die Lippen und redet, was Edgar mehr gefällt, als ihm lieb ist. »Auffallen ist interessanter als Mauerblümchen vortäuschen.«

Sie dreht sich um, hin zu dem herrschaftlichen Anwesen, um sich Adam Heise als Beute aus Fleisch und Blut zu präsentieren. Er steht nicht mehr am Fenster.

»Eben war er noch da«, wundert sie sich und lächelt. »Ich kann dir genau sagen, was er jetzt tut. Er fragt sich, wer die gut aussehende Frau mit den lächerlichen Joggpants an deiner Seite ist.«

»Das muss er sich nicht fragen«, widerspricht Edgar. Er hält ihr das Handgelenk mit dem weißen Gästeband hin. »Wir befinden uns innerhalb des Zauns. Das System weiß, wer und wo wir sind. Der Himmel-Server ist eine Datenkrake.«

»Dasselbe hat Marnie Renner mehr oder weniger auch gesagt«, bestätigt sie.

»Was meinst du?«

»Später«, vertröstet sie ihn. »Hier draußen möchte ich nicht reden.«

Mit hinter dem Kopf verschränkten Armen verfolgt Heise auf dem Sofa den Fortschritt der Personenüberprüfung. Anhand Registrierung und Porträtaufnahme von der Anmeldung zeigt das System die Ergebnisse des Durchleuchtungsprozesses auf der Leinwand.

»Helen Jagdt, geboren in Frankfurt am Main, dreiunddreißig Jahre alt …«

»Amma. Stopp«, unterbricht Heise das System. Die Frau ist halb so alt wie er, stellt er mit betroffenem Lächeln fest.

»Adam, dein Puls ist erhöht. Soll Amma etwas zur Beruhigung vorbereiten?«

»Amma. Schlafen«, befiehlt Heise.

Auf den Befehl hin schaltet sich das System aus. Im Hintergrund halten Standardroutinen wichtige Funktionen der Villa aufrecht. Bis zur Anweisung, sich einzuschalten, befindet sich Amma im Ruhemodus, ist Adam Heise der festen Überzeugung.

Er scrollt über die erste Seite der Suchergebnisse. Er schließt die Augen. Ein Link zum Frankfurter Stadtportal wird angezeigt. Er neigt den Kopf. Das Foto zoomt heran. Die wild und fröhlich wirkende Frau namens Helen Jagdt zeigt einer Gruppe Jugendlichen eine Übung. Heise bewegt den Kopf zur Seite. Mit dem Befehl kehrt er zurück zu den Sucheinträgen. Er scrollt zum ersten Eintrag zurück, öffnet die Seite und schmunzelt leise.

»Topmanager Walter Fromm hält sich eine Yogalehrerin als Geliebte – wer hätte das gedacht.«

6 Edgar Pfeiffer tippt die sechsstellige Zahlenkombination in das Display. Die Tür von Einheit 11 öffnet sich mit einem Klick. Auf dem Steuerpanel im Flur stellt er die Überwachungsfunktionen des hausinternen Systems ab. Helen überholt ihn und tritt durch die Flügeltür in den Salon.

Der Neubau, einer der neunundneunzig Wohneinheiten auf dem Gelände, gehört nach Adam Heises Zählung der Generation 4.0 an. Schnitt und Aufteilung sind nach Vorbild seiner Villa entworfen. Das Architektenbüro murrte in der Planungsphase über die künstlerische Unfreiheit bei den gestalterischen Vorgaben. Altmodisch und nicht auf Höhe der Zeit waren die Argumente gegen Heises Vorstellung eines Hightech-Heimes. Nach einer Grundsatzdiskussion feuerte Heise den New Yorker Stararchitekten. Ein Augsburger Büro, das, ohne Fragen zu stellen, seine Ideen und Vorgaben umsetzte, übernahm die planerische Arbeit.

»Das soll ein Supertechnikhaus sein?«, fragt Helen verdutzt. »Sieht aus wie bei den Buddenbrooks.«

Sie wandert im Raum umher und bleibt vor dem Kamin stehen. Eine Stahlblechkonstruktion mit Fernbedienung. »Heute Abend machen wir es uns am Feuer gemütlich«, ruft sie Edgar zu.

Aus der Reisetasche holt Helen ein Gerät in der Größe einer Zigarettenschachtel. Mit dem Wanzenfinder fährt sie über den

Kamin. Sie schreitet zum Wandschrank und sucht mit dem Scanner weiter nach versteckten Mikrofonen. Der Schrank erstreckt sich über die gesamte Raumbreite, gut fünfzehn Meter. Die Schranktüren haben keine Griffe. Sie tippt darauf. Mit einer sanften Bewegung öffnen sich die Türen. Eine Anzeige weist auf die stufenlos in Länge und Breite verstellbaren Regalbretter hin. Der Scanner bleibt ruhig. Kein Ausschlag. Sie kniet nieder zu dem Schlitz an der freien Wandfläche unter dem Schrank. Mit einer Berührung schiebt sich die Wand nach links und rechts auseinander. Blinkende Geräte tauchen in dem Hohlraum auf. Ladezone der Putzroboter, wie sie aus den Bauplänen weiß. Die weitere Untersuchung der Einheit bringt keine Wanzen zutage.

Edgar tritt mit einem Kuvert in Händen zu Helen in den Salon und löst die Krawatte. Aus der Hosentasche fischt er ein Messer. Das Geschenk stammt aus seiner Zeit als Marineoffizier. Auf der Klinge ist das Datum eingraviert, an dem er einem Soldaten seiner Truppe das Leben gerettet hat. Er schlitzt das Kuvert auf. Eine Nachricht, handschriftlich mit Tinte verfasst. Das Büttenpapier wiegt schwer.

Mit einer Geste vergewissert er sich, ob Helen fündig geworden ist. Sie schüttelt den Kopf.

»Kameras sind aus«, sagt Edgar. »Adam Heise lädt uns zum Abendessen ein. Er fragt, ob wir etwas gegen Sushi einzuwenden haben.«

»Ich liebe Fisch«, erwidert Helen.

»Er fragt auch, ob wir Allergien oder sonstige Unverträglichkeiten haben.«

Helen schlüpft aus ihren Schuhen und wirft sich auf das Sofa. »Ich vertrag es nicht, wenn Gärtner erschossen und Frauen, schwanger oder nicht, von Transportern totgefahren werden. Und kein Schwein Interesse daran hat, die Hintergründe zu erfahren. Am allerwenigsten die Polizei.«

7 Exakt zur selben Zeit übergibt sich Kommissar Steffen Vogt in die Kloschüssel der Polizeidienststelle. Fischteile schwimmen um Teigbrocken. Er würgt den Rest aus dem Magen und atmet durch. Linderung stellt sich ein. Immerhin sieht mich niemand in der Toilette, denkt er. Ohne weiter Zeit zu verlieren, drückt er die Spülung. Wasser, vermengt mit Mageninhalt, spritzt über den Porzellanrand auf Gesicht und Hemd. Er kann nicht fassen, dass ihm das passiert. Einige Sekunden verharrt er regungslos. Dann wischt er mit Toilettenpapier Wangen und Augen sauber. Er flucht über sich. Über seine Dummheit, das Pech, das ihn in letzter Zeit verfolgt. Er hat seinen Schlüsselbund verloren. Er kann die Rate für den 9er-Porsche diesen Monat nicht aufbringen. Die Rolex hat er zum Pfandhaus getragen. Aus dem Nichts ist ein Brief der Hausverwaltung eingetrudelt. Die Erhöhung der Miete für die Dachgeschosswohnung hat ihn wie ein Gegentor in der allerletzten Spielminute getroffen. Vogt würgt es bei dem Gedanken erneut. Er beugt sich über die Schüssel und übergibt sich noch einmal.

Später, nachdem sich sein Magen beruhigt hat, steht er vor dem Spiegel und betrachtet die Gesichtszüge eines Mannes, der am Ende ist. Seit der Gärtner auf seinen angeblichen Befehl hin erschossen wurde, geht es mit ihm bergab. Sein Ansehen als Polizeibeamter ist dahin. Ohne Finanzspritze kann er Wohnung und Porsche nicht halten. Er lächelt verlegen. Die blutleeren

Wangen heben sich kaum von den weißen Kabinentüren hinter ihm ab.

Plötzlich entdeckt er Kollegin Ulrike Dobler als Spiegelbild neben seinem bemitleidenswerten Gesicht. Die toughe Polizeibeamtin mit ihren unschuldigen Augen lächelt ihn an. Wenigstens in dieser Sache ist noch nicht alles verloren, überlegt er. Dobler ist ihm eine Antwort auf seine Einladung schuldig, die er ihr nach dem verheerenden Einsatz in Himmelhof ausgesprochen hat.

»Brauchen Sie Hilfe?«, fragt sie Kaugummi kauend. »Wir warten seit zwanzig Minuten auf Sie. Die Witzbolde haben mich geschickt. Kursiert wohl das Gerücht, dass wir zwei miteinander vögeln. Ich bin nicht zu haben, wollte ich Ihnen sagen. Essen gehen von mir aus. Mein Verlobter hat nichts dagegen. Sie zahlen natürlich.«

Vogt bleibt stumm. Etwas Hoffnung keimt in ihm auf. Ehefrau oder Freundin kann er nicht verlieren. Er hat weder das eine noch das andere.

Anschließend, im Besprechungszimmer der Polizeidienststelle, entschuldigt sich Kommissar Vogt bei seinen Leuten für die Wartezeit. Er nimmt auf dem Stuhl Platz, den er schlagartig verlassen hat, um auf die Toilette zu flüchten. »Hat jemand von euch von den Fischbrötchen gegessen?«

Die drei Beamten schütteln den Kopf. Ulrike Dobler bringt die Problematik auf den Punkt. »Ist das wichtig? Sollten wir nicht über den Einsatz reden? Die Presse stellt den Tod von Josef Stieler als standrechtliche Erschießung hin.«

»Das ist Stuss!«, tönt Vogt verärgert. Er überlegt, wie er für eine sachliche Atmosphäre sorgen kann, um als Vorgesetzter ernst genommen zu werden.

Einer der Beamten meldet sich zu Wort. Die fehlende Lust für die Vormittagsbesprechung ist dem gedrungenen Schreibtischtäter anzumerken. »Wer isst in der Früh denn Fisch?«

Der Kommissar verzieht keine Miene. »Japaner, Chinesen,

Asiaten essen Fisch, du Vollidiot. Nur weil du Butterbreze und Kaffee zum Frühstück in dich stopfst, heißt das noch lange nichts. Fisch ist gesund.« Die Kollegen erschrecken, als er nachlegt: »Außerdem vögele ich nicht mit Kommissarin Dobler!«

8

Adam Heise ist fanatisch, was Sushi angeht. In der Küche seiner Villa bereitet er das Abendessen für die neuen Nachbarn zu. Sushimeister finden sich in seinem Freundeskreis. Von ihnen hat er die Zubereitung rohen Fisches gelernt. Als junger Mann in Singapur ernährte er sich von nichts anderem. Vom ersten Tag, als sein britischer Kollege Steven Renner ihn am Flughafen abholte, bis zum letzten. Steven war es auch, der ihn, nach einem Jahrzehnt gemeinsamer, aber erfolgloser Forschungsarbeit in einem privaten Labor, verabschiedete. Hin und wieder erhält er Mails, in denen der Choleriker und Kettenraucher wissenschaftliche Fragestellungen erörtert. Beim Lesen der Mails sieht Heise förmlich, wie er beim Tippen nikotindurchtränkte Spucke auf dem Monitordisplay verteilt. Steven raucht selbst gezüchteten Tabak, dem er eine Heil bringende Wirkung nachsagt. Er bot Steven an, sich bei ihm in Himmelhof niederzulassen. Doch Steven verspürte keine Lust, in eine Art Gefängnis nahe einer Stadt zu ziehen, die kaum ein Mensch kennt. Stattdessen schickte er seine Tochter, Marnie Renner.

Mit Marnie teilt Heise die Leidenschaft, die ihn mit ihrem Vater schon verbunden hat: der Vision vom Zusammenwachsen von Mensch und Maschine. Wenige haben Kenntnis davon, dass Stevens Körper voller mechanischer Teile steckt. Prototypen, die befreundete Forscher und Erfinder an und in ihm testen. Bei der letzten Operation hat ihm ein mexikanischer Forscherkollege eine Schweineniere eingesetzt. Als zusätzliches Entgiftungsorgan mit metallenen Venen. Steven verlangt zwar eine Entlohnung für die Nutzung seines Körpers als Versuchslabor, im Grunde aber ist ihm die finanzielle Entschädigung unwichtig. Er weiß immer ganz genau, auf was er sich einlässt. Leid und Qualen, Tage ohne Nikotin, nimmt er in Kauf. Im Sinn steht ihm nichts Geringeres, als Gutes zu tun. Die Menschheit auf eine neue Evolutionsstufe zu heben, ist sein erklärtes Ziel. Er glaubt an den medizinischen Fortschritt. An Wunder, die Forschung vollbringen kann. Ohne Dünkel. Ohne Skrupel. Ohne Moral. Genauso fortschrittsgläubig wie ihr Vater ist Marnie. Heise hat sie geholt und in Einheit 12 untergebracht. Von Kindesbeinen an beschäftigt sie sich mit Implantaten. Steven hat ihm einmal erzählt, wie er Marnie dabei ertappte, als sie sich mit einem Tablet verbinden wollte. Sie hatte aus seinem Labor ein Gerät zur Messung von Gehirnströmen gestohlen. Da war sie acht oder neun Jahre alt, genau konnte er sich nicht erinnern.

Das Gefühl, einen Pikser in den Nacken zu bekommen, ist genauso real wie der Thunfisch oder der Lachs, den er für die Gäste portioniert. Unmittelbarkeit und Überraschung der haptischen Wahrnehmung versetzt Adam Heise in einen kurz anhaltenden Schockzustand. Mit dem Sushimesser in der Hand fasst er in den Nacken. Ein Reflex. Die Scheide durchtrennt über eine Länge von drei Zentimetern eine Nackenfalte. Der Schnitt ist sauber und nicht tief, aber schmerzhaft. Heise dreht sich um. Da ist niemand in der Küche. Kein Feind, der es auf ihn abgesehen hat. Die Vorstellung, Amma habe einen Eindringling nicht bemerkt, kommt ihm absurd vor. Er ist in Sicherheit, er ist in der Küche seiner Villa. Der Gedanke beruhigt ihn.

Er legt das blutige Messer ab und fasst sich in die Ohren. Plättchen, mit denen er beim Kochen Jazz hört, schmiegen sich auf ein hundertstel Millimeter genau an die Gehörgänge. Mit den

Fingerkuppen holt er die Membranen heraus und legt sie zum Aufladen in eine lösliche Substanz.

Da sieht er sie, seine Angreiferin. Sie liegt mit dem Rücken auf der Arbeitsplatte. Die Biene, die ihm in den Nacken gestochen hat, flattert im Todeskampf. Ungläubig blickt er auf das Insekt. Er wischt die Wunde mit dem Geschirrtuch ab. Es färbt sich rot.

Heises Nacken schwillt in kürzester Zeit an. Er kennt die allergische Reaktion seines Körpers. Wie er alles von seinem Körper weiß. Heise ist entsetzt, wie sehr er unter den harmlosen Verletzungen leidet. Ein Bienenstich, ein Schnitt. Nichts Lebensgefährliches. Der Schmerz hält sich in Grenzen. Die Wut in ihm wiegt tonnenschwer. Eine aberwitzige Wut über die Schwäche und Unzulänglichkeit seines alternden Körpers.

Bevor die Lähmung einsetzt, die Gesichtsmuskulatur zu einer Maske erstarrt, informiert Amma Doktor Drechsler über den Vorfall.

Wasserstrahlen prasseln auf Helen Jagdts Körper nieder. Jeden Tropfen empfindet sie wohltuend wie den Stich einer Akupunturnadel. Die Haut ist blass wie Porzellan. Eine ungewöhnliche Pigmentierung, eine Laune der Gene.

Der Hausarzt, der sie und ihre jüngere Schwester Julia als Kinder behandelte, schrieb ihr im Scherz ein Rezept aus: Keine Sonne! Helen hielt sich nicht an die ärztliche Verordnung. Am liebsten tollte sie nackt bei sengender Hitze im Garten des elterlichen Reihenhauses herum. Auf dem Schulweg wanderte der Sonnenhut in ein Versteck. Hatte ihre Mutter sie mit Sonnencreme eingeschmiert, verschwand sie bei der nächstbesten Gelegenheit ins Badezimmer. Sie zog sich aus und wischte mit Toilettenpapier die Creme ab.

Verbrannte Haut sorgt Helen beim Duschen nicht. Etwas anderes sorgt sie. Sie reißt die Augen auf. Mit der Kraft ihres Willens verbannt sie die Angst, die sie zu ereilen droht. Die Augen zu schließen. Von Dunkelheit umgeben zu sein, bedeutet für sie, nicht existent zu sein. Wie tot zu sein. Mit jeder Sekunde Dunkelheit greift der Tod nach ihr. Entreißt ihr ein Stück ihres Lebens. Panisch sucht sie nach dem Display in den Kacheln. Warm und kalt. Plus und Minus. Sie drückt den Ausschalter. Der Wasserstrahl erstirbt. Abrupt. Kein Wasser tropft nach. Sie friert und rennt in Handtüchern eingewickelt in das Schlafzimmer.

Im Schein der späten Nachmittagssonne glänzt Helens blondes Haar in unterschiedlichen Weißtönen. Sie sitzt auf dem Bett im Schneidersitz. Auf dem Kissen neben ihr liegt das Handy. Aus dem Lautsprecher tönt die Stimme ihrer Schwester. Julia hat von der überbehüteten Erziehung ihrer Eltern besonders viel abbekommen. Moral und Anstand sind Prinzipien. Unumstößlich wie die Hagia Sophia, die Julia in diesem Moment von ihrem Hotelfenster aus sehen kann. »Ich lasse mich treiben, keine Ahnung, wann ich wiederkomme. Istanbul ist fantastisch …«

Die Verbindung bricht ab. Helen richtet sich auf und sieht auf das Handydisplay. Es ist schwarz. Der Akku ist leer, obwohl er an der Steckdose hängt. Mit einem Ruck zieht sie das Ladekabel heraus und steckt es zurück. Sie ruckelt daran und kneift die Augen zusammen, um dann dem Gerät gut zuzureden. Zuspruch kann Wunder bewirken. Den wollte sie auch ihrer Schwester zukommen lassen. Julia klang traurig. Obwohl sie das macht, womit sie am liebsten ihre Zeit verbringt. Sie ist zu einer Reise aufgebrochen. Doch da ist etwas, das Julia Kummer bereitet. Wären sie zusammen, würden sie die ganze Nacht reden, und sie könnte sie in den Arm nehmen.

Am Fenster lässt sie den Blick über das sonnenüberflutete Gelände schweifen. Eine friedliche Stille liegt über den Bauten und Einheiten, den Pfaden und Wegen, auf dem Menschen und Fahrzeuge sich ohne Hast fortbewegen. Es fällt ihr nicht schwer, zu verstehen, weshalb Adam Heise der Siedlung den Namen Himmelhof gegeben hat.

9 Helen Jagdt lacht, weil er lacht. Weil Adam Heise lacht. Die Joggpants sind bis zu den Knien hochgezogen. Die frisch rasierten Beine glänzen in der Abendsonne. Edgar sitzt neben ihr auf den Holzplanken des Stegs. Beide hören dem Siedlungsleiter gebannt zu. Der Gastgeber hat für das Picknick die perfekte Zeit gewählt. Den Ort sowieso. Holzsteg und Ufer sind voll mit Bewohnern. Der Frühlingsabend hat viele zum See gelockt. Paare und Familien genießen die Abendstunden. Jeder grüßt Adam Heise. Er hat für jeden ein freundliches Wort. Einer schwangeren Frau streicht er über den Bauch, als sie ihn darum bittet. Das Wasser ist noch zu kalt. Niemand schwimmt im See. Die Menschen liegen auf Decken mit Körben voller Essen.

Helen liest das Gesicht des Mannes, dem sie auf den Zahn fühlen soll. Das Alter ist ihm nicht anzusehen. Falten und Furchen wirken, als sei er mit ihnen zur Welt gekommen. Den Recherchen nach ist er im sechsundsechzigsten Lebensalter, geboren in Augsburg, Studium der Biochemie in München, Forschungsgruppe in Singapur, danach Leiter einer Stammzellenstudie in den USA. Das Lachen, die Ausstrahlung, seine Art, zu reden, nicht die Wahl der Worte, machen ihn jünger. Viel jünger. Ein aristokratischer Unterton schwingt in seiner Stimme mit. Helen ertappt sich dabei, einen Hauch erotischer Anziehung zu spüren, als er über sein Lieblingsthema spricht.

Adam Heise erzählt von elektronischen Systemen, die mit

ausgefeilter Sensorik, mit Radar – und Ultraschallsensoren, Mess- und Analysegeräten den Menschen im Alltag unterstützen. Dinge sind in der Siedlung vernetzt. Sie kommunizieren und analysieren sich gegenseitig, basierend auf Datenerhebungen. Daten, propagiert er, sind die Voraussetzung für ein effizientes und leichtes Leben. In Himmelhof hat sich die Gemeinschaft entschlossen, im Einklang mit Daten zu leben. Der Himmel-Chip, den alle unter der Haut tragen, gewährleistet die Optimierung der Algorithmen. Durch den Chip ist das Band zwischen Mensch und System geknüpft. Daten fließen wie Blut durch Leitungen und Mikroprozessoren. Der Homo sapiens hat die Evolutionsstufe überwunden, in der er in seiner Entwicklung alleine ist. Ein Quantensprung steht der Menschheitsgeschichte bevor.

»Wow!«, ruft Helen begeistert.

Heise lächelt über die unverblümt freche Art, ihn auf den Arm zu nehmen.

»Ich bin pathetisch, ich weiß«, räumt er ein.

»Aber nein!«, erwidert sie und ergänzt mit einem strahlenden Lächeln: »Mensch und Maschine sehen in eine glückliche gemeinsame Zukunft? Richtig?«

»Absolut richtig«, schmunzelt Heise.

Edgar tut sich schwer, Sympathie für den Leiter der Siedlung aufzubringen. Für ihn ist der Herr über Himmelhof das Zielobjekt, der mögliche Gefahrenherd, der sie vor einer halben Stunde freundlich an der Haustür begrüßt und damit überrascht hat, sie an den See zu entführen.

»Sie werden niemanden finden, der zum Yoga kommt«, wechselt Heise das Thema.

Helen grinst übertrieben hinterhältig. »Sie werden sich wundern! Eine Interessentin habe ich schon.«

»Doch nicht Esther?«, überrascht Heise sie. »Dem Kind liegt mehr an Hochhäusern als an geistiger Einheit von Körper und Seele.«

»Woher wissen Sie das?«, fragt Helen erstaunt.

Er genießt ihr verdutztes Gesicht mit einem Siegerlächeln. »Sie sind es, die sich wundert.«

Helen gibt sich geschlagen. »Ja, Esther und ich haben uns unterhalten. Sie ist ein aufgewecktes Mädchen. Und selbstbewusst!«

Mit einem Schwung, den kleinen Finger abgewinkelt, greift Heise nach den Stäbchen. Eine Makirolle wandert in seinen Mund. Er kaut langsam, mit gleichmäßigen Bewegungen, und schluckt hinunter. »Sie sollten vorsichtig sein, was Sie Esther anvertrauen. Bei der Kleinen ist kein Geheimnis sicher. Sie bloggt über die Siedlung. Das Gespräch mit Ihnen ist der Aufmacher des heutigen Eintrags.«

Helen ist fassungslos. »Davon hat sie mir nichts gesagt.«

Edgar schluckt seinen Bissen hastig herunter und schüttelt den Kopf. »Was erlaubt sich die Göre! Das gehört sich nicht. Über eine private Unterhaltung im Internet …«

Heise hebt den rechten Zeigefinger in die Luft, um Edgar vor unüberlegten Äußerungen zu bewahren. Er kaut in aller Ruhe zu Ende. Als er heruntergeschluckt hat, bringt er vor, was er mit vollem Mund nicht aussprechen wollte. »Esthers Blog ist ein Experiment. Sie unterstützt ihre Mutter bei der neuen Aufgabe. Wir alle sind besorgt über den Ruf der Siedlung.«

Helen greift mit den Fingern nach einem Sashimi und schiebt das ganze Stück in den Mund. Beim Kauen schmatzt und redet sie. »Freches Ding! Die schnappe ich mir beim nächsten Mal!«

Edgar wirft ihr einen bösen Blick zu. »Helen, was hast du für Tischmanieren?«

»Wo bitte ist hier ein Tisch, Walter, mein Lieber«, kichert sie.

Heise lacht. »Schon gut, Herr Fromm. Ich weiß, wie affektiert meine Art zu essen ist. Meine Eltern sind schuld daran. Die Jahre im Internat waren allerdings schlimmer als die zu Hause. Vielleicht kann ich von Ihrer Freundin lernen, lustvoller mit den Köstlichkeiten …«

Er verstummt. Helen hat ihm inmitten des Satzes eine Lachs-Avocado-Kreation in den Mund gesteckt. Er verzieht keine Miene.

»Reden Sie weiter, Herr Heise, bitte. Schimpfen Sie mich«, fordert sie ihn auf. »Raus damit!«

An wen erinnert sie dich?, fragt er sich. Etwas um ihre Augen, das freche Lachen, lässt ihn handeln und reagieren, als wäre er nicht er selbst. Sie spielt mit ihm, und er lässt sie gewähren. Allzu gerne lässt er die Unverfrorenheit zu. Doch nicht etwa, um ihr zu gefallen? Oder doch? Der Geschmack des angesäuerten Reises breitet sich in der Mundhöhle aus. Der aus Alaska importierte Lachs schmilzt auf der Zunge. Die hellblauen Augen seiner neuen Nachbarin strahlen ihn erwartungsvoll an.

»Los, Adam«, feuert sie ihn an. »Kauen und reden! Schmeckt anders, wenn du dabei sprichst! Trau dich!«

Als sie seinen Vornamen ausspricht, geschieht es um ihn. Zwei einzelne Worte bringt er über die Lippen, obwohl er sich dagegen sträubt, mit vollem Mund zu sprechen. Verwirrung lässt ihn wieder verstummen. Er kaut und schluckt. Der Geschmack ist tatsächlich anders. Ungleich intensiver. Er ist wieder der junge Forscher in Singapur, der zum ersten Mal mit Sushi in Berührung kommt.

10.

Ferdinand Kreuzers Finger gleiten über den Stiel eines Weinglases. Der Namensgeber und Vorstandschef des Kreuzer Konzerns trägt einen legeren Anzug. Maßgeschneidert in Paris. Eine Nummer größer, um imposanter zu erscheinen. Die Haare trägt er länger, als es die Geschäftsetikette vorsieht. Seiner Meinung nach wirkt er dadurch jünger und sportlicher. Zum wiederholten Mal regt sich sein Magen. Nicht Hunger plagt ihn. Das Unwohlsein löst der zweiunddreißigste Einschlag des Minutenzeigers auf der Wanduhr aus. So unverschämt lange hat Konstanze ihn bislang nicht hingehalten, nicht, wenn er sie zum Abendessen in sein Stammlokal in der Frankfurter Innenstadt ausgeführt hat. Konstanze macht sich einen Sport daraus, ihn warten zu lassen. Wie du mir, so ich dir. Kindisch. Wenn er sie versetzt oder warten lässt, hat er einen guten Grund. Er leitet ein Unternehmen, trägt Verantwortung für dreihundertundirgendwas Mitarbeiter, hat eben scheißviel Arbeit. Tagein, tagaus. Er hat genug. Er winkt den Kellner herbei.

»Bring mir einen Whisky, Juan. Doppelt, nein, dreifach. Beeil dich, bevor meine Frau ihren hübschen Hintern hereinträgt. Los, Junge, lauf.«

Juan, ein kleiner, quirliger Spanier, verzieht das Gesicht zu einem solidarischen Lächeln. Er wirbelt auf dem Absatz herum und beeilt sich, den Stammgast mit der Bestellung zu versorgen. An der Bar holt er Kreuzers persönliche Flasche Single Malt aus dem Spiegelregal. Großzügig schenkt er drei Finger breit ein und stellt es neben das Glas, das der Bartender mit Wasser füllt.

Mit dem Tablett auf dem Unterarm wirbelt er zurück in den Gastraum. Er verlangsamt den Schritt. Kreuzer ist nicht mehr allein am Tisch. Den freien Rücken der Frau im Abendkleid erkennt er. Ein Brillant glänzt neben einem Muttermal auf Konstanze Kreuzers Schulter. Juan nimmt Augenkontakt mit Kreuzer auf. Der Stammgast winkt ihn mit einer Geste davon. Enttäuscht, ihn nicht rechtzeitig bedient zu haben, senkt er den Blick zur bräunlichen Flüssigkeit. Mit der Rarität aus Schottland verwöhnt der Vorstandschef sich selbst. Ausnahmslos. Mehr als ein Glas trinkt er den Abend über nicht. Plötzlich schwankt das Tablett. Der Vorstandsvorsitzende steht mit fahlem Gesicht vor ihm, als hätte er die Bekanntschaft mit einem Geist gemacht. Er greift nach dem Whiskyglas und eilt damit auf die Toilette.

In Einheit 11 ist der Darstellungsmodus auf virtuelles Feuer gestellt. Auf einer Folie züngeln Flammen, die auf Luftzug und Bewegung reagieren. Edgar Pfeiffer ist fasziniert von der digitalen Projektion über dem Kamin. Sie schmiegt sich wie ein Schmuckband in das rustikale Interieur des Salons. Je länger er davor sitzt, desto ansprechender empfindet er die Art der Zeitmessung. Aus dem Nichts entsteht an der Wand eine Welle. In weichen Bögen macht sich die Sekunde aus Lichtpigmenten auf die Reise über die Kaminbreite und stoppt, indem sie sich zu einem Strich formt. Sechzig Mal wiederholt sich das Schauspiel. Eine Sekunde schmiegt sich an die nächste. Mit der vollen Minute verwandeln sich die Striche zurück zu einer Welle und ergießen sich in das Feuer. Flammenzungen formieren sich zur aktuellen Uhrzeit. Wasser und Feuer, die gegensätzlichen Elemente, sind vereint. Die Zeitangabe bleibt sichtbar, bis er Luft wedelt oder bläst. Ein Hauch genügt, um die lodernde Zeit verschwinden zu lassen. Edgar fühlt sich gestört, als das Handy läutet.

»Ja? Herr Kreuzer?«

»Können Sie reden, Edgar?«, fragt Kreuzer mit gesenkter Stimme. »Die Leitung ist sicher, oder?«

Der Vorraum des Toilettentraktes ist mit Marmor und goldenen Armaturen ausgestattet. Kreuzer riecht an dem Whisky. Die Nasenflügel flattern in Vorfreude. Mit dem Finger unter dem Wasserhahn fängt er ein paar Tropfen auf, die er in das Glas entlässt. Dann belohnt er die Zunge mit einem Film aus Alkohol.

»Ja, Boss, die Leitung ist sicher«, sagt Edgar.

»Konstanze wartet«, erklärt Kreuzer. »Wir sind bei Juan. Sie nervt mich mit ihrem Weibchengetue.«

»Richten Sie ihr herzliche Grüße aus.«

»Ganz sicher nicht, Edgar, ganz sicher nicht!«, erwidert Kreuzer entrüstet. »Dann will sie wissen, wie es Ihnen geht und was Sie treiben. Meine Holde interessiert sich für Sie. Wissen Sie, warum?«

Edgar räuspert sich.

»Mein Weibchen steht auf Uniformen, findet sie männlich und sexy. Ich habe sie erwischt, als sie Fotos von Ihnen als Offizier im Internet begafft hat. Lametta an der Brust und Hütchen auf glatt rasiertem Schädel. Schneidig, schneidig! Sie Silberrücken!«

Edgar verfolgt die Wellensekunden an der Wand. Es war zu einer einzigen zärtlichen Berührung zwischen der Frau des Bosses und ihm gekommen. Mehr nicht. Edgar denkt an seine Ehefrau, mit der er glücklich verheiratet ist. »Ihre Frau Gemahlin ist höflich und charmant. Zu allen Ihren Mitarbeitern. Also, was kann ich für Sie tun?«

»Aufpassen! Das können Sie«, wechselt Kreuzer zu seinem Anliegen. »Die Computerjungs haben erhöhte Aktivitäten registriert. Merkwürdige Suchanfragen aus der ganzen Welt zu Ihrer Person. Jemand sammelt Informationen über Walter Fromm.«

»Wie kommen Sie auf die Idee, dass ich darüber nicht Bescheid weiß, Herr Kreuzer?« Edgar bemüht sich, ruhig zu bleiben. »Meine Legende ist sicher.« Er unterbricht sich. »Ich stelle auf laut, Helen kommt gerade.«

Helens bodenlanges Seidenhemd flattert durch den Salon. Sie macht sich einen Spaß daraus, wie ein Model auf dem Catwalk zu ihrem Vorgesetzten zu stolzieren.

Im Salon der Villa verfolgt Adam Heise Helens neckischen Gang. Doch er ist nicht zufrieden. Die Fassadenkameras liefern unscharfe, grieselige Bilder durch die Fensterfront von Einheit 11.

»Amma. Was stimmt mit der Übertragung nicht?«

»Störung an Verteilerkopf 18–42.«

»Schalt auf drahtlos! Ich will sie sehen!«

In dem Moment bricht die Projektion zusammen. Helen Jagdt im Seidenhemd löst sich auf der Leinwand in nichts auf.

Heise rülpst und erschrickt über die unkontrollierte Reaktion seines Körpers. Der säuerliche Geschmack des Sushireises vom Abendessen breitet sich in seinem Mund aus. Heise ist irritiert. Irritiert wie über die zwei Worte, die er am See mit vollem Mund hervorgebracht hat: »Wie geil!«

So was ruft eine Esther, wenn ihr etwas gefällt. Nicht ein Adam Heise.

Er empfindet eine ungewöhnlich starke Emotion, die er nicht einordnen kann. Die Kontrollanzeige bestätigt die Selbsteinschätzung. Die Watch zeigt Anspannung. Sein Körper sendet klare Zeichen. Etwas ist nicht in Ordnung mit ihm. Warum hegt er Gefühle für eine Frau, die ihm fremd ist? Helen Jagdt ist attraktiv. Die schönen Beine. Das herzliche Gemüt. Sie strahlt Sinnlichkeit und Gebärfreude aus. Sie ist witzig und vorlaut. Frech. Sie trägt lächerliche Jogginghosen. Lebendig und unberechenbar ist sie. Sein sexueller Appetit ist ausgeprägt. Die körperlichen Bedürfnisse befriedigt er seit geraumer Zeit auf andere Weise. Optimiert und zugeschnitten auf seine Neigungen und Vorlieben. Doktor Drechsler kommt ihm in den Sinn. Frieda ist als Frau das genaue Gegenteil von Helen Jagdt. Dennoch spürt er eine Anwandlung. Ungewohnt und intensiv. Er hat nicht das Gefühl, Frieda zu vermissen. Auch nicht das Bedürfnis, sie zu sehen oder ihr nahe sein zu wollen. Etwas anderes beschäftigt ihn. Er streckt die Beine auf dem Sofa aus und weiß in dem Moment, was in ihm vorgeht. Der Schrecken über die Beobachtung bringt die Watch in Alarmbereitschaft. Das Display blinkt orange. Heise starrt auf die leere Leinwand. Er fühlt Sehnsucht.

»Adam?«, fragt Amma.

»Nein, ich brauche nichts«, beeilt er sich zu sagen. »Amma. Schlafen.«

Mit dem Befehl fühlt er sich unbeobachtet und allein. Genau das will er sein. Er will nachdenken.

11

Helen macht es sich auf der Lehne des Sessels gemütlich und rafft das Nachthemd zwischen die Beine. Edgar rückt mit seinem Oberkörper ein Stück weg. Würde ihn jemand in der Situation sehen, wäre es um seinen guten Ruf geschehen.

Sie schmunzelt über die verschämte Weise, wie ihr Vorgesetzter den Körperkontakt mit ihr vermeidet, und beugt sich zum Handy. »Guten Abend, Herr Kreuzer.«

»Guten Abend, Helen«, grüßt er.

Edgar nimmt das Gespräch wieder auf. »Wie gesagt, meine Legende im Netz ist hieb- und stichfest. Helen existiert im Netz als Yogalehrerin, sonst findet sich nichts über sie.«

»Unser Einstieg in Himmelhof hätte nicht besser laufen können«, spricht Helen unaufgefordert. Edgars rügenden Blick ignoriert sie. »Herr Heise ist ein spannender Mann.«

»Ob Sie ihn spannend finden oder nicht, mit Verlaub, geht mir am Arsch vorbei. Von mir aus gehen Sie mit ihm ins Bett. Wenn es nützt, die Lage zu sondieren. Meinen Segen haben Sie. Stellen Sie den Beischlaf in Rechnung, wie alles andere.«

»Herr Kreuzer, bitte«, geht Edgar dazwischen. »Bleiben Sie sachlich. Helen hat Heises Aufmerksamkeit auf sich gezogen. Morgen bin ich den ganzen Tag weg. Sie trifft ihn. Hier läuft alles nach Plan.«

In der Luxustoilette des Frankfurter Restaurants füllt Kreuzer das leere Whiskyglas mit Wasser auf. Er trinkt, in der Hoffnung, Reste des rauchigen Geschmackes würden seine Kehle kitzeln. »Sie treffen ihn? Das ist gut, Helen. Auf seinen Ruf als Schürzenjäger ist Verlass. Denken Sie daran, was auf dem Spiel steht. Haru Tanaka investiert keinen Yen, wenn die Ungereimtheiten in Himmelhof nicht geklärt sind. Das ist eine verdammte Katastrophe.«

Juan steckt den Kopf in den Vorraum. Kreuzer gibt ihm Zeichen, näher zu kommen. Er drückt ihm das Glas in die Hand. »Schütt rein das Zeug, mach voll«, instruiert er ihn. »Ich habe Durst, Junge.«

»Natürlich, Herr Kreuzer. Wollen Sie nicht in der Smokers Lounge telefonieren?«

»Ich kotze dir den Laden voll, wenn ich mir eine Zigarre zum Whisky anzünde. Los jetzt. Ist gemütlich auf dem Luxusklo.«

Etwa eine Minute vergeht, bis Kreuzer sich wieder zu Wort meldet. Edgar und Helen merken, wie ernst seine Stimmung ist. »Tanaka ist für seine Verhältnisse stinksauer. Der alte Erbsenzähler ist ein umsichtiger Zeitgenosse. Zufälle sind Warnzeichen, da knallen Parallelen aufeinander oder so ähnlich. Die bescheuerte Weisheit hat Tanaka mir nicht nur einmal um die Ohren gehauen. Merken Sie sich das. Ist was dran an dem japanischen Gesülze.«

Kreuzer pausiert. Edgar und Helen lauschen, wie er durchatmet. »Er hat mir ein Dokument geschickt, als ich auf meine Frau gewartet habe. Zwei Wissenschaftlerinnen haben vor über zehn Jahren in japanischen Dörfern nach Schwangeren gesucht, die bereit waren, sich einer neuartigen Untersuchungsmethode zu unterziehen.«

Helen hält ihre Vermutung nicht zurück. »Eine davon ist Doktor Frieda Drechsler.«

»Ziemlich wahrscheinlich«, bestätigt Kreuzer. »Die Personenbeschreibung passt. Die andere Wissenschaftlerin hat lange braune Haare, sprach ein Kaugummi-Englisch. Amerikanerin oder Kanadierin. Bei den Untersuchungen in einer mobilen Klinik ist gerne mal was schiefgegangen. Fatal schiefgegangen ist damit gemeint. Wenn das geschah, haben sie den Schwangeren Geld für die toten Föten angeboten. Die Ärmsten der Armen haben sich bezahlen lassen, um für ihre Familien was zum Fressen zu haben.«

Edgar kennt die Verhältnisse in Asien. »Das leuchtet mir ein. Aber nicht, dass die Wissenschaftlerinnen mit Absicht ...«

Kreuzer fällt ihm ins Wort. »Keine Moralnummer jetzt, Edgar. Ich unterstelle den zwei Medizinweibern Absicht! Der damalige Dolmetscher der Medizinerinnen arbeitete bei Tanaka. Er hat ihn damals ins Vertrauen gezogen. Auf der Kauftour, hat der Dolmetscher wohl unter Tränen ausgesagt, hatten sie Transportbehälter im Gepäck. Als die mit Totgeburten gefüllt waren, war Schluss mit der neuen Untersuchungsmethode. Es ging sofort zurück nach Bogotá! Dort forschten die zwei in einer Privatklinik. Scheiße noch mal, Edgar. Beweise kriegen Sie keine von mir, aber Spekulationen hau ich Ihnen um die Ohren! Darin bin ich gut!« Er macht eine Pause. »Aufkauf von Totgeburten ist nicht ungewöhnlich. Ärzte und Hebammen machen ein Heidengeschäft mit Plazenten und Nachgeburten. Nabelschnüre stehen seit jeher hoch im Kurs. Sind gefragt für Medizin, Experimente und Forschung. Kriegst du mehr dafür als für Elfenbein.«

Edgars Stimme bleibt ruhig. »Warum Japan? Warum nicht Kolumbien, wenn sie dort gearbeitet haben?«

Kreuzers Stimme klingt angeschlagen. Der Whisky wirkt. »Die haben sich rund um Ōgimi herumgetrieben.«

»Das Dorf der Hundertjährigen. Ein Phänomen. Die Bewohner werden überdurchschnittlich alt«, erklärt Helen. »Hat der Dolmetscher Fotos von Drechsler und der anderen Medizinerin bekommen, um sie zu identifizieren?«

»Herzinfarkt, ist mausetot, der alte Mann.« Kreuzer spürt sein eigenes Herz rasen. »Klären Sie, ob und was in Himmelhof vor sich geht. Skandale sind Gift für das Geschäft. Mit verschwundenen Babys will Tanaka nichts zu tun haben. Und ich auch nicht. Ich will wissen, was auf meinem Grund und Boden passiert! Adam Heise hat Doktor Drechsler eingestellt. Warum holt er sich den Teufel ins Paradies?«

12

Geräuschlos reicht ein Greifarm Doktor Drechsler ein Reagenzglas. Eine Farbanalyse macht die Begutachtung durch einen Menschen vonnöten. Drechslers Hand ist ruhig. Nach einem Blick durch das Mikroskop steckt sie die Enttäuschung weg. Marion Stielers Blut ist aufgebraucht. Sie und der Fötus in ihrem Bauch hätten noch am Leben sein müssen, um die Ergebnisse für die Forschungsreihe sinnvoll zu nutzen. Welch eine sinnlose Verschwendung zweier Leben, seufzt sie. Als Wissenschaftlerin hat sie zu akzeptieren, wenn eine Versuchsanordnung nicht das erhoffte Resultat erbringt. Wäre sie eine Maschine wie der Laborassistent neben ihr, würden Gefühle bei der Forschung keine Rolle spielen. Mit Biohacks und mentalen Entziehungskuren hat sie ihren Geist zu einer nahezu gefühlsfreien Einheit getrimmt. Lieber keine Gefühle als die falschen. Dennoch bereitet ihr die trübe, weißliche Flüssigkeit Sorgen. Unzufrieden legt die Hämatologin die letzte Probe der Reihe zurück in die Apparatur. Laserstrahlen erfassen und protokollieren den Vorgang. Der Assistent fährt die Palette Reagenzgläser durch den Laborsaal. Sie beobachtet, wie die benutzten Labormittel im Schmelzofen entsorgt werden. Bilder der Geiselnahme jagen ihr durch den Kopf. Sie denkt an die Todesangst. Lächerlich laut geschrien und nach Hilfe gefleht und gewimmert hat sie, aus Panik, Stieler würde das Benzin entflammen. Und jetzt? Jetzt hat sie das Gefühl, eingesperrt zu sein. Unter dem Kittel liegt die Hose eng an Beinen und Hüfte. Das T-Shirt strafft sich über den Oberkörper. Sie neigt den Kopf, blickt zu den Turnschuhen. Heise hat das Modell ausgesucht. Eine Sonderanfertigung mit Himmelhof-Logo an der Ferse. Das Klinikpersonal trägt sie gerne. Sie sind bequem und chic. Eine Einlagemembran aus Elefantenhaut absorbiert den Fußschweiß.

Drechsler beschließt, für den heutigen Tag genug gearbeitet zu haben. Ungewöhnlich früh. Seit dem Tod des Ehepaares kämpft sie gegen Konzentrationsprobleme an. Etwas ist mit ihr geschehen, als Stieler sie an den Haaren hinter sich herzog. Seit über zwei Jahrzehnten nimmt sie jeden Morgen nach dem Aufstehen eine Pille. Mit dem Push stimmt sie sich auf einen arbeitsreichen Tag ein. Sie überlegt, den Wirkstoff zu wechseln. Doch zu gut sind ihre Erfahrungen mit der Substanz. Die Dosis zu erhöhen, wagt sie nicht. Das Risiko ist zu groß. Heise braucht sie. Unversehrt. Mit klarem, wachem Verstand.

Sie zieht den Kittel aus. Ein Andenken an ihre Zeit in Bogotá. Das Emblem der kolumbianischen Privatklinik ist von unzähligen Waschgängen verblichen. Heise sieht es nicht gern, wenn sie diesen oder andere Kittel ihrer Auslandsaufenthalte trägt. Die Gefahr, dass er unangemeldet auftaucht und sie entdeckt, ist jedoch gering. Im Laborsaal mit den langen, weißen Tischen lässt er sich nicht oft blicken. Er hat andere Aufgaben, ebenso wichtige wie sie.

»Bereitet die Versuchsreihe für morgen vor«, sagt sie in die kalte Stille.

Nachdem Doktor Drechsler das Labor verlassen hat, erfassen Sensoren und Laserscanner die veränderte Situation. Notlicht setzt ein. Es hüllt den Saal in graue Dunkelheit. Wenn keine menschliche Aktivität auszumachen ist, klappen die Flügeltüren der Kühlkammer auf. Grell und kühl ergießt sich Neonlicht in den Saal. Rötlicher Schimmer flackert auf. Zum einarmigen Laborassistenten gesellen sich weitere maschinelle Forschungsarbeiter.

Keine zehn Minuten nach Arbeitsende sitzt die Klinikleiterin auf der Kante ihres Bettes im Schlafzimmer der Einheit 8. Müde führt sie den Schlafsaft in mehreren Schlucken zu sich. Der bittere Geschmack ist ihr vertraut. Der Cocktail aus pflanzlichen Substanzen und chemischen Zusätzen hilft ihr, Ruhe für die Nacht zu finden. Sie ertappt sich bei dem Gedanken, dass Heise sich längst schlafen gelegt hat. Er hält Ruhezeiten akkurat ein. Ausreichend Schlaf ist Teil seines Lebens, wie das strikte Ernährungs- und Sportprogramm. Drechsler steht auf und sieht aus dem Fenster.

Einheit 8 ist genauso weit von der Klinik wie zu Heises Villa entfernt. Exakt auf den Meter genau. Frieda Drechsler ist das nicht bewusst gewesen, als ihr das Haus zugeteilt wurde. Nach Jahren hat sie die Schritte gezählt und sich über das Ergebnis gewundert. Bis dahin hat sie sich für den Lageplan der Siedlung nicht interessiert. Symmetrie und Teilbarkeit durch zwei ist Basis für die Anordnung der Gebäude.

Die Villa, auf die sie blickt, ist in Mondschein getaucht. Bläuliches Licht der Solarlaternen umgibt den herrschaftlichen Sitz. Im Erkerzimmer brennt eine Kerze. Heises Zuhause strahlt die Aura einer Trutzburg aus. Uneinnehmbar. Weder für Feind noch Freund. Drechsler sehnt sich nach Einlass in Heises Heim und Herz. Sehnsucht und Eifersucht sind Emotionen, die sie durch die Biohacks nicht losgeworden ist.

Endlich gähnt sie. Die Wirkung des Schlafsaftes setzt ein. Sie tippt auf die Bedienungskonsole. Die Jalousie fährt herunter. Lautlos. Heise hat geräuschlose Elektromotoren in den Einheiten verbaut. Auf Sprachbefehle verzichtet sie. Sie will sich nicht einreden, nicht allein zu sein, wenn sie mit Steuerungssystemen spricht.

Beim Herunterfahren der Lamellen entdeckt sie die Neue. Sie stoppt die Jalousien und tritt einen Schritt vom Fenster zurück. Helen Jagdt steht mit Zigarette im Vorgarten von Einheit 11, liest etwas auf einem Display, dessen Licht ihre Augen gespenstisch funkeln lässt. Auf Drechsler wirkt sie wie ein gebärwilliges Weib, das nach einem einsam durch die Nacht streunenden Besamer Ausschau hält. Der Neubau liegt um die Hälfte näher an Heises Villa als ihr Haus. Drechsler spürt, wie ihr die Galle hochkommt. Sie hat Helen Jagdt fest im Blick.

Die blonden Haare sind fast weiß wie ihre Haut, denkt Drechsler. Die Müdigkeit ist verflogen, die Wirkung des Schlaftrunks durch Adrenalin ausgehebelt. Sie lässt die Jalousie herunterfahren und poltert nach unten in die Küche. Wasser. Ohne Substanzen und Zusätze. Pur. Sie setzt die Flasche an den Mund und trinkt.

Adam Heise sitzt am Küchentisch. Er sieht sie besorgt an.

»Wer ist die Frau?«, fragt sie ihn zwischen zwei Schlucken.

Heise steht auf. »System«, instruiert er. »Licht. Musik. Klassik. Ruhig.«

Deckenspots schalten sich ein. Gedämpftes Licht breitet sich in der geräumigen, hochmodernen Küche aus. Geige und Kontrabass setzen mit einer hüpfenden Melodie ein. Heise schmunzelt über die Wahl. Amma hat den Systemen in den Einheiten beigebracht, welche Art Kammermusik er am liebsten hört.

»Wovon sprichst du? Welche Frau meinst du?«

»Du warst mit ihr am Steg.«

»Das stimmt. Warst du auch dort?«

Drechsler lacht stockend. »Hast du mich je am See gesehen? In all den Jahren?«

»Verzeih, Frieda. Eine dumme Frage«, entschuldigt er sich. »Woher weißt du das? Von Esther? Unserer neuen Reporterin?«

Drechsler verschränkt die Arme vor dem Bauch. »Susan hat mir erzählt, dass es Sushi gab, selbst gemacht, von der Hand des Meisters.«

Heise ignoriert den Anflug von Eifersucht. Seine treueste Mitarbeiterin ist durcheinander. Etwas stimmt nicht mit ihr. »Warum bist du wach? Hast du deinen Schlafsaft nicht genommen?«

Wie auf Kommando gähnt Drechsler. »Ich würde im Bett liegen, wenn du nicht aufgetaucht wärst. Warum schläfst du nicht?«

Heise stellt sich zu ihr und legt seine Hände auf ihre Wangen. Drechsler schließt die Augen und genießt seine warme, weiche Haut.

»Ich war am Steg, ja«, erklärt er. »Aber nicht alleine. Das hat Susan dir sicher auch gesagt. Die Frau ist nicht das Problem. Er ist es. Deshalb bin ich gekommen. So spät, mitten in der Nacht. Verzeihst du mir?«

Drechsler nickt. Zufrieden und glücklich. »Sind sie ein Paar?«

»Dem Anschein nach, aber ich bin mir nicht sicher. Auf alle Fälle ist er nicht der, der er zu sein vorgibt. Ich kläre, wer er wirklich ist.«

»Was willst du unternehmen?«, schnurrt sie.

»Zunächst nichts«, antwortet er. »Wir müssen vorsichtig sein, nach allem was passiert ist und mit den Fremden auf dem Gelände. Du solltest Bescheid wissen. Weißt du jetzt Bescheid?«

Drechsler drückt eine Wange fester an seine Hand. Er zieht sie langsam zurück.

Sie wagt es nicht, ihn zu bitten, weiterzumachen. Sie weiß, dass sie keine Schönheit ist. Die kantige Gesichtsform hat sie von ihrem Vater geerbt. Zu feine Lippen klappern wie Kastagnetten, wenn sie mit hoher Stimme spricht. Die Größe ihrer Augen, grünlich grau, stehen in einem Missverhältnis zu ihren klein geratenen Ohren. Drechsler hört nicht gerne ihre eigene Stimme. Drechsler sieht sich selbst nicht gerne im Spiegel. Dagegen sieht sie ihn gerne. Adam Heise. Bei Treffen unter vier Augen nennt er sie Frieda. Selten überwindet er sich, sie zu berühren, seine weiche Haut an ihre Haut zu legen. Sie lässt den intimen Moment in sich nachwirken. Sie würde sich nicht wundern, wenn er sich nach der Berührung die Hände mit Desinfektionsmittel wäscht. Die Geste ist eine Form von Belohnung, wenn er, wie jetzt, etwas von ihr erwartet oder alles zu seiner

Zufriedenheit verläuft. Sie durchschaut seine plumpen Methoden, sie bei Laune zu halten. Eine Berührung am Knie bei einer Besprechung, wenn keine Gefahr besteht, gesehen zu werden. Ein Augenzwinkern beim Vorbeifahren auf dem Segway. Eine Mail ohne Betreff und Inhalt, um zu zeigen, dass er an sie denkt. Diese Form von Zärtlichkeit schmerzt und beflügelt sie am meisten. In ihrer Fantasie formuliert sie Worte und Sätze, die sie gerne von ihm lesen würde.

Als sie die Augen öffnet, ist sie allein in der Küche. Sie hört, wie sich im Flur, wo sich Badezimmer und Serverraum befinden, eine Tür schließt. Er ist auf demselben Weg gegangen, wie er gekommen ist, weiß sie. Die Musik dringt in ihr Innerstes. Sie spürt den Mann, den sie liebt. Mit jedem Klang. An Schlaf ist nicht zu denken.

13

Helen liegt nach der Zigarette im Vorgarten und dem Durchforsten des Dokuments über Doktor Drechsler im Bett. Bilder der schwangeren Frauen, von denen Kreuzer erzählt hat, suchen sie heim. Sie reißt die Augen auf und starrt auf die Projektion vor sich. Daten flimmern. Uhrzeit und Raumtemperatur. Das Band an ihrem Handgelenk sendet Herzfrequenz, Körpertemperatur und weitere, aus ihrer Sicht unnütze Angaben. Edgar hat Gefallen an den Möglichkeiten des Smarthomes, von denen Heise ihnen am Steg erzählt hat. Einfach ausprobieren, hat er ihnen geraten. Die Einheit lernt von den Angewohnheiten der Nutzer.

»Aus«, sagt sie. »Projektion aus.«

Das System reagiert nicht auf den Befehl. Sie zieht die Decke bis über die Augen, zählt von zehn bis null hinunter. Bei drei, bevor sich die Angst vor der Dunkelheit einstellt und das Schreien toter Babys in ihren Ohren rauscht, reißt sie die Decke weg. Die Projektion ist verschwunden. Erleichtert atmet sie auf.

Es klopft.

»Edgar?«

Die Tür schiebt sich auf. Edgar Pfeiffer zeigt sich ihr im Schlafanzug. »Ganz kurz. Standardmäßig ist der Sprachbefehl ausgeschaltet. Du kannst mit dem Handy alles steuern. Lad dir die App herunter ...«

»Erklär mir das morgen, Edgar, ich bin müde.«

»Alles klar, mein Mädchen. Dachte nur, weil du dich mit dem Einschlafen schwertust.« Er legt das mitgebrachte Tablet auf das Nachtkästchen. »Das gehört zum Haus. Alles voreingestellt. Ich fahre morgen zeitig nach Augsburg in die Holding. Wir reden am Abend. Gute Nacht.«

Die Schiebetür schließt sich. Sie zieht die Decke wieder bis über den Mund. Ihr Blick wandert umher. Die fremde, ungewohnte Umgebung versetzt sie in die Psychiatrie. In das Patientenzimmer. In die Zeit nach dem Abgang ihres Babys. Sie denkt an den Schmerz, den Frau Stieler ertragen haben muss. An die Mütter in den japanischen Dörfern. An die Väter, die vom Tod ihres Nachwuchses erfuhren.

Sie reißt die Decke zur Seite und setzt sich auf. Sie überfliegt die Einstellungen auf dem Tablet, findet den Regler, um die Jalousie zu steuern. Geräuschlos fährt der Sichtschutz hoch. Sie stellt sich an das Fenster und schaut über die Siedlung zum See. Der Zaun auf armdicken Stählen wirkt leicht, die spinnennetzartigen Drähte sind unsichtbar. Ruhe und Stille liegen über dem Gewässer. Sie bekommt Lust, im See schwimmen zu gehen. Bei der Vorstellung, in das kalte, dunkle Wasser zu steigen, kribbelt es ihr über die Haut.

Sie wendet den Kopf, weg vom See, und entdeckt eine Frau um die fünfzig Jahre. Sie trägt einen Arztkittel. Die langen braunen Haare flattern über den Stoff. Sie erkennt Doktor Susan York von ihren Nachforschungen. Mit verschränkten Armen schreitet sie den Weg entlang. Zu Einheit 8. Zum Haus von Frieda Drechsler. Das Gebäude ist identisch mit dem ihren. Den Vergleich mit einem Klon findet Helen nicht abwegig. Der Garten jedoch ist anders. Im Schein der nächtlichen Beleuchtung sieht sie Rosenbüsche und Hyazinthen.

Was sagte der Japaner, Herr Tanaka, zu Kreuzer? Zufälle sind Parallelen, die aufeinanderstoßen. Eine der beiden Ärztinnen hatte lange braune Haare – wie Susan York. Helen schlüpft in die verhassten Joggpants und zieht eine Trainingsjacke an. Vor der Tür bleibt sie irritiert stehen. Kein Knauf. Keine Klinke. Sie tippt auf das Türblatt.

In der Küche von Einheit 8 zieht Susan York eine Spritze aus Drechslers Unterarm.

»Du wirst schlafen wie ein Baby«, lächelt York ihre Freundin an.

»Danke, Susan. Du hättest Lisa schicken können.«

»Deine Assistentin?«, lacht York. »Rat mal, wo sie ist.«

»Bei Cyborg Marnie natürlich«, lächelt auch Drechsler. »Ich rede mit ihr, sie wird von Tag zu Tag fauler. Du hast was gut bei mir.«

»Wie oft hast du mir schon geholfen!«, erwidert York. »Ab ins Bett mit dir. Dir muss ich nicht erklären, wie schnell du von dem Zeug abhängig wirst. Du hast es selbst entwickelt. Das ist eine Ausnahme, ja?«

Drechsler streicht über die Einstichstelle. »Ich bring dich zur Tür.«

Gleich darauf umarmen sich die beiden vor dem Hauseingang. »Danke fürs Vorbeischauen«, sagt Drechsler. »Ich weiß nicht, was mit mir los ist.«

»Was los ist? Frieda! Bitte!«, poltert York. »Du arbeitest wie eine Leibeigene für ihn, hast dir nach dem Drama kaum Ruhe gegönnt. Was glaubst du, wer du bist? Superwoman? Dein Geist ist fitter als dein Körper. Mute ihm nicht zu viel zu.«

»Er war vorhin da. Über den Tunnel. Saß plötzlich in der Küche.«

»Wie lange? Eine Minute? Zwei?«

»Lange genug, um mir den Schlaf zu rauben.«

York versucht, das Mitleid in den Worten in Grenzen zu halten. »Arbeite für die Sache. Nicht für ihn, Frieda. Du hast keine Chance gegen seinen Lebenstraum. Wie soll er Zeit für eine Beziehung aufbringen? Ich muss noch mal ins Labor. Ein Weibchen ist kurz vorm Exitus. Denkst du an die Delegation aus Taiwan morgen?«

»Heise mit seinen Versprechungen«, ärgert sich Drechsler. »Ohne einen Fötus ...«

»Nein, nicht deshalb«, unterbricht York sie. »Ein Geschäftsmann aus Taiwan. Er hat Zungenkrebs ...« York hält inne. Aus dem Augenwinkel sieht sie eine Frau auf sie zulaufen. »Die Neue von nebenan. Hat Heise mit dir geredet?«

Drechsler umarmt sie schnell. »Ja, sei vorsichtig, was du sagst. Ich gehe rein, sonst finde ich heute keinen Schlaf mehr.«

»Keine Sorge, gute Nacht«, sagt York und wartet, bis Helen nahe genug ist. »So spät joggen?«

»Kann nicht schlafen. Komische Nacht«, entgegnet Helen.

Die Frauen stellen sich einander vor.

»Bin in Eile, habe noch in der Klinik zu tun«, erklärt York.

»So spät?«, fragt Helen. »Ein Notfall?«

York lächelt, ohne zu antworten.

»Na dann gute Nacht«, wünscht Helen und setzt ihren Lauf fort.

Mit schweren Schritten joggt sie den Hauptweg entlang. Sie ärgert sich. Sie hätte eine andere Gelegenheit abwarten sollen, sich der Ärztin vorzustellen, die möglicherweise zusammen mit Doktor Drechsler Totgeburten in Japan aufgekauft hat. Helen zittert bei dem Gedanken, bei der Vorstellung, wie die beiden augenscheinlich guten Freundinnen mit bloßen Händen Babys aus den Bäuchen von Schwangeren reißen. Kein guter Einstieg, ermahnt sie sich. Eine Plaudertasche ist die Ärztin ganz sicher nicht. Aber warum sie so abweisend reagierte, versteht sie nicht. Doktor Yorks Deutsch ist sehr gut. Sie spricht mit einem leichten britischen Akzent. Kein amerikanisches oder kanadisches Kaugummi-Englisch.

Während sie läuft, passiert sie die elektronischen Wegweiser. Auf der Seite des Sees erhebt sich das E-Zentrum, das in kunstvolles Licht gehüllt ist. Ein sich in die Landschaft schmiegendes

architektonisches Statement, ein Bauwurm mit grün umman-
telten Rohrsystemen und Schornsteinen. Sie steuert darauf zu.
Eine Leuchtanzeige des CO_2-Ausstoßes, von Weitem sichtbar
für die passierenden Autofahrer, strahlt im Nachthimmel: Die
Gemeinschaft aus Menschen, Maschinen und Gebäuden ist aus-
geglichen. Klimaneutral.

Plötzlich bleibt Helen stehen, erschrocken über das Band an
ihrem Handgelenk, das sich wie eine Fessel zuzieht. Es vibriert.
Eine Anzeige warnt sie, sich dem Werk weiter zu nähern: Le-
bensgefahr.

14

Adam Heise ist ausgeschlafen, voller Energie und verzaubert von Helens Müdigkeit, die er vor dem Portal am Gemeindehaus trifft. Für Helen hat der Tag zu früh begonnen. In der Nacht ist sie nochmals aufgestanden. Über das sichere Firmenhandy hat sie den IT-Fachmann Fabian Bosch in der Zentrale beauftragt, Doktor Susan York zu durchleuchten. Der Ärztin hat sie bei ihren Recherchen keine hohe Priorität eingeräumt.

»Haben Sie schlecht geschlafen?«, fragt Adam.

Sie reibt sich die Augen und gähnt ausgiebig. »Schlecht geträumt.«

Helen hat das Bedürfnis, nach Adams Hand zu greifen, sich auf das Mobil helfen zu lassen. Schwarze Flecken bilden sich auf ihrer Seele nach der verstörenden Traumfahrt in der vergangenen Nacht. Die Rolle spielen, denkt sie, keinen Argwohn aufkommen lassen. Du hast einen Auftrag. Sie nimmt neben Adam Platz.

»Ich habe dich mit Sushi gefüttert«, bemerkt sie nebenbei. Und mit fröhlicher Stimme fügt sie hinzu: »Du Adam, ich Helen.«

»Ausreichend Schlaf ist Voraussetzung für einen gesunden Körper und Geist«, erwidert er wie ein Lexikoneintrag. »Doktor Drechsler kann dir ein Schlafmittel verschreiben, oder du meldest dich bei Herrn Sörensen. Er wohnt und arbeitet in Haus 18.

Er hat Schlafpatienten aus der ganzen Welt. Seit ich bei ihm war, schlafe ich vollkommen anders.«

»Nein danke«, lehnt sie schnell ab. »Die neue Umgebung, das ungewohnte Bett. Es ist gespenstisch ruhig in der Siedlung. In meiner Gegend in Frankfurt ist nichts mit Stille in der Nacht. Bei euch gibt's keine Motoren, die bis in den frühen Morgen nach einem Parkplatz schreien. Ich hatte einfach eine beschissene Nacht.« Sie improvisiert mit funkelnden Augen, in die Adam blickt, als seien sie Tore zu einer Welt voller Wunder. »Und da waren Ziegen und Wale, von denen ich geträumt habe.«

Er schüttelt leicht den Kopf. Ein Gentleman bohrt nicht nach, obwohl er davon überzeugt ist, die charmante Begleitung beim Schwindeln erwischt zu haben. »Ziegen und Schweine gibt's im Stall auf dem Gutshof, gleich neben dem Recyclingpark. Wale hat der See nicht zu bieten, soviel ich weiß«, schmunzelt er.

Sie streckt die Arme aus. Das T-Shirt strafft sich über ihre Brüste. »Los jetzt, ich will endlich dein Baby kennenlernen. Kann das Ding nicht fliegen?«

Er hantiert an der Konsole herum. »Das Ding nicht, nein. Die Kinder lieben die alten Wagen. Die neue Generation schwebt tatsächlich«, erklärt er. Auf dem Display erscheint »Große Führung«. Er wählt die Route und lehnt sich zurück.

Helen maßregelt ihn mit einem mürrischen Blick. Sie beugt sich vor und bedient das Menü. »Komm, Adam«, beschwert sie sich kumpelhaft. »Doch nicht die Touristennummer!« Sie klickt die Liste auf dem Lageplan durch. Helen lächelt, als sie den Eintrag »Schule« findet. Sie tippt darauf.

»Zur Schule?«, wundert sich Adam. »Von mir aus. Aber warum?«

»Abwarten«, antwortet sie und drückt den Startknopf.

Der selbstfahrende Wagen setzt sich in Bewegung. Das Tempo ist gemächlich wie bei einem Spaziergang.

Helen genießt die morgendlichen Sonnenstrahlen. Sie fühlt, wie ihr Körper dankbar reagiert, aber signalisiert, dass sie nicht gefrühstückt hat. Edgar war bereits zu seiner vorgetäuschten Arbeitsstätte aufgebrochen, als sie sich aus dem Bett gequält hat. Der knurrende Magen stimmt sie froh. Sie summt eine Melodie und blinzelt gegen die Sonne.

Adam beobachtet sie eingehend. »Bist du immer so? So spontan?«

»Wenn's mir gut geht, ja. Ich habe Hunger, das heißt, ich freue mich auf etwas, das mir guttun wird.«

Adam, bemerkt Helen, hat ihr nicht zugehört. Er hüpft vom Wagen. Auf der Ferse der Turnschuhe knickt das Logo von Himmelhof ein. Esther hat dasselbe Modell getragen, fällt ihr auf. Müdigkeit und Hunger sind verflogen. Sie folgt ihm. Bevor er den Eingang von Einheit 8 erreicht, hat er jemanden an der Watch.

»Guten Morgen«, sagt er ins Leere. »Ist Doktor Drechsler bei Ihnen? Sie weiß doch von der Delegation?«

Helen steht neben ihm, als er mit besorgter Miene das Telefonat beendet. Sie zupft eine Falte seines Hemds gerade, ohne dass er davon Notiz nimmt.

»Ist was passiert?«, fragt sie.

Adam zögert. Da ist ein Verlangen in ihm, sie an seiner Sorge teilhaben zu lassen. Er unterdrückt den Drang und läutet an der Haustür. Nachdem niemand reagiert, öffnet er mit dem Code die Tür. Helen sieht ihn erstaunt an. Das überraschte, hübsch lächelnde Gesicht hat eine Erklärung verdient, findet Adam: »Für Notfälle. Das ist, wie wenn man den Schlüssel beim Nachbarn deponiert.«

Notfall?, will Helen nachfragen. Doch Adam tritt in das Haus, ohne sie weiter zu beachten.

Frieda Drechsler zuckt inmitten von Speichereinheiten und Computertürmen zusammen. Sie kann nicht glauben, dass ihre Haustür geöffnet wird. Außer Adam Heise und dem Himmel-Server kennt niemand die Einlasskombination. Prompt hört sie, wie er ihren Namen ruft. Leicht entnervt und besorgt klingt seine Stimme. Er siezt sie. Sie hasst es, wenn er sie mit Doktor anspricht. Sie möchte Frieda genannt werden. So nennt er sie, wenn sie alleine sind, unter sich, unter vier Augen. Wie gestern Nacht in der Küche. Die Klappe im Serverraum, der in das Tunnelsystem führt, steht halb offen. Sie schließt sie und huscht zurück auf den Hausflur, von dort in das Badezimmer.

»Doktor Drechsler?«, ruft Adam nach ihr.

Sie setzt sich auf den Rand der Badewanne und wartet. Susan Yorks Schlafcocktail hätte sie in einen kompakten Tiefschlaf versetzen sollen. Die Kombination aus unterschiedlichen Schlafmitteln eliminiert Träume. Ohne REM-Phase, bei dem sie bei erhöhter Atmung, Puls und Blutdruck, Erlebtes verarbeitet hätte. Wenn sie sich zu Bett legt, will sie schlafen und nicht im Traum Erlebnisse analysieren. Doch ihr Körper hat in der vergangenen Nacht nicht auf den Cocktail reagiert. Sie hat verschlafen. Eine Ungeheuerlichkeit. Eine Schwäche.

Er ruft weiter nach ihr. Sie steht auf, sammelt sich und macht sich bemerkbar. »Ich bin im Badezimmer, Herr Heise, einen Moment.«

Sie tippt auf den Hahn, lässt eine Zeit lang das Wasser laufen und tippt wieder darauf. Dann öffnet sie die Badezimmertür.

Wie ein Messerstich ins Herz trifft sie der Anblick der Frau im Schlabberlook neben dem Mann, dem sie ihr Leben gewidmet hat.

»Ach, Sie sind nicht alleine?«, fragt Drechsler ihn freundlich.

Helen versteht den versteckten Vorwurf. »Tut mir leid, ich bin Adam ins Haus gefolgt.« Sie streckt Drechsler die Hand entgegen. »Helen Jagdt, aus II. Sie sehen verdammt müde aus. Ich hatte eine beschissene Nacht. Sie wohl auch?«

»Doktor Frieda Drechsler«, entgegnet sie zuvorkommend. »Das war tatsächlich eine unruhige Nacht. Kommt vor. Selten zwar, aber passiert.« Sie wendet sich wieder dem Siedlungsleiter zu. »Danke fürs Vorbeischauen, Herr Heise. Hier ist alles in Ordnung. Ich bin in Eile. Susan erwartet mich.«

Kommissar Vogt parkt den verdreckten schwarzen Porsche neben den Absperrpollern an der Empfangszentrale. Zu knapp. Die Fahrertür lässt sich nicht weit genug öffnen. Er lässt den Motor aufjaulen und setzt zurück. Zwei Handgriffe, erledigt. Er zieht seine herunterhängenden Mundwinkel nach oben. Eine Art Lächeln. Hinüber zum Pförtner. Es ist nicht derselbe Sicherheitsmann, nicht der Wanst, der weder ein noch aus wusste, als Stieler durchgedreht ist. Grimmig wie ein Gefängniswärter verfolgt der drahtige Mann mit stechenden Augen Vogts Rangierkünste, wie er aussteigt und zu ihm kommt.

An der Glasscheibe kramt Vogt in der Lederjacke nach dem Dienstausweis. »Zu Herrn Heise.«

»Danke, nicht notwendig, Herr Kommissar Vogt.«

»Nicht schlecht. Hat der aufmerksame Wachmann einen Namen?«

»Samuel Papst.«

»Papst!«, macht sich Vogt lustig. »Ich dachte, Heise wäre das.«

Der Sicherheitsmann bedenkt den Witz mit keinem Lächeln.

»Rufen Sie ihn an«, drängt Vogt gereizt, »oder schicken Sie ihm ein Gebet.«

»Er ist informiert«, antwortet Papst ohne Regung. »Würden Sie bitte Ihr Handgelenk frei machen?«

Bei der Weiterfahrt im Mobil verkneift sich Helen weitere Fragen. Schweigsam sitzt sie neben Adam. Die Wohnhäuser mit Vorgärten ziehen an ihnen vorüber. Niemand ist zu sehen. Keine Hausfrauen, die sich im Garten beschäftigen. Niemand guckt aus dem Fenster, repariert etwas am Haus oder wäscht das Auto.

»Woran denkst du?«, fragt Adam sie.

»Dass es am Tag ruhiger ist als in der Nacht.«

»Das täuscht. Viele Bewohner arbeiten in den Firmen auf dem Gelände, aber nicht alle. Mir wäre lieber, mehr von uns würden eine Beschäftigung in der Siedlung finden. Derzeit haben wir zweiundzwanzig Prozent Pendler, die draußen ihren Lebensunterhalt verdienen.«

»Draußen?«

»Wir sind drinnen. Die anderen draußen«, erklärt Adam schmunzelnd. »Etwas falsch an der Formulierung?«

Helen blickt zum Zaun, der das Areal umschließt. Sie drängt nicht, bohrt nicht nach, um zu erfahren, was den Mann beschäftigt. Sie spürt, wie er das Tor zu seinem Innenleben geschlossen hält. Das E-Zentrum, an dem Helen in der Nacht vorbeigelaufen ist, taucht vor ihnen auf. Es versorgt den Energie- und Strombedarf der Siedlung aus einem Mix aus Wasserkraft vom See und Sonnenenergie. Windkrafträder waren bei den Bewohnern durchgefallen, hat sie nachgelesen. Helen weiß von den Ingenieuren auf dem Gelände, die neue Technologien erforschen und testen. Darunter Ansätze mit Brennstoff und Wasserstoff. Ein Zwischenfall hat einem Chefingenieur den Posten gekostet. Sie behält die Fragen nach dem Unfall für sich. Eine Yogalehrerin schert sich nicht um Technik und Fortschritt.

15

Nach weiteren fünfhundert Metern Fahrt über das Gelände taucht zwischen den geschwungenen Siedlungsblöcken das Schulgebäude auf. Helen bewundert die futuristische Anmutung, die kosmische Ausstrahlung der Architektur. Unterschiedlich hohe Stockwerke bilden eine Himmelstreppe. Auf einem Flachdach tummeln sich Kinder und Jugendliche in Schuluniformen.

»Ist das nicht gefährlich?«, fragt sie. Sorge um Kinder nimmt Adam einer ganzheitlich ausgerichteten Yogatante ab.

»Der Gedanke ist mir noch nicht gekommen. Sensoren halten Wache. Ein Netz schnellt hoch, wenn eine Person stürzen sollte. Ich war dagegen, doch die Schüler wollten unbedingt aufs Dach.«

Seine Watch vibriert. Er liest die Nachricht und springt aus dem fahrenden Wagen. »Frau Funke erwartet dich in der Schulaula.«

Helen hält ihn nicht auf. In seiner Prioritätenliste steht sie ganz weit unten. Noch, denkt sie und hält die Hand schützend vor die blendende Sonne.

Doktor Drechsler ist froh, es gleich geschafft zu haben. Seit Jahren benutzt sie die Klappe im Serverraum ihrer Einheit, um in den Tunnel zu gelangen. Mit Beklemmungen schreitet sie in die Richtung, wo ihre Kollegen bereits bei der Arbeit sind. Steril und sauber glänzt der zwei Meter breite Gang, der von ihrer Einheit zur Forschungsstätte führt. Sie befindet sich in einem instand gesetzten Teil eines Bunkersystems. Der Großteil der Wege und Schutzräume wurde bei den Bombardements der Alliierten auf Augsburg zerstört. Ein Heimatverein sorgte in mühevoller Arbeit für den Erhalt dessen, was nach dem Zweiten Weltkrieg im Untergrund übrig geblieben war. Zu Beginn bemühte sich der Verein um den Wiederaufbau der historischen Stätte. Doch Spenden und Zuschüsse blieben irgendwann aus. Heise trat als Retter auf den Plan. Er überzeugte den Kreuzer Konzern, das Areal samt Wald und leer stehenden Immobilien zu kaufen. Die Villa, damals abbruchreif, erkor er zum Herzstück der geplanten Siedlung. Er renovierte und bezog das altehrwürdige Gebäude. Der Heimatverein hat sich längst aufgelöst. Ein Mitglied, ein Hobbyarchäologe auf der Suche nach NS-Schätzen, kam bei Grabungsarbeiten ums Leben. Heise setzte nach dem Vorfall durch, dass die Zugänge zu dem Bunkerkonglomerat zuge- schüttet und unzugänglich gemacht wurden. Einsturz- und Le- bensgefahr. Offiziell herrscht kein Leben in den Gängen unter- halb von Himmelhof. Bis auf das Privatlabor, das er laut Bauplan errichten ließ.

Der Geruch nach Eisen lässt Drechslers Laune steigen. Das Arbeitslicht der Laboreinrichtungen vermischt sich mit dem Glanz des Stahlblechs an den Wänden. Im Laborsaal herrscht Hochbetrieb. Menschen in Himmelhof-Kitteln und Maschinen mit Himmelhof-Logo arbeiten Hand in Hand.

»Guten Morgen zusammen«, grüßt sie in die Runde. »Lisa, was ist mit Stielers Fötus?«

Die fünfundzwanzigjährige Wissenschaftlerin, die sich über den Inkubator beugt, antwortet nicht. Stumm und trauernd starrt Lisa Kupfer in den Brutkasten. Mit Doktor Drechsler und Adam Heise teilt sie die Leidenschaft für Blut. Vor drei Jahren lehnte ihr Doktorvater ihren Forschungsansatz über Antikörper und Leukozyten aus ethischen Gründen ab. Mit derselben Studie bewarb sie sich bei der Adam-Heise-Stiftung. Der lebensverlängernde Effekt durch Bluttransfusionen von jungem Blut in den Kreislauf älterer Mäuse war zwar wissenschaftlich ein alter Hut. Doch die Hinzunahme von steuernden Nanasensoren in das Blutgemisch machte ihre wissenschaftliche Studie interessant. Doktor Drechsler hat sie in ihr Team geholt und sie zu ihrer Assistentin erkoren. Dass die dunkelhäutige Schönheit aus Südafrika intelligent, aber faul ist, stört die Klinikleiterin nicht.

Drechsler geht durch den Saal zum Inkubator. Von Weitem sieht sie auf der Monitoranlage, dass die Lebenszeichen des Winzlings erloschen sind.

Die Frauen blicken auf die einem Wollknäuel ähnliche Gewebemasse im Glaskasten. »Archiviert einen Teil des Gewebes«, sagt Drechsler. »Wir beerdigen es heute Nacht bei den anderen.«

Lisa Kupfers dunkle Haut glänzt von den Tränen, die sie mit dem Handrücken abwischt.

»Das ist ja furchtbar!«, schreit Helen auf. Der Kopf schwindelt ihr. Sie steht in der Schulaula vor einer Zeichnung mit einfachen Strichen. Aus den Handflächen eines Mädchens führen Drahtschläuche in die Schläfe eines Jungen. Beide haben die Augen geschlossen, ihre verklärten Gesichter sind dem Sternenhimmel zugewandt. Das Werk trägt den Titel »Liebe machen«.

Pressereferentin Astride hat mit Helens Reaktion gerechnet. »Das ist von meiner Tochter. Sie haben sie kennengelernt. Ich bin auch nicht glücklich, was in Esthers Köpfchen vorgeht. Aber so ist es nun mal. Die Zeiten haben sich geändert. Körperliche Liebe ist nicht jedermanns Sache.«

Weitere Zeichnungen, Computergrafiken und Videoinstallationen verschönern die grauen Betonwände. Die Schüler haben sich im Medienunterricht zum Thema »Mensch und Maschine« künstlerisch ausgedrückt.

»Was bringen Sie den Kindern bei?«, will Helen wissen.

»Die Zukunft«, antwortet Astride.

In etwa der geografischen Mitte des Areals erhebt sich das Gemeindehaus mit sechs Stockwerken in die Lüfte. Adam Heises Faible für Symbolik hat dem Architekten aus Norwegen den Sieg beim international ausgeschriebenen Wettbewerb beschert. Der halbe Rundbau besteht aus ausladenden, in konkaven Linien zu Flügeln geformten Etagen. Das statische Wunderwerk scheint abzuheben, hoch in den Himmel in ein anderes Sonnensystem. Je nach Betrachtungswinkel gestaltet sich die Form um. Vom Eingang aus ähnelt der Umriss einer Umarmung. Von der Seeseite her formen die Aufbauten auf dem Dach, Sendemasten, Messgeräte und Wetterstationen, ein lächelndes Gesicht.

Die Räumlichkeiten im Gemeindehaus stehen allen Bewohnern zur Verfügung. Ein zentraler Kommunikationsort mit Makers' Hall, Versammlungssaal, Küche, Spielzimmern, Studiernischen, Digisuite, Schlafplätzen für Gäste und einer Suite für Investoren, die auf dem Gelände zu übernachten wünschen. Jedem Bewohner steht es zu jeder Zeit frei, privat wie beruflich das Angebot zu nutzen.

Adam Heise trifft Kommissar Vogt in der Wohnküche des Gemeindehauses. Ein steuerbarer Tisch, regulierbar in Länge und Breite, bietet Platz für größere Essen und Besprechungen. Adam Heise brüht grünen Tee. Vogt verzichtet mit den Worten, nichts essen oder trinken zu können, was nur im Entferntesten mit der Farbe Grün zu tun habe. Eine Psychoallergie, die ihn nicht weiter störe. Er lebe von Kindesbeinen an damit. Bei Spinat habe er regelmäßig gekotzt.

»Doch gegen einen ordentlich starken Kaffee habe ich nichts einzuwenden. Schwarz wie mein Porsche«, sagt Vogt.

Mit Sprachbefehlen bedient Heise die Kaffeemaschine auf der langen Arbeitstheke.

Vogt blickt sich in der wohnlichen Küche um. »Kochen hier Maschinen, oder wie läuft das?«

»Einfache Gerichte, wenn das vorrätig ist, was die Maschine kochen soll. Beim nächsten Update wird ein Doppelarm mit

Greifinstrumenten installiert. Der Prototyp aus der Schmiede eines Start-ups, das Med-Roboter und 3-D-Drucker zum medizinischen Einsatz entwickelt. Könnte in Kantinen und Schnellrestaurants eingesetzt werden. Im privaten Bereich wohl weniger«, plaudert Heise, während er nach einer Tasse für den Gast sucht. »Die meisten in der Siedlung kochen lieber selbst.«

Kaffeeduft erfüllt den Raum. Heise merkt, wie sein Körper, dem er seit Jahren das schädliche Koffein entsagt, lustvoll reagiert. Er nimmt einen Schluck Tee. Bittere Venenwäsche. Gesund.

»Kochroboter mit Stahlfingern, der sich aus dem Kühlschrank bedient und Steaks oder Kaiserschmarrn zaubert?«

»Im Prinzip ja«, bestätigt Heise. »Steaks und Kaiserschmarrn beherrscht die Maschine jetzt schon hervorragend.«

16 Helen Jagdt ist die Situation peinlich. Seit geraumer
Zeit rätselt sie im Zwischengeschoss des Schulgebäudes, was die Zahlenfolge $(70-16) \div (3+3) : 9-6$ zu bedeuten
hat. Bis sie darauf kommt, auf eine Wanduhr zu starren, wechselt die Anzeige zu einer neuen Gleichung. Kopfrechnen ist gefragt, um Stunde und Minute der aktuellen Uhrzeit zu erfahren.

Pressereferentin Astride lächelt über ihre Bemühungen und
führt sie weiter in das obere Stockwerk. Die Schülerinnen und
Schüler in weißen Schuluniformen sind unterschiedlichen Al-
ters. Sie sind in dem verwinkelten Raum mit Nischen verteilt.
Etliche sitzen auf dem Boden oder fläzen auf Liegen oder
Stühlen. Die Köpfe sind von Displayhelmen umhüllt. Andere
schreiten mit Tablet umher. Astride deutet auf einen vielleicht
sechzehnjährigen Jungen, der an der Smart Wand eine sehr
kompliziert aussehende Mathematikaufgabe bearbeitet.

»Das ist Floyd«, flüstert sie Helen zu. »Er hat für Oxford eine
Zusage bekommen.«

Helen ist vertraut mit der konzentrierten Stille. Sie ist nicht
viel anders als bei ihren Yogakursen, die sie früher gehalten hat.
Bevor sie in Edgar Pfeiffers Team gekommen ist.

Eine Teenagerin unterbricht die Ruhe. Überschwänglich begrüßt sie einen gleichaltrigen Forscher in einem Chemielabor
irgendwo in der Welt. Weder der Matheschüler neben ihr noch

die anderen fühlen sich von dem hysterischen Gebrülle gestört.

»Ich werde mit Lyns Eltern ein Wörtchen reden«, entschuldigt Astride sich für die Störung. »Sie ist immer so laut.«

»Warum regen sich die anderen nicht auf? Hören die nichts?«

Astride greift in die Handtasche und holt eine Dose hervor. Sie zeigt Helen zwei unscheinbare Plättchen. »Sie tragen Ohrhörer. Die Schüler testen sie für das ansässige Start-up. Unsere derzeitigen Überflieger. Funktionieren hervorragend.« Sie reicht ihr die Ohrplättchen. »Wollen Sie? Mit der Himmel-Watch können Sie damit auch telefonieren und simultan übersetzen.«

»Muss ich denn?«

»Natürlich nicht. In Himmelhof geschieht nichts unter Zwang.«

Helen hindert sie daran, die Dose zurückzustecken. »Na, geben Sie schon her. Danke.«

Astride lächelt zufrieden. »Einstiegspreis wird um die tausend Euro liegen. Lebenslange Garantie. Eine Legierung aus Titan und einem anderen Material, was die Entwickler nicht preisgeben.«

In der Gemeinschaftsküche des Gemeindehauses sieht Adam Heise neidisch auf die dampfende Kaffeetasse in Kommissar Vogts Hand.

»Sie probieren und testen, was überall auf der Welt funktionieren soll«, fasst der Kommissar Heises Ausführungen zusammen. »Intelligente Fertighäuser mit Zaun drum herum.«

»Mehr oder weniger«, bejaht Heise. »Das ist mit dem Begriff Mustersiedlung gemeint. Ein Modell, das weltweit innerhalb eines halben Jahres nachgebaut werden kann. Inklusive Systemressourcen und Steuerung. Abgewickelt werden die hoffentlich zahlreichen Aufträge vom Kreuzer Konzern in Frankfurt. Zufrieden? Das ist wahrlich nichts Neues. Lesen Sie keine Zeitung?«, fragt Heise.

Vogt ignoriert den entnervten Unterton. »Das ist bestimmt ein gutes Geschäft für alle Beteiligten. Menschen mit Kohle haben es gerne ruhig und sicher. Bleiben unter sich. Und der Technikschnack obendrauf. Gibt einem das Gefühl, vorne dabei zu sein, oder?«

»Wir sind vorne dran, Herr Vogt. Das ist nicht nur ein Gefühl. Verzeihen Sie, ich bin etwas in Verzug. Zeitlich meine ich. Haben Sie das Dokument, um das ich Sie gebeten habe?«

Vogt trinkt in aller Ruhe den Kaffee aus. Er stellt die Tasse ab und zieht aus der Jacke ein Kuvert. Damit wedelt er in der Luft. »Wäre ich sonst den weiten Weg bis hier rausgefahren? Wissen Sie, was ein Liter Benzin zurzeit kostet?«

Heise versteht, worauf Vogt hinauswill. »Nein, wir nutzen ausschließlich elektrisch betriebene Fahrzeuge.«

»Strom ist auch nicht billig.«

»Wir produzieren ihn selbst. Da fallen die Kosten nicht sehr ins Gewicht«, meint er lächelnd. »Aber natürlich haben Sie recht. Benzin ist teuer. Wo liegt der Literpreis derzeit?«

Der Siedlungsleiter findet Gefallen an dem Spiel. Bei den Genehmigungsverfahren für die Siedlung hat er einen Spürsinn entwickelt, ob jemand anfällig ist für Annehmlichkeiten. Der Kommissar ist es. Amma hat seinen Kontostand geprüft. Auch ohne die Information sieht er, wie verzweifelt der Beamte ist. Von dem Porsche gehört ihm nicht mehr als der Lederbezug des Lenkrads. Er lebt über seine Verhältnisse. Seit Jahren. Er ist pleite.

Vogt stopft das Kuvert zurück in die Jacke. »Benzin ist teuer. Aber bezahlbar. Wissen Sie, was unbezahlbar ist?«

»Helfen Sie mir auf die Sprünge, Herr Vogt. Ich bin neugierig.«

»Informationen. Sie haben sich nach mir erkundigt und entschieden, dass ich ein korrupter Bulle bin.«

Im Treppenhaus des Schulgebäudes bewundert Helen die Kiefern des Waldes, die über den Siedlungszaun ragen. Die luftdurchlässigen Glasfronten bestehen aus einem Polyestergemisch, angereichert mit Filterkristallen. Die in das Gebäude dringende Luft wird reguliert. Die Sicht ist ungetrübt, frei von Schmutz. Eine selbstsäubernde Front.

»O mein Gott!«, schreit sie auf. Ein Ast, auf der eine Krähe landet, bewegt sich. Die Baumkrone rotiert unmerklich.

Astride erschrickt über Helens Aufschrei. Sie ist vertieft in eine Nachricht auf der Watch. »Wie bitte?«

»Das Gebäude, es bewegt sich.«

»Das bemerken die wenigsten. Ist keinem Journalisten bei der Führung aufgefallen«, sagt sie anerkennend und liest die Nachricht zu Ende. »Es dreht sich ein paar Zentimeter in der Stunde. Kaum der Rede wert. Ginge schneller, ist aber laut Sicherheitsbestimmungen nur erlaubt, wenn sich niemand im Gebäude aufhält.« Sie löscht die Nachricht auf der Watch. »Herr Heise hat die Rotation angeordnet. Im Prinzip eine Spielerei. Der Architekt war dagegen, zu teuer, reine Show.«

»Adam steht auf Show«, greift Helen das Thema dankbar auf. »Die herrschaftliche Residenz. Dass er keinen Besuch dort empfängt. Er macht sich wichtig.«

Astride verzieht unmerklich die Miene angesichts Helens herablassender Art, über den unangefochtenen Herrn über Himmelhof zu urteilen. »Herr Heise macht sich nicht wichtig. Er lebt zurückgezogen. Das ist alles«, antwortet sie. »Sie nennen ihn Adam? Niemand nennt ihn beim Vornamen. Nicht einmal die allerersten Bewohner.«

»Wie Herr Stieler? War er nicht von Anfang an dabei?«

Astride weicht der Frage nicht aus wie ihre Tochter. »Herr Stieler und seine Frau haben sich in der Siedlung kennengelernt. Wegen der furchtbaren Tragödie haben wir uns für eine offene Kommunikation entschlossen. Der Kreuzer Konzern ist gerade in der entscheidenden Verhandlungsphase wegen der Mustersiedlung. Interessenten aus Japan und Taiwan, so viel darf ich Ihnen anvertrauen.«

»Auch mehr, ich gehöre jetzt dazu«, muntert Helen sie auf.

»Es beschäftigt einen schon, oder? Zwei Tote in einer Nacht?«

Ein Surren stört das Gespräch. An der Fensterfront schwebt ein Flugobjekt vorbei. »Eine Drohne?«

»Nicht ganz, die Herstellerfirma nennt es die *Lösung*«, erläutert Astride. »Fährt, fliegt, schwimmt. Ein Transportwunder. Die Lösung für das Online-Geschäft. Wir kooperieren mit einem externen Entwickler aus Neuseeland. Im Austausch der Nutzungsdaten der Siedlungsbewohner bekommen wir die Beteiligung an dem Know-how.«

»Auch eine Spielerei?«, erkundigt sich Helen.

»Nein, in ein paar Jahren Realität. Warum wollten Sie eigentlich zuerst in die Schule?«

»Ich dachte, ich könnte ein Klassenzimmer für Yogastunden nutzen.«

Astride lächelt. »Meinen Sie das ernst mit den Yogakursen?«

»Bei der ganzen Zukunft, die hier propagiert wird, braucht der Geist hie und da Auszeiten.«

Astride überlegt. »Da gebe ich Ihnen recht. Kommen Sie.«

17

Seit über fünf Minuten wartet Adam Heise am Küchentisch auf den Kommissar, der auf die Toilette gegangen ist. Er verspürt einen leichten Anflug von Zorn. Die Ereignisse der letzten Tage beschäftigen ihn. Er sieht auf die Watch. Die Zeit drängt. Die Delegation aus Taiwan trifft bald ein. Die Reparatur am Verteilerkopf ist im Gange. Eigentlich wollte er sich bei den externen Arbeitern blicken lassen. Kurz schließt er die Augen und atmet durch. Dann schreibt er Drechsler, dass sie für ihn die taiwanesischen Investoren in Empfang nehmen soll.

Den Kommissar muss er selbst auf Spur bringen. Vogts Unterstützung ist nötig geworden, weil Walter Fromms wahre Identität im Netz auf hoch professionelle Weise vertuscht wurde. Er hat den Augsburger Ermittler mit dem Verdacht der Wirtschaftsspionage geködert und ihn um einen Freundschaftsdienst gebeten. Mit dem Dokument in seiner Jackentasche würde er Bescheid wissen, wer Fromm wirklich ist. Bevor er die Toilette aufgesucht hat, hat er ihm den Literpreis von zweitausend Euro mitgeteilt. Wie dreist. Wie verzweifelt. Der Porsche sei ein Spritfresser, altes Modell, schick, aber schlucke wie ein Kamel nach der Durchquerung der Sahara. Ungebildet ist er auch. Der dumme Vergleich entlockt Heise ein Kopfschütteln.

Stimmen nähern sich. Er freut sich, Helens Lachen zu hören. Auf Astride Funke, die mit ihr die Küche betritt, könnte er gerne verzichten. Helen blickt sich interessiert um. »Schnucklig und gemütlich, auch dein Design, Adam?«

Sie geht zur Küchenzeile und versucht, eine Schublade zu öffnen. Astride kommt ihr zu Hilfe. Sie wedelt mit der Hand vor dem Fach. Es öffnet sich. »Praktisch. Kann Muttchen Kraft sparen fürs Kartoffelschälen«, meint Helen beeindruckt.

Heises Aufmerksamkeit ist woanders. Kommissar Vogt kommt mit einem Strahlen von der Toilette zurück. Er nickt den Frauen zu.

»Die Damen«, grüßt er.

»Ich bin gleich wieder da, wartet hier«, unterbricht Heise ein aufkommendes Geplauder. Er führt Vogt zum Ausgang. »Lassen Sie uns draußen das Gespräch zu Ende bringen.«

Helen schert sich nicht um Heises Anweisung. Sie folgt ihnen, doch Astride hält sie am Arm zurück. »Sie haben ihn gehört. Wir sollen warten.«

Helen überspielt ihren Drang, zu erfahren, was die zwei Männer draußen besprechen. »Hier gibt's einen Raum für Yoga?«

»Oben, kommen Sie.«

Auf halber Höhe des Treppenaufganges dringt ein Schrei in die Küche. Helen ist nicht mehr zu halten. Sie schiebt die Pressereferentin beiseite und stürmt hinaus.

Als Helen aus dem Eingangsportal tritt, sieht sie den Grund für den Aufruhr. Eine Drohne, dasselbe Modell, das sie im Schulgebäude gesehen hat, kreist über Kommissar Vogts Kopf. Er hüpft hoch, um den Flugroboter aus der Luft zu holen. Die Drohne weicht aus. Flink und schnell reguliert sie die Höhe, sodass der Kommissar keine Chance hat, sie zu fangen. Verärgert greift er nach Kieselsteinen auf dem Weg und wirft nach dem schwebenden Gefährt.

Heise sieht belustigt zu. »Nur die Ruhe, Herr Vogt. Bitte beherrschen Sie sich. Es ist nichts passiert.«

»Das Ding hätte mir fast den Kopf abgehackt«, schreit Vogt. »Wer lenkt das Monstrum überhaupt?«

»Das System«, erklärt Heise. »Im Prinzip der Himmelhof-Server. Die Lieferung ist für Sie. Die Drohne hat Ihren Standort durch das Band lokalisiert.«

Der Kommissar merkt nicht, wie Helen von hinten angesprungen kommt, um ihn am nächsten Wurf zu hindern. Sie reißt ihn am Arm. Vogt ist überrascht über die Kraft, die ihn zu Boden wirft.

»Haben Sie ihn nicht gehört?«, zischt Helen. »Hören Sie auf damit.«

Auf dem Hosenboden blickt er zur Angreiferin hoch. Eine Lichtgestalt in Jogginghose, denkt er amüsiert. Er rappelt sich auf, zaubert ein Schmunzeln hervor und klopft den Staub von der Kleidung ab. Die Drohne landet neben ihm. Er findet ein Kuvert in dem Lieferfach. Unbemerkt von Helen tauscht er es mit dem Dokument aus seiner Jacke aus.

Helen steht bei Heise. »Gehört er zu dir?«, fragt sie nach.

Vogt macht einen Schritt auf sie zu. »Er gehört nicht zu ihm. Er ist Kommissar Vogt. Und sie ist wer? Gehört sie zu ihm?«

Helen zeigt keine Reaktion. Zuerst. Dann legt sie Charme in die Worte: »Vornamen hat er nicht? Passend zu Kommissar Vogt?«

Heise spürt, wie Eifersucht in ihm aufkommt. Eine ungewollte Reaktion. »Der Kommissar wollte gerade gehen. Wir waren fertig mit unserem Gespräch. Ich danke Ihnen, dass Sie sich herbemüht haben.«

18

Währenddessen begrüßt Doktor Drechsler die Besucher an der Pforte, die Adam Heise persönlich in Empfang nehmen wollte. Samuel Papst hat die zwei Männer registriert und überreicht ihr die Besucherbänder. Dem potenziellen Investor aus Taiwan hat Heise einen besonderen Dienst angeboten, wie sie zu ihrem Verdruss von Susan York erfahren hat.

Drechsler zieht das Himmel-Band um das Handgelenk des taiwanesischen Assistenten. Ein junger Mann mit dienstbeflissenen Augen und dünnen Lippen. Als sie dessen Vorgesetzten das Band umlegen will, bittet dieser sie, dem Assistenten die Aufgabe zu überlassen. Den Dienstherrn schätzt sie auf über siebzig Jahre alt. Er ist gebrechlich. Hals und Mundpartie sind angeschwollen. Das Sprechen fällt ihm schwer.

Der Unterarm des Greises stemmt sich in die Krücke. Schritt für Schritt Schwerstarbeit. Bewegung tue ihm gut, lässt er seinen Assistenten übersetzen. Drechsler schreitet geduldig neben ihm zu dem Mobil. Der junge Taiwanese lächelt ihr zu. Etwas übertrieben Unterwürfiges liegt darin, denkt sie.

Nach der Fahrt über das Gelände erreichen sie das lang gezogene Gebäude, das in strahlendem Weiß von Weitem zu erkennen ist. Der Recyclingpark mit Außenanlage und mehrgeschossiger Halle ist der größte Zweckbau der Siedlung. Der rechteckige Komplex kokettiert mit der Anmutung eines Industriegebäudes und dient als Lärmschutz zur Landstraße auf der Ostseite des Geländes. Der Geräuschpegel in der akkustikoptimierten Halle ist erträglich. Die Sortiermaschinen sind elektrisch betrieben wie alle Motoren in der Siedlung. Die asiatischen Gäste sind verblüfft. Keine unangenehmen Gerüche liegen in der Luft. Bis auf einen Hauch von Schwefel. Er dringt aus den Tieftonnen, die in das Erdreich getrieben sind. Die Anlage bewältigt den anfallenden Müll der Siedlung und einiger Ortschaften aus der Umgebung. Der Inhalt der Abfalltonnen fährt auf Laufbändern kreuz und quer durch die menschenleere Halle, einige führen hinaus in den Park. In abgedeckten Scannern mit Kameraunterstützung wird der Müll registriert und klassifiziert. Auf den Eingangsbändern liegt Plastikabfall zwischen zerknüllten Dosen. Glasflaschen wippen neben Essensresten. Hochgetrieben durch Luftkanonen fliegen Altpapier und Kartonagen zur Decke. Riesige Sauger verleiben sich das Material ein und führen es einer Wiederverwertung zu.

»Trennen von Hausmüll ist nicht mehr zeitgemäß«, erläutert sie den Gästen auf Englisch. »In Himmelhof haben wir das abgeschafft. Sensoren und intelligente Kamerasysteme sortieren für den Menschen.«

»Roboter?«, fragt der alte Geschäftsmann.

»Spezielle, ja«, bestätigt Drechsler. »Arbeiter haben bei Tests kläglich versagt. Zu langsam und die menschlichen Sinne genügen unseren Ansprüchen nicht.«

Eine autonom fahrende Tonne durchquert die Halle. Der Assistent macht einen Schritt zur Seite.

»Wäre nicht notwendig gewesen«, sagt Drechsler.

»Ich weiß«, erwidert der junge Mann. »Wir lernen, Respekt vor Maschinen zu haben. Die Zeit wird kommen, in der wir froh sind, wenn Roboter für uns den Schritt zur Seite machen, Frau Doktor.«

Drechsler widerspricht dem Gast nicht. Aus Höflichkeit. »Wollen wir weitergehen? Doktor York freut sich, Sie zu untersuchen. Wie schade, dass der Rest Ihrer Delegation nicht gekommen ist.«

Der Assistent übernimmt die Erklärung. »Ein Teil unseres Vorstandes ist nach China gereist, um sich ein Bild von Ihrer Konkurrenz zu machen. In der Siedlung dort gibt es kein fortschrittliches Recyclingsystem wie das Ihre.«

»Sie kennen unser Kanalisationssystem noch nicht«, antwortet Drechsler geheimnisvoll. »Reise- und Hotelkosten für China hätten Sie sich sparen können.«

Am Ende der Halle erwartet Doktor Susan York die Gäste. Sie verbeugt sich tief und lässt den Herren den Vortritt in den Aufzug.

»Halt! Warten Sie«, schreit Helen. »Nehmen Sie mich mit in die Stadt?«

Kommissar Vogt sitzt im Porsche auf dem Parkplatz vor der Eingangszentrale. Der Motor springt nicht an. Er lässt die Fensterscheibe hinunterfahren. »Klar, rein mit Ihnen.«

Bevor Helen einsteigen kann, drückt er ihr das Gästeband in die Hand. Sie bringt seines, zusammen mit ihrem, dem Pförtner. Dann nimmt sie neben ihm Platz. Im Fußraum liegt Müll. Fast Food. Bierflaschen. Energydrinks.

»Schicker Wagen.«

»Gehört der Bank. Und der schicke Wagen springt nicht an.«

Helen schließt die Augen und murmelt etwas. Dann atmet sie zufrieden durch. »Versuchen Sie es jetzt.«

Vogt lächelt. »Haben Sie gebetet?«

»Nein«, entgegnet sie ernst. »Ein paar nette Worte, nichts weiter. Los, lassen Sie uns fahren.«

Der Startknopf gibt nach. Der Motor startet. Vogt drückt mehrfach auf das Gaspedal. »Hexe?«

»Wäre ich gerne. Kennen Sie ein Café? Muss nicht nett sein.«

»Sehe ich aus, als sitze ich in netten Tagescafés?«, fragt der Kommissar und biegt vor einem Wohnmobil auf die Landstraße ein. Das lang gezogene Hupen hallt durch das Waldstück.

In der Augsburger Innenstadt ist Edgar Pfeiffer in der Holding unterwegs zur nächsten Vorstellungsrunde. Er selbst hat darauf bestanden, den ersten Einsatztag als Topmanager Walter Fromm zur Arbeit zu gehen, um den Schein zu wahren. Während er seinen Weg durch das Stockwerk fortsetzt, wählt er Helens Nummer auf dem sicheren Handy. Es läutet mehrmals, bis sie den Anruf annimmt.

»Ja oder Nein als Antwort«, sagt er ihr. »Sitzt du in Kommissar Vogts Porsche?«

Helen bejaht. »Sag mir, woher du das weißt, oder ich lege auf.«

»Ich habe den Pförtner gebeten, ein Auge auf dich zu haben. Zu deiner eigenen Sicherheit. Ziehst du gerade eine deiner Scheißnummern ab, Helen?«

»Ja und nein.«

»Mir gefällt das nicht. Du sollst Heise in Augenschein nehmen. Nicht den Kommissar. Zurück in die Siedlung mit dir. Hast du mich verstanden?«

Ohne Edgars Anweisung zu kommentieren, beendet sie das Telefonat. Die martialischen Laute des Motors erfüllen den Innenraum. Vogt ist genervt von dem Transporter vor ihm. Mit achtzig Stundenkilometern schlingert der Wagen bedrohlich hin und her. Eisenstangen ragen über die Laderampe und hoppeln bei jeder Unebenheit. Das Überholverbot juckt den Kommissar nicht. Er späht nach einer Lücke. Der Gegenverkehr reißt nicht ab. Er greift zur Sonnenbrille in der Mittelkonsole und setzt sie auf. Design von Porsche.

Helen mustert ihn amüsiert. Dann holt sie die Brille von seiner Nase. Sie kontrolliert die Gläser und putzt sie mit dem T-Shirt.

Ein Runzeln zeichnet sich auf Vogts Stirn ab. Das Räuspern ist lauter als das Motorgeräusch. Dann drückt er das Gaspedal durch. Der Porsche beschleunigt weich und rasant, während er Helen anlächelt. Der Motor brüllt wie ein aufgeschreckter Schimpanse. Als der Überholvorgang beendet ist, blickt er zurück auf die Straße.

»Angst kennen Sie wohl nicht?«, fragt er.

»O doch.« Sie reicht ihm die Sonnenbrille. »Aber nicht vor Ihren Fahrkünsten. Wahrscheinlich sind Sie als Junge auf einem Moped die Strecke rauf und runter gerast. Eine Zeit lang ohne Führerschein, schätze ich mal. Außerdem haben Sie den Autopiloten an. Halten Sie mich bitte nicht für blöd.«

Der Kommissar nimmt die Hände vom Lenkrad. Der Wagen reagiert und drosselt die Geschwindigkeit auf das erlaubte Tempo. »Ganz im Gegenteil. Das Einzige, was blöd ist, ist Ihr Yoga-Outfit.«

»Finde ich auch«, amüsiert sich Helen über den Kommentar.

Vogt greift das Lenkrad. Die Sensoren im Lederbezug erkennen ihn als Wageninhaber. Er blinkt und verlässt die Landstraße.

»Was ist in der Nacht passiert?«, fragt sie.

»Ich bin kein Mörder und will nicht für einen gehalten werden.«

»Versteh ich, aber wer außer Ihnen hätte den Schießbefehl sonst geben können?«

»Niemand«, räumt Vogt ein. »Alle vom Einsatz haben klar und deutlich meine Stimme gehört.«

»Das System im Haus quatscht einem die Hucke voll, wenn es eingeschaltet ist«, versucht Helen, ihm auf die Sprünge zu helfen.

»Daran habe ich auch schon gedacht. Die Stimmanalyse hat aber zweifelsfrei bestätigt, dass ich den Befehl gegeben habe.«

Vogt beugt sich zum Handschuhfach und öffnet es. »Hier, wie mit Herrn Kreuzer besprochen. Keine Fotos. Lesen und zurück damit. Und zu niemandem ein Wort natürlich.«

Helen greift nach der Polizeiakte im Fach und liest die Protokolle. Die Vorgänge kennt sie. Sie interessiert sich für den Autopsiebericht, wonach Marion Stieler nicht schwanger gewesen ist. »Kennen Sie die Gerichtsmedizinerin Claudia Premer?«

»Claudia? Natürlich. Seit Jahren.«

»Eine Frau weiß doch, ob sie schwanger ist oder nicht. Mich würde eine zweite Meinung interessieren. Nichts gegen Frau Premer.«

Vogt reißt das Lenkrad herum und biegt in eine Flurstraße ein. Er drückt das Gaspedal herunter, prescht wie beim Endspurt einer Rallye die holprige Strecke entlang und tritt in die Bremsen.

»Es war zweifelsfrei ein Unfall. Marion Stieler ist im Klinikhemd in einen Transporter gelaufen«, erinnert er sie. »Warum eine zweite Meinung?«

Helen schluckt die Verärgerung über Vogts mangelnde Hilfsbereitschaft herunter und legt den Bericht zurück. Sie hatte sich vorgenommen, Kommissar Vogt zu überreden, mit ihr der Gerichtsmedizinerin einen Besuch abzustatten. Unzufrieden steigt sie aus und atmet den harzigen Duft der Bäume ein. Ein Vogel führt ihren Blick zum Siedlungszaun. Zwischen den Baumwipfeln ist ein Gebäude in penetranter weißer Lackierung zu erkennen.

»Ist Himmelhof so nah?«, fragt sie erstaunt. »Was ist das für eine Anlage?«

»Der Recyclingpark. Delegationen aus der Welt geben sich die Klinke in die Hand, um ihn zu besichtigen. Meine Eltern gehen hier oft spazieren. Sie haben erzählt, dass nach der Einweihung und Inbetriebnahme eigenartige Geräusche aus der Erde kamen. Monatelang.«

Helen verarbeitet die Andeutung des Kommissars. »Was Illegales?«

»Glauben Sie im Ernst, ein Adam Heise schert sich um Bauvorschriften?«

»Das wird Herrn Kreuzer interessieren, ihm gehört die Siedlung. Danke übrigens für die Akte.«

»Bedanken Sie sich bei meinem Vorgesetzten. Er hat mich angewiesen, Sie zu treffen«, antwortet Vogt missgelaunt.

Er fühlt Adam Heises Kuvert in seiner Jackentasche, das er aus der Drohne geholt hat. Heise zahlt für Informationen. Im Gegensatz zu Ferdinand Kreuzer.

19

Tageslichtkonzept und Anreicherung des Sauerstoffes mit vitalisierenden Stoffen fördern die Konzentration im Untergrund. Über sein berufliches Netzwerk hat Adam Heise Forscher und Wissenschaftler aus aller Welt nach Himmelhof geholt. Allesamt vereint der Glaube an eine bessere Zukunft durch Errungenschaften neuer Technologien. Die Nähe zum Arbeitsplatz, die Annehmlichkeiten eines behüteten, sicheren Zuhauses sind ein zusätzliches Argument. Himmelhof bietet alles, um ein erfülltes Leben zu führen. Doktor Susan York ist aus diesen Gründen vor zwei Jahren in die Siedlung gezogen. Drechsler und sie kennen sich seit dem Studium. Die Frauen verbindet eine tiefe Freundschaft und dieselbe Haltung gegenüber einer Gesetzgebung, die ihren freien Geist mit moralischen und ethischen Fesseln knebelt.

Die Scans mit dem Computertomografen sind erstellt. Der ältere Herr aus Taiwan sitzt in einem Käfig aus Stangen, ausgeleuchtet wie das Prunkstück eines Museums.

»Jetzt, bitte, vor allem ruhig bleiben. Ihnen kann nichts geschehen«, sagt Doktor York.

Der Patient streckt die Zunge heraus.

Die Ärztin bedient die Konsole. Die Koordinaten werden errechnet.

»Öffnen Sie den Mund, so weit es geht, bitte«, instruiert sie ihn.

Ein Gestänge aus Plastikstäben fährt vor. Der Patient schließt die Augen und öffnet den Mund. Die Vorrichtung dehnt die Mundhöhle, schiebt Ober- und Unterkiefer auseinander. Ein Scanner erfasst die Daten der Zunge und der Mundhöhle binnen Sekunden. Der Gast schluckt, als York ihn anweist, er könne sich entspannen. Der Assistent steht mit einem Glas Wasser bereit.

Doktor York programmiert den 3-D-Drucker. Eine Zeit lang später erscheint die Zunge des Patienten. Geformt in weiß porösem Gewebe- und Zellmaterial mit der Anmutung von wabbeligem Styropor. Vorsichtig holt sie das künstliche Organ aus der Vorrichtung und legt es in eine Emulsion. Es dauert eine weitere Weile, bis eine bräunlich rote Färbung und fleischfarbene Konsistenz entsteht. Doktor York begutachtet die geklonte Zunge durch ein Mikroskop.

»Beeindruckend«, schwärmt der Assistent. »Unsere Wissenschaftler sind längst nicht so weit mit dem Verfahren.«

»Sollten wir die Kunststoffzellen des Bioprints zum Leben erwecken, ist es beeindruckend«, sagt sie. »Andernfalls nichts als ein Versuch in einer kostspieligen Forschungsreihe. Mit einem Spenderorgan wäre Ihnen eher gedient.«

»Werden Sie mir helfen können?«, lässt der Taiwanese den Assistenten übersetzen.

Sie verneigt sich. »Ihr Krebs ist im Endstadium. Die Entfernung des Tumors wird Ihre Zunge nicht retten«, erklärt sie sachlich. »Ich bin von Herrn Heise angehalten, offen mit Ihnen zu reden. Wir haben vielversprechende Ergebnisse bei unserer Forschungsarbeit erzielt. Offen gesagt, ist die Herstellung einer Ersatzzunge äußerst kompliziert. Ein Forschungsteam wird sich mit einer Lösung für Sie beschäftigen. Doch das kann dauern. Jahre womöglich.«

Der alte Mann verneigt sich, ohne seine Enttäuschung zu zeigen. Er greift nach seiner Krücke und begibt sich zur Tür.

Doktor York legt die geklonte Zunge in einen Behälter, die

mit einer Pumpe verbunden ist. Das Gerät saugt den Sauerstoff heraus. Das Hochvakuum entsteht in kürzester Zeit.

»Da ist noch etwas, bitte behalten Sie das für sich«, sagt sie dem Assistenten in vertraulichem Ton. »Herr Heise hatte noch einen anderen Grund, Sie hierher zu bemühen. Wir wollen Ihrem Dienstherrn keine allzu große Hoffnung machen. Doch er hat Glück, großes Glück. Möglicherweise haben wir einen Spender für ihn gefunden.«

Der Assistent sieht zu dem todgeweihten Geschäftsmann, der ihm an der Tür einen fragenden Blick zuwirft.

»Herr Heise schlägt vor, Sie beziehen im Gemeindehaus eine Gästesuite. Ruhen Sie sich von den Strapazen aus«, sagt York. »Kann sein, dass wir schnell handeln müssen.«

20

Am frühen Morgen des nächsten Tages entspannt sich Adam Heise nach dem täglichen Sportprogramm. Die VR-Brille über seinem Gesicht wirkt wie ein Teil von ihm. Er mag das altmodische Ding, das er in der Digisuite in seiner Villa angelegt hat. Eines der ersten Modelle, die auf dem Markt zu haben waren. Vor Jahrzehnten hat er von einem Freund in Singapur ein Programm entwickeln lassen, um durch die visualisierten Datenreihen seiner Forschungsarbeit zu wandern. Wie lächerlich simpel die Anfänge waren, denkt er. Heutzutage hat jede Spielkonsole mehr zu bieten. Der Freund aus Singapur hat das Potenzial der Gamerszene früh erkannt. Das Herzstück von Ammas Quellcode stammt von ihm, von der Programmierung eines taktischen Geschicklichkeitsspiels.

Er nimmt die Brille ab und schlüpft aus dem Datenanzug. Der hat nicht ganz das Alter der Brille. Zwei Entwicklungszyklen jünger. Die Impulse sind hölzern, ungenau abgestimmt auf sein vegetatives Nervensystem. Trotzdem legt er den Anzug gerne an. Hie und da verlangt es ihm nach den verpönten Gefühlen. Direkt, hart und eindringlich. Die Avatargespielin hat ihm mit spitzen Fingernägeln über den Rücken gestrichen. Auf seinen Wunsch hin hat sie ihn gekratzt, bis durch Datenkanäle Schmerz seinen Körper überflutete. Bis digital Blut floss und Schweiß strömte.

Nach dem Schäferstündchen stellt er sich in die Duschkabine

seines Badezimmers. Die Rotationsscheibe dreht ihn. Die Flüssigkeit aus den Düsen strahlt über jeden Quadratzentimeter seines sechsundsechzig Jahre alten Körpers. Reinigung und Massage gleichermaßen. Die künstliche Flüssigkeit ist die Entwicklung eines Getränkeherstellers. Ein Marokkaner, der gegen Forschungsauflagen verstieß und vor der Festnahme aus seinem Land floh. Zu ihm. Heise spürt die regenerierende Wirkung der Bestrahlung. Der manipulierte Kohlenstoff löst Zellen der Oberhaut ab. Die Erneuerung der Hautzellen wird um ein Vielfaches beschleunigt. Seine Haut ist zart und weich.

Scheibe und Dusche stoppen. Er steigt aus der Kabine und betritt den Kühltank. Zehn Minuten lang bei minus zwölf Grad verharrt er darin. Die Zeit nutzt er, die Schlagzeilen des Morgens zu lesen. Amma zeigt ihm, was weltweit von Interesse für ihn ist. Kein kritisches Wort über Himmelhof ist zu finden. Nicht draußen lauert Gefahr, nicht die öffentliche Meinung sorgt ihn. Seit dem Besuch des Kommissars weiß er, wer Walter Fromm wirklich ist. Er schließt die Augen. Helen Jagdt, die Assistentin, nicht die Geliebte von Edgar Pfeiffer, lässt ihn die Kälte ertragen. Er trifft eine Entscheidung. Zum Wohle des Kreuzer Konzerns, der ihn durchleuchten lässt, als wäre er ein Verbrecher. Adam Heise ist nicht gut im Vergeben.

Im siedlungseigenen Supermarkt gibt es kein Plastik. Keine Werbung. Keine Displays mit Sonderangeboten und Werbeclips. Keine Verkäufer. Keine Kassierer. Die Neuen, in diesem Fall Helen, fluchen. Seit ungezählten Minuten biegt sie um eine Ecke nach der anderen und um noch eine. Auf der Suche nach einem Frühstücksmüsli. Die breiten Gänge sind angeordnet wie ein Labyrinth, stellt sie irgendwann fest. Ein Einkaufswagen bietet Hilfe an. Widerwillig folgt sie schließlich dem Gefährt, das für das Müsli im Glas Leinsamen in Papiertütchen als Beimischung empfiehlt. Die intelligenten Einkaufswagen versorgen die Kunden mit allen Informationen. Die Angebote unterscheiden sich kaum von denen eines Supermarktes von außerhalb. Anders ist der Datenbestand, auf den die Einkaufshelfer über den Himmel-Server zugreifen und für eine ausgewogene und gesunde Ernährung sorgen.

Adam Heise ist nach dem Kühltank und einem überhasteten Frühstück in den Supermarkt geeilt. »Helen!«, ruft er.

Sie entdeckt ihn am Eingang und macht keine Anstalten, zu ihm zu gehen. Er winkt ihr zu. Wie ein Lausejunge, schmunzelt sie, der etwas im Schilde führt.

»Bist du fertig? Ich möchte dir etwas zeigen«, bestätigt er ihre Vermutung.

Die Freude über Adams Erscheinen irritiert Helen. Sogar von der Ferne wirkt er frisch und appetitlich wie der Apfel in ihrer Hand. Sie beißt hinein. Der leicht säuerliche Saft prickelt in ihrem Mund. »Was für ein Geschmack«, ruft sie erstaunt.

Auf dem Weg zu ihr grüßt Adam Bewohner, die sich in aller Ruhe von den Assistenten beim Einkauf beraten lassen. »Eigene Züchtung. Unser eigenes Obst«, erklärt er stolz. »Die Sorte habe ich aus Kolumbien mitgebracht. Eine Vitaminbombe. Besonders die Kerne. Lutsch sie, bevor du sie schluckst.«

Endlich schält Edgar Pfeiffer sich aus dem Bett. Er hat ein schlechtes Gewissen, als hätte er eine Todsünde begangen. Am Abend zuvor ist er mit den Abteilungsleitern der Holding in eine Kneipe gegangen. Alkohol ist er nicht gewöhnt. Ein Glas Wein hin und wieder. Mehr nicht. Gestern Nacht hat er mehrere Gläser Rotwein und einen Schnaps nach dem Essen getrunken. Er ist spät nach Hause gekommen und hat sich vergewissert, dass Helen schlief. Ihren Bericht erwartet er beim gemeinsamen Frühstück.

Der Kaffeeduft weist ihm den Weg in die Küche. Für acht Uhr dreißig hat er die Maschine programmiert. Sein Schädel brummt. Auf dem Küchentisch findet er einen Zettel. Helen hat eine gestochen klare Handschrift. »Bin Obst und Müsli einkaufen. Warten, Chef! Ich habe Neuigkeiten von Kommissar Vogt. Nachricht entsorgen!«

An der multifunktionalen Arbeitsplatte gähnt er lächelnd über Helens Nachricht. Entsorgen soll er sie. Er geht in den Salon und wirft die Nachricht in das Kaminfeuer, das er ebenfalls für acht Uhr dreißig programmiert hat. Der Kaffeeduft führt ihn in die Küche zurück. Er greift die gefüllte Tasse. Nach einem kräftigen Schluck spürt er die Wirkung. Sofort und direkt. Wie eine wiederbelebende Injektion in den Herzmuskel. Die Kopfschmerzen sind weg. Mit einem Schlag. Er blickt in die Tasse. Schwarz und stark. Ein Koffeintorpedo. Die Maschine, freut er sich, hat einen unglaublich anregenden Kaffee gebraut. Er nimmt einen zweiten Schluck. Die Wirkung ist intensiver als die erste. Das Koffein bringt jede Zelle seines Körpers auf Trab. Euphorie ergreift ihn. Gute Laune überfällt ihn wie ein Sonderkommando. Er stürmt die Treppen hinauf in das Badezimmer. »System. David Bowie! Major Tom.«

Der Song aus Jugendtagen begleitet ihn beim Duschen. Er singt mit. Den Text beherrscht er auswendig. Edgar fühlt dieselbe befreiende Stimmung wie damals, als er das Lied zum ersten Mal gehört hat. Beim Grölen des Refrains wischt er die Hände über die Augen. Er hält sie vor sich. Das Wasser glänzt rot. Er lacht. Er hat das Gefühl, als kratze und jucke Blut zwischen den Fingern. Wie ätzende Säure legt es sich auf seine Haut und frisst sich über die Poren zurück in die Venen. Er wischt das Blut auf seiner Brust ab. Es bleibt in den Haaren kleben. Er singt, während er beobachtet, wie das Blut über die Brust auf den Bauch wandert und sich in seinem Nabel sammelt. Dort sich zu einem Strudel verwandelt. Er sticht sich mit dem Zeigefinger in die Augenhöhle und holt den Augapfel heraus. Er steckt ihn in den Mund und lutscht und saugt daran, bis er kein Eisen mehr schmeckt. Er spuckt den Augapfel aus. Danach knickt er zusammen. Die Knie berühren als Erstes die Duschwanne. Er greift nach dem schwimmenden Auge. Zu langsam. Sein Sehorgan kreist in dem Gemisch aus Blut und Wasser und verschwindet im Abfluss.

Im Supermarkt ist Adam Heise auf das Ehepaar Streit gestoßen. Sie unterhalten sich über Professor Streits Forschungsergebnisse, die er im Laufe des Tages in das System übermitteln wird. Etwas abseits von ihnen füllt Helen den Einkaufswagen mit Obst, das sie Edgar zum Frühstück versprochen hat. Danach stellt sie sich dem Paar als neue Bewohnerin vor. Die Begrüßung ist herzlich. Frau Streit ist eine engagierte Umweltschützerin und lobt Heise für die Innovationen im Recyclingpark. Ein Alarm aus ihrer Einheit unterbricht den Redefluss. Die Watch meldet ein offenes Fenster im Spielzimmer der Kinder. Frau Streit kontrolliert das Überwachungsbild, während ihr Mann auf seiner Watch die Fensterläden von der Ferne schließt. Die Gelegenheit nutzt Helen, Adam an der Hand zu nehmen und wegzuführen.

Sie beißt von ihrem zweiten Apfel ab. »Wie geht das mit dem Bezahlen?«

»Einfach natürlich, Lieferung ist frei.« Er tippt auf seine Watch und scannt den Code des Einkaufswagens. »Wird auf die Einheit gebucht. Die 11 hat eine Kühlkammer.«

Helen blickt dem davonfahrenden Einkaufswagen nach. »Husch, husch, ab nach Hause mit uns. Walter wartet mit dem Frühstück. Weißt du was, ich setz mich rein und fahr mit dem Ding heim.«

Adam lacht. »Da wärst du nicht die Erste. Frag die Kinder!«

Gemeinsam verlassen sie den Supermarkt. Adam hat das Bedürfnis, ihre Hand zu nehmen.

Helen spürt, was in ihm vorgeht. »Walter ist nach dem Frühstück den ganzen Tag weg.«

»Das hoffe ich«, lächelt Adam. »Er ist zum Arbeiten gekommen. Ferdinand Kreuzer zählt auf ihn. Doch was du in Himmelhof machst, ist mir unklar.«

Sie hüllt sich in Schweigen. Sie hat den Auftrag, ihn zu durchleuchten, nicht andersherum, geht ihr durch den Kopf. »Wird in der Siedlung die Privatsphäre nicht respektiert?«, fragt sie dann doch.

»Die Einheiten sind intelligent, haben aber einen Schalter, der sie dumm macht, wenn dir das lieber ist. Du solltest dich mit den Möglichkeiten beschäftigen. Oder lohnt es sich nicht?«

»Mal sehen, wie lange Walter in Augsburg beschäftigt ist.«

»Bezahlt er dich?«

Helen verheimlicht die Freude über die Frage, die sein Interesse an ihr zeigt. Sie bleibt empört stehen. »Ob ich eine Nutte bin?«

»So meine ich das nicht«, antwortet er ausweichend. »Du suchst einen Platz für Yogakurse, nicht wahr?«

»Ja, aber ich sollte zurück. Walter wartet.«

»Das geht schnell«, sagt er und greift ihre Hand.

21

Während Adam und Helen den Supermarkt verlassen, betreten zwei Männer in schwarzen Schutzanzügen über das Tunnelsystem den Serverraum der Einheit 11. Helen Jagdts Signal auf dem Tablet zeigt dem Leiter des Objektschutzes, dass er und sein Kollege August Stahl nichts zu befürchten haben. Heise ist mit der Hausbewohnerin auf dem Weg zum See, wie mit ihm besprochen. Axel Macke wechselt die App. Die Männer beobachten auf dem Display, wie Edgar den Kampf gegen das Nervengift verliert und zusammenbricht. Sie gehen nach oben. Wasserdampf hängt im Badezimmer, das Bild ist dennoch scharf. Hinter dem Schleier zeichnen sich die Konturen des Körpers in der Duschkabine ab. Sie warten noch etwas. Dann schließt Macke das Tablet und nickt Stahl zu.

Als die Männer das Badezimmer betreten, färbt kein Blut die strahlend weiße Duschwanne rot. Edgars Augen sind unversehrt. Sie stehen weit offen. Er starrt auf den Duschkopf. Die darin versteckte Kamera ist nicht zu erkennen. Die Mundwinkel sind zu einer Grimasse verzogen. Die Männer packen ihn unter den Armen, trocknen ihn ab und ziehen ihm einen Bademantel an. Das Logo von Himmelhof auf der Brusttasche hat eine Schneiderin aus dem Siedlungsblock aufgenäht.

Adam hat Helen zum Holzsteg am See geführt. Er bittet sie, einen Schritt zur Seite zu gehen. An dem Morgen ist kein Betrieb wie in den Abendstunden. Bei der Flaute tummeln sich keine Pensionäre in Segelbooten auf dem Wasser. Helen knabbert den Apfelbutzen kahl und schleudert ihn in hohem Bogen weg. Er durchstößt die Wasseroberfläche und sinkt ab.

»Mach schon, Adam. Walter wartet mit dem Frühstück«, beschwert sie sich. »In einer Stunde hat er einen Termin.«

»Du bekommst eine Watch von mir. Sieh sie als Willkommensgeschenk«, erwidert er. »Walter hat mir eine Nachricht geschickt. Er musste früher in die Stadt fahren.«

Helen kommt auf ihn zu. »Hat er dir geschrieben? Warum?«

»Du hast dein Handy liegen gelassen.«

Adam zeigt ihr die Mitteilung. Helen grübelt. Das passt nicht zu Edgar, denkt sie. Sie sind verabredet gewesen. Verabredungen hält er ein. Er wollte sich von ihr auf den aktuellen Stand bringen lassen. In einer Angelegenheit, bei der die Zukunft des Konzerns, ihres Arbeitgebers, auf dem Spiel steht. »Wann hat er dir das geschickt?«

»Gerade eben, warum?«

»Nichts«, ändert sie den Ton. »Ich ärgere mich, weil ich ihm ein Hemd gebügelt habe.«

Adam lacht auf. »Bügeln musst du nicht. Dafür gibt's Maschinen. Willst du ihn anrufen?«

»Nein, schon gut«, lenkt sie ein.

Die schwarzen Schutzanzüge fliegen auf das Recyclingband in der Halle. Das Sortiersystem entscheidet nach der Gewebeanalyse für eine Wiederverwertung. Die Drechselmaschine schreddert die Polyestermischung in Kleinteile und führt das Material einem anderen Laufband zu.

Macke und Stahl beachten das Geschehen nicht weiter. Sie tragen Edgar Pfeiffer zum Aufzug und fahren ihn in das Untergeschoss. Von dort bringen sie ihn zu Doktor York und Doktor Drechsler in den Operationssaal.

»War der Kaffee zu stark?«, sorgt sich York.

Sie injiziert Edgar den Himmel-Chip in den Oberarm. Die Haut wölbt sich leicht und strafft sich zurück. Die Anzeige auf dem Monitor lebt auf. Die Werte sind in Ordnung. Edgar Pfeiffer lebt.

»Sie haben es bald überstanden«, sagt sie dem Patienten. »Atmen Sie ruhig weiter.«

Drechsler steht mit verschränkten Armen neben ihr. »Wie lange brauchst du?«

Edgars Augen reagieren. Seine Pupillen kreisen. Er nimmt den Operationssaal wahr. Die Geräte, die Ärztinnen in Kitteln und Gesichtsschutz. An die Männer, die ihn aus der Duschkabine geholt haben, hat er keine Erinnerung.

»Halbe Stunde«, antwortet York. »Wenn seine Zunge als Spenderorgan infrage kommt, operieren wir am Abend. In Ordnung?« Sie bemerkt Drechslers nachdenklichen Blick. »Was hast du? Stimmt etwas nicht?«

Drechsler denkt an Heises Gesichtsausdruck, als er sie beauftragt hat, den Mann, der vorgibt, Walter Fromm zu sein, aus dem Verkehr zu ziehen. Er hat verkrampft gewirkt, nicht wie sonst. Nicht gelassen und über den Dingen stehend.

»Alles in Ordnung, Susan«, sagt sie ruhig. »Beeil dich. Wenn die Zunge geeignet ist, führ die Transplantation sofort durch. Lass uns das Leben des Taiwanesen retten. Dann investiert er mit dem Japaner in Himmelhof, und wir können endlich wieder in Ruhe weiterarbeiten.«

York nickt und setzt Edgar die Narkosemaske auf. Gleichzeitig betreten Kollegen den Operationssaal. Mit einer Klemme spreizt sie Edgars Mund und greift zum Skalpell.

22

Im E-Learning-Saal folgen die Schüler auf individuellen Liegen einem Vortrag über Transhumanismus. Die Datenbrille liefert Video- und Bildmaterial. Über die Plättchen hören sie kritische Worte eines britischen Philosophen. Esther kennt den Vortrag über Body Transformer. Marnie Renner aus Einheit 12 ist eine Ikone der Community, die an eine Schnittstelle zwischen Gehirn und Computer glaubt. In Biotechnologie hat ihr indischer Lehrer von revolutionären Forschungsansätzen berichtet. Mit der gegenwärtigen Technologie utopisch, aber eines Tages werden menschliche Organe auf Chips montiert und eingepflanzt. Esther empfindet Stolz, zu einer Gemeinschaft zu gehören, die mit Start-ups und Forschungsgruppen daran arbeitet, die Zukunft des Menschen besser zu gestalten.

Vorsichtig setzt sie die Brille ab und verlässt unbemerkt den Saal.

Sie hat genug Zeit, ihre dringende Aufgabe zu erledigen und vor dem Ende des Vortrags zurück zu sein. Schnell erreicht sie das Dach des Schulgebäudes. Dort holt sie das Tablet mit GPS-Ortung aus dem Rucksack und legt sich auf die Studierliege. Gleich darauf greift sie in die Hosentasche und fischt ein Gummiband hervor. Sie befühlt den Oberarm und findet die Stelle mit dem Himmel-Chip. Sie zieht das Störband darüber und geht zum Rand des Daches. In Zeitlupentempo beugt sie den Oberkörper vor, bis sie den Ast eines Baumes zu greifen bekommt.

Das Netz schnellt nicht heraus. Die Sensoren erkennen keinen Menschen in Gefahr. Den Weg aus der Siedlung hat sie entdeckt, als sie Josef Stieler beim Baumschnitt half.

Einen Moment lang hängt sie in der Luft und blickt nach unten. Die Tiefe macht ihr keine Angst. Der erhöhte Herzschlag, der vom Vorsorgecenter registriert werden würde, bleibt wegen des Störsignals unbemerkt. Sie hangelt sich zum nächsten Ast, von dort zum Siedlungszaun. Die Umzäunung steht unter Strom. Wenn sie ihn als Siedlungsbewohner berührt, kriegt sie einen schwachen Stromstoß ab und Alarm wird ausgelöst. Eindringlinge, die mit dem Spinnennetz aus Draht in Kontakt kommen, werden mit einem stärkeren Stromschlag gewarnt. Für den Fall, dass der wachhabende Sicherheitsmann sie erwischt, wie sie das Areal verlässt, hat sie eine Geschichte parat. Sie wird Samuel Papst unter Tränen von einem heimlichen Freund erzählen, den sie im Wald treffen wollte. Samuel wird einen Vermerk machen, sie aber nicht melden. Erwachsene stehen auf Liebesgeschichten. Sie hat ihn ertappt, wie er über einem Groschenroman – die verbotene Liebe einer Gräfin zu ihrem Chauffeur – eingeschlafen ist.

Esther schwingt über den Zaun und landet auf dem weichen Waldboden. Sie huscht zwischen den Bäumen hindurch und erreicht den Bau, wo sie ein verletztes Hündchen versteckt hält. Es kauert in dem Erdloch und begrüßt sie aufgeregt. Aus dem Rucksack holt sie die Milchflasche. Das Tier saugt gierig mit schmatzenden Lauten. Esthers Augen leuchten vor Glück und Freude.

Ein Rascheln schreckt sie auf, obwohl sie nichts Verbotenes macht. Schule zu schwänzen, um ein verletztes Tier zu versorgen, das sie an der Landstraße gefunden hat, wird keine Bestrafung nach sich ziehen. Niemand, allen voran Adam Heise, wird ihr Vorwürfe machen. Die Rettung von Leben ist das höchste Gut in Himmelhof. Sie möchte den Welpen an sich gewöhnen, ihn zu ihrem Freund und Begleiter machen, ihn zähmen, damit ihre Mutter ihr erlaubt, das Hündchen zu behalten. Sie will nicht, dass das süße, knubbelige Wollknäuel auf den Gutshof kommt. Es soll nicht in den Stall zu den Ziegen und Schweinen und den anderen Tieren aus dem Wald.

Niemand glaubt an das Gerücht, dass Doktor Drechsler Tierversuche unternimmt, um menschliches Blut besser zu verstehen. Doch sie schon. Sie hat heimlich beobachtet, wie sie mit ihrer Assistentin Lisa Kupfer ein Schwein und ein Rind mit Schläuchen verbunden hat. Sie hat sich schlaugemacht und kapiert, was sie heimlich beobachtete. Lisa ist eine Koryphäe auf dem Gebiet der Parabiose. Die Südafrikanerin kennt sich aus, wie Blutkreisläufe von Tieren verbunden werden.

Ein Knacksen. Äste, die unter schwerem Gewicht brechen, lassen sie aufhorchen. Sie duckt sich und drückt das Hundebaby an sich. Zwei Männer stampfen quer durch den Wald auf sie zu. Sie geht in Deckung. Der Welpe hat die Flasche leer getrunken. Er schleckt ihre Hand ab. Sie starrt auf die Männer. Der eine dreht den Kopf und zieht die Maske zurecht. Sie erkennt seine Augen und unterdrückt einen Aufschrei. Die Männer halten inne. Tuscheln miteinander. Der mit den Augen, die sie kennt, kommt bedrohlich auf sie zu. Esther drückt den Welpen an sich. Bevor sie entdeckt wird, wirft sie das Tier von sich. Es fliegt durch die Luft, landet auf dem Waldboden und tapst mit wackeligen Beinen davon. Esther kauert hinter dem Baum und hört, wie sich die Schritte entfernen. Das kleine Herz schlägt schnell. Sie denkt nach. Esther schluckt und sieht, wie der Welpe Reißaus nimmt und in einem Busch verschwindet. Sie duckt sich tiefer. Die Männer gehen knapp an ihr vorbei und entfernen sich. Das Stampfen verstummt. Stille kehrt ein.

Indessen ist Adam Heise so weit, Helen seine Überraschung zu präsentieren. Er schreitet über das Wasser des Siedlungssees. Ein Schritt nach dem anderen. Nach fünf Metern dreht er sich um und springt auf und ab.

»Komm!«, ruft er Helen zu. »Auf der Plattform ist Platz für fünf, sechs Leute. Das wird deinen Yogaschülern gefallen.«

Helen sitzt auf dem Holzsteg und schüttelt den Kopf. »Ganz sicher nicht! Bin doch nicht verrückt – wie du!«

Adam blickt auf die Watch. Sein Gesichtsausdruck verwandelt sich. Unvermittelt kehrt er den unsichtbaren Wasserpfad zurück. Helen steht auf. Doch er beachtet sie nicht. »Ich habe zu tun. Ich melde mich später.«

»Wie bitte?«, ruft sie ihm hinterher. »Lässt du mich hier stehen?«

Als sie ihm durch das Tor auf das Siedlungsgelände folgt, entdeckt sie den Grund für seinen überhasteten Aufbruch. Adam begrüßt zwei asiatische Männer. Der eine ist alt und stemmt sich in Krücken. Der jüngere ist in ein Dauerlächeln verfallen. Er begleitet sie zu einem Mobil. Hätte sie nur ihr Handy nicht vergessen, schäumt sie, könnte sie Fotos machen.

Mit Verärgerung im Bauch, dem komischen Gefühl, dass Adam sie in der Hand hat und nicht sie ihn, kehrt sie zurück in das Haus. Sie wähnt sich allein und beschließt, in die Stadt zu fahren, um die Gerichtsmedizinerin wegen ihres Berichtes über Marion Stielers Schwangerschaft zu sprechen. Wozu braucht sie einen Kommissar, dem anzumerken ist, kein Interesse an der Aufklärung zu haben? Sie findet ihr Handy auf dem Sofa und ruft Edgar an, um ihn über ihren Plan in Kenntnis zu setzen. Ein leises Läuten ertönt. Sie folgt dem Klingelton und entdeckt das Mobiltelefon auf dem Küchentisch. Sie greift danach. »Edgar? Du ohne Handy?«

Mit dem Vorsatz, ihm das Telefon in die Augsburger Holding zu bringen, läuft sie die Treppen nach oben. Umziehen. In ein Kleid schlüpfen, raus aus den Joggpants, freut sie sich. Das Gesicht erhellt sich, als sie durch die Badezimmertür Wasserrauschen hört. Anscheinend steht Edgar unter der Dusche. Sie klopft.

»Edgar!«, ruft sie. »Du bist ja doch da!«

Sie wartet auf eine Antwort.

»Edgar!«, ruft sie nochmals. »Ich komme rein. Dreh dich weg!«

Sie tippt auf die Tür und betritt das Badezimmer. Durch die angelaufene Scheibe kann sie nichts erkennen. »Edgar?«

Das Gefühl, dass etwas nicht in Ordnung ist, treibt sie an. Sie öffnet die Duschkabine. Der Mann, der ihr ein väterlicher Freund ist, der ihr eine Anstellung gegeben hat, nachdem sie fast ein Jahr in der Psychiatrie war, liegt in einer Blutlache am Boden.

Sie kniet sich zu ihm, unter das laufende Wasser. Sie fühlt seinen Puls am Hals. Er ist schwach. Bis auf die Knochen durchnässt verständigt sie die Klinik.

23

In etwa zur selben Zeit empfindet Adam Heise eine gewisse Genugtuung. Er ist mit dem Verlauf der ungeplanten Maßnahme zufrieden. Der taiwanesische Gast ist bei Doktor York in guten Händen. In der Empfangszentrale koordiniert er mit Samuel Papst den Abtransport des Patienten nach der Operation. Er unterhält sich mit ihm über Esther, die wieder einmal ausgebüxt ist und glaubt, mit dem Störband das System ausgetrickst zu haben. Die Neujustierung der Sensoren auf dem Dach des Schulgebäudes ist in die Wege geleitet. Was behoben werden muss, ist das Problem mit den Ästen, die zu nahe an das Dach wachsen. Es fällt ihm schwer, Bäume zu fällen. Mit Papst kommt er auf die Idee, eine Umpflanzung zu Ehren von Josef Stieler zu organisieren.

Papsts Blick wandert über die Kontrollmonitore. Zweihundertzehn von eintausendzwölf registrierten Bewohnern sind außerhalb des Zaunes, Esther mitgerechnet zweihundertelf. Auf dem frei schwebenden Display ist der Wald zu sehen. Es ist ruhig.

»Wo ist Esther?«, fragt Heise.

»Eben war sie da«, wundert auch Papst sich. »Wahrscheinlich ist sie mit dem Störband zurück auf das Gelände.«

»Wollen wir hoffen, dass ihr nichts passiert ist. Schick eine Drohne. Erschrick sie ein wenig.«

Papst legt die Koordinaten des Suchbereiches fest. Keine Mi-

nute später hebt vom Dach der Empfangszentrale eine Über-
wachungsdrohne ab. Sie fliegt Richtung Schulgebäude, ausgestattet mit 360-Grad-Kameras und Wärmesensoren.

Die Drohne nähert sich dem Siedlungszaun. Der Mann, dessen
Augen Esther erkannt hat, ist bei ihr im Versteck. Axel Macke.
Er zieht sie in Deckung.

»Bitte«, fleht sie leise. »Verraten Sie mich nicht.«

»Er sucht nach dir«, flüstert er. »Sag ihm, dass du Angst hattest, der Besitzer würde den Welpen zurückwollen. Deshalb
hast du ihn versteckt gehalten. Gib mir das Störband. Zerreiß
es. Sag, du hättest dich in einem Ast verfangen. Verstanden?«

Sie streift das Gummiband ab.

»Danke«, wispert sie verängstigt. »Ich will nicht, dass das
Hündchen in den Stall kommt. Bitte sagen Sie Herrn Heise
nichts.«

Macke nimmt ihr das Band ab und zerreißt es selbst. »Was du
gesehen haben willst, ist Quatsch. Doktor Drechsler experimentiert nicht mit Tieren. Sie hilft Frauen, Babys zu bekommen. Das
weißt du doch«, redet er beruhigend auf sie ein. »Behalt das für
dich, ja?«

Esthers Pupillen verengen sich. »Schon gut. Hab's kapiert.
Aber ...«

»Kein Aber, Mädchen«, fordert Macke. Das abgerissene Band
stopft er ihr in die Hosentasche. »Die Drohne wird dein Signal
gleich orten. Los, zurück zur Schule.«

Folgsam macht sich Esther auf den Rückweg. Die Drohne
fliegt zu ihr und schwebt direkt über ihrem Kopf. Sie blickt nach
oben und winkt. Gleichzeitig entdeckt sie den Welpen, der wie
wild geworden am Boden schnüffelt und mit den Pfoten das Erdreich aufwühlt. Beschützend nimmt sie das Tier in die Arme
und entdeckt das Entsetzlichste, was sie je in ihrem Leben gesehen hat. Hals und Kehle schnürt es ihr zu: Im Maul des Tie-
res baumelt ein Händchen. Verwest und winzig, mit Erde be-

schmutzt und übersät von krabbelnden Insekten. Esther schreit wie von Sinnen und verstummt sofort wieder. Zwischen Blättern und Ästen entdeckt sie einen Schädel in Miniaturgröße. Das Skelett ist kleiner als ihr Fuß daneben. Sie ist unfähig, sich von der Stelle zu bewegen.

Die Kamerabilder der Drohne zeigen auf dem Display in der Eingangszentrale, dass Esther wie angewurzelt zwischen den Bäumen steht. Regungslos drückt sie den Welpen an sich. Papst zoomt auf die Stelle, auf die sie blickt. Die Umrisse des winzigen Skeletts lassen Adam Heise das Schlimmste befürchten. Wenn der Fund untersucht wird, ist die Verbindung zu Himmelhof selbst für einen ungebildeten Ermittler wie Kommissar Vogt herstellbar. Er flucht leise und sucht Halt in den Baumwipfeln, die im Wind hin und her wehen.

»Lass mich mit ihr reden«, sagt er.

Die Drohne schwebt näher zu dem Mädchen. Aus den Lautsprechern dringt Adam Heises Stimme: »Esther! Was ist? Was hast du gefunden?«

Esther löst sich aus der Starre und reagiert auf die autoritäre Stimme. Sie blickt nach oben zur Drohnenkamera. »Herr Heise?«

»Bleib, wo du bist, mein Kind. Ich komme zu dir.«

Er atmet schwer. Papst ahnt, mit welcher Entscheidung sein Vorgesetzter kämpft. »Esther steht auf einem der ersten Gräber, Herr Heise.«

»Esther ist intelligent.«

»Zu intelligent, fürchte ich«, bekräftigt Papst.

In der Siedlungsklinik springt das Flurlicht an. Auf der Trage starrt Edgar Pfeiffer mit abwesendem Blick auf Helen, die neben den Sanitätern mitläuft. Die Bereitschaftsärztin lässt sich unterrichten und ordnet eine Notfalloperation an.

Die Klinik ist auf Herzinfarkte spezialisiert. Sie stehen oben auf der Liste der Eingriffe, neben Schürfwunden bei Kindern und Arbeitsunfällen von Bauarbeitern. In den Labor- und Forschungseinrichtungen der medizinischen und biotechnologischen Start-up-Firmen ereignen sich immer wieder Vorfälle. Meist Verletzungen an Händen und im Gesicht. Verätzungen durch chemische Substanzen. Leichte bis mittlere Vergiftungen, Unfälle durch unsachgemäßen Einsatz von Labormitteln. In Arbeit und in Gedanken vertiefte Wissenschaftler und Forscher stellen nicht selten eine Gefahr für sich selbst dar.

Später, nach Edgars Operation, sitzt Helen bei ihm im Merkurzimmer. Er atmet. Ruhig, ohne Hast, als wäre er angekommen, nach einer langen, langen Wanderung. Helen döst. In Gedanken ist sie bei den Stunden, in denen sie im Zimmer der Psychiatrie lag. Wieder und wieder malte sie sich aus, wie ihr Junge ausgesehen und geduftet hätte. Welchen Namen sie für ihn gewählt, wie sie ihn gestillt und versorgt hätte, ihn zu einem anständigen Mann erzogen hätte. Zu einem anderen Mann als sein Vater, der ihn nicht haben wollte.

Edgar reißt sie aus dem Tagtraum. Er atmet schneller. Unregelmäßiger. Unvermittelt öffnet er die Augen. Der leere Blick ängstigt Helen. Sie nimmt seine Hand, drückt sie leicht.

»Wie geht's dir?«, fragt sie. »Hast du geträumt?«

Edgar nickt. Er tastet über sein bandagiertes Gesicht, er kann nicht sprechen.

Helen drückt seine Hand fester. »Willst du einen Spiegel?«

Edgar schüttelt den Kopf.

»Du hast eine Herzattacke in der Duschkabine gehabt«, erklärt sie sanft. »Du bist operiert worden. Fünf Stands. Es ist alles gut gegangen. Ich habe deiner Frau Bescheid gegeben.«

Edgar überlegt. Er will sprechen, Mund und Zunge unter dem Verband bewegen.

Helen schluckt, bevor sie ihm die ganze Wahrheit offenbart: »Bei der Herzattacke hast du einen Krampfanfall gehabt. Du bist ausgerutscht und hast dir die Zunge abgebissen.«

Edgar schließt die Augen. Tränen tränken den Verband nass.

»Schlaf jetzt«, sagt Helen. »Ich sehe später wieder nach dir.«

24

Helens Körper schüttet Endorphine aus. Schweiß perlt auf ihrer Haut. Beim Laufen das Herz zu spüren, das Pumpen und Pochen zu fühlen, lindert die Sorgen, den Zweifel über den Sinn ihres Einsatzes. Was mache ich hier?, fragt sie sich.

Die Bewohner, denen sie beim Laufen begegnet, scheinen Bescheid zu wissen, was Walter Fromm vor ein paar Stunden zugestoßen ist. Sie nicken ihr zu, zeigen ihre Anteilnahme. Sie wundert sich nicht. Die Neuigkeit hat sich in Windeseile über die Watch verbreitet. Wer sie ist, scheint sich auch herumgesprochen zu haben. Die duselige Yogalehrerin. Die Geliebte eines Kreuzer Managers.

Auf dem Rückweg entdeckt sie im Vorgarten von Einheit 12 eine ältere Frau wie aus einer anderen Zeit und Welt. Sie trägt eine Schürze, ein Kopftuch hält die Haare zusammen. Helen bleibt bei ihr stehen und fasst sich an die Seiten.

»Brauchen Sie ein Glas Wasser?«, fragt sie.

Helen nickt außer Atem. »Ist Marnie nicht zu Hause?«

»Nein, morgen Abend ist sie zurück«, erwidert sie. »Wie geht's Ihrem Mann?«

Helen bedankt sich für das Mitgefühl. Die Zugehfrau spricht von Fügung, von Glück im Unglück. Doktor York und Doktor Drechsler lassen niemanden in der Siedlung sterben. Helen ist verblüfft über den guten Ruf der Medizinerinnen und verstrickt das munter plaudernde Muttchen in ein Gespräch. Unter vorgehaltener Hand erzählt die Augsburgerin von Marnie Renner, der Bewohnerin von Einheit 12. Einmal die Woche geht sie ihr im Haushalt zur Hand. Eine Studentin, die was mit Bakterien und Altwerden büffelt. So ein junges Ding und so lebensuntüchtig! Gerade mal zwanzig. Keinen Schimmer habe sie vom Altsein, wie will sie das dann studieren? Und jetzt sei sie schwanger. Einen Ballon trage sie vor sich her. Viel zu früh, wenn sie jemand fragt. Keinen Mann gäbe es weit und breit zu dem Kind. Jedenfalls habe sie keinen bei ihr gesehen. In seiner Barmherzigkeit habe Adam Heise ihr ein Dach über den Kopf in Himmelhof gegeben. Den Grund dafür wüssten alle. Die Renner ist eine Intelligenzbestie. Hypergescheit, aber strohdumm, was das reale Leben angeht. Dass sie allein wohnt in dem riesigen Haus, komme ihr komisch vor, ist die Augsburgerin nicht zu bremsen. So viel Platz für eine Person! Und eigentlich funktioniere ja alles vollautomatisch. Von Waschen und Bügeln müssen junge Frauen keine Ahnung mehr haben. Aber der Computer, das denkende Haus, das nimmt sie nicht in den Arm, wenn sie mal Herzenswärme braucht, so viel sei sicher.

Helen bohrt weiter. Sie erfährt, dass das Dienstherrengetue der Studentin unerträglich sei, wenn sie am Computer hockt und Essen und Trinken von auswärts ordert. Die Drohnen kennen die Einflugschneise zu ihr in- und auswendig. Und der Massagesessel erst, entsetzt sie sich. Mit Roboterhänden lasse sie sich durchkneten – halb nackt! Angeblich soll sie mehr Mikrochips im Körper als Zähne im Mund und Leitungen unter der Haut von hier bis zum Augsburger Rathaus haben. Die Frau bekreuzigt sich und hofft, mit Gottes Beistand, dass das Baby nicht nach der Mutter geraten möge. Urplötzlich verstummt sie. Die Watch unter ihrem Mantelärmel piepst.

»Die Waschmaschine ist fertig«, stellt sie fest.

Helen hält ihr die Tasche. Das alte Mütterchen setzt die Brille auf und tippt bedächtig eine Ziffer nach der anderen ein, um in das Haus zu gelangen. Helen beobachtet sie dabei und folgt ihr.

Der Schnitt der Räumlichkeiten ist derselbe wie in ihrer Einheit. Die Unordnung erinnert Helen an ihre eigene, viel kleinere Wohnung in Frankfurt. Der Boden ist übersät mit Klamotten und Schuhen, allem möglichen Krimskrams, Controller und Werkzeug liegen herum.

»Gegen Marnies Lebenswandel haben die noch keine Maschine erfunden«, sagt die Augsburgerin.

Helen folgt ihr mit der Tasche in den Salon. Dort herrscht dasselbe heillose Chaos. Die Einzelteile des Sofas sind quer im Raum verteilt. Energydrinks und Vorratsbehälter aus dem Kühlschrank liegen um den Kamin verteilt. Ein altes Smartphone lugt unter dem Tisch hervor.

»Sie hat ihr Handy vergessen«, bemerkt Helen.

»Die ist besessen von den Dingern. Die hat ein halbes Dutzend davon, liegen überall herum«, entgegnet sie. »So, jetzt muss ich loslegen. Hab das Haus von Professor Breindl auch noch zu machen.«

Die Zugehfrau bemüht nochmals den Zettel und gibt am Display eine Zahlenkombination ein. Helen fällt auf, dass sie denselben Code wie am Eingang verwendet. Nach dem Quittungston atmet die Zugehfrau auf. »Mir ist lieber, wenn das Haus schläft. Hab Sorge, die Maschinen sind beleidigt, wenn ich für sie sauber mache.«

Beim Hinausgehen ist für Helen die Verlockung groß, nach Marnie Renners Smartphone zu greifen. Hätte sie es nur nicht erwähnt, ärgert sie sich. Sie entscheidet sich dagegen und entdeckt einen USB-Stick auf dem Kopfteil des Massagesessels.

»War da was in der Küche?«, lenkt sie die Zugehfrau ab und steckt den Stick ein.

Eine leise Hoffnung, etwas auf dem Stick zu finden, das ihr Marnie Renner näherbringt, treibt sie zurück in das Haus. Sie setzt sich an den Küchentisch und kommt zur Ruhe. Zu stehlen ist keine Routine für sie. An einer Maschine, die Befehle von einer App erwartet, versucht sie, Saft aus Orangen zu pressen. Nach langwierigem Kampf bringt sie das Gerät dazu, das Glas zu füllen. Sie hat keinen eigenen Computer nach Himmelhof mitgenommen. Ein Gerät, das mit dem Hausnetz verbunden ist, ist ihr zu bedenklich und zu gefährlich. Sie öffnet Edgars sicheren Laptop und schreckt vor ihrem Leichtsinn zurück. Sie hebt den Kopf, blickt umher und macht in ihrem Sichtfeld drei Kameras aus.

Mit dem Stick in der Hand vergewissert sie sich auf dem Steuerungsdisplay im Flur, dass die Überwachungsfunktion noch abgeschaltet ist. Das System informiert sie, dass aus Sicherheitsgründen die Überwachung von der Ferne freigegeben werden sollte.

Zurück in der Küche plagt sie sich damit, das schmale, flache Plastikteil in den Anschluss des Laptops zu schieben. Es passt nicht. Sie sieht sich den Datenträger genauer an. Der Anschluss ähnelt nicht im Entferntesten dem eines USB-Sticks, bemerkt sie. Sie braucht einen Spezialisten, der ihr weiterhilft, ohne groß Fragen zu stellen.

Über das Firmenhandy ruft sie im Konzern an. Noch weiß Ferdinand Kreuzer nicht, dass sein Sicherheitschef in der Klinik liegt und seine Zunge abgebissen hat. Sie möchte ihn informieren, direkt und persönlich. Doch der Vorstandsvorsitzende ist in einer Besprechung mit Haru Tanaka, wie sie nach hartnäckigem Drängen erfährt.

Mit einem weiteren Anruf erreicht sie die Person in der Sicherheitszentrale, die sie sprechen möchte. IT-Guru Fabian Bosch ist kurz angebunden. In Frankfurt sei der Teufel los, sagt er. Im Hintergrund hört sie geschäftiges Durcheinander. Sie erzählt ihm von dem elektronischen Teil, das nicht in den USB-Slot passt. Fabian ist neugierig, verspricht, es sich anzusehen und sich zu melden, sobald er etwas weiß.

Helen fotografiert den Stick und schickt die Aufnahme dem Computermann. Dann legt sie ihn in die Schublade zum Geschirr. Plötzlich ergreift sie Unbehagen. Das Gefühl, trotz abgeschalteter Kameras beobachtet zu werden, kriecht ihr über den Rücken. Sie holt den Stick wieder heraus, steckt ihn ein und verlässt das Haus.

Auf dem Weg hinaus erreicht sie ein Anruf. Fabian, hofft sie. Er platzt vor Neugier und hat alles stehen und liegen gelassen, um gleich zu recherchieren. Doch auf dem Display leuchtet der Name ihrer Schwester. Helen atmet durch.

»Julia, hallo«, spricht sie erleichtert ins Telefon. »Ich habe mir Sorgen gemacht. Wo bist du?«

»In San Francisco. Morgen check ich nach New York ein …«

Es folgen Wortfetzen, zischende Laute, ein Knacksen, dann bricht die Verbindung ab. Helen ruft zurück und hinterlässt ihrer Schwester eine Nachricht, wo sie zu finden ist, sollte sie ihr Weg zurück nach Deutschland führen.

25

Zwei Stunden später umschmeichelt am See die Nachmittagssonne Helen freundlich. Bewegungen und Abläufe der Yogaübungen sind ihr in Fleisch und Blut übergegangen. Sie lässt die Gedanken an den Stick, an Marnie Renner abfallen, entlässt die Sorgen um Edgar ins Nichts. Das Unterbewusstsein reagiert auf die Routinen. Helen fühlt sich leicht wie ein Stein, der über die Wasseroberfläche des Sees hüpft. Stille kehrt in ihr ein.

Erst nach einer Zeit nimmt sie die Geräusche um sich wahr. Zögernd öffnet sie die Augen. Eine Frau mit langen schwarzen Haaren spielt am Ende des Stegs mit drei Kindern. Sie ist geschminkt, eine hübsche junge Frau. Sie lässt die Kinder zurück und stellt sich Helen als Valeria vor. In passablem Deutsch entschuldigt sie sich für die Störung. Helen gibt sich selbst die Schuld. Was muss sie auch am Steg Yoga machen? Die Mädchen sind Zwillinge, vier Jahre alt, der Bruder sechs. Die Geschwister spielen Fangen, während Helen sich mit ihr unterhält.

Valeria ist vor einem halben Jahr von Bogotá nach Himmelhof gekommen, vernimmt Helen, die bei der Erwähnung der Stadt zusammenzuckt. Doktor Drechsler war dort in einer Privatklinik einige Jahre lang beschäftigt und hat, sollten Tanakas Behauptungen stimmen, mit Totgeburten Forschung betrieben. Helen lässt die junge Frau weiterreden und erfährt, dass sie bei Familie Haas in Einheit 32 wohnt. Die Eltern der Kinder arbeiten in einem Logistikzentrum, beide im Schichtbetrieb. Trotz des Doppelverdienstes können sie sich Haus und Kinderbetreuung nicht leisten. Helen weiß von der Fuggerei, der ältesten Sozialsiedlung der Welt in der Augsburger Innenstadt, die Heise als Vorbild für Himmelhof diente. Neben den Siedlungsblöcken für Geringverdiener hat er durchgesetzt, dass Bewohner für sich und Gäste beim Eintreffen nach 22 Uhr einen symbolischen Obolus entrichten. In der Innenstadt wird das Geld bar erhoben. In der Mustersiedlung der Zukunft legen Spätkommer den Himmel-Chip auf den Scanner der Eingangszentrale. Mit Quittungston wird die Abbuchung des Nachtgeldes bestätigt. Ganz im Geiste der Fuggerei tragen betuchte Bewohner einen freiwilligen Beitrag zur Miete der Familie Haas bei. Die restlichen Kosten und Valerias Bezahlung übernimmt die Adam-Heise-Stiftung.

Heise, schwärmt die Kolumbianerin, sei ein Engel, ein guter Mensch. Als Helen beobachtet, auf welche Weise sie die spielenden Kinder anblickt, ahnt sie, dass hormonell bedingte Gefühle in ihr toben.

»Wie alt bist du?«, fragt Helen sie.

»Sechsundzwanzig«, antwortet Valeria.

Selbst bemerkt die Kinderfrau offensichtlich nicht ihr verklärtes, in Glück schwelgendes Gesicht. Helen dagegen entgeht nicht, wie sie sich beim Betrachten der Kinder liebevoll über den Bauch streicht. Das Gefühl, sich zu verändern, kennt sie von ihrer eigenen Schwangerschaft.

»Bist du schwanger?«, fragt sie das Kindermädchen unverblümt.

Valeria bekreuzigt sich und murmelt mit geschlossenen Augen ein Gebet.

»Vielleicht, ich weiß nicht«, lächelt sie verschämt.

Wenn Helen eines klar geworden ist, dann, dass um sie herum viele Frauen schwanger sind. Marion Stieler, die trotz gegenteiliger Gutachten von Drechsler und der Gerichtsmedizin felsenfest überzeugt war, schwanger zu sein. Die Schwangere beim Abendessen am Steg, die Heise bat, über ihren Bauch zu streichen. Marnie Renner, die einen Ballon vor sich hertragen soll, den sie unter dem weiten Mantel bei der ersten Begegnung nicht bemerkt hat. Und jetzt möglicherweise Valeria, die sich anscheinend nichts sehnlicher wünscht, als ein Kind zu bekommen.

Im Supermarkt, wo sie für das Abendessen Einkäufe macht, dauert es nicht lange, bis sie zwischen den Regalen einen weiteren dicken Bauch entdeckt. Goldbraun schimmert die Haut der Schwangeren durch ein eng anliegendes Stretchoberteil.

»Einheit 11? Stimmt's?«, fragt die elegante Erscheinung, die Helen auf Ende dreißig schätzt.

»Helen«, erwidert sie und will ihr die Hand reichen.

Doch die Hände der Frau bleiben am Einkaufswagen wie angewachsen. »Sorry, Doktor Drechsler sagt, ich soll mit Körperkontakt vorsichtig sein«, entschuldigt sie sich. »Ich bin Filiz, mein Mann und ich wohnen weiter hinten beim Gutshof 68.«

Helen zieht die Hand zurück. »Sieht man ja nicht, die bösen Bakterien«, bleibt sie in der Rolle der aufgedrehten, duseligen Yogalehrerin.

»Tut mir leid, was mit deinem Freund passiert ist«, entgegnet Filiz.

Helen setzt ein dümmliches, vor Neid strotzendes Gesicht auf. »Ach, ist nicht das erste Mal. Er hat einen stressigen Job. Walter hatte Glück. York und Drechsler sind Wahnsinn. Und dein Bauch auch!«

Die Schwangere entpuppt sich als Angestellte des Start-ups, das die Ohrplättchen entwickelt. Helen gratuliert zum Nachwuchs. Es ist das erste Kind. Alles läuft nach Plan, der Geburtstermin ist in zwei Wochen.

»Sag mal«, bohrt Helen nach. »Sind ziemlich viele schwanger in der Siedlung.«

»Ja? Ist mir gar nicht aufgefallen. Aber wenn sie Kinder in die Welt setzen, dann hier, im Hof zum Himmel.«

Helen schmunzelt über die Antwort, die auswendig gelernt klingt, und wünscht alles Gute.

Auf dem Rückweg zum Haus erreicht sie endlich Ferdinand Kreuzer in Frankfurt. Sie berichtet ihm von ihren Gesprächen mit den Siedlungsbewohnern und davon, was Edgar zugestoßen ist. Mitten in Kreuzers Schreianfall beendet sie das Telefonat.

26 In dieser Nacht wacht Helen immer wieder auf. Gebeutelt von schrecklichen Vorahnungen und dem Glücksgefühl, selbst schwanger zu sein. Das Phantombaby, das sie in sich spürt, schlägt das winzige Köpfchen, die Beinchen gegen den Bauch. Munter und frech. Sie grinst schlaftrunken, zieht das Schlafshirt hoch und beruhigt ihr Söhnchen mit streichelnden Bewegungen. Die Ultraschallbilder, die sie von ihm gesehen hat, erscheinen ihr auf der Bauchdecke. Sie zählt mehr als zwei Beinchen und mehrere Ärmchen. Die Bilder sacken ab, durchdringen die Bauchdecke und formen sich in der Bauchhöhle zu einem menschlichen Wesen, das gutmütig und freundlich dreinblickt. Die großen Augen lächeln sie an. »Mama«, sagt es.

Einen Moment lang schwelgt Helen im Gesicht des Babys. Dann jedoch, von einem Moment auf den anderen, füllen sich die Augen des Ungeborenen mit Blut, aus den Ohren spritzt eine Fontäne, glühende Lichtstrahlen entweichen aus den toten, blutunterlaufenen Augen, die ihre Bauchdecke durchstoßen. Sie reißt die Hände vor das Gesicht. Zu Tode erschrocken springt sie aus dem Bett.

Beschäftige dich, ermahnt sie sich, beruhige dich.

Benommen verlässt sie das Schlafzimmer und holt die Besichtigung nach, die Edgar nach dem Abendessen mit Adam Heise gemacht hat.

Mit dem Tablet in der Hand wandert sie durch die Räume,

um hinter die Formel für die wohnliche Atmosphäre zu kommen. Die Einrichtung ist schlicht und funktional. Das Mobiliar besticht durch einen eleganten, massentauglichen Geschmack. Die Gebäudetechnologie ist nicht zur Schau gestellt. Sie ist unaufdringlicher Bestandteil des smarten Heimes. Sie geht das Menü durch und ist überrascht, was sie alles steuern kann. Die Lamellen der Jalousien. Die Höhe der Deckenleuchten. Im Salon hängt ein klassischer Kronleuchter. Lichtstärke und Farbe sind veränderbar. Die Sitzeinheiten des Sofas im Salon fahren auf Wunsch in unterschiedliche Aufteilungen. Ein Blick in die App verrät ihr den Inhalt der Behälter im Kühlschrank, die Bestände im Vorratsraum. Die Außenlichtanlage mit Kameras ist abgebildet. Den Ladevorgang der am Stromnetz hängenden Geräte, von Computer bis Smartphone, kann sie einsehen. Stromverbrauch, Raumtemperatur, Pollenzusammensetzung. Den CO_2-Ausstoß des Gebäudes inklusive der von ihr durch die Atmung im Durchschnitt produzierten Emission. Mit Himmel-Chip im Körper wären die Werte exakter, informiert sie das System.

Das Badezimmer gleicht einer Wellnessoase in Luxushotels. Das Brauchwasser aus Bidet, Toilette, Duschkabine und Badewanne wird direkt in die Kläranlage des Wassercenters geleitet und aufbereitet. Sie kann den Weg des Wassers einsehen. Helen sucht nach Kameras, wie in der Küche, und findet sie. Sie sind wie ausgestellt. Nicht versteckt. Kabellose Bullet-Kameras mit freundlichem Design. Sie kennt das spezielle Modell nicht. Die Funktionsweise aber ist ihr vertraut. Die Kameraeinheiten speisen sich über das Stromnetz und liefern hochauflösende Bilder in Farbe. Gestochen scharf. Standard, wie sie von ihren Einsätzen auf den Kreuzer Baustellen weiß. Dieselbe Firma stellt Kameras mit derselben technischen Spezifikation in Daumengröße her.

Auf dem Tablet kann sie mit den Augen der Kameras in jeden Raum der Einheit sehen. Die Sichtbereiche der Optiken sind aufeinander abgestimmt. Sie decken 360 Grad ab. Jeden Quadratzentimeter von Boden bis zur Decke. Das Bild fasziniert sie. Die visuelle Wirkung ist wie ein Hologramm. Unnatürlich, als seien die Räume virtuelle Welten eines Computerspiels. Mit dem Finger steuert sie die Kameras. Zoomt hinein und hinaus. Auf dem Bett im Schlafzimmer bemerkt sie etwas. Sie fährt näher heran, vergrößert den Bildausschnitt. Die Joggpants, die sie dort abgelegt hat, wirkt wie eine Wüstenlandschaft. Sie fährt näher heran, bis die Hosentasche als Detail zu erkennen ist. Die Wölbung, die Marnies Stick verursacht, ist deutlich zu erkennen. Vom Schlafzimmer schaltet sie um in die Vorratskammer. Dort brennt kein Licht. Stünde sie in dem Raum, wäre es dunkel. Die Infrarottechnologie der Optiken übertrifft das menschliche Auge. Auf dem Tablet hat sie klare Bilder. Sie sucht nach einem Hinweis, wo die Überwachungsbilder aufgezeichnet werden. Auch das ist transparent geregelt. Natürlich, denkt sie. Keine Geheimnisse. Du bist zu Hause. Du bist sicher.

Der Serverraum, von dem aus das gesamte Haus gesteuert wird, befindet sich im Erdgeschoss. Unscheinbare Geräte leuchten im Halbdunkel. Die Lüftung surrt leise, sie glaubt, einen Takt oder eine Melodie zu erkennen. Die Computer blinken beständig in dem klimatisierten Raum. Sie sieht derartige Serverformationen zum ersten Mal. Den Namen der Herstellerfirma erkennt sie wieder. Sie hat ihren Sitz in der Siedlung.

Helen hat genug gesehen. Sie kehrt zurück ins Bett. Jetzt ist erst recht nicht mehr an Schlaf zu denken. Sie recherchiert erneut über die Firmen in der Siedlung. Mit Kissen im Rücken liest sie die Einträge, die sie über das sichere Handy aufruft. Auf der Leinwand vor ihr taucht auf, was im öffentlichen Netz zugänglich ist.

Die Herstellerfirma der Serverfarmen forscht und entwickelt im Bereich künstliche Intelligenz. Die Raumfahrtindustrie steckt hinter den Forschungsgeldern des Privatunternehmens. Sie überfliegt die Lobeshymnen der Firmengründungen der letzten Jahre. Die Machbarkeit von unmöglich scheinenden Zukunftsideen ist die Basis der Unternehmen. Rückfluss der Investitionen und Gewinn wird binnen weniger Jahre in Aussicht gestellt. Heise hat ein Faible für Start-ups. Er lockt sie, indem er Energiekosten erlässt und für wenig Geld nahezu unbegrenzte Datenspeicherung zur Verfügung stellt. Teil einer hoch technisierten Gemeinde zu sein, ist für Forscher und Unternehmer offenbar erstrebenswert. Im Prinzip bietet er Machern und Spinnern eine umzäunte Spielwiese, wo sie sich nach Herzenslust austoben können. Kreativer Unsinn ist nicht verpönt. Querdenken erwünscht. Pleiten werden mit einberechnet, werden in Kauf genommen, solange die Investition Rendite und Fortschritt verheißt und die Forscher eine Idee verfolgen, die die Menschheit weiterbringt.

Viele Firmen sind in der Medizinbranche angesiedelt. Einige der Gründer genießen Weltruf oder sind wie Marnie Renner eine Ikone der digitalen Zukunft. Über die Bodyhackerin aus Einheit 12 findet sie kaum biografische Informationen. Vater Engländer, ein gewisser Steven Renner, ein umstrittener Wissenschaftler, der sich mit Theorien über die Nutzung tierischer Organe im menschlichen Körper hervortut. In den sozialen Netzwerken ist ihre Nachbarin nicht aktiv. Nur gelistet. Sie entdeckt keine Postings von ihr. Bis auf das Profilbild. Dasselbe Foto ziert die Titelseite eines Herrenmagazins. Ein Selfie. Aufgenommen in einem Labor. Marnies nackter Körper ist übersät mit operativ herbeigefügten Öffnungen. Über die Anschlüsse ist sie durch Schläuche mit einem humanoiden Roboter verbunden: die dramatisch inszenierte körperliche Vereinigung von Mensch und Maschine. Die Szene sei gestellt, behauptet der verantwortliche Redakteur.

Helen überkommt das Gefühl, die Stimmung zu kennen, in die sie beim Betrachten des Fotos verfällt. Da ist kein Verlangen, keine erotische Neugier, die in ihr geweckt wird. Auch kein Entsetzen oder Ekel über Marnie Renners verletzten, schmächtigen

Körper. Sie wirkt zerbrechlich und stark zugleich. Helen denkt bei der Aufnahme an Esther. Das Mädchen hat ein Recht zu erfahren, was es bedeutet, die Anziehung zu einem Menschen zu spüren und körperliche Liebe zu erleben.

Sie schaltet das Handy aus. Endlich umarmt sie satte Müdigkeit, die die Angst vor der Dunkelheit im Zaum hält. Sie gähnt und versteht mit einem Mal, warum sie an Esther denken musste. Schläuche und Zugänge auf dem Selfie sind dieselben wie auf ihrer Zeichnung, die sie in der Schule gesehen hat. Wut kocht in ihr hoch. Hellwach springt sie aus dem Bett und schlüpft in die Joggpants.

27

Mit Edgars Bademantel und Schlappen in den Händen spaziert Helen kurz darauf durch die Siedlung zur Klinik. Nachdem sie die Sachen bei der Nachtschwester abgegeben hat, passiert sie die dunklen Einheiten und nähert sich dem Empfang. Niemand ist zu der späten Stunde auf dem Gelände unterwegs. Unter einer Laterne, gut sichtbar für die Kameras, gähnt sie. Jeder, vom Sicherheitsmann bis zu sonst wem, der Zugriff auf das Überwachungsnetz hat, soll sehen, dass sie müde ist. Verschlafen erreicht sie die Empfangszentrale.

»Entschuldigen Sie, ich habe eine Frage«, kreischt sie.

Samuel Papst winkt. »Nicht so laut, bitte.« Er deutet auf die Ohren.

Helen hält sich den Mund zu und nimmt die Plättchen heraus. »Oh, entschuldigen Sie. Die sind verdammt gut. Wird die Konkurrenz in Grund und Boden reiten!«

Samuel Papst lächelt. »Wie kann ich Ihnen helfen, Frau Jagdt?

»Ich war bei Walter in der Klinik, dachte, ich frage mal nach, ob die Augen scharf sind. Also die Kameras. Die sind überall im Haus. Wusste ich nicht. Walter hat sich um alles gekümmert.« Sie sieht ihn streng an. »Hand aufs Herz! Könnt ihr in mein Wohnzimmer gucken oder mich beim Duschen oder auf dem Klo sehen? Wie ist das?«

»Frau Jagdt!«, empört Papst sich. »Die Intimräume sind tabu. Das versteht sich von selbst.« Er klickt durch Menüs auf der

129

Konsole und vergewissert sich. »Herr Fromm hat keine Freigabe für die Fernüberwachung hinterlegt. Also, nein, weder ich noch sonst jemand kann in den Salon sehen und in das Badezimmer grundsätzlich nicht.«

»Bleibt auch so«, sagt sie gähnend. »Hat das Haus eigentlich Ohren? Gibt's Mikrofone, Sie wissen, was ich meine. Wanzen, fiese kleine Lauscher, die jeden Mist aufnehmen?«

Samuel mustert sie verdutzt. »Wir haben klare Regelungen, was die Privatsphäre angeht. Laut Siedlungsbeschluss sind in den Dachrinnen der Einheiten Mikrofone eingebaut, die bei Bedarf eingeschaltet werden. Und die Abhörgeräte am Siedlungszaun natürlich. In den Wohnräumen ist nichts verbaut.«

»Brav so«, freut sie sich. »Aber was passiert, wenn was passiert? Also wenn jemand in das Haus einbricht? Können Sie mit den Augen sehen, wer sich bei mir herumtreibt?«, bohrt sie weiter. »Großalarm? Taucht eine Hundertschaft wie bei den Stielers auf? Bumm und tot?«

Entnervt atmet der Wachmann durch und bleibt sachlich. »Wenn was sein sollte, wird stiller Alarm ausgelöst. Hier in der Empfangszentrale. Der wachhabende Sicherheitsmann kontrolliert, ob eine Gefahrenlage besteht, und verständigt, wenn nötig, die Kollegen vom Objektschutz. Nach der Tragödie hat die Gemeinschaft den Beschluss gefasst, zwei ständige Wachen auf dem Gelände zu postieren. Sie müssen sich keine Sorgen machen. Sie wohnen geschützt hinter einem Zaun, Frau Jagdt. Bei uns wurde noch nie eingebrochen«, erklärt er. »Können Sie nicht schlafen? Frau York arbeitet noch. Sie kann Ihnen helfen.«

»Scheiße noch mal, genau das ist mein Problem, kann nicht schlafen, obwohl ich so verdammt müde bin.«

Der Pförtner lächelt mitleidig. »Trotzdem eine gute Nacht.«

»Auch Ihnen, Sie schlafen aber bitte nicht, ja?«, scherzt sie.

Nach einigen Metern bleibt sie stehen, gähnt ausgiebig und aktiviert die Plättchen.

Mit Musik in den Ohren erreicht sie Marnie Renners Einheit. Sie reibt sich die Augen und gibt den Code ein, den sie sich von der Zugehfrau gemerkt hat. Sie schließt hinter sich die Tür, stellt die Plättchen ab und horcht. Nichts als Stille erwartet sie. Helen beeilt sich, die Überwachungsfunktion abzustellen, und schreitet durch den Flur zum Salon. Sie huscht an Gemälden vorbei. Alte Kunst. Akte üppiger Frauen und anzügliche Szenerien, erschaffen in Ölfarben. Mehr als ein oder zwei Minuten hat sie nicht, bevor Papst bemerkt, dass sie in Marnies Haus ist. Nachdem die Zugehfrau ihre Arbeit gemacht hat, wirkt das Haus unbewohnt. Eine Hotelsuite, geputzt und hergerichtet für einen neuen Gast. In der Küche findet sie dieselben Gerätschaften wie in ihrer Einheit. Standard auf Luxusniveau. Sie will sich oben vergewissern, nachsehen, ob sie etwas findet, was ihr Marnie Renner näherbringt. Sie geht die Treppen hoch. Nach ein paar Schritten hält sie inne. Sie hört Stimmen aus dem Flur, dem Flur mit Badezimmer und Serverraum. Das kann nicht der Wachschutz sein, überlegt sie. Die Männer würden durch die Haustür kommen.

Aufgeschreckt rast sie zurück in den Salon und sucht nach einem Versteck. Die Putzroboter fallen ihr ein. Sie tastet die Blenden ab. Es gelingt ihr, rechtzeitig die Klappe zu öffnen, sich zu den Putzeinheiten zu kauern und die Abdeckung zu schließen. Helen verhält sich still. Was passiert, wenn sie die Maschine neben sich berührt? Öffnet sich die Klappe und der Roboter fährt hinaus? Sie hat keine Ahnung. Regungslos atmet sie leise und versucht, dem Gespräch zweier Frauen zu lauschen, die in den Salon gekommen sind. Die eine Stimme ist jung, hell, selbstbewusst. Marnie Renner. Die andere Stimme ist die von Doktor Drechsler. Helen versteht nicht, über was die Frauen reden. Dann aber werden die Stimmen deutlicher. Die beiden sitzen auf dem Sofa. Keine drei Meter von ihr entfernt. Sie prosten sich zu. Das Klirren von Gläsern regt Helens Speichelfluss an. Sie schluckt vorsichtig. Warum ist Marnie zu Hause? Morgen Abend sollte sie zurückkommen. Warum hätte die Zugehfrau sie belügen sollen? Sie konzentriert sich auf die Sprachfetzen. Was sie vernimmt, vermag sie in keinen sinnvollen Zusammenhang zu bringen. Marnie spricht leise, sie scheint umherzugehen. Drechslers Worte sind verständlicher. Was sie sagt, lässt Helen zusammenzucken. Sie redet von einem Implantat. Von dem Neugeborenen. Esthers Name fällt. Helen hat keine Zeit, das Gehörte zu verarbeiten. Ein Klirren, gefolgt von einem Aufschrei, hindert sie daran.

Unvermittelt öffnet sich die Klappe. Die Putzroboter erwachen. Leuchtdioden blinken auf. Helen schiebt sich nach hinten, so weit es geht. Der verschwitzte Rücken stößt an die Wand. Während die Maschinen ausrücken, über den Boden wischen und Glassplitter einsaugen, sieht sie die Füße der Frauen. Sie entfernen sich. Helen ergreift die Chance und windet sich aus dem Versteck. Sie hört Schritte. Wieder im Flur beim Badezimmer, daneben befindet sich der Raum mit dem Server. Die Frauen nehmen nicht die Haustür. Offenkundig existiert ein anderer Weg nach draußen. Sie folgt ihnen. Als sie die Badezimmertür erreicht, erschrickt sie. Die beiden Putzroboter sind ihr gefolgt und stoßen an ihre Fersen. Sie unterdrückt einen Angstschrei. Da bemerkt sie, dass sie Glassplitter vom Salon in den Flur getragen hat. Nachdem der Boden sauber ist, kehren die Maschinen zurück. Helen ist im Begriff, die Badezimmertür zu öffnen. Dahinter vermutet sie einen geheimen Ausgang. Sie tippt auf das Türblatt.

In dem Moment hört sie, wie die Haustür geöffnet wird. Sie rennt zurück, wirft sich auf das Sofa und startet die Musik in ihren Ohren.

Zwei Männer in weißen Trainingsanzügen betreten den Salon. Sie sehen aus wie Sportler, nicht wie ausgebildete Sicherheitsleute. Unter dem Logo auf der Jacke ist ihre Funktion ausgewiesen. Der eine vom Wachschutz rüttelt Helen. Sie lässt die Augen geschlossen und lächelt selig. Der andere schüttelt den Kopf.

»Sie schläft«, sagt der eine.

»Wie ist Frau Jagdt in die Einheit gekommen?«, fragt der andere verunsichert.

»Durch die Tür natürlich«, antwortet Helen schlaftrunken und schreit in Panik auf. »Was macht ihr hier? Raus! Sofort raus aus meinem Haus!«

Nachdem sie sich tausendmal entschuldigt und wiederholt hat, wie peinlich ihr alles sei, dass sie sich in der Haustür geirrt habe, verabschiedet Helen die Sicherheitsleute. Kaum ist sie allein in ihrer Einheit, eilt sie in den Flur und überlegt, wie Marnie und Drechsler aus Einheit 12 hinausgelangen konnten. Klone haben die Angewohnheit, identisch zu sein, überlegt sie. Sie untersucht das Badezimmer und findet nichts, keine Luke, keine versteckt verbaute Öffnung. Im Serverraum, der sie mit ungastlicher Kühle empfängt, ist auf den ersten Blick auch nichts auszumachen. »Na, liebe Maschinen«, beginnt sie, mit den Rechnern zu reden. »Wo ist das Türchen versteckt?«

Das Blinken einer roten LED-Leuchte zieht ihre Aufmerksamkeit auf sich. Sie rüttelt am Gehäuse des Computerturms. Nichts gibt nach. Helen versucht es vergeblich bei den restlichen Rechnern. Im Flur sieht sie sich nochmals um, klopft und befühlt die Wände. Keine Stelle zieht sich auseinander wie beim Depot der Putzroboter.

Im Salon kommt sie auf einen Gedanken. Sie zündet eine Kerze an und kehrt zurück in den Serverraum. Die Flamme bleibt ruhig, als sie nach einem Luftzug suchend umhergeht. Plötzlich, in ihrem Rücken, leise und unaufhaltsam, schließt sich die Tür. Helen wagt es nicht, zu atmen. Die Flamme vor ihrem Gesicht züngelt und erlischt. Unmittelbar danach erlöschen die anderen Lichtquellen im Raum. Die Anzeigen der Computer und Server schalten sich nacheinander aus. Helen steht im Dunkeln. Allein, umgeben von Computern, die sie nicht sehen kann. Absolute Stille ist eingekehrt. Zitternd greift sie zum Handy in der Tasche. Doch auch das ist ausgefallen. Tot. Jetzt kriecht sie, spürt sie, jetzt kriecht sie hervor, die Angst vor der Dunkelheit, die sie seit Kindesbeinen wie eine Lebensschuld in sich trägt. Helen fröstelt. Sie kommt nicht gegen den Anfall an, vermag sich nicht zu bewegen in der schwarzen Materie um sie. Sie widersetzt sich der beginnenden Panikattacke. Mit aller Kraft überwindet sie sich. Zentimeterweise schiebt sie sich durch den Raum, bis sie nicht mehr kann, keinen Millimeter mehr weiter vorankommt. Sie bleibt stehen, lebendig begraben unter Meter hoher Erde.

Beauftragt von der Störungsstelle erscheinen nach einer gefühlten Ewigkeit die Männer vom Objektschutz. Sie leuchten in Helens bleiches Gesicht. Geschlagene zehn Minuten war sie in der absoluten Dunkelheit gefangen, ohne sich zu bewegen. Als sie aus der Starre erwacht, geht sie wortlos an den Wachleuten vorbei.

Einer ruft ihr nach: »Frau Jagdt, warten Sie. Wir müssen einen Bericht schreiben.«

Helen bleibt im Flur stehen, bis die Männer bei ihr sind. »Danke, dass Sie mich schon wieder gerettet haben.«

»Die Leute von der Störungsstelle haben keine Erklärung für den Ausfall«, sagt der andere Wachmann. »Was wollten Sie im Serverraum?«

»Warum fragen Sie nicht den Himmel-Server?«, fragt sie zurück. »Weiß der nicht alles?«

Die Wachleute lächeln. »Bei dem Tempo, wie Sie Alarm auslösen, kommen die schnellsten Computer nicht mit«, antwortet einer von ihnen.

28

Den Schal, den Bauunternehmer Ferdinand Kreuzer um den Hals trägt, hat er auf halber Strecke an einer Autobahnraststätte gekauft. In der Limousine ist es kühl. Der Grund ist Haru Tanakas krankhafte Angst vor der Ausdünstung von Körpersäften. Schweiß und Schweißgeruch verträgt sein japanischer Geschäftspartner nicht. Eine klitzekleine Geste nach der Abfahrt von der Frankfurter Konzernzentrale hat genügt. Wie ein übereifriger Speichellecker drehte Kreuzer daraufhin über die App die Arschheizung ab und regulierte die Klimaanlage, bis er fror und der Japaner dankbar den Kopf nach vorne plumpsen ließ.

Der Bauunternehmer ist gereizt und angespannt. Sein Schicksal liegt in der Hand des japanischen Investors, der wie ein debiler Seniorroboter das Tablet mit Augen und Fingern in der Luft wedelnd steuert. Kein Wort ist ihm über die Lippen gekommen. Er hat keinen Anruf erhalten. Das Smartphone hat keinen Eingang einer Nachricht oder Mail vermeldet. Nicht einmal einen seiner überdreht klugen Sprüche hat er von sich gegeben, mit der er die Welt aus japanischer Überheblichkeit heraus erklärt.

Kreuzer ist nicht nur gereizt und angespannt. Er ist bis über beide Ohren nervös. Er hat auf seinen Sicherheitschef gezählt, um Tanaka zu beruhigen, um dessen Bedenken nach der Tragödie mit den Stielers aus der Welt zu schaffen. Er hat Edgar und Helen geschickt, um nach dem Rechten zu sehen, um die Aus-

135

sagen des verstorbenen Dolmetschers über die Totgeburten zu überprüfen. Was macht sein Sicherheitsexperte stattdessen? Ein Ex-Marineoffizier, ein hartgesottener Soldat, der sein Leben lang keine Zigarette angerührt hat, der Sport treibt, kaum Fleisch, dafür umso mehr Gemüse isst und Alkohol nicht säuft, sondern wie ein Kleinkind in Maßen genießt. Ein aktiver Mann im besten Alter. Einer, der den Blick fürs Wesentliche im Leben und Beruf hat. Unnützen Dreck, der ihm Stress macht, lässt er nicht zu oder fegt ihn vom Tisch. Dann das. Herzinfarkt. Zunge abgebissen. Notoperation. Ausfallzeit Monate oder womöglich länger.

Er entledigt sich des Schals. Der Fahrer setzt den Blinker des Bentleys und verlässt die Autobahn. Das letzte Stück zum Siedlungsgelände führt über die Landstraße, vorbei an Waldungen und idyllischen Dörfern, die Tanakas Interesse wecken. Er klappt das Tablet zu und lässt es in die Aktenmappe gleiten. Geradezu zärtlich. Kreuzer kommt in den Sinn, ob Tanaka seinen Schwanz warm gehalten hat. Auf Betriebstemperatur sozusagen. Das Gerät lag über Stunden auf seinem Schoß.

Der Bauunternehmer verkneift sich ein Lachen. Er schafft es, indem er sich Helen Jagdts Anruf am Vortag ins Gedächtnis ruft. Er hatte sie am Telefon, weil Edgar unpässlich sei, wie sie ihm zu Beginn des Berichts weisgemacht hat. Ausschweifend wie ein Waschweib hat sie von Gesprächen mit den Bewohnern erzählt. Mit der Frau für die Öffentlichkeitsarbeit und ihrer Tochter habe sie gesprochen. Mit einer Haushaltsangestellten habe sie geschwatzt, die bei einer Ausnahmestudentin Ordnung schafft. Eine Transhumanistin, die schwanger sei. Und ein Au-pair aus Kolumbien habe sie gesprochen. Eine sympathische, junge Frau, die Kinder einer Arbeiterfamilie hütet. Zuletzt hat sie mit einem eifersüchtigen Unterton Doktor Drechsler erwähnt und sie als gefühlskaltes Ekelpaket beschimpft, das vermutlich mit Psychopharmaka vollgepumpt ist. Wie sonst würde sie arbeiten können, als sei nichts geschehen? Vor ein paar Tagen wäre sie fast in

Feuer und Flammen gestanden. Außerdem sei sie überzeugt, dass die Medizinerin mit Heise etwas habe, zumindest gehabt habe. Eine Vermutung, ein Gefühl. Alles in allem habe sie in der kurzen Zeit nichts Verdächtiges herausgefunden. In Himmelhof gehe alles mit rechten Dingen zu. Erst am Ende des Berichtes rückte sie mit Edgars Anfall heraus. Miststück!, hat Heise gedacht. Mit saftigen Worten hat er ihr den Kopf gewaschen und sich mit ihr für heute verabredet.

Nach dem Gespräch mit Helen machte sich sein eigenes Herz bemerkbar. Allein bei dem Wort Herzinfarkt verkrampfte er. Seine Pumpe hoppelte wie ein Känguru auf Koks. Der Hausarzt kam in sein Büro und checkte ihn durch. Die Werte sind in Ordnung. Aber was heißt das schon? In seinem Alter von zweiundsechzig Jahren, bei seiner Verantwortung und den gefühlten sechsunddreißig Arbeitsstunden am Tag kann jeden Moment Schluss sein. Zu leben heißt verrecken – irgendwann.

Ferdinand Kreuzer steigt nach der Ankunft an der Empfangszentrale aus der Limousine und wartet nicht darauf, dass der Fahrer Tanaka die Tür aufhält. Adam Heise erwartet ihn vor der Schranke und begrüßt ihn mit Handschlag.

»Haru will ein Update«, sagt er. »Stellen Sie ihn ruhig. Zeigen Sie ihm das Paradies. Besichtigungsprogramm, Schnelldurchgang. Hauen Sie ihm Zahlen um die Ohren. Er steht auf Zahlen. Ich habe ihm die Stiefel geleckt und verdammt viel Lebenszeit investiert, damit er nach der Tragödie nicht abspringt. Enttäuschen Sie mich nicht.«

Er lässt Heise beim Japaner zurück. Ein Alarm ertönt, als er durch das Tor schreitet. Der Pförtner eilt mit einem Besucherband aus der Zentrale zu ihm.

»Muss das sein? Mir gehört der Laden!«, beschwert sich Kreuzer. »Heise!«

Der Siedlungsleiter legt mit einer Verbeugung Tanaka das Band an.

»Gibt's keinen VIP-Zugang?«, schreit Kreuzer zu Heise hinüber. »Sie können hier doch alles! Ich will so ein Ding nicht tragen. Krieg ich Pickel von! Schalten Sie mich frei!«

»Nein, Herr Kreuzer, tut mir leid«, ruft Heise zurück. »Entweder chippt Samuel Sie, oder Sie tragen das Band.«

Kreuzer zieht den Ärmel seines Anzugs hoch und fordert genervt: »Her damit, beeil dich, ich bin mit Walters Yogatante verabredet, um Unterlagen zu holen.«

Eine Gruppe Touristen ist an dem wabernden Tor zum See versammelt. Gestenreich unterrichtet Astride sie über die Intention des Künstlers und das Zusammenleben in Himmelhof. Kreuzer hat die Maßnahme gegen Heises Bedenken durchgesetzt, der keine Fremden in der Anlage will. Die Siedlung sei kein Zoo. Er hat dagegengehalten, bei dem Videotelefonat den Chef rausgekehrt und ihm klargemacht, dass seine Investition in Gefahr sei. Himmelhof müsse sich öffnen und Transparenz zeigen. Zufrieden sieht Kreuzer in die andächtigen Gesichter der Touristen.

Bei dem Spaziergang über das Gelände inspiziert er das Werk, in das er alles an Kapital und Vertrauen investiert hat. Selbst den Kieselstein aus einem polnischen Kaff konnte er Heise nicht ausreden. Angeblich knirscht er anders, etwas dumpfer, und ist angenehmer für den nackten Fuß.

Kreuzer erreicht Einheit 11 und läutet. Helen öffnet mit einer Tasse Kaffee in der Hand. Sie reicht sie dem Bauunternehmer und geht vor in die Küche.

»Was ist?«, fragt er und setzt sich zu ihr an den Küchentisch. »Sind Sie krank?«

»Nein, mir geht's gut. Aber gestern Nacht war ich im Serverraum eingesperrt, das ganze Haus ist ausgefallen.«

»Wie lange?«

»Die Wachleute meinten über zehn Minuten. Die Störung ist nicht gleich aufgefallen.«

»Einheit 11 ist erst vor Kurzem fertiggestellt worden, kann

vorkommen.« Kreuzer sieht sie lange an. »Haben Sie getrunken?«

»Nein! Ich habe nichts getrunken. Nur ein Bier am Abend, bevor ich zu Marnie Renner bin. Habe mich bei ihr umgesehen, war merkwürdig.«

»Was war merkwürdig?«

»Ich weiß nicht.« Helen schenkt sich Kaffee nach. »Wissen Sie, ob der Serverraum von Einheit 12 eine Verbindung in den Untergrund hat? In den Bauplänen habe ich keine gefunden.«

»Wohin sollte die denn führen?«, reagiert er verblüfft. »Das Bunkersystem wurde zugeschüttet.« Er sieht sie mitfühlend an. »Sie sind von Edgars Herzinfarkt mitgenommen. Kein Wunder, Sie stehen sich nahe.« Er trinkt und behält die Tasse in der Hand. »Wie geht's ihm?«

Sie setzt sich wieder an den Tisch. »Er verträgt die Stands. Ein Start-up aus Himmelhof hat sie entwickelt. Edgar hat eine App zur Kontrolle.«

»Hoffentlich brauche ich die Dinger nie«, erwidert Kreuzer schlecht gelaunt. »Können wir überhaupt reden?«

»Die Kameras sind aus, Wanzen habe ich keine gefunden. Den Bericht am Telefon gestern vergessen Sie ganz schnell wieder. Ich konnte nicht offen reden, als ich Sie anrief.«

»Unsere Handys sind abhörsicher, oder nicht? Wofür zahl ich Unsummen für die Hightech-Scheiße«, regt sich Kreuzer auf.

Sie schiebt ihm Edgars Aktenkoffer auf dem Tisch zu. »Darin finden Sie meinen handschriftlichen Bericht.«

Kreuzer trinkt den Kaffee aus. »Ich trau dem Haus nicht.« Er sieht auf die Uhr. »In einer halben Stunde bringen Sie mir den Koffer zur Klinik, dann reden wir.«

29 Adam Heise schlendert mit Tanaka über das Gelände. Das Gespräch stockt. Der Japaner kennt Himmelhof. Bei Besichtigungstouren für potenzielle Investoren hat er die Bauphasen verfolgt. Tanaka überfliegt auf dem Tablet die aktuellen Zahlen und Statistiken und erkundigt sich nach dem anstehenden Neubau. Heise berichtet von der Planung, während sie sich dem Portal des Gemeindehauses nähern. Heise lässt fallen, ihm eine neuartige Relaxzone zeigen zu wollen. Ganz ohne Zahlen und Statistiken, einfach ausprobieren, selbst eintauchen in die Möglichkeiten, bietet er an. Haptische und visuelle Grenzen sprengen. In der nächsten Entwicklungsstufe, macht er ihm schmackhaft, werde die Technologie in den Einheiten standardmäßig angeboten werden. Etwas kleiner natürlich und weniger aufwendig eingerichtet. Die Suite passt sich Wünschen und Vorlieben des Nutzers an. Sie kann eine Spielwiese für Kinder sein oder das Herrschaftsgebiet eines Samurai, der sich erschöpft, nach einer blutig geführten Schlacht, den Liebkosungen einer oder mehrerer Geishas hingibt. Von Mixed Reality hat Tanaka gehört, erlebt hat er sie bislang nicht. Heise verbeugt sich als Dank für sein Interesse und lässt ihm den Vortritt in das Gemeindehaus. Im oberen Stockwerk weist er ihn in die Bedienung der Digisuite ein und kocht anschließend in der Gemeinschaftsküche Tee.

Nach dem Besuch bei Edgar tritt Ferdinand Kreuzer mit Sorgenfalten aus der Klinik ins Freie. Er atmet durch, froh, der Atmosphäre aus Krankheit und Tod entkommen zu sein. Sein Sicherheitsexperte war kaum wiederzuerkennen, ein Häuflein Nichts, das mit krakeliger Schrift Notizzettel füllte. Er sieht, wie Helen auf ihn zukommt und auf einer Parkbank gegenüber dem Klinikeingang Platz nimmt. Er setzt sich zu ihr und nimmt den Aktenkoffer entgegen. »Es ist über ein Jahr her, dass Sie bei uns angefangen haben. Ohne Zeugnisse und Berufserfahrung. Seit dem ersten Tag zahle ich Ihren Gehalt, inklusive Urlaub und Fehltage. Ist das halbwegs korrekt?«

»Die Überstunden haben Sie vergessen«, ergänzt Helen. »Fehltage hatte ich nicht.«

»Nein?« Kreuzer ist erstaunt. »Waren Sie nicht längere Zeit im Krankenhaus, bevor Edgar Sie zu uns geholt hat?«

»Nur keine Hemmungen«, entgegnet sie. »Ich war in der geschlossenen Psychiatrie. Mehr braucht Sie nicht zu interessieren.«

Der Geschäftsmann mustert sie scharf. »Was haben Sie herausbekommen?«

»Nicht viel«, berichtet Helen. »Möglicherweise wurde nach dem offiziellen Bauende unterirdisch weitergebaut.«

»Lächerlich!«, weist Kreuzer sie zurecht. »Davon weiß ich selbstverständlich. Heises Privatlabor ist größer und aufwendiger als in den Plänen verzeichnet. Noch etwas?«

Helen schluckt die Verwunderung herunter. »In der Siedlung sind eine Menge Schwangere. Es könnte sein, dass die Geschichte aus Japan damit zusammenhängt.«

»Keine Spekulationen!«, zischt Kreuzer. »Haben Sie etwas herausgefunden, was ich an Tanaka weitergeben soll? Ist Doktor Drechsler die Wissenschaftlerin, die in Japan Totgeburten eingesammelt hat? Wenn ja, ist er raus aus dem Geschäft.«

»Das kann ich mit meinen Recherchen nicht mit Sicherheit bestätigen. Fabian prüft noch mal ihren Hintergrund und den von Doktor Susan York.«

Kreuzer reicht ihr eine gefaltete DIN-A4-Seite aus der Sakkotasche. »Schöne Grüße von Herrn Bosch.«

Helen deckt mit dem Körper das Papier vor den Kameras ab und liest die Informationen, die Fabian Bosch über Drechsler und York zusammengestellt hat. Im fraglichen Zeitraum waren dreiundzwanzig Wissenschaftler und Ärzte aus der ganzen Welt in der Privatklinik in Bogotá beschäftigt. Davon acht Frauen. Doktor Drechslers Reisetätigkeit in der Zeit beschränkte sich auf zwei Flüge. Beide nicht nach Japan, sondern nach London. Susan York war zur selben Zeit an einem Forschungsinstitut ebendort tätig.

»Das heißt nichts«, sagt Helen enttäuscht über das Ergebnis. »Damit ist Doktor Drechsler nicht entlastet.«

»Wir beenden den Einsatz, Frau Jagdt«, informiert er sie beiläufig.

»Beenden? Warum? Was ist geschehen, dass Sie mit Herrn Tanaka auftauchen? Ist eine Entscheidung gefallen?«

»Zusammenhänge herstellen ohne Fakten ist eine Form höherer Intelligenz. Daran arbeiten kluge Köpfe auf dem Gelände.«

»Sagen Sie mir den Grund«, beharrt sie. »Sie sind es Edgar schuldig ...«

»Langsam!«, unterbricht er sie harsch. »Edgars Gesundheitszustand hat nichts mit Ihrem Einsatz zu tun. Oder haben Sie andere Erkenntnisse?«

»Entschuldigen Sie, Sie haben recht«, lenkt sie ein. »Aber warum?«

»Geht Sie nichts an.« Kreuzer wischt sich mit dem Handrücken über die Stirn. »Ich bin alte Schule. Ich entscheide. Lohnempfänger wie Sie führen aus. Hier gibt es nichts mehr für Sie zu tun.«

»Und Edgar?«

»Er braucht Ruhe.« Er greift nach ihrer Hand, schüttelt sie und geht den Hauptweg zum Ausgang.

Die unerwartete Abfuhr, überlegt Helen verärgert, hat einen anderen Grund. Kreuzer weiß mehr, als er ihr gesagt hat. Sie läuft ihm nach und bemerkt einen Krankenwagen, der durch die Schranke auf die Landstraße fährt. Papst steht vor der Zentrale und isst einen Apfel.

»Wird Herr Pfeiffer abtransportiert?«, fragt sie ihn.

»Pfeiffer?«, entgegnet er verdutzt. »Nein, Herr Fromm.«

Helen verkrampft innerlich über ihren Versprecher. »Klar, natürlich«, gibt sie ihm schnell recht. »Wohin wird er gefahren?«

Kreuzer taucht plötzlich neben ihr auf, packt sie am Unterarm und zieht sie mit sich.

»Okay, Frau Jagdt«, sagt er mit unterdrückter Wut. »Edgar und Sie haben ein besonderes Verhältnis. Eigentlich soll ich nicht darüber sprechen.«

Helen zieht ihren Arm zurück. »Wohin wird Edgar gebracht?«

Kreuzer fährt ruhiger fort: »Auf Doktor Drechslers Empfehlung wird er in eine Spezialklinik nach Wien gefahren. Ich mag die Tante nicht. Sie riecht streng wie eine Schlange. Aber sie hat dafür gesorgt, dass Ihr Freund ein Spenderorgan erhält.«

Helen sieht ihn betroffen an. »Das heißt, er bekommt eine neue Zunge?«

Kreuzer nickt aufmunternd. »Edgar wird wieder, nur keine Sorge. Gehen Sie packen. Ich brauche Sie in Frankfurt. In Himmelhof ist alles in Ordnung.«

Helen blickt ihm mit starrem Gesicht nach, wie er zu Tanaka in die Limousine einsteigt. Der Bentley entlässt aus dem Auspuff schwarzen Rauch und fährt davon.

30

In der Küche seiner Villa hält Adam Heise vorsichtig die Schnapsflasche mit Marillenbrand über das Sake-Glas. Tropfen für Tropfen gießt er ein, bis der Boden bedeckt ist und das lustvoll verzerrte Gesicht einer nackten Geisha erscheint. Er kennt seinen Ruf, den er mit Tanaka teilt, der ihm das Geschenk aus feinster japanischer Keramik beschert hat. Heise ist egal, für einen Macho gehalten zu werden. Wer ihn wirklich kennt, weiß, wie sehr er Frauen verehrt und respektiert. Ohne sie existierte kein Leben. Die Rolle des Mannes bei der Zeugung hat die Wissenschaft längst zurechtgerückt. Er selbst ist aus einer künstlich befruchteten Eizelle entstanden. Ohne biologischen Vater, der sein Geschlecht in das Geschlecht seiner Mutter gesteckt hat. Die Frage nach dem Sinn des Lebens hat er für sich beantwortet: So lange wie möglich zu leben und sich fortzupflanzen, das ist der Sinn des Lebens. Bei Mensch und Tier.

Heise starrt die Nackte am Boden des Glases an. Er kann sich kaum erinnern, wann er das letzte Mal Alkohol getrunken hat. Die Marillen stammen aus dem Grüncenter. Die Züchtung eines italienischen Weinbauern, der mit verschiedenen Sorten experimentiert. Stieler war mit ihm befreundet. Er hat den Schnaps in der Makers' Hall im Gemeindehaus gebrannt und Weihnachten an Firmen und Familien verschenkt. Für solche Überraschungen haben ihn alle gemocht.

Adam Heise nippt und fühlt unmittelbar die Wirkung des

Brandes. Eine Wohltat. Er schluckt den Rest in einem Zug hinunter und denkt an Haru Tanaka, dem er die Belohnung zu verdanken hat. Der ist zufrieden mit dem, was er ihm bei der Führung gezeigt hat. Ein Schnelldurchlauf. Fakten, Zahlen, modularer Schnellbau, systematisches Steckkastenprinzip. Anekdoten aus dem harmonischen Zusammenleben, Synergie von Arbeit und Privatsphäre. Forschung und Zukunftsvisionen. Die Null-Kriminalitätsquote hob er hervor und bedauerte den Zwischenfall, der ihn, Tanaka, veranlasste, Himmelhof einen Besuch abzustatten. Er fragte nach dem Zaun, dem äußeren Zeichen der im Inneren herrschenden Sicherheit. Er fragte nach den Schülern. Heise berichtete von über neunzig Prozent Übertritten an Eliteuniversitäten. Die smarten Häuser, die intelligenter sind als der Durchschnitt auf dem Immobilienmarkt. Der Japaner wollte sich wohlfühlen, sicher sein, die Millionen gewinnbringend zu investieren. Heise zeigte ihm nur die Oberfläche, die Verpackung. Das Etikett, auf dem Hightech-Zukunft gepaart mit Menschlichkeit steht. Nach Tanakas Besuch der Digisuite hob Heise bei einer Tasse grünen Tee den unbedingten Willen nach Fortschritt hervor. Die Pläne für den Neubau, die Aussicht auf ein ewiges Leben, ließ den Japaner rührselig dreinblicken.

Es läutet.

»Amma?«

»Helen Jagdt.«

Eine Spur zu schnell dreht er sich um und stößt beinahe die Schnapsflasche um. Er stellt die Flasche zu den anderen in das Regal.

»Amma. Räum auf.«

Hydraulische Arme entsteigen sich öffnenden Abdeckungen und verrichten die lästige Arbeit. In Windeseile ist die Arbeitsplatte aufgeräumt und desinfiziert.

Er bleibt an der Haustür im Flur stehen. Auf dem Türblatt ist zu sehen, wer Einlass begehrt. Helens Projektion erscheint ihm wie eine Fata Morgana, die flirrende Erscheinung einer Wasserstelle in der trostlosen Wüste, die seinen Durst löschen wird. Er sammelt sich. Dann tippt er das Türblatt an. Lautlos fährt die Schiebetür zur Seite.

»Helen«, sagt er. »Das tut mir leid mit Walter.«

»Darf ich reinkommen? Ich brauch jemanden zum Quatschen.«

Adam ist sprachlos über die Unbekümmertheit, mit der sie Einlass in sein Heim begehrt. Gleichsam sieht er das Vertrauen, das sie ihm entgegenbringt. Niemand sonst in der Siedlung würde auf die Idee kommen, seine Villa zu betreten.

Er macht einen Schritt zur Seite.

Helen folgt Adam durch den Flur. Lichtpunkte und leuchtende Streifen an den Wänden begleiten sie auf den Weg in den Salon. Sie ist begeistert von der warmen, herzlichen Stimmung, die das pulsierende Lichtspiel vermittelt. Sie duckt sich, dreht sich, bleibt stehen und tippelt zurück. Das Leuchten folgt ihr, tänzelt mit. Als sie hochspringt und einen Lichtball zu fangen sucht, merkt Adam, was sie in seinem Rücken treibt. Helen setzt eine Unschuldsmiene auf.

»Dir scheint Walters Herzinfarkt nicht viel auszumachen«, rügt er sie.

»Er hat ein zweites Leben geschenkt bekommen«, entgegnet sie. »Weißt du von der Zunge?«

»Natürlich weiß ich von der Zunge«, sagt er fast beleidigt. »In der Klinik in Wien leisten sie sehr gute Arbeit.«

Adam führt sie durch den Salon. Helen bemerkt Feuer im Kamin. Augenscheinlich vor Kurzem entfacht. Ein Stapel Papier liegt auf Scheiten. Dokumente mit Informationen auf einem altmodischen Speichermedium. Er löscht Daten, denkt sie, etwas, was niemand zu interessieren hat.

Während Adam in der Küche Tee zubereitet, erzählt er von der Villa. Dem Musterbeispiel eines modernen Zuhauses, ohne

146

sterile, kalte Atmosphäre. Weit mehr als ein Smarthome mit Internetverbindung zu Online-Shops.

»Und in dem Paradies lebst du allein?«, fragt Helen unbedarft. »Hast du keinen Roboter, der dir den Haushalt schmeißt?«

»Das Haus ist der Roboter, wenn du so willst«, meint er belustigt. Er drückt auf ein Symbol auf der Arbeitsplatte. Ein Bereich nimmt die Konturen einer Waage an. Er wiegt die Schale mit Teeblättern ab. Als Helen sich zu ihm stellt, zuckt er.

»Ist ja praktisch«, sagt sie.

»Hast du in deinem Haus auch.«

»Nicht mein Haus. Ich bin zu Besuch.«

Sie greift nach der Zitrone, schnüffelt und riecht daran.

Innerlich taumelt er über Helens Geruch, den Duft nach Leben, den sie ausströmt. Sein Körper verlangt nach Beruhigung. Amma signalisiert auf der Watch, welcher von Drechslers Cocktails ihm Abhilfe schafft. Er ignoriert die Nachricht. Er versteht nicht, wie es dazu kommt. Warum der seit Jahren funktionierende Schild aus Selbstschutz und Unnahbarkeit geschwächt ist. Jetzt. In diesem Moment. Im Angesicht einer Frau, die mit Edgar Pfeiffer den Auftrag hat, in seinem Reich nach dem Rechten zu sehen. Sie ist seine Gegnerin. Die Feindin. Er sieht sie an. Sie erwidert seinen Blick mit einem himmlischen, verführerischen Lächeln. Sie tut nichts, was Frauen in seinem Leben nicht schon getan haben. Sie erregt ihn. Doch da ist mehr. Viel mehr. Weitaus mehr. Seine Wahrnehmung trügt ihn nicht. Sie überfällt ihn ohne eine sichtbare Waffe, nimmt ihn ein und frisst sich durch ihn hindurch. Wie ein Virus, für den die Wissenschaft kein Gegenmittel entdeckt hat.

Ich habe noch zu tun, denkt er. Aufgaben zu erledigen. Doktor York und das Operationsteam sind inmitten der Transplantation. Die Rückmeldungen sind vielversprechend. Am Abend ist der Taiwanese den Tumor los und wird mit Edgar Pfeiffers Zunge weiterleben. Der Deal, den er ihm unterbreitet hat, ist eines Visionärs würdig. Im Gegenzug für weitere Lebensjahre ist er einverstanden, in Himmelhof einzusteigen. Mit den Investitionen von Tanaka und dem Taiwanesen hat der Kreuzer Konzern mehr als genug Kapital zusammen. Wenn Ferdinand Kreuzer die gute Nachricht erhält, wird Ruhe einkehren. Bald wird alles wieder so sein wie vor der Tragödie. Bis auf die Frau neben ihm, die auf seine Finger sieht, als seien sie Zauberstäbe eines Magiers.

Helen merkt, wie er sich in Gedanken von ihr entfernt. »Lass hören, was deine Villa draufhat. Du bist smarter als die anderen. Erzähl mir nicht, dass die anderen Häuser das Gleiche können wie deine schicke Villa.«

Wie recht sie hat, denkt Adam, während er zusieht, wie sie nach dem Sushimesser greift und die Zitrone viertelt. Den Saft eines Stückes tröpfelt sie auf die Zunge. Sie verzieht das Gesicht. »Ich steh auf extremen Geschmack«, lächelt sie. »Mach den Tee stark. Ein Stück Kandis. Ich geh aufs Klo.«

»Warte«, ruft er ihr nach.

Helen dreht sich um. »Was ist?«

»Das Gästebad ist im ersten Stock. Zweite Tür rechts.«

»Mit oder ohne Kamera?«

Adam lächelt.

Als sie aus der Küche ist, bestellt er Kandiszucker im Supermarkt. Er fühlt sich gehetzt. Er will erledigen, was zu erledigen ist, um Zeit zu schaffen. Um Zeit für Helen zu haben. Er schreibt Doktor York auf der Watch und erkundigt sich nach dem Verlauf der Operation.

31

Statt auf direktem Weg nach oben zu gehen, eilt Helen zum Kaminfeuer im Salon. Die Unterlagen sind in der Zwischenzeit fast vollständig heruntergebrannt. Hitze und Flammen haben Fetzen in die Luft gewirbelt. Sie liegen auf dem Boden verstreut. Sie beugt sich, um ein Stück aufzulesen. Der Boden des Salons glänzt, kein Körnchen Schmutz oder Dreck ist sonst zu sehen. Sie spürt die schwache Wärme des Papiers auf der Haut. Um die verkohlten Stellen macht sie Buchstaben aus. Ruß färbt sich auf der Handfläche ab, als sie Adams Stimme aus der Küche vernimmt. In ihr liegt Ungeduld, er ist aufgeregt, er unterdrückt Wut, weil er nicht wahrhaben will, dass die Transplantation schiefgehen könnte. Das Spenderorgan sei vorab untersucht worden, zischt er.

Von welcher Transplantation redet er, doch nicht die von Edgar?, fragt sich Helen entsetzt. Ungewollt schließt sie die Hand, zwanghaft, aus Angst um ihren Vorgesetzten. Die angekokelten Ecken des Papiers lösen sich auf. Ungläubig blickt sie darauf.

Keine Sekunde später beendet Adam das Gespräch. Seine Schritte, ein leises Klacken, pochen in ihren Ohren. Sie eilt zum Treppenabsatz, steckt das Papier in die Hosentasche und gibt vor, gerade von der Toilette zurückzukehren.

Adam tritt aus der Küche. Er trägt das Tablett mit erlesenem Teeporzellan in den Salon.

»Schön, du bist fertig«, freut er sich. »Wir trinken den Tee am Kamin.«

Helen setzt sich auf das Sofa, schlüpft aus den Turnschuhen und zieht die Beine an. »Klasse Badezimmer«, lobt sie.

»Ich benutze ein anderes, aber freut mich zu hören.« Adam gießt den dampfenden Tee ein und reicht ihr eine Tasse.

Die Einrichtung weckt Helens Neugier. Auf dem Sofa herrscht Ordnung. Die Kissen liegen in Reih und Glied. Sie springt auf und setzt sich auf den schwerelos designten Liegesessel. Er passt sich ihrem Körper an. Das Möbel fragt, ob sie eine Massage wünscht.

»Woher weiß es, dass ich eine Frau bin?«, will Helen pikiert wissen und erhebt sich, um Adam gegenüber Platz zu nehmen.

»Sprachanalyse, Größe und Gewicht. Das System hat über das Band an deinem Handgelenk das Möbel mit Informationen versorgt. Keine Hexerei«, erklärt er. »Ohne Band oder Chip gibt es derzeit keine Kommunikation mit dem Server. Wir arbeiten daran, ohne Himmel-Chip auszukommen.«

Helen nippt am Tee. »Wie meinst du das? Ohne? Willst du den Leuten direkt in den Kopf funken?«

Adam lächelt über Helens Interpretation. »Nicht direkt, aber in etwa«, sagt er und belässt es dabei.

Mit dem darauffolgenden Schweigen gehen beide gelassen um. Helens Blick verfängt sich an einer Rechenuhr im Schrank, eine etwas kleinere Ausführung als im Schulgebäude. 8 x 7 − 44 : 39 + 11 Uhr.

»Das ist einfach«, sagt sie. »Es ist zwölf Uhr fünfzig.«

»Einfach?«, schmunzelt Adam. »Dann war die letzte Aufgabe, die du lösen wolltest, zu schwer. Das System passt sich an die Leistungen an.«

Helen verdreht die Augen. »Das Himmel-Band?«

»Ja«, bestätigt Adam. »Wärst du gechippt …«

»Nein danke, mein Lieber«, unterbricht sie ihn.

»Keine Sorge, als Gast darfst du dich zehn Tage ohne Chip

auf dem Gelände aufhalten.« Er greift zum Tablet auf dem frei schwebenden Tisch. »Walter ist in Wien in sehr guten Händen«, fährt er fort. »Allerdings braucht sein Körper Zeit und Ruhe, die Ersatzzunge anzunehmen.«

Er klickt auf dem Tablet. Die Wand unter dem Schrank schiebt sich auf. Wie in Einheit 11 und 12. Putzroboter schnurren los und verleiben sich die verstreuten Papierfetzen ein.

Helen spielt die Unbeeindruckte. Sie nimmt einen Schluck vom Tee. Kräftig. Belebend. »Tut gut«, sagt sie.

Ein Gefühl der Ratlosigkeit ergreift sie. Sie möchte mit dem Mann, den sie nicht mehr auskundschaften soll, am liebsten offen reden. Ehrlich sein. Was hat das zu bedeuten, was du in der Küche von dir gegeben hast? Von welchem Spenderorgan, von welcher Transplantation hast du gesprochen? Doch nicht von Edgar, nicht von Wien, oder? Über wen hast du geredet?

Sein Lächeln hält sie ab, ihm die Fragen an den Kopf zu werfen. Das Gesicht strahlt. Sie glaubt, darin zu lesen, dass er denkt wie sie. Er will ehrlich zu ihr sein. Sie lächelt zurück, als er sich von ihr abwendet und das Tablet erneut bedient.

Töne eines Klavierkonzertes erfüllen den Salon. Die Lichtstimmung ändert sich. Die Jalousien fahren herunter und verwandeln sich zu Projektionsflächen. Der Raum wird in weiches Purpur getaucht. Gleichzeitig strömt eine leichte Brise über Helens Haare. Ein undefinierbarer Duft breitet sich aus. Das Aroma, denkt sie, benebelt mich. Sie spürt, wie sich ihre Gedanken verflüchtigen. Sich sammeln, zu einem Punkt werden, der davonfliegt. Hin zu einem Horizont in unerreichbar weiter Ferne.

Adam steht auf und reicht ihr die Hand. »Komm, ich möchte dir etwas zeigen.«

Helen reagiert nicht, wie er von ihr erwartet. Sie trinkt die Tasse leer und mustert seine Finger, die, ohne zu zittern, ruhig und geduldig auf ihre Berührung warten. Sie greift nach seiner Hand. Die Finger sind weich. Keine Falte, keine Unebenheit deutet auf sein Alter hin. Sie liest in seinen Handflächen. Die Lebenslinie ist ausgeprägt und scheint kein Ende zu nehmen. Adam zieht die Hand weg. Abrupt.

»Lass das bitte. Ich kenne meine Lebenslinie.«

Helen sieht auf, blickt in sein angestrengtes Gesicht. »Hast du noch eine Tasse Tee für mich?«

Adam mustert sie ungläubig. Er kann nicht anders, als sie anzulächeln. »Bist du echt oder aus einem Virtual-Reality-Spiel? Femme fatale, mit durchdringenden Augen, unberechenbar und sprunghaft, zu allem bereit, zu allem fähig, wenn sie die Beute ausgemacht hat?«

»Ich hätte nur gerne eine Tasse von dem köstlichen Tee«, schmunzelt sie.

Adam schüttelt den Kopf und beendet die Musik. Die Jalousien fahren hoch. Das natürliche Licht der Sonne scheint wieder durch die Fensterfront. Helen wartet, bis er in der Küche ist, und beugt sich zum Kamin. Sie greift nach einem von den Flammen unberührten Papierfetzen und steckt ihn ein.

Adam kehrt zurück. Ohne Teetasse. Er überlegt, sein Gehirn arbeitet auf Hochbetrieb. Sein Blick ist nach innen gewandt.

»Woran denkst du, Adam?«

»An nichts«, antwortet er. »Die Tasse Tee bekommst du ein anderes Mal. Entschuldige, ich habe zu arbeiten.«

»Du magst es nicht, wenn dir widersprochen wird«, versucht sie, die Situation zu retten.

»Ich mag es nicht, wenn mit mir Spielchen gespielt werden«, entgegnet er.

An der Haustür berührt er sie zärtlich. Mit seiner weichen, von der Teetasse gewärmten Hand streicht er über ihre Wange. Es verlangt ihn nach ihr. Helen kennt das Feuer des Begehrens und die Kälte nicht erwiderter Gefühle. Wortlos nimmt sie seine Hand und drückt ihre Lippen auf seine Handfläche.

Als sie ihn anblickt, zum Abschied ein Lächeln schenkt, ist sie sicher. Er will ihr nichts Böses, obwohl er weiß, warum sie mit Edgar nach Himmelhof gekommen ist. Sie kann ihre Überraschung nicht verbergen und verlässt überhastet die Villa. Auch wenn sie gerne erfahren hätte, was er ihr hat zeigen wollen.

32

Adam Heise bleibt irritiert im Flur zurück. Eine Nachricht aus dem Operationssaal vertreibt den Taumel in ihm. Die Komplikation sei behoben, schreibt Doktor York über die Watch, die Transplantation werde fortgesetzt. Für später am Abend hat Papst den Transport organisiert. Alles läuft nach Plan. Trotzdem empfindet er keine Zufriedenheit. Seine Gedanken kreisen um Helen. Amma rüttelt ihn auf. Die Stimme weist ihn darauf hin, Gefahr zu laufen, sich zu verspäten.

Von der Villa aus hat Heise mehrere Möglichkeiten, in den unterirdischen Bereich zu gelangen. Er zieht sich im oberen Stockwerk um und benutzt den Aufzug.

Der mannshohe Tunnelgang führt in einer Geraden zur zentralen Einrichtung, dem Laborsaal. Gänge zweigen von dort zu den Speziallabors ab. Die Vernetzung der Laboreinheiten ist kabelgestützt. Für alle in Form roter Kabelrohre an den mattweiß glänzenden Wänden sichtbar. Die Stränge führen in geschwungenen Bahnen zum Rechenzentrum, zu Ammas Serverraum und zur autark arbeitenden Stromversorgung. Heise legt Wert auf Ästhetik in allen Belangen und bis ins Detail. Der Mensch ist die Krönung der Evolution, weil er kreativ ist, weil er bewusst Schönes schafft. Er denkt an Helen, an den Moment, als sie ihm die Lippen auf seine Haut presste. Sie ist schön und anders. Sie hintergeht ihn. Sie glaubt, ihn in der Hand zu haben. Doch sie täuscht sich. Niemand hat Adam Heise in der Hand.

Er bemerkt nicht, dass er stehen geblieben ist. Er lehnt sich an die Tunnelwand und zwingt sich mit einem Willensakt, das ungewohnte Gefühlsgemenge zu kontrollieren. Ich stimme sie um, drängt er sich. Ich ziehe sie auf meine Seite. Sie handelt im Auftrag. Sie hintergeht mich, weil Kreuzer Angst um seine Millionen hat. Sie wird mir gehören. An meiner Seite sein, wenn der Tag kommt.

Nachdem er sich sortiert hat, glaubt er, wieder der zu sein, der er war, bevor er Helen kennengelernt hat. Ein Mann, der über den Dingen steht, mit einer Vision, der er alles unterordnet. Alles.

Er setzt den Weg durch den Tunnelgang fort. Die Luft ist ohne Partikel und Staub. Das Belüftungskonzept stammt von einer Firma, die Therapiezentren für Asthmakranke einrichtet. Die Temperatur ist angenehm. Das Sauerstoffgemisch mit anregenden Substanzen sorgt für eine freie Lunge. Er empfindet Aufbruchstimmung, als er von Weitem das strahlende Gewölbe des Laborsaales erblickt.

Zwei Dutzend seiner engsten Mitarbeiter in Himmelhof-Kitteln erwarten ihn. Das Gruppenbild macht ihn stolz. Die Männer und Frauen sind in guter Laune. Er ist spät dran. Nur einige Minuten, dennoch ungewöhnlich angesichts des bedeutsamen Ereignisses, das alle in Aufregung versetzt. Wie Kinder vor der Weihnachtsbescherung schnattern die Wissenschaftler miteinander. Jemand hat Kuchen mitgebracht. Er verpasst keinen Geburtstag seiner Mitarbeiter. Ein bedeutsameres Ereignis wird gefeiert. Selbst Steven Renner aus London ist auf einem Monitor zugeschaltet. Heise traut seinen Augen nicht. Lächelt Steven etwa mit Zigarette zwischen den Lippen? Er blickt sich nach seiner Tochter um, nach Marnie. Sie steht bei Lisa Kupfer. Die beiden halten sich die Hand.

Doktor Drechsler löst sich aus der Gruppe und kommt ihm entgegen. Sie atmet erleichtert auf. Heise erwartet keine Erklärung. Er weiß, was geglückt ist, worüber sich die Wissenschaftler freuen.

Als die Gruppe ihn mit Drechsler kommen sieht, klatschen alle. Heise klatscht symbolisch zurück, zuerst zu Drechsler, dann zu den anderen. Er hat den Rahmen für die Spitzenforschung geschaffen. Die Arbeit haben seine Leute geleistet. Eine außerordentliche Arbeit. In ihrer Heimat Kolumbien hat Valeria als unfruchtbar gegolten. Nun trägt sie eine befruchtete Eizelle in sich. Sie ist schwanger. Die lang ersehnte, letzte Phase der Forschungsreihe ist eingeläutet.

»Wie geht es Esther?«, fragt Heise Marnie.

»Beschissen«, antwortet sie. »Aber nicht mehr lange.«

Heise lässt seine Leute weiterfeiern und folgt Marnie, die ihn an der Hand nimmt, als wäre er ein alter Mann, der den Weg in die Katakomben nicht kennt. Heise nimmt es ihr nicht übel. Sie darf sich erlauben, was niemand sonst sich erlauben darf. Er hütet sie und ihren Körper wie seinen eigenen. Er geizt nicht, ihr seine Zuneigung zu zeigen. Selbst hat er keine Kinder und fühlt dennoch, was ein Vater fühlt. Seinem Weggefährten in England ist er zu tiefem Dank verpflichtet. Steven hat ihm sein eigen Fleisch und Blut, seine einzige Tochter, überantwortet. Marnie ist anders, als je ein Mensch gewesen ist. Sie ist die Schnittstelle zur Zukunft, das Tor in eine bessere Welt.

Esther schläft in dem Bett, das Marnie für sich ausgesucht hat. Mollige Wärme herrscht in dem Raum, einer Art Studio mit Stellwänden, den Marnie als Geburtszelle bezeichnet. Kitschige Kindermotive hängen über einer Wiege. Die medizinischen Geräte hat sie hinter die Wände verbannt. Das Labor außen herum ist nicht erkennbar. Adam Heise stellt sich mit Marnie an das Bett. Esther trägt einen Kittel. Sie atmet ruhig. Schläuche und Drähte an ihren Armen bewegen sich mit ihren Atemzügen.

»Was hast du ihr erzählt?«, fragt Heise Marnie.

»All in«, sagt sie. »Alles. Die Forschungsarbeit, die Experimente, den Grabhügel, den ihr vor zehn Jahren mit den Mutterkuchen und den Totgeburten aus Ōgimi und sonst woher zum

Wachsen und Gedeihen gebracht habt. Das hat sie geekelt. Aber sie hat es verstanden.«

»Bist du sicher?«

Marnie lächelt und streicht sich über den dick gewölbten Bauch. »Ihr Alten habt ein Problem, weil ihr den Tod riecht. Wir Jungen schmecken und fressen das Leben. Esther will leben, glaub mir.«

Sie dreht sich zur Seite, wo Esthers Mutter auf einem Sessel eingenickt ist. »Stimmt's, Astride?«

Die Pressereferentin hebt den Kopf, steht auf und gesellt sich zu den beiden. »Marnie hat recht, machen Sie sich keine Sorgen, Herr Heise. Esther ist auf unserer Seite.«

Heise senkt den Kopf zu dem Mädchen. »Amma. Weck Esther, sanft.«

Die Haube mit Drähten und Sensoren auf ihrem Kopf zieht sich zusammen. Die Augen blinzeln, ehe sie sie langsam öffnet.

Heise lächelt sie an, besorgt und aufmunternd. »Wie geht's dir, mein Kind?«

»Ganz gut«, antwortet Esther verstört. »Darf ich den Welpen behalten, Herr Heise?«

33

Nach dem Besuch bei Adam Heise hat Helen ihre Sachen gepackt. Die Reisetasche steht im Flur. Was sie aus dem verkohlten Papierfetzen entziffern konnte, genügte, um ihre Vermutung zu bestätigen. Adam Heise hat im Kaminfeuer amtliche Dokumente verbrannt. Das Stück, das sie an sich genommen hat, ist von einem Auszug aus der Personalakte der Bundeswehr. Edgar war bis zum Eintritt beim Kreuzer Konzern beim Militär. Adam Heise hat sich nach ihm erkundigt und herausbekommen, wer er ist. Er weiß Bescheid. Weiß, dass Ferdinand Kreuzer ihn durchleuchten lässt. Offenbar sieht er sich in keiner Gefahr schweben. Er spielt das Spiel mit, obwohl er, wie er ihr weisgemacht hat, nicht gerne mit sich spielen lässt. Und Edgar? Er ist aus dem Spiel genommen. Wie eine geschlagene Schachfigur, überlegt sie.

Das Team in der Kreuzer-Zentrale hatte Edgar eine hieb- und stichfeste Identität als leitender Konzernmitarbeiter Walter Fromm konstruiert. Im Nachhinein lächelt sie über die Überheblichkeit der Computerjungs, wie Edgar sie nennt. Allen voran Fabian Bosch. Er hatte das Sagen bei dem Identitätsschwindel. Die Jungs haben einen verstorbenen, ehemaligen Mitarbeiter des Konzerns reaktiviert. Aber was ist im Netz schon sicher? Sicher bist du nie. Vor allem nicht, wenn dein Gegner ein Mann ist, der ein geschlossenes System aus Menschen und Dingen im Verbund mit intelligenten Häusern baut.

Helen setzt sich vor den Kamin und wählt die Nummer von Edgar Pfeiffers Frau. Das Feuer schluckt die Zeit, während das Freizeichen läutet. Endlich hebt sie ab. Helen bekommt die volle Ladung Sorge wegen ihres Ehemannes von ihr ab. Edgar hat sie immer bevorzugt behandelt, wie die eigene Tochter, hält die verängstigte Frau ihr vor. Helen hat keine Chance, etwas zu ihrer Verteidigung zu erwidern. Frau Pfeiffer legt auf. Mit schlechtem Gewissen kontrolliert sie die Uhrzeit. Das Taxi zum Bahnhof, das sie bestellt hat, darf wegen seines Benzinmotors nicht auf das Siedlungsgelände. Es wird in einer halben Stunde am Eingang eintreffen. Kreuzer hat ihr eine klare Anweisung gegeben. Sie wird sich daran halten. Um Edgars willen, der nichts anderes von ihr erwartet hätte, auch wenn ihr spontaner Besuch Adam durcheinandergebracht hat. Etwas ist ganz und gar nicht in Ordnung, nicht mit ihm und nicht mit den Schwangeren.

Sie verlässt das Haus und durchquert den Vorgarten. Einige Meter entfernt vom Eingang mit den Mikrofonen stellt sie sich unter einen Baum und ruft Fabian Bosch an. Er sei krankgemeldet, erfährt sie im Konzern. Sie versucht vergebens, ihn über die Mobilnummer zu erreichen, und schreibt ihm eine Mail. Fabian und krank? Nie da gewesen, seit sie für den Kreuzer Konzern arbeitet. Unvorstellbar. Wie Edgar und Herzinfarkt.

Helen sieht zu dem herrschaftlichen Anwesen. Ein befremdliches Gefühl ergreift sie, als sei sie Adam Heise etwas schuldig. Ein Wort des Abschiedes, um den Auftrag, den sie nicht zu Ende führen soll, zu einem Abschluss zu bringen. Ohne sich weitere Gedanken zu machen, geht sie zur Villa und läutet.

In den Tiefen unter der Villa erläutert der Teamleiter der Forschungsgruppe »Datenanalyse« die Beschaffenheit von Valerias befruchteter Eizelle. Die Perfektion der Zellteilung erklärt der Medizininformatiker inmitten der holografischen Laserprojektion. Valeria nach Himmelhof zu holen, hat sich als Glücksfall erwiesen, denkt Heise. Glück und Zufall können entscheidende

Faktoren für erfolgreiche Forschung sein. Die Watch benachrichtigt ihn über eine Person am Eingang der Villa. Auf dem Display sieht er Helen, wie sie enttäuscht vor seiner Villa steht. Nicht jetzt, schmunzelt er. Ich überrasche dich heute Abend mit einem Gegenbesuch.

Helen kehrt zu ihrem Haus zurück. In ein paar Stunden ist sie wieder in Frankfurt. Sie freut sich auf eine altmodische Badewanne, die sie eigenhändig, ohne Systemkontrolle, einlaufen lassen wird. Auf dem Kiesweg passiert sie Einheit 12. Sie greift in die Hosentasche. Nach wie vor hat sie keine Ahnung, welche Bewandtnis es mit Marnies Stick auf sich hat. Was hat sie sich von dem Diebstahl erhofft? Adam Heises Siedlung ist eine Smart City. Menschen leben in Symbiose mit neuen, innovativen Technologien. Eine Gemeinschaft von Bewohnern mit intelligenten, selbstlernenden Systemen. Für viele ein Schreckensszenario. Für andere die Zukunft, die alle erwartet.

Die Postkästen vor Einheit 12 machen Helen neugierig. Sie sind unterschiedlich groß. Ein Schild warnt vor tieffliegenden Drohnen. Die schwebenden Flugkörper lassen Sendungen in die aufgeklappten Kästen ab. Als sie sich ihnen nähert, wird die Tür aufgestoßen.

Marnie Renner tritt heraus. Die Haare sind anders als bei der ersten Begegnung, auch anders als auf dem Selfie, das sie im Internet gefunden hat. Lang, bis über die Ohren. Die Farbe ist anders. Nicht schwarz. Sie glänzen in verschiedenen Brauntönen. Auf der Nase trägt sie eine Brille mit etwas zu großen Gläsern. Aus ihrem Nacken ragt ein Schlauch, der über ihren Rücken auf den Boden fällt und durch die offene Tür in das Haus führt. Womit der Schlauch verbunden ist, kann Helen nicht erkennen. Sie bemüht sich, ihren Schrecken zu unterdrücken. Das Gefühl loszuwerden, dass gleich eine Drohne auftaucht, die ihr einen Stich in den Nacken setzt und sie an einem Schlauch hängend in den Himmel hebt. Instinktiv ergreift ihre Hand den Stick in der Hosentasche. Wer weiß, überlegt sie, vielleicht hat das Wesen vor ihr ihr Eigentum geortet?

Die Ausnahmestudentin mustert sie. Sie bewegt den Kopf, als würde sie das, was sie mit den Augen anvisiert, aufzeichnen. Helen spürt ein unangenehmes Jucken auf der Haut. Marnie rückt die Brille gerade. Sie neigt und schwenkt den Kopf und gibt Anweisungen. Zoomen, scharf stellen und schließlich »cut«. Sie klappt die Gläser hoch und umschließt die dunkelrot gefärbten Lippen um einen Strohhalm aus Aluminium. In dem durchsichtigen Behälter an einem Band um ihren Hals befindet sich eine schleimige Flüssigkeit. Sie saugt und blubbert. Helen wird übel. Gemästete Tiere, Kraftfutter, Proteine kommen ihr schlagartig in den Sinn. Die junge Frau trägt ein Achselshirt über ihrem dicken Bauch und einen knielangen Rock. Um die Tätowierungen an den Waden heben sich vernarbte Hautpartien ab. Angeordnet wie Dreiecke. Es hat den Anschein, als sei sie mit glühenden Zigarren gefoltert worden. Doch sie lächelt und streckt die spitze Zunge zur Nasenspitze. Leckt und zieht sie zurück in den Mund.

»Hi, Helen«, grüßt sie. »Warum warst du Miststück gestern Nacht bei mir zu Hause? Hast du mich beklaut? Mir fehlt ein Prototyp, sieht aus wie ein USB-Stick. Stecken scheißviele Millionen in der Entwicklung.«

Helen reißt sich zusammen, obwohl sie der Vorwurf unvorbereitet trifft. »Ich hab nichts geklaut«, hält sie dagegen. »Du Zombieluder.«

»Okay«, erwidert sie cool. »Und was hattest du gestern Nacht in meinem Haus verloren?«

»War keine Absicht«, erklärt sie. »Ich war scheißmüde und habe meinen Türcode eingetippt! Unsere Hütten sehen gleich aus, schon mal aufgefallen?«

Marnie grinst über die Feststellung. Der Wachschutz habe sie informiert, sagt sie. Sie habe sich gewundert, dass der Zugangscode ihrer Einheiten dieselben seien und dem Chefprogrammierer den Marsch geblasen. Sechsstellige Zahlenkombinationen, die identisch sind! Wo gibt's denn so was! Draußen bei den Analogen gäbe es denselben Schlüssel für zwei Häuser auch nicht. Der Systemfehler sei behoben. Für sie sei die Sache geklärt. Die Klone sehen tatsächlich fast gleich aus. Unklar aber sei ihr, was sie an ihren Drohnennestern zu suchen habe.

»War neugierig«, entgegnet Helen. »Hab mich gefragt, wie die Dinger funktionieren. An der 11 gibt's die nicht.«

Marnie blickt skeptisch hinüber und vergewissert sich. »Stimmt. Gibt's on top. Musst einen Wisch herunterladen. Auf der internen Website. Heise hat für jeden Mist was zum Ausfüllen. Er liebt Daten. Sie sind der Schlüssel zu Erfolg und Glück. Wenn er wieder mal einen Vortrag im Gemeindehaus hält, geh nicht hin. Er klingt wie ein Messias. Hab ihm die Daten meines Körpers und meiner Organe letztes Weihnachten geschenkt. Er war gerührt, der alte Sack.«

Helen sieht sie betroffen an. »Er besitzt dich als Datensatz?«

»Problem damit?«, kontert sie. »Wenn ja, hast du in Himmelhof nichts zu suchen. Hab gehört, du bist Yogalehrerin. Find ich cool.«

»Mehr Hobby zurzeit.«

»Stimmt ja, sorry. Bist beschäftigt, den Manager zu vögeln. Wie geistreich, Große.«

»Ich ficke, mit wem ich will, Kleines.«

»Aber Heise fickst du nicht«, erwidert Marnie überhastet. »Der bumst virtuell, hab ich gehört. Ich hab's auf einer Convention ausprobiert. Rudelbumsen mit Datenbrille ist nicht meins.« Sie greift sich an den Bauch. Ohne sich umzudrehen, zieht sie an dem Schlauch.

Helen zuckt unmerklich zusammen. Ein Schmerzstoß jagt durch sie hindurch. Sie versucht, ruhig zu bleiben wie Marnie, die an ihrem Drink saugt.

»Ist was?«, fragt Helen nach. »Du siehst aus, als würdest du das Baby jeden Moment bekommen.«

Marnie klappt die Brillengläser nach unten. Die Pupillen bewegen sich hin und her. »Nee, alles gut. Spitzenwerte. Frieda und Susan kriegen Nachricht, wenn sich was tut.« Sie kratzt sich am Bauch. »Der Schlauch ist ein fettes Geheimnis. Sag's niemandem. Und Finger weg von meiner Post.«

Offenbar aus Gewohnheit geht sie rückwärts in das Haus zurück und stößt die Tür mit dem Fuß zu.

34

Helen ist speiübel von Marnie Renners selbstherr-
lichen Art. Was ist sie? Eine Außerirdische? Ein le-
bendes Forschungsprojekt? Hat sie der Roboter vom Selfie geschwängert? Bringt sie ein Cyborgbaby zur Welt? Aufgebracht
nimmt sie den Einkaufswagen nicht wahr, der sich ihr auf dem
Hauptweg nähert. Eine sanfte Stimme bittet darum, den Weg
frei zu machen. Helen entschuldigt sich und tritt zur Seite.

Erstaunt beobachtet sie, wie der randvoll gefüllte Wagen zu
dem Rolltor neben dem Eingang ihrer Einheit fährt. Das Tor
schiebt sich hoch. Der Wagen verschwindet in der Kühlkammer.
Dahinter packt eine Sortiermaschine die Waren in standardi-
sierte Behälter um. Ein Beförderungssystem verteilt die Einkäufe. Der Kühlschrank wird befüllt. Der Vorratsraum aufge-
stockt.

Helen ist verwundert. Sie hat keine Einkäufe getätigt. Weder
online noch persönlich im Supermarkt. Beim Betreten des Hauses hört sie ein Geräusch am Tor. Das Geräusch wiederholt sich.
Ein Klopfen. Da ist jemand, denkt sie. Jemand, der von innen
an das Rolltor pocht. Außen findet sie keinen Schalter, um es
zu öffnen. Sie hört Schritte hinter sich. Sie dreht sich um und
wankt einen Moment lang. Die Gestalt, die sich auf sie zube-
wegt, erscheint ihr wie ein Model aus einem Modemagazin.
Marnie Renner ist völlig verwandelt. Sie ist umgezogen. Dezent
geschminkt. Sie trägt eine Perücke. Die schwarzen, glänzenden

Haare reichen über die Schultern. Ein langer, eleganter Mantel legt sich über ihren Bauch. Der Saum streift den Kies auf dem Hauptweg. Kein Schlauch, keine Narben entstellen ihren Körper. Mit dem Tablet in der Hand wirkt sie wie eine Studentin auf dem Weg zur Vorlesung.

»Kann ich helfen?«, fragt sie.

»Wollte hinein«, erwidert Helen verblüfft. »Sehen, wie die Maschine arbeitet.«

»Neugier ist ein starkes Bedürfnis. Es treibt Menschen an, über Grenzen zu gehen, über sich hinauszuwachsen, um Befriedigung zu erlangen. Hilft, voranzukommen«, doziert sie und rät: »Im Hausflur ist die Zugangstür, oder nimm die App.«

Helen sieht ihr nach, wie sie ein Mobil besteigt und wegfährt. Das Klopfen zieht ihre Aufmerksamkeit wieder auf sich. Sie öffnet über die App das Rolltor und blickt in das vor Angst verzerrte Gesicht einer jungen Frau. Sie kauert in einer Ecke, im Dunkeln, und zeigt auf die Zugangstür.

Helen geht in ihre Einheit und öffnet von innen die Tür zur Kühlkammer. Valeria, das Kindermädchen, taucht aus dem Dunkeln auf. Sie macht Zeichen, fragt stumm nach den Kameras. Helen nimmt ihr die Angst, beobachtet zu werden. Die Augen des Hauses sind abgeschaltet. Valeria sieht sie sekundenlang eindringlich an. Sie glaubt ihr schließlich und stürmt an ihr vorbei nach oben.

Helen folgt ihr und findet sie im Badezimmer. Mit angewinkelten Beinen liegt sie in der Badewanne. Die Hände sind vor das Gesicht geschlagen. Sie weint bitterlich, ohne ein Wort herauszubringen. Helen sieht auf die Uhr. Das Taxi wird gleich am Empfang eintreffen. In weniger als zwei Stunden fährt ihr Zug nach Frankfurt. Zu Hause wartet der Haushalt, der Kühlschrank ist leer. Kein hoch technisierter Supermarkt hilft ihr, den Alltag zu bewältigen. Kreuzers Meinung nach ist in Himmelhof alles in Ordnung. Doch das Bündel Elend, das sich unter den Lebensmitteln im Einkaufswagen versteckt hielt, verlangt ein anderes Urteil.

Helen redet auf sie ein. Die Schminke ist von den Tränen verschmiert, Kajal fließt die Wangen herab. »Sprich mit mir, erzähl, was passiert ist. Wovor hast du Angst?«, fragt sie eindringlich.

Die Tränen aber stoppen nicht. Valeria bekreuzigt sich immer wieder. Der Weinkrampf nimmt kein Ende. Sie schluchzt, schnieft und murmelt Worte, die Helen für ein Gebet hält.

Es muss sein, beschließt sie. Sie drückt die Taste. Aus dem Duschkopf prasselt Wasser auf das zitternde Wesen nieder. Valeria schreit vor Schreck auf und blickt hoch. Das Wasser läuft über ihr Gesicht. Sie schließt die Augen und atmet. Erst schnell. Dann langsamer. Nun ist sie ruhig. Sie öffnet die Augen und starrt Helen an. Die Lippen bewegen sich. Helen versteht nicht, was sie zu ihr sagt. Das Prasseln übertönt die Worte. Sie drückt den Ausschalter.

»Nach ... nach unserem Gespräch ... am See«, stammelt sie. »Irgendwie haben Sie mich darauf gebracht. Ich war nicht sicher, aber ich hatte so ein Gefühl. Sie hatten das Gefühl ja auch, deshalb war ich in der Stadt ...«

Aus der Hosentasche holt sie einen Schwangerschaftstest und zeigt ihn Helen. Er ist positiv.

»Helfen Sie mir, bitte«, fleht Valeria Helen an. »Doktor York hat gesagt, dass ich nicht schwanger bin.«

Helen sieht sie besorgt an.

»Sie wollen mir das Baby wegnehmen«, schluchzt sie. »Ich muss hier weg.«

35 Wenige Minuten später erhält Adam Heise einen Anruf aus der Empfangszentrale. Doktor Drechsler brieft gerade das Team. Die nächsten Schritte sind kompliziert. Sie erläutert das Verfahren, um in den kommenden Wochen Valerias wachsende Eizelle für ihre Versuche zu optimieren. Heise stellt sich abseits und nimmt mit den Plättchen im Ohr das Gespräch an. Er kennt Samuel Papst seit Jahren. Himmelhof hat ihm geholfen, Vater zu werden. Verwundert nimmt er den Anflug von Panik in seiner Stimme wahr. Frau Haas habe nach Valeria gefragt, das Kindermädchen sei fortgegangen, ohne eine Nachricht zu hinterlassen, vermeldet er. Heises Lider zucken in Erwartung der Hiobsbotschaft, die unvermeidlich über ihn hereinbrechen wird. Das System, fügt der besorgte Sicherheitsmann hinzu, zeige Valerias Aufenthaltsort zu Hause an. Dort sei sie aber nicht.

Heise winkt Drechsler zu sich.

»Valeria ist verschwunden.«

»Das kann nicht sein«, flüstert sie erschrocken. »Sie wird bewacht. Herr Macke ist instruiert.«

Er sieht auf der Watch nach. Mackes Ortungspunkt befindet sich vor dem Haus der Familie Haas. »Herr Macke ist auf seinem Posten, er weiß von nichts«, sagt er und schreibt ihm eine Nachricht. »Ist irgendetwas vorgefallen? Hast du mit Valeria gesprochen?«

Drechsler verneint und winkt York zu sich. »War irgendwas mit Valeria?«

»Warum?«, fragt York. »Bitte keine Probleme mehr! Wir hatten genug davon!«

Heise nimmt die Frauen zur Seite. Neben dem Inkubator befinden sich Steharbeitsplätze. »Reißen Sie sich zusammen, Doktor York«, faucht Heise sie an. »Wahrscheinlich hat das dumme Ding sich ein Störband besorgt. Das Signal zeigt eine falsche Ortung. Wir müssen sie finden.«

»Ist was geschehen? Sag schon, Susan«, fordert Drechsler sie auf.

York denkt nach. »Nein, da war nichts. Ich habe Valeria heute Morgen untersucht. Sie weiß nicht, dass sie schwanger ist. Das darf sie auch nicht. Sie ist äußerst labil. Ich fürchte …« York stockt. »Von mir weiß sie nichts. Was aber, wenn sie …«

Drechsler versteht, auf was ihre Freundin hinauswill. »… einen Test gemacht hat.«

»Bereitet alles für den Eingriff vor«, beschließt Heise. »Ich erwarte, dass alles nach Plan läuft.«

Drechsler hält ihn am Oberarm zurück. Heise sieht sie zornig an. Mit einer Entschuldigung lässt sie ihn los und erinnert ihn, dass ohne die schwangere Valeria die letzte Phase der Forschungsreihe unmöglich realisierbar ist.

Auf einem Schemel im Badezimmer sitzt Helen vor dem Kindermädchen. Mit verbundenen Augen hockt Valeria auf der Toilette. Der rechte Arm liegt auf dem Oberschenkel. Helen streicht über ihre braune Haut und fühlt die Erhebung.

»Hier?«, fragt sie.

»Ja«, bestätigt sie ängstlich. »Machen Sie schnell, ich halte das nicht aus.«

Helen greift zum Rasierer und entfernt die Härchen um die Stelle am Unterarm. »Bereit?«

Valeria nickt.

»Das Baby zur Welt bringen wird schmerzhafter«, prophezeit sie. Dann zieht sie das Sushimesser aus der standardisierten Haushaltseinrichtung über die Haut.

Valeria unterdrückt den Schmerzensschrei. Helen tupft das Blut weg und holt mit einer Pinzette den Himmel-Chip unter der Haut heraus. Das Plättchen erinnert sie an die Ohrhörer, rund, elastisch, zwei Zentimeter im Durchmesser, so schätzt sie. Sie wickelt das Hightech-Teil in Toilettenpapier und steckt es zu Marnies Prototyp in die Hosentasche.

»Es ist vorbei«, sagt sie und versorgt die Wunde mit Desinfektionsmittel und Pflaster.

Valeria legt die Augenbinde ab, atmet durch und wischt Tränen aus den Augenwinkeln. »Entschuldigung, wenn ich Blut sehe, falle ich in Ohnmacht«, sagt sie erleichtert. »Können Sie den Chip für mich deponieren? Am See vielleicht? Dort bin ich öfter mit den Kindern. Vielleicht bringt das etwas Zeit.«

»Du bist schwanger, da ist Denken schwer«, widerspricht sie. »Ich habe ein Taxi bestellt. Es wartet am Eingang.« Sie überlegt. »Hast du Geld?«

Valeria nickt.

»Lass dich nach Augsburg zur Polizeistation fahren. Frag nach Kommissar Vogt. Erzähl ihm, was du mir erzählt hast, und warte dort auf mich. Ich komme nach. Ja?«

Valeria umarmt Helen.

»Beeil dich, zieh meine Joggpants an«, drängt Helen und löst sich aus der Umarmung.

Während Valeria sich umzieht, kramt Helen einen Hoodie aus ihrer Reisetasche. Sie drückt ihn der verschreckten, aber vor Hoffnung glühenden Frau in die Hände. »Das sollte reichen. Wir sind etwa gleich groß. Pass auf, dass niemand dein Gesicht sieht.«

Valeria zieht die Kapuze über den Kopf und läuft die Treppen nach unten.

36

Es herrscht die friedliche Atmosphäre, die Valeria von den Stunden mit den Kindern der Haases für immer in Erinnerung bleiben wird. Die Kapuze hebt und senkt sich vor ihrem Gesicht. Sie geht schnell. Schneller als üblich, die Augen starr auf die Eingangszentrale gerichtet. Sie kann das Taxi sehen. Der Fahrer steht davor und tippt in ein Handy. Sie spürt ein Ziehen, eingebildet oder nicht, sie spürt etwas. Sie fasst sich an den Bauch. Als sie ihn entdeckt, den Mann auf dem Segway, ist das Ziehen vorüber. Pure Angst packt sie beim Anblick von Axel Macke. Ohne zu überlegen, biegt sie vom Hauptweg ab, rennt ein paar Schritte und sucht Schutz im Hauseingang von Einheit 19.

Der Wachmann in Himmelhof-Uniform fährt in Schritttempo zum Empfang, auf der Suche nach dem Kindermädchen, das ihm anvertraut war und entwischt ist. Er ist angefressen. Keine fünf Minuten sind vergangen, seit Heise ihn fertiggemacht hat. Seine Anweisung war klar. Entweder findet er Valeria und holt sie unversehrt zurück, oder er verliert seinen Job. Die Galle kommt ihm hoch. Bei dem Bewerbungsgespräch für die Leitung des Objektschutzes ließ Heise fallen, seine Vorgeschichte zu kennen. Axel Macke erwürgte seinen letzten Arbeitgeber in einem Tobsuchtsanfall mit bloßen Händen und kam mit dem Mord davon.

Macke stoppt an der Eingangspforte. Ein Taxi wartet am

Parkplatz. Samuel Papst ist erleichtert, ihn zu sehen. Er gibt Entwarnung. Valerias Signal habe sich eben wieder eingeloggt. Er deutet auf den Punkt auf dem Display.

»Sie war im Supermarkt. Gerade geht sie am E-Zentrum vorbei zur Schule. Sieh auf dein Ding«, sagt er angespannt. »Ich habe Heise noch nie so nervös erlebt. Scheißt mich zusammen, als würde ich das erste Mal Dienst schieben.«

Macke kontrolliert das Signal auf seiner Watch. Es blinkt hundert Meter entfernt vom E-Zentrum. Die ganze Aufregung war umsonst. »Wer hat das Taxi bestellt?«, fragt er.

»Frau Jagdt, sie verlässt uns.«

Nach wie vor hält sich Valeria in dem Hauseingang versteckt. Sie beobachtet, wie Macke den Segway wendet und rasend schnell den Weg zum E-Zentrum einschlägt. Gerade als sie zum Ausgang weitergehen will, taucht Adam Heise auf. Sie bleibt erschrocken stehen, überlegt, was sie tun soll, wie sie vor ihm flüchten kann. Sie weiß sich gegen Männer zu wehren. Vor denen wegzulaufen, die ihr Böses wollen. Sie ist in den Slums von Bogotá aufgewachsen, hat gelernt, vor Polizisten und Bandenmitgliedern zu fliehen. Sie marschiert los, weiter den Seitenweg entlang. Sie geht schneller, entfernt sich von Heise, dem sie zu tiefstem Dank verpflichtet ist. Sie erinnert sich an den Tag, an dem er sie am Flughafen mit Doktor Drechsler in Deutschland abgeholt hat. Sie hat Deutsch gelernt, Geld verdient, auf die Kinder von Ehepaar Haas aufgepasst und vor allem an der Studie teilgenommen. Jetzt ist das Wunder geschehen. Sie trägt das Baby in sich, das sie sich sehnlichst gewünscht hat. Mit Seitenstechen erreicht sie den Recyclingpark. Sie versucht, ihren Atem zu beruhigen. Sie vergewissert sich. Niemand ist ihr gefolgt, bis auf die Kameras, die alles und jeden auf dem Gelände aufnehmen. Sie sieht zum Siedlungszaun. Das Dach der Recyclinghalle scheint ihn zu überragen.

Indessen hat Axel Macke Kontakt zu Stahl aufgenommen und ihn zum E-Zentrum bestellt. Er nähert sich dem Versorgungswerk und drosselt das Tempo des Segways. Das Signal auf der Watch zeigt Valeria in der Nähe. Sie müsste vor ihm sein. Er müsste sie sehen. Als er den selbstfahrenden Einkaufswagen erblickt, ahnt er, was los ist, was vor sich geht. Er bremst ab und stoppt ihn. Valerias Signal auf dem Display kommt im selben Moment zum Halt. Äpfel und Bananen liegen im Wagen. Er untersucht die Karosserie. Wut und Angst packen ihn. Der Himmel-Chip ist mit einem Kaugummi an der Unterseite befestigt. Er gibt dem Wagen einen Tritt. Die Gleichgewichtssensoren greifen ein. Das Gefährt wackelt, fällt aber nicht um. Gegen den zweiten Stoß hat der Wagen nichts entgegenzuhalten. Er fällt zu Boden. Gleichzeitig erhält Macke eine Nachricht von Samuel Papst, der auf den Überwachungskameras Valeria beim Recyclingpark ausgespäht hat. Er springt auf das Segway und beschleunigt.

»Schalt die Überwachung aus«, instruiert er Papst. »Und gib Stahl Bescheid.«

Keine Minute später erreicht Macke die Recyclinghalle. Valeria ist nirgends zu sehen.

Stahl taucht im Dauerlauf auf. »Ist sie in die Halle?«, fragt er schwer atmend. »Warum siehst du nicht nach?«

Macke deutet auf das Flachdach. Valeria läuft quer darüber Richtung Wald, der an das Gebäude angrenzt.

Stahl zieht die Augenbrauen hoch. »Ist die verrückt? Will sie sich umbringen?«

Valeria sprintet weiter, bis sie den Punkt erreicht, an dem sie abspringen müsste, um den Zaun zu überwinden. Kurz vorher bremst sie ab und rudert mit den Armen, um nicht in die Drohne zu rennen, die ihr quer in den Weg geflogen ist. Eine zweite Drohne fliegt an. Valeria blickt voller Panik zu den Flugrobotern, die ihr gefährlich nahe kommen und sie zurücktreiben, weg vom Rand des Daches. Sie dreht sich zu ihren Verfolgern um. »Schickt sie weg!«, schreit sie. »Lasst mich in Ruhe!«

»Komm«, sagt Macke zu Stahl. »Wir holen sie, bevor sie sich den Hals bricht, das dumme Ding.«

Da rennt Valeria zurück und verschwindet durch eine Dachluke in das Gebäude. Macke und Stahl erreichen das Tor und betreten die Halle. Gerade noch werden sie Zeugen, wie Valeria beim Herunterklettern den Halt verliert und herabstürzt. Beide bleiben vor Entsetzen stehen. Der schmale Körper des Kindermädchens flattert in die Tiefe und knallt an Traversen und Eisengestänge. Sie wird herumgewirbelt und fällt auf ein Laufband. Macke erkennt die Gefahr. Er läuft los, um sie zu retten. Doch zu spät.

Bewusstlos vom Sturz verschwindet Valeria unter einer Abdeckung. Sensoren und Kameras erfassen den Abfall, der zur Entsorgung als Biomüll bestimmt wird. Das nächste Band, auf dem Valeria erscheint, führt zu einem Schlund. Erneut verschwindet sie aus dem Blickwinkel der Wachleute. Knacksende Geräusche übertönen den schnurrenden Elektromotor. Druckplatten bearbeiten den menschlichen Körper. Die Sensoren erfassen Valerias Habseligkeiten in den Hosentaschen. Handy, Bargeld, den Schwangerschaftstest, den sie eingesteckt hat. Die metallenen Elemente und Plastikanteile werden aussortiert, Stoff und Textilien mit Greifzangen zur Wiederverwertung abgezupft. Als Gewebemasse eingestuft, wird Valerias zerschundener, platt gedrückter Körper zum nächsten Band umgeleitet. Der Kopf ist in sich verschoben, als hätte jemand eine Axt in ihrem Schädel versenkt. Stahl dreht sich ab, ist kurz davor, sich zu übergeben. Ungläubig verfolgt Macke den weiteren Weg der Toten, die aussieht, als wäre sie ein riesiger Haufen blutiger Rotz. Die Kleidung ist zerfetzt. Reste hängen an den Armen und Beinen, die als solche nicht mehr auszumachen sind. Das wenige an Haut, das nicht von Blut übersät ist, glänzt im Schein der Hallenbeleuchtung. Abgetrennte Finger liegen neben ihren verdrehten, zertrümmerten Kniescheiben. Hüftpartie und Bauch sind bis zur Unkenntlichkeit verformt. Der nächste Schlund widmet sich Valerias Überresten. Nach Analyse durch intelligente Kamerasysteme trennen rotierende Schneideblätter Menschenfleisch von Knochen, als wäre die Tote ein nicht sauber genug abgeknabbertes Hühnchen. Mahlräder verrichten sodann an der vorletzten Station ihr Werk. Macke lässt Stahl zurück und geht durch die Hallentür hinaus in den Park. Im Freien, die frische Waldluft einatmend, wird auch ihm übel. Valerias in Kleinstteile gehäckselter Körper fällt vom Laufband auf den Komposthaufen. Vitaminreicher Dünger für die Gärten der Siedlung und umliegenden Felder.

37

Gleich nachdem Helen den Einkaufswagen mit Valerias Chip präpariert und losgeschickt hat, ist sie ins Haus zurückgekehrt. Vergebens hat sie versucht, Kommissar Vogt in der Polizeidienststelle zu erreichen, und ihm auf der Mailbox eine Nachricht wegen Valeria hinterlassen. Höchste Zeit, ihr in die Stadt zu folgen. Jetzt, als sie mit der Reisetasche den Haupteingang erreicht, wartet dort kein Taxi auf sie. Sie spielt die Überraschte, im Glauben, das Kindermädchen sei damit unterwegs in die Stadt.

»Wo ist mein Taxi?«, fragt sie Samuel Papst.

»Der Fahrer wollte nicht länger warten. Sie sind spät dran«, gibt er zurück.

Helen sieht ihm an, dass er mit wichtigeren Dingen beschäftigt ist. Seine Augen haften auf dem Monitor, den sie nicht einsehen kann.

»Mit wem ist er gefahren?«, fragt sie nach.

»Mit niemandem«, erklärt er abwesend. »Er hat eine Bestellung im Nachbardorf angenommen. Soll ich Ihnen ein neues Taxi rufen?«

Helen hält ihre Verwunderung zurück, ihr liegt auf den Lippen, nach Valeria zu fragen.

»Wo willst du hin?«, fragt Adam, der sie mit seinem plötzlichen Erscheinen erschrickt.

»Zurück nach Frankfurt«, sagt sie. In seinen Augen sucht sie, was ihn verraten und seine Machenschaften aufdecken würde. Valeria ist geflohen, weil sie Angst hatte, dass er ihr das Baby wegnehmen würde. Doch in seinem Gesicht findet sie nichts als Enttäuschung darüber, dass sie abreist. Deine Chance, in seiner Nähe zu bleiben, schießt es ihr durch den Kopf.

»Mein Taxi zum Bahnhof ist weg«, erklärt sie mit Bedauern.

»Ich kann dich fahren«, bietet er halbherzig an.

»Muss checken, wann der nächste Zug fährt«, erwidert Helen, als erwarte sie, dass er sie zurückhält.

»Einen Moment, bitte«, sagt er.

Er betritt die Zentrale und diskutiert mit Papst.

Helen beobachtet sie. Die beiden reden ruhig miteinander, bis Adam den Kopf senkt, ganz so, als hätte er eine besorgniserregende Nachricht mitgeteilt bekommen. Er blickt in den Monitor, sekundenlang, dann kehrt er zu ihr an die Schranke zurück.

»Was passiert?«, fragt Helen.

»Doch ja«, antwortet er. »Die Familie Haas sucht ihr Kindermädchen. Hast du Valeria nicht kennengelernt?«

»Flüchtig«, antwortet Helen ausweichend.

»Wir werden sie schon finden, weit kann sie nicht sein«, gibt er sich unbesorgt. »Jede Stunde geht ein Zug nach Frankfurt. Bleib doch noch. Ich schulde dir eine Tasse Tee.«

Später, als die beiden in der Küche grünen Tee getrunken haben, steht Adam auf und reicht Helen wortlos die Hand. Diesmal nimmt sie sie an und folgt ihm die Treppen in das obere Stockwerk der Villa. Auf halber Höhe bleibt er stehen und blickt sie an. Freundlich und liebevoll.

»Wollen wir nicht von vorne anfangen? Lass uns offen zueinander sein. Du bist genauso wenig Edgar Pfeiffers Freundin wie ich schuld am Tod der Stielers.«

Helen erwidert seinen Blick. »Seit wann weißt du es?«

Adam legt ihr seine Hand auf die Wange. »Jetzt kommst du mit. Warum?«, weicht er ihrer Frage aus.

»Weil ich vor Neugier platze.«

»Du bist eingebildet und arrogant«, scherzt er. »Ich hatte nicht vor, dich ins Bett zu zerren. Zieh die Schuhe aus, wenn wir oben sind.«

Barfuß folgt sie ihm den Gang entlang. Der Boden massiert die Füße mit ultraleichten Stromstößen. Helen fühlt sich leicht, als würde sie schweben. Die Tür zu dem Raum steht offen. Ein Loft, groß wie ein Tanzsaal.

»Besser als die Plattform auf dem See?«, fragt Adam.

»Paar nette Bilder an die Wand, Matten rein, schon kann's losgehen.«

Adam lächelt belustigt. »Nein! Keine Yogakurse bei mir zu Hause!«, entgegnet er. »Das ist kein Raum. Das sind Welten. Und du die Göttin, die sich jeden Wunsch erfüllen kann.« Er bedient das Display an der Wand, scrollt durch die Menüs. »Unter Loft findest du alle Einstellungen.«

Der Raum verwandelt sich in ein Kornfeld an einem strahlend schönen Sonnentag. Helen schert sich nicht darum, wie die Projektion zustande kommt. Sie wandert sofort umher, greift nach den Ähren und atmet den Duft des Getreides ein. Er lächelt zufrieden über ihre Reaktion, bis die Watch am Handgelenk brummt. Er liest die Nachricht. Schlagartig verändert sich seine Stimmung. Helen kehrt zu ihm zurück.

»Was ist?«, fragt sie und denkt dabei an Valeria. Sie möchte das Kindermädchen anrufen, klären, ob sie in Sicherheit ist – vor dem Mann, der sie ansieht, als könne er kein Wässerchen trüben.

»Fahr morgen nach Frankfurt. Von mir aus nimm gleich den ersten Zug«, bittet er sie.

»Was ist denn los?«, wiederholt sie ihre Frage.

»Valeria, sie hatte wohl ein Störband. Offensichtlich hat sie die Siedlung verlassen. Wohl mit einem Viehtransport vom Gutshof.«

»Sie ist verschwunden, meinst du?«, freut sich Helen insgeheim. Valeria ist in Sicherheit, glaubt sie.

Adam sieht sie erstaunt an. »Nein, sie ist gegangen, ohne jemandem Bescheid zu geben. Die Familie Haas macht sich Sorgen. Ich rede mit ihnen, bleib du hier.«

Helen ist drauf und dran, ihn zurückzuhalten, ihn zur Rede zu stellen, aus ihm zu entlocken, was es mit Valerias Schwangerschaft auf sich hat. Doch da ist Adam schon die Treppen nach unten gelaufen.

Als Helen allein im Loft ist, schaltet sie die Projektion aus. Die Einrichtung ist spartanisch. An einem Ende steht ein großes, einladendes Bett, ein Tisch mit vier Stühlen, ein Sessel, ähnlich wie der im Salon. Sie wählt Valerias Nummer und wundert sich nicht, dass sie nicht abnimmt. Sie wird sich melden, sobald sie mit dem Viehtransport in Augsburg ist, denkt sie. Als sie erneut Kommissar Vogts Nummer wählt, vernimmt sie ein stechendes Summen in dem Raum. Der Ton schwillt an und wird immer lauter. Sie steckt das Handy weg und hält sich die Ohren zu, aus Sorge, ihre Trommelfelle würden platzen. Sie springt aus dem Loft und rennt verängstigt die Treppen nach unten. In Adams Küche atmet sie durch. Der Ton ist verstummt. Helen setzt sich und entdeckt den Marillenschnaps im Regal.

38

Erschöpft von der Reise von New York über München nach Augsburg steht Julia Jagdt am frühen Morgen des nächsten Tages vor der Empfangszentrale. Weltenbummlerin, hübsche Augen, schwarzbraune Haare, aufgedreht, Ende zwanzig, so schätzt sie der Frühdienst schiebende Sicherheitsmann ein. Er riecht förmlich die verdreckte Wäsche im Rucksack, der an der Glasscheibe angelehnt ist. Julia besteht darauf, mit jemandem zu sprechen, der was zu melden hat. Mit Pförtnern verhandele sie nicht. Geduldig macht er Helens jüngerer Schwester klar, sie ohne Rücksprache eines Bewohners nicht auf das Gelände einlassen zu dürfen. Julia gibt sich nicht geschlagen. Der ernst dreinblickende Mann würde ihr gefallen, hätte er nicht eine blendend weiße Uniform an.

»Sind doch Intelligenzbestien, die Luxusbuden! Fragen Sie das verdammte Haus, ob sie da ist«, provoziert sie ihn.

»Habe ich bereits«, erwidert er. »Frau Jagdt hält sich nicht innerhalb der Siedlung auf, sonst könnte ich sie orten.«

»Meine Schwester scheißt auf Ortung. Sie war immer die Beste beim Versteckspielen!«

Abermals ruft sie Helen an und hinterlässt ihr eine Nachricht.

»Wie komme ich zurück in die Stadt?«, fragt sie.

»Taxi?«

»Zahlen Sie?«

»Zu jeder vollen Stunde fährt ein Bus«, empfiehlt er. »Ich kann

Ihnen eine Bestätigung ausstellen, dann kostet Sie die Fahrt nichts.«

»Danke«, faucht sie. »Das schaffe ich schon.«

Sie greift ihren Rucksack, stellt sich an die Landstraße und streckt den Daumen heraus.

In Einheit 11 ahnt Helen nichts von ihrer streitbaren Schwester ganz in der Nähe. Sie kämpft gerade gegen das Aufwachen in ihrem Schlafzimmer an. Zu süß war der Traum, der sie durch die Nacht begleitet hat. Mit ausgebreiteten Armen schwebte sie wie eine Drohne, langsam und getragen, durch Wolkengebilde und sah hinab auf ein goldgelbes Meer aus Kornfeldern. Sie hat den Duft des Getreides in der Nase, als sie sich rekelt und die Bettdecke wegzieht. So gut geschlafen hat sie ihr Leben lang nicht. Ausgeruht und federleicht steigt sie aus dem Bett und sieht aus dem Fenster.

Die Morgensonne fällt auf Heises Villa. Am Eingang von Einheit 12 verabschiedet Marnie Esther. Die beiden umarmen sich innig, wie Helen bemerkt. In den Armen trägt das dreizehnjährige Mädchen ein Knäuel. Ein Welpe, den sie fest an sich schmiegt. Esther bemerkt Helen am Fenster und winkt ihr zu. Helen winkt zurück. Die angehende Architektin hat ein Herz für Tiere. Hoffentlich, denkt Helen, hat sie bald einen Freund ohne Schläuche und Körperzugänge.

Im Badezimmer des oberen Stockwerks findet sie ihre Sachen. Die Kleider vom Vortag. Die gepackte Reisetasche. Bei dem Anblick dämmert ihr, dass etwas nicht stimmt. Sie versucht, sich zu entsinnen. Denkt nach. Massiert die Schläfen. Starrt in den Spiegel. Die Augen sind geweitet. Der Mund ist trocken. Sie trinkt aus dem Wasserhahn. Als sie auf der Toilette sitzt, überrollt sie die Erinnerung. Was hast du angestellt?, fragt sie sich entsetzt. Valeria saß auf derselben Toilette. Sie hat ihr den Himmel-Chip aus dem Unterarm entfernt. Schlagartig fällt ihr ein, dass das Kindermädchen das Taxi zu Kommissar Vogt nicht bestiegen hat.

Von Panik erfasst springt sie auf. In einem Fach der Reisetasche findet sie Marnies Prototyp und das verkohlte Papier aus Heises Kamin. Sie zieht Slip und Shirt aus. Vor dem Spiegel untersucht sie ihren nackten Körper. Auf den ersten Blick findet sie keine Anschlüsse – wie bei Marnie Renner. Schnittwunden an der Hand entdeckt sie, von denen sie nicht weiß, wie sie sich diese zugezogen hat. Zentimeter um Zentimeter fährt sie mit den Händen Arme und Beine ab, dreht sich um, überprüft den Rücken, so gut sie kann. Da ist keine Erhebung, kein Himmel-Chip oder sonst etwas mit Elektronik oder Metall, das ihr eingepflanzt wurde. Die Erleichterung darüber hält nicht lange an. Das Band. Das Himmel-Band, schießt es ihr durch den Kopf. Sie trägt es nicht am Handgelenk. Sie ist registriert und im Himmelhof-System eingeloggt. Warum löst sie keinen Alarm aus?

Sie eilt aus dem Haus, hinüber zu Heises Villa und läutet Sturm. Adam öffnet in einem altmodischen Morgenmantel mit blau unterlegten Wappen auf der Brusttasche. Er hat das gleiche Modell Datenbrille wie Marnie Renner auf der Nase. In der Hand hält er Helens Handy und ein Tablet.

»Was hast du mit mir angestellt?«, schreit sie ihn an und greift sich ihr Handy. »Hast du mir was gegeben? Du hast mich ausgeknockt! Ich kann mich an nichts erinnern.«

Mit überraschtem Gesichtsausdruck klappt Adam die Gläser hoch. Er setzt an, etwas zu erwidern, verzichtet aber. Stattdessen zieht er den Morgenmantel aus und drückt ihn ihr in die Hand. Er empfiehlt eine besonders kalte Dusche und schließt die Tür hinter sich.

Helen ist außer sich. Der Mund bleibt ihr offen stehen. Mit dem Mantel in der Hand wird ihr bewusst, dass sie in Unterwäsche herumläuft. Sie schlüpft in den weichen Stoff und bindet den Gürtel zu. Adams Geruch legt sich schützend über sie. Mein Gott, schreit sie innerlich. Nein!, mahnt sie sich. Wer weiß, was er ihr angetan hat!

Männer in weißen Trainingsanzügen vom Objektschutz rasen mit einrädrigen Hoverboards über den Kiesweg und erreichen die Villa. Dieselben zwei, die Helen aus Renners Haus abgeholt und sie heimgebracht haben. Die Männer packen sie. Helen wehrt sich mit allen Kräften. »Finger weg! Das dürft ihr nicht. Ihr seid nicht die Polizei!«

Der Wachmann reagiert abgebrüht. »Sie befinden sich unbefugt auf Privatgelände. Bitte kommen Sie mit. Wir klären das ohne Geschrei.«

Adam tritt erneut mit dem Tablet aus der Villa. Er sieht eine Weile zu, wie Helen sich wehrt.

»Das genügt«, beendet er schließlich das Gezanke. »Lasst Frau Jagdt los.«

Helen schnauft durch und durchbohrt ihn mit fiebrigen Blicken. Adam widersteht der Versuchung, ein Kompliment für ihr Aussehen zu machen. Er hält ihr das Tablet hin.

Vor Wut schäumend entreißt sie ihm das Gerät. »Was soll ich damit?«, fragt sie erbost und stopft es in die Manteltasche. »In einer halben Stunde bei mir. Wir reden«, schnauzt sie ihn an.

Adam schmunzelt über ihren watschelnden Gang. Er wendet sich den Wachleuten zu. »Bitte geben Sie am Empfang Bescheid«, instruiert er sie. »Frau Jagdt erhält ein Band als mein Gast. Danke für das schnelle Einschreiten.«

39 Zurück im Badezimmer von Einheit 11 findet Helen
ihre Fassung einigermaßen wieder. Nebenbei hört
sie den Radiosender, den Schüler aus Himmelhof betreiben.
Ereignisse und Neuigkeiten aus der Siedlung stehen auf dem
Programm, dazwischen ein Mix aus selbstkomponierten Tracks
und elektronischer Musik. Bodyhacker werden vor der Anschaf-
fung eines Billigimplantats aus Korea gewarnt, das Zeit mit
Temperatur im Körper spürbar macht. Helen schlüpft nach dem
Abtrocknen in ein Kleid und lächelt über die Nachricht, die Esther als Retterin eines Welpen zur Heldin stilisiert. Während
sie sich vor dem Spiegel schminkt, hat sie endlich das Gefühl,
sie selbst zu sein. Ihr fehlt nichts. Bis auf einige Stunden der vergangenen Nacht, an die sie sich nicht erinnern kann. Sie sieht
sich tief in die Augen und greift nach den Erinnerungsfetzen, die
stoßweise kommen.

Adam ist gestern Abend nach einem Anruf zur Familie Haas
aufgebrochen. Sie ist im Loft gewesen und ist wegen eines
furchtbaren Tons in die Küche gerannt. Sie trägt Lippenstift auf,
hellrot, und konzentriert sich. Sie hatte die Absicht, noch eine
Tasse Tee zu trinken, und entdeckte eine Flasche Schnaps im Regal. Sie kämmt sich durch das Haar und besinnt sich, den Marillenschnaps probiert zu haben, gelacht zu haben über das Porno-
gläschen, das nicht zu Adam passt. Beim Auftragen des Kajals
erinnert sie sich, das Glas per Hand ausgespült, mehrmals mit

Leitungswasser aufgefüllt und getrunken zu haben. An das, was danach geschehen ist, hat sie keine Erinnerung.

Ihr Blick fällt auf Adams Morgenmantel. Sie holt das Tablet heraus. Beim Einschalten zeigt sich ihr ein Online-Artikel. Ein Zeugenaufruf, der über die Himmelhof-Website veröffentlicht wurde. Die Gemeinschaft bittet um Mithilfe bei der Suche nach Valeria. Helen greift nach dem Handy und ruft Kommissar Vogt an.

Auf dem Augsburger Hauptbahnhof herrscht nach einem Einsatz in den Nachtstunden wieder normaler Betrieb. Bei dem morgendlichen Gedränge sticht das Paar in der Bahnhofsgaststätte niemandem ins Auge. Kommissar Steffen Vogt sitzt mit Kollegin Ulrike Dobler zusammen. Kaffee dampft aus Henkeltassen. Beide sind entnervt. Randalierende Fußballfans festzunehmen und zu befragen, sei der nächste Schritt in den beruflichen Karrierekeller, palavert Vogt. Dobler hört kaum zu. Aus reiner Gefälligkeit hat sie sich bereit erklärt, noch einen Kaffee in der Spelunke zu trinken.

Vogt bemerkt das vibrierende Handy auf dem Tisch nicht. Dobler macht ihn darauf aufmerksam. Er nimmt Helens Anruf an. Er lässt sie reden, aufgeregt, wie sie ist, bis sich eine Chance ergibt, etwas zu ihren wirren Äußerungen beizusteuern. Er habe keine Nachricht von ihr auf der Mailbox, beteuert er. Und besagte Person, Valeria, habe er nicht gesprochen, unterrichtet er sie. Er will sie beruhigen, ihr klarmachen, dass nicht sicher sei, dass das Kindermädchen verschwunden ist, und wenn, habe sie keine Schuld daran.

Er wendet sich seiner Kollegin zu und flüstert: »Frag mal, ob eine Valeria mich gestern auf der Dienststelle sprechen wollte.«

Dobler streckt sich, um an das Handy in der Hosentasche zu kommen. Beim Aufbäumen verfolgt er die Bewegungen ihres Schoßes. Zu aufdringlich und zu lange. Beide lächeln über denselben Gedanken, während er das Telefonat mit Helen beendet.

»Und?«, fragt Vogt.

Auch sie beendet das Telefonat und schüttelt den Kopf. »Auf der Dienststelle war niemand.«

Er sieht ihr in die Augen. »Was bin ich froh, dass wir nicht miteinander vögeln. Nicht weil ich keine Lust auf Sie hätte oder Skrupel, Ihre Beziehung zu ruinieren. Verstehen Sie mich nicht falsch«, sagt er. »Trinken Sie aus. Wir fahren zur Siedlung.«

Sie verdreht die Augen und gähnt. »Jetzt noch?«, erwidert sie bestürzt. »Ich muss dringend ins Bett. Ich bin hundemüde.«

»Und ich Ihr Chef, los.«

40

Helen zittert. Sie hat das Telefonat mit dem Kommissar auf dem Sofa im Salon geführt und ist liegen geblieben. Dunkle Wolken umhüllen sie. Die Angst, in eine Depression zu verfallen, kriecht ihr ins Herz. Sie schließt die Augen und reißt sie wieder auf. Die Schuldgefühle über Valerias Verschwinden rauben ihr den Verstand. Sie darf nicht einschlafen. Adam wird gleich kommen, sagt sie sich. Er schuldet ihr Antworten zur vergangenen Nacht. Er hat ihr den Artikel zugesteckt. Sie will wissen, warum. Als es läutet, bleibt sie sekundenlang liegen, bis sie die Kraft findet, aufzustehen. Mit Adams Tablet in der Hand geht sie zur Tür.

»Du wirst es gleich verstehen«, kommt er ihr zuvor.

Gemeinsam kehren sie in den Salon zurück. Adam bittet Helen, Platz zu nehmen. Er erzählt ihr von den schwangeren Frauen in Himmelhof. Derzeit seien vierzehn in anderen Umständen. Frau Stieler meinte dazuzugehören. Sie und ihr Mann hatten den sehnlichen Wunsch, ein Kind zu bekommen. Wie Valeria. Sie konnte aufgrund einer Erbkrankheit kein Kind empfangen. Sie war unfruchtbar. Er zeigt ihr Dokumente, unterschriebene Vereinbarungen mit Valeria und anderen Frauen, die seine Erklärungen belegen. Er redet ruhig und sieht ihr dabei in die Augen. Helen würde ihm gerne Glauben schenken. Die Dokumente zittern in ihren Händen. Sie liest die Namen Drechsler und York. Beide sind kinderlos, sagt Adam, beide haben als Ärztinnen und Wissenschaftlerinnen ihr Forschen und Wirken einer Lebensaufgabe gewidmet. Frauen den Wunsch nach einem Kind zu erfüllen.

Helen zweifelt an seinen Worten. »Was willst du mir damit sagen? Dass Valeria nicht schwanger war? Du lügst, Adam.«

»Helen«, beschwichtigt er sie. »Du verrennst dich. Valeria war besessen davon, ein Kind zu bekommen. Wenn sie dir erzählt hat, schwanger zu sein, war das für sie die Wahrheit. Wie bei Frau Stieler. Das ist ein Phänomen, das vorkommt, wenn der Wunsch nach einem Kind unermesslich groß ist.«

Er zeigt ihr Briefe, adressiert an seine Stiftung, an ihn persönlich. Valerias Handschrift wirkt ungelenk. Sie habe Drechsler in der Privatklinik in Bogotá aufgesucht, schreibt sie ihm. Sie fleht darum, nach Himmelhof kommen zu dürfen, um von ihr behandelt zu werden. Geld habe sie nicht, aber arbeiten könne sie.

Adam nimmt Helen die Unterlagen vorsichtig aus der Hand. Sie blickt ihn an. Lange. Eindringlich. »Doktor York hat mit Valeria geredet. Das hat mir Valeria gesagt, bevor ich ihr den Chip herausgeschnitten habe. Aber das weißt du alles.«

Sie wartet auf eine Reaktion.

Adam schluckt überrascht. »Nein, davon weiß ich nichts«, erwidert er ruhig. »Es gibt unblutige Methoden, den Chip zu entfernen. Warum hast du nicht in der Klinik nachgefragt?«

»Warum?«, stutzt sie. »Sie hatte Angst. Sie wollte fliehen, weil du ihr das Baby wegnehmen wolltest.«

Adam verkraftet ihre Worte kaum. In seinem Gesicht liest Helen nichts als Sanftmut. Ein Priester, der Heilige Vater selbst, der Verständnis für den Irrweg seines Schäfleins zeigt.

»Unsinn«, sagt er schließlich.

»Unsinn nennst du das? Doktor York hat behauptet, dass sie nicht schwanger ist. Valeria hat auf eigene Faust einen Test gemacht. Sie war schwanger. Ich habe den Test gesehen.«

»Hast du das?«, antwortet Adam zweideutig.

»Was meinst du damit?«

»Woher weißt du, dass sie den Test selbst durchgeführt hat?«

»Warum hätte sie mich anlügen sollen?«

»Weil du ihr am See mit deiner Bemerkung Hoffnung gemacht hast. Sie hat daran geglaubt.«

»Woher weißt du …«

»Valeria war bei mir.«

Helen ist verblüfft.

»Wenn wir sie finden oder sie zurückkehrt, rede mit ihr. Rede mit Doktor York, sie wird dir bestätigen, was ich dir sage: Das Gespräch zwischen ihr und Valeria hat stattgefunden, das stimmt. Doch anders. Sie hat Valeria mitgeteilt, dass sie die Behandlung beendet, dass keine Aussicht für sie besteht, ein Kind zu bekommen.« Er greift zum Tablet mit dem Online-Artikel. »Sehr wahrscheinlich ist sie deshalb auf und davon.«

»Ach was«, entgegnet Helen.

Adam setzt sich zu ihr. Er nimmt ihre Hand. »Kennst du das Verlangen nach einem Kind?«

Helen entreißt ihm die Hand und springt auf. »Ja, das kenne ich! Ich habe mein Baby verloren.«

Sie geht in die Küche, reißt wutentbrannt den Kühlschrank auf und greift nach einer Flasche Bier. Sie öffnet sie und trinkt sie in wenigen Zügen leer.

»Du lügst, Adam!«, schreit sie erneut, ohne sich umzudrehen. »Du bist ein verdammter Lügner. Ihr habt Valeria verschwinden lassen!«

Sie kehrt in den Salon zurück und bleibt abrupt stehen. Zorn und Wut haben sie nach wie vor im Griff. Sie bebt. Doch Adam ist weg. Das Atmen fällt ihr schwer. Eine Watch, jene, die alle Himmelhof-Bewohner tragen, liegt auf dem Tisch. Sie greift das Gerät und ist versucht, es auf dem Boden zu zerschmettern. Doch auf dem Display steht ihr Name und ihre Handynummer.

Oberhalb des Schrankes fährt unvermittelt die Leinwand herunter. Eine Aufzeichnung startet. Laut eingeblendeter Zeit sind die Bilder aus der Nacht zuvor. Sie sind ohne Ton, aufgenommen aus unterschiedlichen Perspektiven mehrerer Überwachungskameras.

Helen setzt sich auf das Sofa und hält sich die Hände vor den Mund. Tränen fließen ihr beim Betrachten der stummen Bilder über die Wangen. Sie sieht sich selbst auf der Leinwand in Adams Salon. Sie kommt aus der Küche mit einer Flasche Schnaps in der Hand. Sie hätte schwören können, ihn probiert zu haben, nicht mehr. Mit steigendem Ekel beobachtet sie sich, wie sie trinkt. Hastig. Gierig. Ein um das andere Mal. Sie greift nach dem Tablet auf Adams schwebendem Salontisch. Klopft und hämmert darauf, bis die Jalousien herunterfahren. Sie wird in eine Welt von tausend Farben gehüllt. Offenbar läuft Musik. Sie tanzt und hüpft auf dem Sofa zu einem Lied. Sie führt mit beiden Händen die Flasche zum Mund. Beim Tanzen rutscht ihr die Flasche aus der Hand. Scherben und Schnaps verteilen sich auf dem Polster und auf dem Boden. Sie springt vom Sofa, legt sich flach auf den Boden, schiebt die Scherben zur Seite. Sie schneidet sich dabei in die Hand. Blut fließt. Sie kümmert sich nicht darum, schleckt stattdessen den Schnaps vom Boden auf. Die Lache führt unter den beinlosen Tisch. Sie kriecht darunter, wischt den Alkohol mit den Handflächen auf und leckt mit der Zunge, saugt Blut und Schnaps von der Haut. Sie steht auf, wankend, klatscht Beifall für das schwebende Möbel. Sie drückt eine Seite nach unten. Die Platte balanciert aus. In Zeitlupentempo. Sie ist begeistert. Sie stellt sich auf den Tisch. Sie geht in die Knie und surft über imaginäre Wellen. Mit einem Satz springt sie ab. Sie durchstöbert die Schränke. Sie findet Dokumente, die sie überfliegt und zurückwirft. Sie reißt die nächste Schranktür auf, sucht, wird nicht fündig. Sie tänzelt aus dem Salon, wackelt mit dem Hintern. Sie stürmt in die Küche und kehrt mit einer neuen Flasche Schnaps zurück. Mit dem Kopf im Nacken schüttet sie den Marillenbrand in den weit geöffneten Mund und über das Gesicht. Die Kamera erfasst von oben die aufgerissenen Augen, die entstellte, besoffene Fratze.

Helen sucht auf dem Tablet nach der Steuerung, um die Aufzeichnung zu beenden. Dabei kann sie nicht von ihrem Antlitz auf der Projektion lassen. In Adams Salon kriecht sie auf allen vieren auf das Sofa und legt sich hin. Sie zuckt am ganzen Körper. Sie wälzt den Körper hin und her, reißt das Himmel-Band vom Handgelenk. Die Putzroboter rücken aus, sammeln das Band, die Scherben ein, wischen den Boden sauber und trocken. Sie schreit die Maschinen an. Dann in die Leere. Den Lippenbewegungen nach wiederholt sie dieselben Worte.

Helen findet den Lautstärkeregler auf dem Tablet. Sie tippt darauf. Die Soundanlage gibt den Ton wieder. In digitalem Surround. In Kinoqualität. Was sie im Delirium kreischt, lässt sie kreidebleich werden und in Scham versinken. »Fick mich, Adam«, lallt sie lauthals. »Ich will ein Kind von dir.«

Helen nimmt das wiederholte Läuten an der Haustür nicht wahr. Sie starrt auf die Aufzeichnung. Das eigene betrunkene Geschrei schmerzt in ihren Ohren. Plötzlich verstummen die Lautsprecher. Der riesige Mund auf der Leinwand bleibt offen. Sie zieht die Beine an und dreht sich weg. Sie regt sich nicht. Die Bewegungsmelder der Kameras registrieren nichts mehr. Die Aufzeichnung stoppt. Die eingeblendete Zeit springt. Über eine Stunde vergeht, bis sich die Kameras wieder einschalten. Adam Heise erscheint im Salon. Er kniet sich zu Helen auf dem Sofa, riecht ihren Atem.

Helen schluckt beim Betrachten von Adams liebevoller Art, ihr eine Strähne aus dem Gesicht zu streichen. Die Helen auf der Leinwand schlägt plötzlich um sich, wild und erbarmungslos, als kämpfe sie gegen Dämonen. Adam redet auf sie ein, hält sie an den Händen fest, bis sie sich beruhigt. Dann nimmt er sie in die Arme.

Helen studiert sein Gesicht auf der Leinwand. Es ist voller Mitgefühl und Sorge, als er sie aus dem Salon hinausträgt. Er küsst sie auf die Stirn, ehe er die Villa durch die Haustür verlässt.

Seit geraumer Zeit steht Kommissar Vogt mit Kollegin Dobler vor Helens Einheit. Sie hören Stimmen und Geräusche. Die Zeugin ist da, öffnet ihnen aber nicht. Irgendwann erscheint Helen Jagdt mit verweinten Augen an der Tür und kehrt wortlos in den Salon zurück. Die Leinwand ist eingefahren.

Der Kommissar erkundigt sich, ob etwas vorgefallen sei, ob sie Hilfe brauche. Helen schüttelt den Kopf und erzählt unter stärker werdendem Pochen hinter den Schläfen, was passiert ist. Von Valeria, die ihre Hilfe gesucht hat, dem Schnitt, dem Taxi zur Polizeistation, dass sie betrunken war und vergessen hat, nachzufragen, ob mit dem Kindermädchen alles in Ordnung ist.

»Die junge Frau ist volljährig, sie kann tun und lassen, was sie will«, sagt Dobler. »Es kann Tausende Gründe geben, dass sie gegangen ist. Ein Freund, Heimweh, keine Ahnung. Sie trifft keine Schuld.«

»Adam Heise, die Gemeinschaft sucht nach ihr«, entgegnet Helen. »Sie ist verschwunden. Ich bin sicher, dass sie nicht mehr lebt.«

Vogt kneift die Augen zusammen und wird ernst. »Wie kommen Sie darauf?«

Kraftlos führt Helen die Beamten zur Haustür. »Ein Gefühl. Sonst nichts.«

»Was wissen Sie?«, bohrt Vogt nach.

»Dass Valeria schwanger war und Angst um ihr Baby im Bauch hatte. Wie Marion Stieler.«

»Marion Stieler war nicht schwanger«, bekräftigt Vogt. »Sie kennen den Autopsiebericht.«

»Gehen Sie bitte«, sagt sie bestimmt. »Ich werde herausbekommen, was in dieser Siedlung nicht in Ordnung ist.«

41

»Was für eine Scheiße!«, brüllt Marnie Renner den Männern entgegen. »Ihr zwei Clowns seid die Größten, wirklich! Die ganze Studie ist im Arsch, weil ihr nicht auf sie aufgepasst habt!«

Mit finsteren Mienen schreiten Axel Macke und August Stahl durch die Halle des Recyclingparks zum Aufzug.

»Sei still«, zischt Doktor Drechsler Marnie an. Sie lässt die zwei in den Aufzug vorgehen. Die Tür schließt sich. Die Ärztin hält Macke davon ab, das Display zu betätigen. Sie sieht ihm in die Augen. Fordernd.

»Das Weib aus der 11 hat ihr geholfen«, sagt er. »Wahrscheinlich hat sie ihr den Chip herausgeholt.«

»Wir hatten eine Vereinbarung mit Valeria. Ich verstehe das nicht«, faucht Drechsler.

»Werdende Mütter ertrinken in Hormonen. Du weißt nie, was als Nächstes geschieht«, erinnert Marnie sie.

»Die Zeit läuft uns davon«, macht Drechsler Macke klar. »Wie konntet ihr sie verlieren?«

»Wir haben sie nicht verloren. Wir hatten sie. Sie ist gestürzt, ein Unfall«, schnauzt er zurück. »Ich hatte Heise um Verstärkung gefragt. Er wollte nicht noch mehr Fremde in der Siedlung.«

»Das hast du vermasselt«, widerspricht Stahl. »Du hast sie aus dem Haus entwischen lassen.«

Macke explodiert. Er packt seinen Kollegen am Kragen. »Und

du hast sie für Geld gefickt! Und dir eine Erfolgsprämie in den Arsch schieben lassen. Dich interessiert nicht einmal, dass sie tot ist.«

»Erzählen Sie keinen Blödsinn«, geht Drechsler dazwischen. »Herr Heise wollte keinen anonymen Spender aus einer Samenbank. Nach Genanalyse der Himmelhof-Bewohner haben wir uns für Herrn Stahls Erbgut entschieden.«

Macke lässt von ihm ab. »Du hast mir etwas anderes erzählt.«

Mit hämischem Grinsen zuckt Stahl die Schultern und betätigt das Display. Der Aufzug fährt nach unten. Marnie, nur mit einem Klinikhemd bekleidet, steigt vor den anderen aus und geht den Stahlblechtunnel entlang zum Labor. Nach wenigen Schritten hält sie sich den Bauch. Die Beine geben nach. Sie sackt zusammen, krümmt sich. Mit einer Hand stützt sie sich an der Wand ab. »Der Schlauch, hängt mich dran, schnell«, kreischt sie.

Im selben Moment meldet Drechslers Watch Alarm. Sie eilt zur Schwangeren. Gleich darauf stürmt Doktor York aus dem Labor auf den Gang. »Zurück in die Klinik mit ihr. Sofort. Es ist so weit.«

Im Vorgarten der Einheit 11 dehnt und streckt sich Helen beim Aufwärmen. Die Ereignisse der Nacht zuvor zerren an ihren Kräften, rauben ihr das Selbstbewusstsein, das sie braucht, um sich Adam Heise ebenbürtig zu fühlen. Nein, denkt sie, Valeria ist nicht freiwillig gegangen oder verschwunden. Warum redest du mir ein, sie sei nicht schwanger gewesen? Was habt ihr mit ihr gemacht? Du hast deine Finger überall im Spiel, Adam. Glaub mir, ich weiche nicht von deiner Seite, bis ich weiß, was du in Himmelhof treibst. Sie braucht Minuten, bis sie sich wieder im Griff hat.

Endlich gelingt es ihr, die notwendige Ruhe für den Sonnengruß zu spüren. Das Geräusch des Windes dringt in ihr Inneres. Sie wehrt sich gegen das Gefühl, das die Luftmassen in ihr auslösen. Sie fühlt Glück und Zufriedenheit, ähnlich wie bei ihrem Flug über die Kornfelder im Loft. Sie schüttelt sich, verjagt den Wind, verjagt die schrecklichen Bilder, wie sie sturzbetrunken Adam anschreit, sie zu schwängern.

Behutsam bringt sie Becken und Kreuz in eine entspannte Position. Mit gefalteten Händen über dem Kopf versetzt sie sich in ein anderes Bild. Allmählich empfindet sie Gelassenheit. Sie wird zu Regenwasser, das sich durch die Dachrinne des elterlichen Hauses schlängelt. Am Ende der Rinne fällt sie hinab. In eine Holztonne, verziert mit Kinderzeichnungen. Regelmäßig und beständig stürzt sie in die Tiefe und durchdringt die Oberfläche des kristallklaren Regenwassers. Wellen breiten sich in einer beruhigenden Symmetrie aus. Das Wasser glättet sich nach der letzten Welle. Der nächste Tropfen löst sich und fällt.

Inmitten der besänftigenden Übung vibriert die Watch, die Heise ihr überlassen hat. Widerwillig öffnet sie die Augen und hebt die Watch auf. Eine Nachricht von der Empfangszentrale. Besuch für sie. Überhastet rollt sie die Matte zusammen, legt die Watch an und stürzt los.

Von Weitem erkennt sie Esther. Sie rast mit dem E-Roller auf sie zu. »Helen!«, ruft das Mädchen ihr entgegen. »Marnie hat das Baby bekommen!«

Sie stoppt. »Ich besuche sie. Willst du mitkommen?«

»Geht gerade nicht, gratuliere ihr von mir. Mädchen oder Junge?«

Esther sieht sie schmunzelnd an. »Marnie überlässt nichts der Natur. Sie hat eine Münze geworfen.«

»Wie bitte?«, ruft Helen verdattert, während Esther davonbraust.

»Ein Mädchen!«

Im Marszimmer der Siedlungsklinik hält Marnie Renner das Neugeborene in den Armen. Sie sieht ihrer Tochter in die Augen. »Du bist der Anfang einer neuen Zeit, mein Kleines«, haucht sie ihr ins Ohr. »Wollen wir dich Amma nennen? Wie den lieben, großen, ganz, ganz schlauen Computer? Ja? Amma?«

Das Mädchen quäkt.

Marnie schließt die Augen und konzentriert sich.

»Gefällt dir nicht?« Marnie dreht sich um. »Amma ist nicht so ihr Ding«, erklärt sie Susan York.

Die Ärztin, die sie vor einer Stunde entbunden hat, wartet geduldig an der Tür.

Marnie studiert das schrumpelige Gesicht ihrer Tochter. »Eve, würde zu Adam passen. Oder wie wär's mit Melanie?«, kommt ihr in den Sinn.

Das Mädchen bewegt die Beinchen. Wieder schließt die Mutter die Augen und wiederholt die beiden Namen.

Sie schmunzelt, als verstünde sie das Baby in ihrem Arm. »Melanie findet sie cool«, schmunzelt sie. »Wird dem alten Hitchcock-Fan von Opa Steven gefallen.« Sie küsst ihre Tochter und überreicht sie Doktor York. »Tut Melanie nicht weh«, sagt sie ihr. »Sonst komme ich in der Nacht und schlitz euch alle auf.«

»Keine Sorge, Marnie«, erwidert die Ärztin belustigt. »Wir brauchen nur ein bisschen Blut von Melanie. Ich bringe sie dir gleich zurück. Ruh dich aus.«

42

Nachdem Helen ihre Schwester am Empfang abgeholt hat, beschwert Julia sich in aller Ausführlichkeit bei ihr. Augsburg sei ein Kaff mit viel zu netten Menschen. Die Fuggerei, die sie besichtigt hat, ein besseres Wohnheim voll mit Gaffern und Touristen. Hätte sie sich auch nur eine Minute später zurückgemeldet, hätte sie im nächsten Zug nach Frankfurt gesessen. Julia pausiert mit der Tirade, stellt den Rucksack ab, um Helen an die Haustür vorzulassen. Unter Julias begeisterten Augen hält sie das Band an den Scanner, öffnet die Tür und schiebt ihre Schwester ins Haus.

»Das reicht, Julia«, macht sie sodann den Vorwürfen ein Ende. »Ich habe deine Nachrichten nicht abgehört. Mein Handy lag bei Adam.«

»Adam?«, fragt sie. »Doch nicht der Chef von dem Laden? Hast du was mit ihm? Vögelst du ihn?«, bleibt Julia im vorwurfsvollen Ton.

»Noch so ein Kommentar und ich werfe dich raus!«, droht Helen ernst.

»Du hast was mit ihm!«, reagiert Julia enthusiastisch. »Erzähl!«

Beide Schwestern grinsen, als hätte Helen eben gestanden, ihren ersten Freund im Schulhof geküsst zu haben.

»Julia! Ich habe nichts mit ihm ...« Sie unterbricht sich. »Warte, oder nein, komm mit.«

Helen führt Julia zum Display im Flur und vergewissert sich, dass das Überwachungssystem nach wie vor ausgeschaltet ist. »So, jetzt können wir reden, ohne dass jemand zusieht oder zuhört.«

Julia blickt sich verunsichert um. »Stimmt also, dass die Bude denken kann?«

Helen lacht auf. »Im Prinzip schon. Aber jetzt ist die Bude dumm wie das Reihenhaus von Mama und Papa. Na ja, fast.«

Die Führung, auf die Julia besteht, geht durch alle Räume und endet in der geräumigen Küche mit Sitzecke. Die Polster, lässt sie Julia wissen, wärmen ganz individuell den Hintern, der darauf sitzt. Eine der Spielereien, auf die Adam Heise nicht verzichten möchte. Julias ehrfurchtsvolle Begeisterung für die Hightech-Küche hält Helen kaum aus. Die jüngere Schwester testet und probiert ziemlich alle Funktionen aus. Das Display am Kühlschrank mit dem Verzeichnis des Inhalts fasziniert sie. Außer Bier und Eier hat der Kühlschrank nichts zu bieten. Mit ein paar Klicks ordert sie Gemüse und argentinische Steaks. Helen zeigt ihr das wenige, was sie in der Küche kennt, aber nicht benutzt hat. Die Kaffeemaschine mit mehr Tasten als die Spülmaschine. Den Backofen mit Touchscreen. Die Dunstabzugshaube, die wie ein Raumschiff über einem schwarzen, achteckigen Block schwebt. Der Herd ist das Herzstück der Einrichtung. Das Bedienfeld folgt dem Standpunkt des Kochs. Julia schlägt zwei Eier in die Pfanne und überlässt den Rest dem Herd, der fragt, ob sie Salz und Pfeffer benötige. Julia bejaht. Aus einer Ecke fahren Gewürze heraus. Show, urteilt Helen erneut und lässt ihre Schwester gewähren.

»Ich hab gelesen, dass ihr Heilwasser aus der Leitung habt«, sagt Julia und hält den Mund unter den Wasserhahn. »Schmeckt nicht anders als zu Hause.«

»Aber alles andere ist anders«, erwidert Helen. »Das Haus kannst du dir nicht leisten. Außerdem zieht der neue Mieter in ein paar Tagen ein.«

»Sind heiß begehrt, die Hightech-Schuppen«, entgegnet sie. »Bist du fertig mit deiner Arbeit? Habt ihr geklärt, wie es zu der Tragödie gekommen ist?«

Helen zögert. »Hier ist alles in Ordnung. Ansage von Kreuzer«, gibt sie vorsichtig zu. »Von Edgar weißt du?«

Julia schüttelt den Kopf. »Nein, woher denn?«

Helen berichtet ihr, was mit Edgar Pfeiffer geschehen ist, und von Valerias Verschwinden.

»Okay«, antwortet Julia betroffen. »Und wie geht's Edgar?«

»Keine Ahnung, seine Frau meldet sich nicht zurück. Ich bleibe noch ein paar Tage. Vielleicht bekomme ich heraus, was mit Valeria geschehen ist. Kreuzer hat gekotzt, weil ich mir Urlaub genommen habe.«

Der Kühlschrank meldet die eingetroffene Bestellung. Julia klatscht beim Aufleuchten der Anzeige in die Hände. »Den will ich auch haben!«

Beim Essen stört sich Helen an Julias überdrehtem Verhalten. Von der Reise, zu der sie vor Wochen spontan aufgebrochen ist, rattert sie Länder und Städtenamen herunter. Viel mehr ist nicht aus ihr herauszubringen. Dafür plappert sie über belanglose Dinge aus ihrem Leben. Von der neuen Generation Sprachbox, die Befehle perfekt umsetzt und absolut sinnvolle Anschaffungsvorschläge macht. Von der Nachbarschaftsapp, über die sie jemanden zum Aufbau eines Schrankes gefunden hat. Mit großem Appetit verschlingt sie Eier, Steak und Gemüse. Von dem Bier nippt sie nur. Bei Helen schrillen die Alarmglocken.

Genüsslich schluckt Julia den letzten Bissen herunter. »Das war fantastisch.« Sie greift zum Tablet und bedient es, als wäre sie die Mieterin der Einheit. »Auch einen Espresso?«

Helen stochert in dem Gemüse herum. »Gibt's einen Grund für deinen Besuch? Oder bist du einfach nur so gekommen?«

Julia überfliegt das Menü.

Helen nimmt ihr das Tablet ab und legt es zurück. »Also, Julia. Raus mit der Sprache. Bist du schwanger?«

»Schwanger?«, lacht sie auf. »Nein. Obwohl der Typ in Barcelona …« Sie unterbricht sich. »Nein, ich bin nicht schwanger. Und wenn, wäre alles noch schlimmer. Ich verrecke, Helen.«

»Julia …«

»Leukämie im Endstadium, Ich sterbe wie Opa.«

Helen hat das Gefühl, jemand sauge ihr mit einer Spritze das Mark aus dem Rücken. Das Essen kommt hoch. In Sekundenschnelle. Sie würgt dagegen an. Unaufhaltsam jagt der Mageninhalt die Speiseröhre nach oben und sprudelt als Strahl über den Tisch.

Die säuerliche Ausdünstung wird vom olfaktorischen Subsystem der Einheit als bedenklich eingestuft. Es versprüht einen neutralisierenden Gegenduft. Gleichzeitig sorgt der Himmel-Server dafür, dass das Vorsorgecenter einen Analysebericht erhält.

Helen zieht das verschmutzte Shirt über den Kopf und wischt sich das Gesicht sauber. Julia sitzt nach wie vor regungslos auf ihrem Platz. Helen nimmt sie in den Arm, zieht Julias Kopf an ihre Brust.

»Drei, vier Monate geben mir die Ärzte, ein halbes Jahr vielleicht«, flüstert sie.

Julia kommen keine Tränen. Wie in Trance, als wäre sie auf dem Pfad zur anderen Seite, nimmt sie Helens Trost an. Irgendwann spürt auch sie, dass sie das Essen nicht bei sich behalten kann. Sie schiebt Helen sanft von sich. Dann übergibt sie sich.

Die Schwestern schrecken auf, als ein Miniputzroboter über die Tischbeine auf die Platte krabbelt. Verwirrt verfolgen sie die Maschine, die sie bittet, das Geschirr abzuräumen. Wie ein Spielzeug tänzelt die runde Scheibe über die freien Stellen und saugt das Erbrochene weg. Helen wischt mit ihrem Shirt auch Julias Gesicht sauber und führt sie nach oben.

Im Badezimmer benutzt Julia die Toilette. Sie blickt mit einem sanften Lächeln zu Helen, die sich ihrer Kleidung entledigt.

Kurz darauf stehen Helen und Julia gemeinsam in der Duschkabine. Wie in Kindertagen. Jedoch ohne herumzualbern und sich gegenseitig die Haare mit Shampoobergen zu durchwühlen. Das Wasser prasselt auf sie herab. Beider Tränen ergießen sich in den Abfluss.

»Wir fahren morgen nach Hause«, sagt Helen. »Zu Mama und Papa.«

Julia schluchzt und schmiegt sich an ihre große Schwester.

43

Seit ein paar Minuten versucht Adam Heise, Helen zu erreichen, um sie und ihre Schwester, deren Hintergrund er durchleuchtet hat, in das Gemeindehaus einzuladen. Der inzwischen instand gesetzte Verteilerkopf würde ihm erlauben, auf Kameras und Mikrofone von Einheit 11 zuzugreifen. Unabhängig davon, ob die Überwachungsfunktion ein- oder ausgeschaltet ist. Er verzichtet darauf, seine Neugierde zu befriedigen.

Er legt seine Watch zur Seite und blickt auf den Cocktail vor sich auf dem Salontisch. Er zögert, ihn zu trinken. Er vergöttert Frieda Drechsler für die Kunst, mit Pflanzen und Chemie auf die Gefühlswelt des Menschen einzuwirken und sie zu steuern. Was sie zusammenstellt, nennt sie lapidar und einfallslos Saft. Diesen hat sie als Reaktion auf seine Analysewerte zusammengestellt. Zuversicht stellt sich nach der Einnahme ein. Dosierte Euphorie und Risikobereitschaft verwandeln Probleme zu lösbaren Aufgaben. Doch Heise denkt daran, wie viel in den letzten Tagen schiefgegangen ist. Wie viel mit Improvisation und übereilten Entscheidungen geradegebogen werden musste. Zufall und Unfall tragen denselben verheerenden Kern in sich. Mit dem Zufall, dass Esther den Grabhügel entdeckt hat, konnte niemand rechnen. Inzwischen hat er die Erde abtragen und die menschlichen Überreste im Recyclingpark ein für alle Mal beseitigen lassen. Der Unfall, Valerias Tod, war ein Rückschlag, der nie hätte geschehen dürfen. Axel Macke allein die Schuld dafür zu geben, ist nicht hilfreich. Er hätte für ihre Bewachung ein ganzes Heer abstellen sollen. Der Anteil von Valerias Beitrag zum Gelingen der Aufgabe hätte Kosten und Aufwand gerechtfertigt. Immerhin hat ihn eine versöhnliche Rückmeldung aus Wien erreicht. Edgar Pfeiffer ist wohlauf. Sein Körper reagiert positiv auf die Ersatzzunge. Ein Meilenstein in seiner Lebensgeschichte, der ihn freut, aber nicht sonderlich interessiert. Er hat Größeres im Sinn.

Adam Heise nimmt das Glas und geht in den Garten. Die Sonne steht tief, kratzt am Zaun, der die Siedlungsbewohner zusammenhält und beschützt. Er schüttet den Cocktail an einem Rosenbusch aus und lächelt darüber, dass Josef Stieler ihm in den Sinn kommt. Selbst der Gärtner war verblüfft über die Ideen des Chemobotanikers aus Einheit 28. Er arbeitet mit seinem Team an pflanzlicher Intelligenz, mit dem Forschungsziel, lernende Pflanzenziegel als nachwachsenden Baustoff zu züchten. Heise hat ihm alles zur Verfügung gestellt, wonach er fragte, inklusive den Kreuzer Konzern als Investor. Je verrückter der Gedanke, desto mehr Potenzial sieht Heise in den Forschungsansätzen. Er ist ein Spieler. Show mehr als eine Nettigkeit nebenbei. Das Lichterspiel im Flur ist ein Scanner. Helen Jagdts Körperdaten sind in Ammas System eingespielt. Sie ist ihm jederzeit in der Digisuite virtuell verfügbar.

Die Erde um den Rosenbusch hat Drechslers Saft aufgenommen, reagiert aber nicht auf den Cocktail. Jedenfalls nicht rapide, wie sein Körper und seine Seele reagiert hätten.

Hätte er den Saft in die Spüle gegossen, hätten Nanosensoren die Substanzen erkannt und eine Drogenwarnung gemeldet. Das an die Kanalisation angeschlossene Analysesystem ist in der Testphase. Ein unabhängiges Unternehmen überwacht unter strengen Bedingungen und Geheimhaltungsklauseln das Brauchwasser. Petabyte an Daten sind auf den Speicherfarmen gesammelt. Die Konkurrenz aus China und sonst wo auf dem

Planeten wird schockiert sein, wenn er damit an die Öffentlichkeit tritt. Als wegweisende Mustersiedlung steht Himmelhof für Umweltschutz. Der Ausstoß von Schadstoffen ist minimal. Die Bewahrung der Natur gilt als deutsche Tugend, ähnlich dem Siegel »Made in Germany«. Heise achtet auf die Symbiose von Natur und Technik, auf klimaneutrales und nachhaltiges Bauen. Er ist ein Pionier, ein Grenzeneinreißer – wie das Baby, das Marnie zur Welt gebracht hat.

Die Analysewerte des Wassers werden im Himmelhof-Server gespiegelt und durch die Verbindung mit dem Himmel-Chip personenbezogen ausgewertet. Aus dem Grund schüttet er Drechslers Saft im Garten weg und hat sich nach dem Marillenbrand im Wald erleichtert. Urin gibt Geheimnisse des Menschen preis. Wie Blut. Der Lebenssaft, der ihn wie seine kostbarste Mitarbeiterin Frieda Drechsler in den Bann zieht. Mit seinem Team steht er vor dem Durchbruch, die letzten Rätsel der Funktionsweise menschlichen Blutes zu entschlüsseln. Beim Betrachten der Rosenblüten stuft er den Verlust von Valerias befruchteter Eizelle als den schlimmsten aller Rückschläge des Forschungsprojekts ein, das seit über zwanzig Jahren läuft. Kurz vor dem Ziel dürfen keine Fehler wie diese passieren. Sie geschehen, weil Menschen irgendwann immer Fehler machen. Wie unzulänglich, gleichsam verlässlich die Evolution ist, denkt er. Die Evolution hat ihn, Adam Heise, hervorgebracht.

Später in dieser sternenlosen Nacht sitzt Helen mit ihrer Schwester auf der Bettkante. Sie blicken durch das Fenster hinaus in den Himmel. An der Art, wie Julia ihre Hand umklammert, spürt Helen, dass sie den Kampf aufgegeben hat. Die Diagnose hat sie in der Blüte ihres Lebens ereilt. Sie war verreist, wochenlang alleine unterwegs, um sich von der Welt zu verabschieden. Helen drückt Julia an sich und zwirbelt ihre Haare zwischen den Fingern. Sie denkt an die Krankheit ihres Großvaters. Das Leid, das Siechen. Die Besuche im Krankenhaus. Den Geruch des Sterbens. Das Tuscheln der Eltern. Die Hand ihres Vaters in der Hand seines sterbenden Vaters. Scham und Erleichterung, als ihnen die Mutter Geld für den Kiosk zusteckte und sie mit Julia das Krankenzimmer verlassen durfte.

»Ich will nicht sterben«, haucht Julia. »Ich habe noch so viel vor in meinem Leben.«

»Es tut mir leid«, erwidert Helen.

Julia legt sich hin. »Nimm mich in den Arm, bitte.«

Helen streift die Bettdecke über sie und kriecht darunter. Sie lauscht dem unruhigen Atem ihrer Schwester. Als sie selbst die Augen schließt, explodiert die Angst vor der Dunkelheit in ihr. Sie legt die Hand auf Julias Bauch.

»Zähl mit mir mit und atme«, flüstert Helen.

»Hast du noch Angst vor der Dunkelheit?«, flüstert Julia zurück.

»Es hilft. Zähl mit.«

»Zähl du, ich höre deine Stimme gerne.«

Helen murmelt die Zahlen von null bis zehn. Bevor sie rückwärts die Null erreicht, ist Julia eingeschlafen.

Noch später in derselben Nacht wacht Melanie in der Wiege auf. Marnie holt ihr quäkendes Baby und beruhigt sie mit einem Schlaflied. Summend trägt sie die Kleine umher. Im unterirdischen Tunnel erzählt sie ihr von den Frauen und Männern der Forschungsgruppe, die ihr das mitwachsende Gehirnimplantat eingesetzt hat. »Weißt du, du und ich sind was richtig Besonderes.« Sie küsst sie sanft. »Noch was, du Schrumpelgesicht«, fügt sie hinzu. »Du wirst schneller sprechen lernen als andere Kinder. Mich nennst du Marnie, nicht Mama.« Sie verzieht das Gesicht. »Gegen Mum habe ich keine Einwände, wenn dir danach ist. Deine Mama aber ist jemand anders.«

Sie durchquert den Laborsaal mit Melanie auf dem Arm, wiegt sie sanft hin und her, bis sie den Serverraum erreicht. Das Tor schiebt sich auf.

Sie tritt in den Raum. Eine schwache Beleuchtung weist ihr den Weg zum Hauptrechner. Der Turm ist ein drei Meter hoher Kubus. Wie in Adam Heises Flur springen und leuchten Dioden in unterschiedlichen Farben.

»Melanie«, sagt sie. »Das ist Amma.«

Sie nimmt Melanies Händchen und legt es auf den Kubus. Lichter umkreisen es. Marnie sieht glücklich dabei zu.

»Ihr zwei versteht euch, das wusste ich.«

Beruhigt schläft das Baby ein. Marnie wiegt es weiter und blickt zum Kubus.

»Amma«, sagt sie. »Wir brauchen dringend Ersatz für Valeria.«

Ammas flüsternde Stimme schwingt durch den Serverraum.

44 Am darauffolgenden Morgen klettert die Sonne über die Waldungen und Hügel und taucht die Landschaft im Augsburger Westen in kaltes gelbes Licht. Nebelschwaden hängen bedächtig über den Feldern. Noch stört kein Verkehrslärm die Tiere im Wald. Beim Frühdienst im Vorsorgecenter der Siedlungsklinik hört Lisa Kupfer mit Plättchen in den Ohren nichts von dem, was draußen vor sich geht.

Keine Minute von der Feier die Nacht zuvor möchte die dunkelhäutige Hämatologin missen. Sie hat Champagner einfliegen und beim Tanzen im Gemeindehaus die Korken an die LED-Wände knallen lassen. Nach Mitternacht ist Marnie Renner aufgetaucht und ein halbes Stündchen geblieben, um Melanies Geburt mitzufeiern. Lisa hat vorsorglich eine von Drechslers Säften geschluckt und fühlt sich nun ausgeschlafen und gewappnet für den anstehenden Tag.

Lisa gleitet auf dem Stuhl zum Monitortisch und legt die OLED-Folie aus. Die selbstleuchtenden Pixel zeigen die Liste mit Herzfrequenzen und anderen Gesundheitswerten der Bewohner.

Fünfundneunzig Prozent von ihnen befinden sich im Schlafmodus. Die Himmel-Chips melden normale Werte. Die Herztätigkeit einiger Frühaufsteher ist erhöht. Im Schlafzimmer von Einheit 3 durchbricht Astride Funkes Anzeige die Marke von einhundertachtzig. Morgensex mit Axel Macke, dessen Werte ebenfalls erhöht sind. Die beiden haben eine Liaison. Nichts, was zur Sorge Anlass gibt.

Mit peitschender Musik in den Ohren wechselt sie zu den Auswertungstabellen des Hygienescreenings. Die Filterverfahren unterziehen das in den Häusern verbrauchte kostbare Gut einer Erstreinigung. Auf dem Weg zur siedlungseigenen Kläranlage, dem Wassercenter, wird das Brauchwasser filtriert. Das unterirdische System von Rohren, Leitungssträngen und Pipelines ähnelt dem Verkehrsnetz einer Großstadt. Adam Heise stellte den Architekten die Aufgabe, die Zukunft nach der Zukunft vorzubedenken und einzuplanen.

Lisa zoomt die Wasseranalyse der letzten Nacht heran. Die Leuchtdioden schimmern in gelben und blauen Farben. Nichts Auffälliges sticht ihr ins Auge. Sie streicht mit der Zunge über die Lippe. Eine elektrisierende Nervosität ergreift sie. Da ist doch eine ungewöhnliche Messung. Um sicher zu sein, vergleicht sie den Eintrag mit dem Wochenergebnis von Einheit ɪɪ. »Das wäre Wahnsinn«, sagt sie zu sich.

Sie schaltet die Musik aus und rollt die Folie zusammen. Adam Heise direkt oder die Klinikleiterin informieren, überlegt sie. Sie rechnet die Exponentialgleichung an der Wanduhr aus. Blöde Uhrzeit, um Heise zu stören, entscheidet sie. Bei Sonnenaufgang absolviert er das Sportprogramm. Sie checkt den Aufenthaltsort von Doktor Drechsler. Sie befindet sich in ihrem Dienstzimmer im Stockwerk über ihr.

Mit der Folie in der Hand eilt sie durch die verwaisten Gänge. Der zwölfjährige Junge aus dem Siedlungsblock liegt mit seiner Mutter im Mondzimmer. Er ist zur Beobachtung da. Die Stimulation des Gehirns zur Erhöhung seiner Merkfähigkeit entwickelt sich vielversprechend.

Lisa eilt weiter über den Gang und freut sich, Marnie Renner zu begegnen, die aus dem Marszimmer tritt. Die Entbindung ist keine vierundzwanzig Stunden her, gestern war sie feiern und sieht trotzdem herzallerliebst und ausgeruht aus, denkt Lisa.

Der kahl geschorene Kopf glänzt. Die Perücke klemmt zwischen den Zähnen. Sie richtet sich das bodenlange Klinikhemd.

»Was hoppelst du wie ein Karnickel herum? Ist was?« Marnie setzt die Perücke auf.

Lisa strahlt. Sie streckt die Arme aus und hält ihr die Folie vor das Gesicht. »Geht's ohne Brainbrille überhaupt?«

»Werd nicht frech, Süße.« Marnie genügt ein Blick auf die Datenkolonnen. »Echt? Woher hat er so schnell Ersatz aufgetrieben?«

»Keine Ahnung, Heise eben.« Sie schiebt Marnie die Perücke zurecht und drückt ihr einen Kuss auf den Mund. »Mit Melanie alles okay?«

»Was meinst du?«

»Das Implantat in ihrem hübschen Köpfchen, tu nicht so.«

Marnie reagiert wirsch. »Glaubst du, ich hätte ihren Kortex anzapfen lassen, wenn ich nicht sicher wäre, dass sie das verkraftet? Drechsler und du, ihr geilt euch an Zellen auf, kriegt feuchte Höschen, wenn Antikörper wie brave Hündchen euren Stimuli folgen. Das Blut eines lebenden Fötus allein bringt uns nicht weiter …« Sie ist außer Atem. Sie greift sich an den Kopf. Reibt daran. »Äh …«

Aufgeschreckt holt Lisa den Datenmonitor der Patientin auf die Folie. Marnie nimmt ihr das flexible Display ab und kontrolliert ihren Zustand selbst. Kurz vor dem roten Bereich. »Für Aufregung bin ich nicht fit genug.« Sie atmet wieder ruhig.

»Entschuldige«, sagt Lisa.

Marnie schließt die Augen, konzentriert sich. »Melanie ist gerade aufgewacht. Ich stille sie. Danach heim, duschen, frische Klamotten anziehen, mit ein paar Gamern chatten. In einer Stunde bin ich zurück im Bett.«

Lisa starrt sie ungläubig an. »Das darfst du nicht, Marnie. Du sollst nicht allein sein.«

»Das sagst du einer wandelnden Datenhure?« Sie klopft auf beide Oberarme und streckt die Hände aus. »Ich bin nie allein.

In mir funken die allerneuesten Chips. Wenn ich zusammenbreche, piepst ganz Himmelhof. Los jetzt, wir dürfen keine Zeit verlieren. Hau dem Drachen das Hormon um die Ohren.«

Lisa betrachtet Marnies entschlossenes Gesicht. »Sicher?«

»Geh!«, sagt sie und schließt die Augen. »Melanie denkt an mich. Eigentlich an meine Milchtitten.«

Lisa spurtet weiter. Marnie sieht ihr nach, zufrieden über den Verlauf, den Amma ihr die Nacht zuvor im Serverraum vorhergesagt hatte.

Im zweiten Seitenflügel erreicht Lisa Doktor Drechslers Dienstzimmer. Sie klopft aufgeregt und reißt die Tür auf.

»Raus!«, schreit die Klinikleiterin ihr entgegen. »Warten Sie, bis ich Sie hereinrufe.«

Die Assistentin zieht sich mit entschuldigendem Lächeln zurück.

Doktor Drechsler betrachtet sich weiter in einem sommerlich luftigen Kleid, das sie die Nacht zuvor bestellt hat. Aus Frust und Wut über die Frau aus 11. Himmelhof ist kein Ferienressort, was die Jagdt bei uns noch zu suchen habe, hat sie Heise geschrieben. Warum er ihr nicht geantwortet hat, spürt sie trotz des Beruhigungssaftes, den sie geschluckt hat. Er hat was übrig für das Miststück, das sich als Yogalehrerin ausgibt und herumschnüffelt.

Die raumhohe Spiegelprojektion zeigt sie wie einen Riesen. Hüfte und Beine kommen zur Geltung. Der Ausschnitt ist dezent, einladend, wie eine Rutsche zur ewigen Erfüllung. Albern, schimpft sie sich über die Gedanken. Die Rundungen der Yogatante haben ein ganz anderes Kaliber. Heise steht auf wohlgeformte Körper, nicht auf abgetakelte, alte Weiber wie dich. Drechsler schnippt in die Luft. Der Spiegel ermattet und löst sich in nichts auf. Sie zerrt das Kleid vom Körper und stopft es in den Jutesack, in dem es geliefert wurde. Sie drückt die Retourtaste und stellt den Sack zur Abholung auf die Plattform am Fenstersims.

»Hab's gleich«, ruft sie zur Tür und schlüpft in die weiße Arbeitshose, die ihren Hintern verpackt, als wäre er eine überreife Süßkartoffel. Sie zieht das weiße Klinikshirt über. »Kommen Sie, Lisa«, bittet sie.

Keine Sekunde vergeht, bis die Assistentin vor Drechsler steht und aufgeregt posaunt: »In 11 ist HCG registriert worden.«

Heise hat die Yogafrau geschwängert, hallt es furchtbar schmerzend durch Drechslers Kopf. Äußerlich bleibt sie die Ruhe selbst. Sie lässt die Hände in den Kitteltaschen verschwinden und beugt sich zur Folie. »Zeigen Sie.«

Sie studiert die Datenreihen mit visualisierten Charts. Das Schwangerschaftshormon steht allein und verloren als Faktum abseits der Reihen. Das Screening lässt keinen Zweifel zu. »Nachturin. Keine hundert Prozent Sicherheit. Und wir wissen nicht, von wem.«

Lisa klickt durch Menüs und hält Drechsler die Folie wieder hin. Die Ärztin sieht sich das Protokoll der Empfangspforte an. Gestern war augenscheinlich eine Menge Betrieb auf dem Gelände. Touristengruppen, eine Schulklasse, Lieferanten, eine Kommission der Baubehörde. Viele Besucher, vor allem Freunde von Bewohnern, die sich der Suchtruppe anschlossen, um Valeria zu finden. In der langen Liste entdeckt sie den Namen des Kommissars. »Was wollte Vogt hier?«

»Keine Ahnung«, erwidert Lisa aufgeregt. »Frau Jagdt hat einen Gast, der über Nacht geblieben ist. Ihre Schwester ist zu Besuch.«

»Sie hat Besuch?«, fragt Drechsler mit ungewollter Erleichterung in der Stimme. »Gackere nicht wie ein Huhn vorm Eierlegen. Evaluier die Daten.«

»Helen Jagdt ist nicht gechippt. Genmaterial von ihr haben wir nicht in der Himmel-Datenbank. Von ihrer Schwester natürlich auch nicht.«

»Ich weiß«, zischt sie. »Ich rede mit Heise.«

Lisa rollt die Folie zusammen, macht aber keine Anstalten, zu gehen.

»Noch was?«, fragt Drechsler nach.

»Marnie ist nach Hause gegangen.«

»Sie haben sie nicht aufgehalten?«, faucht sie.

Drechsler geht zum Schreibtisch und schaltet den Computer ein. Innerhalb einer Sekunde ist er hochgefahren. Sie überfliegt Marnie Renners Werte. Sie liegen im normalen Bereich. »Das Cyberpunkgetue nervt. Holen Sie sie auf der Stelle zurück. Was immer sie braucht, wir kümmern uns darum.«

Lisa kommt auf einen Gedanken. »Soll ich Herrn Macke fragen, ob er nachhelfen kann? Ich meine, die Schwestern wecken, damit sie auf die Toilette gehen?«

Drechsler überlegt. »Nein, Macke und Stahl haben in letzter Zeit genug Mist gebaut. Lassen wir sie ausschlafen«, beschließt sie. »Checken Sie den Morgenurin und geben Sie mir umgehend Bescheid.«

45

Gemütlich gleiten einen halben Meter hohe, quadratische Reinigungsmaschinen zu Klängen einer klassischen Sinfonie umher. Der Marmorboden der Schwimmhalle in der Villa ist ihre Tanzfläche.

Adam Heise katapultiert sich aus dem Wasser des Schwimmbeckens und schleudert den Ball auf die andere Seite. Er schlägt unter der Querlatte ein und tänzelt auf der Wasseroberfläche. Vom Tornetz perlen Wasserspritzer über den Beckenrand. Die Bodensensoren registrieren einen Temperaturwechsel. Die Reinigungssteuerung greift in den Bewegungsalgorithmus der Maschinen ein. Wie tollwütige Hunde stürzen sie sich auf die nassen Stellen. Sie kreisen, reiben sauber, trocknen die Kacheln.

Heise taucht ab und erreicht mit kräftigen Zügen das Handballtor. Er schnellt hoch, greift den Ball und krault mit ihm zwischen den Armen zur anderen Beckenseite. Der Wurf auf das gegenüberliegende Tor ist nicht perfekt. Der Wasserball streift den Pfosten und landet außerhalb. Mit Sprachanweisungen lässt er eine Putzeinheit den Ball ins Becken zurückschieben.

Das frühmorgendliche Wasserballspiel steht einmal die Woche auf Adam Heises sportlichem Ergänzungsprogramm. Täglich schwimmt er hundert Bahnen im fünfzig Meter langen Schwimmbecken. Den Anbau hat er gegen das Verbot von Denkmalschützern in der Baubehörde durchgesetzt. Dazu knallte er gefälschte Originalentwürfe des Erbauers auf den Dienstschreibtisch des uneinsichtigen Beamten. Finanziert hat er den puren Luxus aus seinem Privatvermögen und bereut keinen Cent der Investition in seine Gesundheit.

Er steigt aus dem Becken. Die heranrasenden Maschinen bremsen vor ihm ab, verharren leise surrend, bis er sich bewegt. Dann stürzen sie sich auf die Wasserlachen der Fußabdrücke, auf die Tropfen, die an seinem haarlosen Körper herabgleiten.

Beim Abtrocknen setzt er sich auf eine Liege und verfolgt mit kindlichem Vergnügen das Spektakel, das ihn stets aufs Neue erfreut.

»Amma. Aufräumen.«

Die Handballtore fahren an dünnen Drahtseilen hoch und verschwinden in der Deckenverschalung. Unter Wasser öffnet sich eine Klappe. Faustgroße, metallene Kuben schwirren heraus. Der Schwarm inspiziert in geschlossener Formation die Beschaffenheit der Kacheln. Nach der Videoauswertung verteilen sie sich urplötzlich. Rauschen und Blubbern erfüllen die Halle. Die Kuben saugen sich an Wänden und Boden fest. Für Sekunden ist das Wasser dunkel gefärbt. Die Saugknöpfe säubern die Verunreinigungen. Gleichzeitig wird von Prüfeinheiten der PH-Wert gemessen und reguliert. Fasziniert verfolgt Heise, wie die Kuben in Formation zurückkehren. Der Schwarm entschwindet in Reih und Glied in der Klappe. Eine Armee Piranhas, die zuschlägt und sich zurückzieht. Heise wartet ab, bis sich die fluoreszierende Abdeckplane über das Becken schiebt. Dann steht er auf.

Der Rückweg von der Schwimmhalle in die Villa führt ihn über den Maschinenraum. Schweren Herzens hat er baumaßlichen Sicherheitsbestimmungen den Vorrang vor seinem ästhetischen Empfinden gegeben. Aus der Not entwickelte er eine Tugend. Er erweiterte den Raum und richtete eine Wellnessoase mit Barbereich und Fitnessgeräten ein. Eine Saunalandschaft durfte nicht fehlen, selbst wenn er nie Gäste bei sich empfängt. Am Eingang zum Hamam erreicht ihn Doktor Drechslers

Videoanruf. Die Watch empfiehlt eine Displayfolie und zeigt, wo er die nächstgelegene findet. Er holt sie von der Bar und hängt sie an die Tür des Hamams.

»Mit Bild? So wichtig?«, fragt er sie mürrisch. »Unsere Freunde in Bogotá schicken Ersatz. Ich bin dran.«

»Wann?«

»Lass das meine Sorge sein.«

»Deine Sorgen sind auch meine Sorgen. Das ist seit jeher so«, erwidert sie. »Besuch mich in der Klinik, wenn du mit deinem Programm fertig bist. Ich habe Neuigkeiten.«

Doktor Drechsler räuspert sich.

»Was ist?«, fragt Heise.

»Du hast nichts an.«

Das Bild verschwindet.

Adam Heise blickt auf sein Geschlecht. Nichts, wofür er sich zu schämen braucht. Er trocknet seinen muskulösen Körper ab. Das Handtuch wirft er in den Wäscheschlund und eilt an den Hanteln und Gewichten vorbei, die über einem Magnetfeld schweben.

Nach einem schnellen Frühstück betritt der Siedlungsleiter Doktor Drechslers Dienstzimmer. Es fiel ihm immer leicht, Zusammenhänge zu begreifen. Bei den Gesichtern, die ihn erwarten, ist das allerdings nicht schwer. Lisa Kupfer steht mit verschränkten Armen im Raum. Griesgrämig sitzt die Klinikleiterin an ihrem Schreibtisch. »Unterrichten Sie Herrn Heise, Lisa.«

Die Assistentin schüttelt den Kopf. »Nein, bitte.«

»Los jetzt!«, drängt Drechsler. »Sie haben Marnie gestattet, nach Hause zu gehen.«

Eine Zeit lang schweigt die verunsicherte Südafrikanerin. Schließlich wendet sie sich Heise zu: »Marnie, sie hat einen Rückschlag erlitten. Ich habe sie vor ihrem Computer gefunden, bewusstlos.«

Heise zeigt keine Regung. Er betrachtet sie. Sie hat das Zeug zu einer außergewöhnlichen Karriere als Wissenschaftlerin. Ohne ihren Forschungsansatz stünden sie nicht vor dem Durchbruch, zu verstehen, wie Antikörper und Leukozyten wirken, wenn sie im entscheidenden Entwicklungsstadium zusammengeführt werden.

»Wie geht's dem Baby?«, fragt er sie. »Sind Melanies Vitalwerte in Ordnung? Nimmt sie das Implantat an?«

Lisa schluckt und sieht ihn betroffen an. »Ja, ihr geht es gut. Marnie kommuniziert mit ihr auf einem einfachen Level.«

»Wo ist dann ein Problem?«, hakt er nach. »Wäre Marnie an Ihrer Stelle, Frau Kupfer, sie hätte kein Aufhebens gemacht.«

Er wendet sich ab, überlegt es sich aber anders. »Wenn Marnie den Rückschlag überlebt, soll sie Sie mit den Leuten von Archbrain vernetzen. Lassen Sie sich ein Programm schreiben, damit Sie Ihre Dissertation endlich abgeben können. Investoren lieben Doktortitel.«

Heise nickt zum Abschied und will gehen.

»Warte«, sagt Drechsler.

Heise dreht sich zurück und fixiert sie. Sie hält seinem durchdringenden Blick stand. »Verschon mich mit weiteren Belanglosigkeiten. Wir haben dringendere Probleme.«

»Lassen Sie uns allein, Lisa«, sagt sie, ohne die Augen von ihm zu nehmen.

Die Assistentin verlässt das Zimmer. Heise nimmt Platz auf der Patientenliege. Der Druck, unter dem er steht, ärgert ihn. Drechsler scheint sein Innerstes zu lesen. Sie geht die paar Schritte zum Medizinschrank, öffnet ihn mit der gechippten Hand und holt eine Ampulle heraus. »Trink.«

Heise zögert nicht. Er entstöpselt das Gefäß und schluckt die grünliche Flüssigkeit. Sie nimmt ihm die Ampulle ab und legt sie in einen Schredder. Das Gerät zerbirst das Glas.

»Ist dir Helen Jagdt wichtig?«, fragt sie ihn.

Heise lächelt. Die Wirkstoffe helfen, sich im Zaum zu halten. »Was wenn?«

»Haben wir keine schnelle Lösung für unser dringlichstes Problem.«

Als Julia Jagdt aufwacht, zieht sie vorsichtig die Decke weg und steht auf. Helen murrt und wälzt sich zur anderen Seite. Sie rafft die Decke zwischen die Beine und schläft weiter.

Im Badezimmer erschrickt Julia über ihr Spiegelbild. Die verweinten Augen entfachen Schmerz und Traurigkeit, die sich in den Stunden des Schlafs angesammelt haben. In der Nacht hat Helen alles getan, sie zu trösten, sie vergessen zu lassen, welches Schicksal sie erwartet. Über gemeinsame Erinnerungen haben sie geredet. Gelacht über die Monate in der Wohngemeinschaft in London. Über den Barkeeper im Pub in Soho, der sie mit Whisky abfüllte, um zwei leibhaftige Schwestern gleichzeitig ins Bett zu kriegen.

Auf der Toilette denkt sie an Helens schlimmste Zeit in ihrem Leben. An den Tag, als Helen nach einem furchtbaren Streit mit dem Vater das Baby verlor, wie sie ins Straucheln geriet und in der Psychiatrie landete. Sie schämt sich für den Gedanken, der sich ihr aufdrängt. Helen darf weiterleben, obwohl sie das Baby in ihrem Bauch auf dem Gewissen hat. Sie würde alles tun, um nicht an ihrem Blut sterben zu müssen, das von Krebs zerfressen ist. In ihrer Hilflosigkeit nimmt sie die Nagelschere vom Waschbecken, strafft das Handgelenk und versucht, sich die Pulsadern aufzuritzen.

»Hör auf, Julia!«, schreit Helen und stürzt sich auf sie. »Was machst du?«

Sie greift nach der Schere. Julia wehrt sich. »Ich will weiterleben wie du«, kreischt sie verzweifelt.

Tief getroffen über die Worte lässt Helen ihre Schwester los. Jemand scheint die Zeit angehalten zu haben. Für Sekunden steht sie still. Julia starrt sie an. »Das ist alles so ungerecht. Warum ich? Warum gerade ich? Warum nicht du oder jemand anderer aus der Familie?«, sagt sie, ohne weinerlich zu klingen.

Helen weiß keine Antwort darauf. Sie lehnt sich an das Waschbecken, sie braucht Halt. Sie sucht nach Worten.

Julia sieht auf die Kratzer an ihrem Handgelenk und fixiert nochmals ihre Schwester. Dann steht sie von der Toilette auf, spült und stürmt aus dem Badezimmer.

»Ich nehme den nächsten Zug nach Frankfurt«, hört Helen sie rufen. »Ich will allein sein.«

Helen macht keine Anstalten, sie aufzuhalten und ihr zu sagen, wie sehr ihr das alles leidtut. Ein Poltern reißt sie aus der Beklemmung. Der jähe Aufschrei, der dem Geräusch folgt, versetzt sie in Schrecken.

»Julia!«, ruft sie und stürzt nach draußen.

Sie entdeckt ihre Schwester am Ende der Treppe. Julias Körper liegt auf den untersten Stufen. Regungslos. Der Kopf ist unnatürlich verdreht. Bevor sie nach unten gelaufen ist, haben die Sensoren eine Verschmutzung ausgemacht und die Putzmaschinen das Depot verlassen.

46 Binnen drei Minuten nach dem Betätigen des Notfallbuttons auf der Watch trifft das medizinische Team in Einheit 11 ein. Helen atmet auf, als Lebenszeichen bei Julia festgestellt werden. Binnen weiterer fünf Minuten fährt der Krankenwagen an der Klinik vor. Doktor Drechsler erwartet das Unfallopfer am Eingang und lässt sich vom Sanitätsarzt über den Zustand der Patientin informieren.

Helen läuft neben der Trage durch den Klinikgang zum Operationssaal. Vor den Türen wird sie aufgehalten. Eine Ärztin mit Mundschutz stellt sich ihr als Unfallchirurgin vor. Sie verspricht, sie über den Verlauf der Untersuchung zu informieren.

Helen nimmt in der Wartelounge Platz. Ein Terminal begrüßt sie mit Namen und bittet darum, die Personalien der Patientin Julia Jagdt zu kontrollieren. Sie erhält ein Formular auf der Watch.

Helen überfliegt die Einträge.

»Woher weißt du das alles von meiner Schwester, du Scheißding!«, knurrt sie das Terminal an.

Sie rennt hinaus, läuft den Gang vor bis zur Empfangstheke. Niemand hat Dienst. Sie hämmert auf eine altertümliche Glocke. Gleich darauf saust ein Informationsassistent heran. Er spricht sie mit Namen an und entschuldigt sich mit traurig gefärbter Stimme. Das gesamte Klinikpersonal sei mit einem Notfall beschäftigt. Ob sie Hilfe benötige?

Helen lässt den Roboter stehen und läuft hinaus. Vor dem Eingang trabt Adam Heise ihr entgegen. Sie wirft sich ihm in die Arme. Er tröstet sie wortlos. Sein Blick ist auf Frieda Drechsler gerichtet. Sie steht am Fenster des Seitenflügels und starrt auf ihn hinunter. Er wendet sich von ihr ab und verfolgt mit geweiteten Pupillen die Drohne, die über die Siedlung zum Klinikgebäude schwebt.

»Wir warten zusammen, bis die Operation vorüber ist«, sagt er. Geistesabwesend verfolgt er, wie die Drohne den Jutesack vor Drechslers Fenster einhakt und davonfliegt.

In seinen Armen fühlt Helen Eiseskälte durch ihren Körper strömen. Sie schluchzt. Sie ahnt, nein, sie weiß, was soeben im Operationssaal geschehen ist. »Julia ist gerade gestorben«, sagt sie. Dann reißt sie sich los und rennt in die Klinik zurück.

Nur wenige Sekunden danach erhält Adam eine Nachricht auf der Watch. Er wundert sich über Drechslers Worte. Sie informiert ihn über den erfolgten Exitus von Julia Jagdt.

Adam sammelt sich. Das Glücksgefühl über den Tod der Schwangeren überwiegt die Anteilnahme, die ein empathischer Mensch zeigen sollte. Er blickt zu Drechslers Fenster. Sie steht nicht mehr dort. Eile ist geboten. Auf sie ist Verlass. Ob von Eifersucht zerfressen oder nicht.

Er wendet sich dem Eingang der Klinik zu und bemüht sich, sich in eine angemessenere Stimmung zu bringen. Der Welpe fällt ihm ein. Nach dem klärenden Gespräch mit Marnie hat Esther das Tier im Gutshof bei den Stallungen abgegeben. Bei der Untersuchung wurde Tollwut festgestellt. Das Tier ist eingeschläfert worden.

Im unterirdischen, nirgends verzeichneten Operationssaal sind nach Doktor Drechslers Anweisung eine Heerschar Spezialisten zusammengekommen. Es herrscht eine stille, konzentrierte Geschäftigkeit. Weiße und schwarze Schutzanzüge halten sich die Waage. In Weiß sitzt Professor Streit an der Steuerzentrale. Er füttert die zwei Med-Roboter mit Instruktionen für den bevorstehenden Eingriff. Ein Mundschutz verdeckt die starren Partien unter den Kameraaugen der wie Liliputaner wirkenden Maschinen. Sie sind an Schienen links und rechts des Operationstisches angebracht. Ein Techniker in Schwarz prüft die Funktion der Fernsteuerung der Greifarme. Adam Heise hat ihn über Marnie Renners Gamer-Freundeskreis gewonnen.

Doktor Susan York studiert Scans auf einer Leinwand, als ihre Freundin mit einem Lächeln eintrifft.

»Kommt ihr klar?«, fragt Drechsler York. »Ihr habt nicht viel Zeit.«

Sie nickt. »Natürlich.«

Je zwei Mitarbeiter in Weiß und Schwarz umstellen eine Wiege. Melanie liegt darin. Sie lächelt und strampelt mit den Beinchen. Drechsler stellt sich dazu und blickt mit den anderen voller Freude auf das Neugeborene. Der Strampler, den es trägt, ist ein Geschenk. Heise hat Geschmack, denkt sie. Ein edles Stück Stoff hat er der Kleinen ausgesucht.

»Ich entführe unseren Star, bin gleich wieder zurück«, sagt sie in die Gruppe.

Sie hebt das warme Körperchen auf und macht Faxen mit Marnies Tochter. »Komm, wir sehen nach der Mama«, blubbert sie mit aufgeplusterten Backen.

Mit Melanie im Arm schlendert sie den Flur entlang. Sie passieren den Lebenstank. Der einstige Bunker ist weiß gefliest. An einer metallenen Vorrichtung werden Plastikkästchen mit dunkelroter, zäher Flüssigkeit geschüttelt. In der Luft hängt der Geruch von Eisen und Kunststoff. Vom ersten Tag des Medizinstudiums an bis zum heutigen begleitet Frieda Drechsler dieser Duft. Sie denkt an ihren lang verstorbenen Professor. Zur Einstimmung auf das Studium hat er sie Blut kosten und geschmacklich analysieren lassen, als würde sie Wein probieren.

Sie schmiegt Melanie an ihre Schulter. Das Neugeborene legt das Köpfchen ab. Drechsler genießt die Rührung, die sie ergreift.

Sie streichelt Melanie über den Rücken. Was für eine Energie das winzige Menschenkind ausstrahlt, freut sie sich.

»Na, wer kommt denn da?« Marnie Renner spricht mit hauchdünner Stimme. Sie liegt in einem Krankenbett. »Gib sie mir.«

Drechsler kostet noch einen Moment Melanies Energie aus. Dann nimmt sie sie von der Schulter und wiegt sie hin und her. Das Kleine quäkt vor Freude. Entzückt von ihrer Wirkung auf das Baby strahlt die Ärztin Marnie an. Dass die Mutter den Mund bewegen kann, ist gegen jede biologische und medizinische Vernunft. Das Gesicht ist fahl, sie schwitzt, ist erschöpft. Vor einigen Stunden hat sie im Koma gelegen und um ihr Leben gekämpft. Hätte der Himmel-Chip nicht rechtzeitig den Alarm ausgelöst, wäre der Kreislauf komplett heruntergefahren.

»Übst du, Oma zu sein, wenn der Teufel mich zu sich holt?«, fragt Marnie.

»Red kein dummes Zeug. Den Teufel gibt's so wenig, wie es Gott gibt.«

Sie legt ihr das Baby auf den Bauch.

»Etwas näher«, bittet Marnie.

Sie kann ihr Kind nicht greifen. An den Armen hängen vom Handgelenk bis zum Hals Schläuche. Eine Infusionsmixtur hält sie am Leben.

Doktor Drechsler hebt Melanie näher zu ihrer Mutter. Marnie schiebt den Kopf vor und benetzt mit zitternden Lippen die Wange ihrer Tochter. »Wie gut sie riecht.«

Auf Drechslers Watch ertönt ein Alarm. »Es ist so weit«, sagt sie. »Helen Jagdt hat von ihrer Schwester Abschied genommen. Wir können mit dem Eingriff beginnen.«

»Macht einen anständigen Job«, sagt Marnie und küsst Melanie auf die Stirn. »Wie sie das Köpfchen hebt.«

»Schlaf jetzt, ruh dich aus«, ermahnt sie Drechsler und verlässt mit dem Baby das Krankenzimmer.

Mit glasigen Augen starrt Marnie an die Decke. Ein Lächeln

huscht über ihr schweißnasses Gesicht. Das Schlaflied, das sie Melanie vorgesungen hat, erfüllt das Krankenzimmer.

»Danke, Amma«, flüstert sie und schließt die Augen.

Nachdem sich Helen von ihrer verstorbenen Schwester verabschieden konnte, verlässt sie erschöpft und kraftlos die Siedlungsklinik. Als trete sie in eine Sonneneruption, so empfindet sie das gleißende Tageslicht auf ihrer Haut. Heiß fährt es durch jede Pore. Sie spürt Stiche auf ihrem Körper, feine Nadeln. Der Schmerz zeigt sich gnädig. Er hat noch nicht eingesetzt.

Adam Heise hat auf sie gewartet. Er steht von der Parkbank auf und bietet ihr seinen Arm an. Sie hakt sich bei ihm unter und lässt sich führen. Auf dem Weg über das Gelände beginnt Helen zu weinen. Schmerz durchströmt sie nun. Brennender Schmerz. Helen spricht. Laut genug, damit er sie hört. Leise genug, um die Trauer um Julia in sich nicht zu stören. Ihre Lippen sind blutleer, trocken wie Pergament, feine Risse reiben einander. »Tu mir nicht weh, Adam«, entblößt sie ihre Seele vor ihm.

Adam wendet den Blick von ihr ab. Er kann ihr nicht in die Augen sehen. Ihre Worte ergeben keinen Sinn, sind aus dem Zusammenhang gerissen, Ausgeburt einer Ahnung, nichts als Gefühl, sie kann nicht wissen, was wir vorhaben, sagt er sich. Da spürt er Tränen die Wange herabgleiten. Das Einschläfern des Welpen zu visualisieren, hat nicht die erhoffte Wirkung erzielt. Helens Schmerz und Worte, die unendlich große Trauer, sind stärker, legt er sich zurecht. Eine andere Erklärung für den Gefühlsausbruch hat er nicht.

Er selbst hat keine Geschwister. Die Eltern sind vor Jahren eines natürlichen Todes gestorben. Jung, viel zu jung. Seine Mutter mit siebenundsechzig Jahren an Nierenversagen. Der Vater mit dreiundsechzig an einem Gehirntumor. Er verscheucht die Gedanken an den eigenen Tod. Stattdessen sucht er Helens jüngeren Körper, die Wärme, das Anderssein, die Verletzung und

Trauer, die sie mit ihm teilt. Er greift nach ihrer Hand und führt sie weiter den Kiesweg entlang.

Als sie an der Einheit 11 ankommen, fragt er sie nach dem Code.

»Ich kann da nicht hinein«, schluchzt sie.

»Natürlich, entschuldige«, erwidert er.

47

Adam Heise fühlte eine energetische Kraft, als er vor vielen Jahren die leer stehende Villa das erste Mal betrat. Bei der Erstbesichtigung mit dem Architekten ließ er dessen respektlose Ideen zur Umgestaltung eine Zeit lang über sich ergehen. Schließlich entzog er ihm den Auftrag und setzte ihn eigenhändig vor die Tür. In Ruhe und Besinnung wanderte er damals alleine durch die Räumlichkeiten. Was später zum Hightech-Salon werden sollte, diente der Großfamilie als Esssalon. Die herrschaftlichen Schlafräume wandelte er in sein Refugium um. Aus den Kammern der Dienstmägde entstand das Loft, in das er Helen nun führt. Er wartet, bis sie sich auf das breite Bett legt, und deckt sie zu.

Als Helen alleine ist, fröstelt sie. Sie hat das Bild vor Augen, wie Julia mit der Nagelschere das Handgelenk ritzt. Vor ihren Augen sieht sie den reglosen Körper über den Treppenstufen. Sie spürt den Schmerz beim Tritt gegen das Putzmonster, das Julia wegräumen wollte. Hört den quäkenden Laut, den das seelenlose Ding von sich gab. Das Knacksen in den Kniescheiben, als sie sich fallen ließ, um Julias Puls zu fühlen. Sie hat das dunkelrote Rinnsal vor Augen, das über Julias Schläfe auf den Boden tropft. Das Schwesternblut in ihren Händen. Ihre Verzweiflung und Hilflosigkeit beim Anblick von Julias Gesicht, dem Ausdruck um Augen und Mund. Den Schrecken und die Überraschung.

Helen schließt die Augen und versucht, Schlaf zu finden. Das Loft duftet, denkt sie, als sie wegdämmert.

Adam Heise liegt auf dem Sessel im Salon und betrachtet seinen Gast auf der Leinwand.

»Tu mir nicht weh.«

Helens Worte, das Flehen und Bitten hallen in ihm nach. Ist das die Frau, nach der er nicht gesucht hat? Eine Partnerin zu finden, war und ist kein Ziel in seinem Leben. Doch ihr ein Freund sein, ihr in der schweren Stunde beizustehen, ihr zu helfen, den Verlust ihrer Schwester anzunehmen, würde ihm gefallen, sinniert er. Der Gedanke verfliegt so schnell, wie er aufgetaucht ist. Die Bilder auf der Leinwand, wie sie sich im Bett rekelt, entfachen Verlangen. Das Begehren ist intensiv und passt zu ihm, sagt er sich. Er möchte zu ihr unter die Decke kriechen, ihr nahe sein, spüren, dass sie ihn spürt. Körper an Körper. Haut an Haut. Für einen Augenblick wenigstens. Sie dreht und wendet sich unter der Bettdecke, wirft den Kopf hin und her, als wolle sie Leid und Trauer abschütteln. Als sie sich aufrichtet, Unterhemd und Slip auszieht, betrachtet er sie nackt. Die Schönheit ihres Körpers ist in Abermillionen kristallenen Lichtpunkten aufgelöst.

»Amma«, sagt er. »Aufnahme.«

Die Leinwand implodiert für einen Moment.

»Amma«, wiederholt er. »Kamera aus. Bereite meine Digisuite vor.«

Er vergewissert sich auf der Watch. Keine Nachricht über den Fortgang des Eingriffs bei Julia. Ob er Marnie besuchen sollte, bevor er Helen in der Digisuite aufsucht?

»Amma. Lies Marnies Vitalwerte vor.«

Er stellt sich Helen vor, wie er sie im Datenanzug in den Arm nimmt, wie er in jede ihrer Hautporen der digitalen Projektion kriecht. Während er mit geschlossenen Augen Helens Körper an seinem fühlt, trägt Amma Marnie Renners Werte vor. Sachlich wie den Ozongehalt in der Luft oder die CO_2-Bilanz der Siedlungsgemeinschaft. Ohne Emotionen. Ohne nackten Körper mit sinnlichem Mund und traurigen Augen, den Toren in ihre verletzte Seele.

Adam bewertet Marnies Werte. Die Herztätigkeit ist miserabel. Die Blutwerte sind besorgniserregend. Sie wird sterben. Mit dem Austausch ihres Blutes hätten wir vielleicht eine Chance, sie am Leben zu halten, denkt er. Marnie war immer schnell. Vorne dran wie ihr Vater. Mutig, ohne sich um Moral und Ethik zu scheren. Die Verfügung, dass nicht die Familie in England, sondern er sich nach ihrem Tod um Melanie kümmern soll, ist Teil ihres Testaments.

Eine Hand, unvermittelt und kalt, wie die eines mechanischen Greifarms, streicht plötzlich über seine Wange. Zu Tode erschrocken zuckt er zusammen und schreit auf. Sein Herz überschlägt sich. Erst kann er kaum atmen, dann hyperventiliert er wie von Sinnen.

»Wer ist Amma?«, fragt Helen.

»Amma. Schlafen«, haspelt Adam und steht auf. Der Liegesessel verformt sich in die Grundposition zurück.

»Wer hat mit dir gesprochen?«, fragt Helen abermals.

»Die Villa. Das System. Jede Einheit hat eine Stimme.«

»Entschuldige«, erwidert sie halbherzig.

Ruckartig dreht sie sich weg und geht in Unterhemd und Slip in die Küche. Sie durchsucht Schränke und Schubladen, obwohl die Anzeigen ihr verraten, was sie darin finden wird. Adam stellt sich zu ihr und beobachtet sie dabei. Helen klickt das Display des Kühlschranks durch, wechselt zum Angebot des Supermarktes. Sie tippt und tippt. Verzweifelt und nahe daran, in Hysterie zu verfallen.

»Nicht mal Bier gibt's im Supermarkt?«, fragt sie.

»Wer Alkohol will, bringt ihn von draußen mit. Ist nicht verboten, wird aber nicht unterstützt. Sehr amerikanisch, ich weiß«, erklärt er.

»Wie in einem amerikanischen Kindergarten«, berichtigt sie ihn. »Rauchen ist auch verboten?«

»Nicht direkt, aber irgendwie schon, ja. Schlimm?«

»Schlimmer sind die Drogen, die du mir verabreicht hast.«

»Du warst betrunken, Helen. Drogen waren nicht im Spiel. Ich habe dich in dein Schlafzimmer getragen.«

»Ich trinke nicht das erste Mal zu viel. Glaub mir!«, sagt sie ärgerlich. »Ich bin wie eine Irre in deinem Salon herumgehüpft. Das war nicht ich. Und ein Kind will ich auch nicht von dir.«

»Natürlich nicht«, erwidert Adam ruhig.

»Amma!«, schreit sie plötzlich ins Leere. »Wo ist der Schnaps?«

Amma reagiert nicht.

Adam sieht Helen mitleidig an und entscheidet sich, nicht den Gesundheitsapostel zu geben. »Komm.«

Aus dem Wandschrank im Salon holt er eine Flasche Wein. Eingepackt in einer edlen Holzkiste.

»Kein Schnaps?«, fragt Helen verzweifelt.

»Du hast meine Vorräte auf dem Gewissen.«

Sie greift nach der Kiste, liest die eingebrannten Zeilen auf Französisch. Sie schnieft und stellt sie zurück. »Ich will trinken, nicht genießen. Heb den für einen besonderen Anlass auf.«

»Ist der Tod deiner Schwester kein besonderer Anlass?«

Adam öffnet die Kiste und hebt die Weinflasche aus der Holzwatte. Er ist erschüttert über den Gedanken, der sich seiner bemächtigt. Sie trauert, ich dagegen habe bald einen Grund, zu feiern. Er schielt auf die Watch. Drechsler hat nicht geschrieben. Noch nicht.

»Ich soll ihre Liste abarbeiten, hat sie gestern Nacht gesagt«, beginnt Helen. »Wenn ich nicht mehr bin, arbeite die Liste auf der App ab. Mama, Papa verständigen. Beerdigung organisieren. Die Wohnung auflösen. Konten und Versicherungen kündigen. Sie wünscht sich eine Wasserbestattung. Egal wo, irgendein Gewässer. Meer oder See, ein Tümpel tut's auch, ist ihr egal. Mit der App brauchst du nicht zu denken. Punkt für Punkt abhaken.

Von oben nach unten, ein To-do nach dem anderen erledigen.«
Sie hält inne, atmet ruhig. »Hast du als Kind schon gemacht,
Julia. Hast Scheiße gebaut, ich durfte es ausbaden.«

Mit einem Plopp strömt der Duft des schweren Weins in den
Salon. Adam schenkt ein. »Ich helfe dir.«

»Nein danke, Adam«, erwidert Helen. »Ich möchte von dir
wissen, warum ich keinen Kater am Tag danach hatte. Mir ging's
viel zu gut!«

Adam holt aberwitzig große Weingläser aus dem Wandschrank. »Ich habe Doktor Drechsler gebeten, dir etwas zu geben. Dir sollte es beim Aufwachen nicht schlecht gehen.«

»Ohne mich zu fragen?«

»Du warst besinnungslos. Im Delirium.«

Helen steckt den Schlag ein.

Beim Einschenken des Weins leuchtet die ersehnte Nachricht auf Adams Watch auf. Die Operation ist gut verlaufen. Das
Team hat die befruchtete Eizelle aus Julia Jagdts Leichnam geholt.

Helen fällt Adams Freude über den Erfolg der Medizin über
den Tod nicht auf. Sie schüttet den edlen Tropfen in sich hinein
wie Traubensaft aus einem Tetrapack. Adam sieht ihr zu. Er
lässt sich Zeit. Er schwenkt den Wein in ruhigen kreisenden Bewegungen und schwelgt in ihrem von Zorn und Trauer gezeich-
neten Gesicht.

»Lass uns anstoßen, Helen«, sagt er und schenkt ihr nach.

»Ich werde nicht schlau aus dir. Was bist du für ein Mann?«

Adam lächelt über die Antwort, die ihm auf den Lippen liegt.
Statt einer selbstgefälligen Floskel stellt er das Glas ab und
nimmt sie in die Arme. In tiefer Trauer lässt Helen seinen Bei-
stand zu. Er ist überwältigt von dem Wesen in seinen Armen.
Helen ist aus Fleisch und Blut. Sie riecht und schmeckt, ihre
Tränen auf seiner Wange sind echt und nass. Helen ist nicht die
Projektion, mit der er sich in der Digisuite vergnügen wollte. Er
trägt keinen Datenanzug mit elektrischen Fäden, die sich über

seinen Körper ziehen. Was sich an ihn schmiegt, hat ein Herz, das pocht. Er hört es.

Ammas Versuch, mit ihm in Kontakt zu treten, hindert ihn daran, den Moment länger auszukosten. Elektrische Impulse am Handgelenk kitzeln ihn. Die Watch bleibt dunkel. Adam spürt das intelligente System anders als Helens Körper in seinen Armen. Er sollte alarmiert sein. Helen loslassen, sich berichten lassen, warum Amma den Ruhemodus ohne Aufforderung beendet. Die Impulse stoppen nicht. Das Handgelenk kitzelt weiter. Trotzdem lässt er sich nicht stören. Er drückt Helen fester an sich, verwirrt von dem Gefühl, das die Frau, die gekommen ist, ihn zu durchleuchten, bei ihm auslöst. Sie ist in sein Leben getreten wie eine bahnbrechende Idee.

Helen schnieft und löst sich aus der Umarmung.

»Danke«, sagt sie. »Das hat gutgetan.«

Er lächelt sprachlos.

»Worauf trinken wir?«, fragt sie mit dem Glas in der Hand. »Auf den Tod, der uns alle irgendwann ereilt?«

»Lieber auf das Leben.«

Sie stößt mit ihm an. Beide trinken und sehen sich in die Augen. Beider Lächeln ist leise und hat etwas Befreiendes.

»Ich hole Wasser«, sagt Adam. »Der Wein ist schwer.«

Beim Hinausgehen kontrolliert er Ammas Nachricht. Kommissar Steffen Vogt habe sich am Eingang angemeldet, warnt sie. Was zum Teufel geht hier vor?, wundert sich Adam. Er meint nicht den Kommissar. Er meint Amma.

48 Kommissar Vogt hat äußerst schlechte Laune. Kollegin Dobler ist krankgemeldet. Irgendwas mit Viren, die ihr den Hals zuschnüren. Er hätte sie geschickt, statt sein Fußballteam im Stich zu lassen, bestehend aus Blinden mit intelligenten Sehhilfen und sehenden Blinden wie ihn. Kein Geiselnehmer, kein verschwundenes Kindermädchen, ein Unglücksfall führt ihn schon wieder in die Siedlung.

Im verschwitzten Trainingsanzug steigt er aus dem Porsche und winkt ab, als ihm der Pförtner das Himmel-Band anlegen will. Der Alarm stoppt ihn. Er kehrt zurück und lässt es sich anbringen.

»Ohne funktionieren die Fahrzeuge nicht«, muntert ihn der Pförtner auf.

Vogt steigt auf einen E-Roller. Der Fahrtwind trocknet Haare und Schweiß im Gesicht. Für eine Dusche ist keine Zeit gewesen.

Die Spurensicherung hat in Einheit 11 die Arbeit bereits beendet. Der Unfallort ist mit Lasern gescannt worden. Falls nötig wird das Datenmaterial gerichtsverwertbar aufbereitet. VR-Brille auf. Was datentechnisch erfasst wurde, können Verteidiger, Staatsanwalt, Zeugen und Richter drehen und wenden, sich einen fotorealistischen Eindruck verschaffen, ohne den Tatort zu betreten. Kommissar Vogt vertraut zwar der Technologie. Aber es ist ihm lieber, sich mit eigenen Sinnen ein Bild zu machen.

Doch da ist nichts, was er unter die Lupe nehmen kann, als er den Ort des Geschehens untersucht. Spuren, die Rätsel aufgeben oder Erkenntnisse erbringen würden, sind von den Putzmaschinen beseitigt worden. Helen Jagdt hat zwar die Maschinen mit Tritten verscheucht, einen davon sogar kaltgestellt. Doch niemand hat daran gedacht, dem System zu verbieten, die Reinigung zu Ende zu bringen. Den Logdaten zufolge legten die Maschinen noch mal los, als Helen mit ihrer Schwester in die Klinik unterwegs war. Roboterehre.

Saubere Arbeit haben die Putzen auf der Holztreppe geleistet, denkt der Kommissar. Mit Desinfektionsmittel, das auf dem freien Markt nicht erhältlich ist. Hautpartikel und Fingerabdrücke von mehreren Menschen sind im Rest des Hauses gesichert worden. Fremdeinwirken ist ausgeschlossen. Die einzige Person außer der Verunglückten, die sich zurzeit des Geschehens in der Nähe aufhielt, war Helen Jagdt selbst. Aus welchem Grund sollte sie ihre Schwester die Treppen hinunterstoßen?

Der Kommissar schlendert weiter allein durch das Haus. Ihm ist nicht wohl dabei. Smarte Häuser sind nichts Ungewöhnliches. Freunde haben Boxen, mit denen sie reden und ihren Kindern beim Einschlafen vorlesen lassen. Mit Sprachbefehlen tätigen sie Online-Einkäufe, erfragen Rezepte und Zugverbindungen, suchen nach Schnäppchen oder hören Musik, die ein Algorithmus aussucht. Sie steuern Heizung und Jalousien und kontrollieren Strom- und Wasserverbrauch. Mit Überwachungskameras wiegen sie sich in Sicherheit. Der moderne Einbrecher von heute setzt wie früher eine Sturmhaube auf. Schon hat die Gesichtserkennung nichts zu melden, wie der Ermittler aus Erfahrung weiß.

Beim Durchschreiten des Hauses summt er das Lied, das er zuletzt im Auto gehört hat. Ein Popsong. Die Nachmittagssonne scheint durch die Fenster. Im Salon ist nichts, was ihm Angst machen könnte, trotzdem hat er ein mulmiges Gefühl. Von dem modernen Chic des Interieurs lässt er sich nicht täuschen. Wie genau, weiß er nicht, aber die Dinge haben ein Eigenleben. Er hat das Gefühl, beobachtet und ausspioniert zu werden. Von den Kameras hat er Kenntnis. Er hat Macke und Stahl, die ihn am Haus erwartet haben, prüfen lassen, seit wann die Kameras ausgeschaltet sind. Mit dem Eintreffen von Edgar Pfeiffer und Helen Jagdt vor einigen Tagen ist die Überwachung außer Betrieb gesetzt worden. Die zwei Himmelhof-Wachhunde warten vor der Haustür. Er wolle sich in Ruhe umsehen, den Tatort auf sich wirken lassen, hat er behauptet. In Wahrheit mag er keinen Menschen mit Chip unter der Haut um sich haben. Wer weiß, was die alles aufnehmen und in die Zentrale funken. Dennoch ist da ein unangenehmes Gefühl. Die Stille. Das Tageslicht, das durch die Fensterscheiben anders gebrochen wird, als er es gewohnt ist. Er kratzt sich am Kopf, als er die Holztreppe hochgeht. Sie glänzt wie gebohnert. Er riecht das Desinfektionsmittel.

Die Rekonstruktion des Unfallhergangs ist simpel und klar. Aufgewühlt und in Rage nach dem Streit mit ihrer Schwester läuft das Opfer aus dem Badezimmer. Die Umgebung ist ihr fremd. Ein falscher Tritt auf der Treppenstufe. Das Poltern, das Helen Jagdt im Badezimmer gehört hat, waren die Aufschlaggeräusche des Körpers. Der Kopf schlug der Anzahl der Verletzungen nach dreimal an Kanten auf. Keine Spuren. Keine Zeugen. Weder menschliche noch maschinelle.

Am Ende der Treppe legt Kommissar Vogt die Hand auf den Geländerlauf. Er fühlt sich warm an. Er kniet nieder, befühlt die hölzernen Treppen. Auch sie sind warm.

»Hallo! Herr Macke«, ruft er durch das Haus.

Nicht Axel Macke taucht auf.

Helen erscheint.

»Auch gut«, sagt Vogt. »Wissen Sie, ob das Ding Bodenheizung hat? Die Treppe meine ich.«

»Hat das Ding, ja«, bestätigt Macke, der hinter Helen hereinspaziert. »Auch der Handlauf an den Stellen, die berührt werden. Recycelbare Thermofäden oder so was, integriert im Holz. Ist patentiert, glaube ich.«

»Heilige Scheiße!«, ruft Vogt aus. »Wofür braucht jemand eine beheizbare Treppe?«

Helen hat eine Antwort parat. »Fürs Gefühl. Haut mag Wärme. Spielerei im Stil eines Adam Heise.«

»Danke, das war's, Herr Macke.«

Macke verzieht sich vor die Tür. Vogt ärgert sich, dass sein Trainingsanzug dem seinen ähnlich sieht.

»Sie haben nach mir gerufen?«, meldet sich Helen.

»Ja, verzeihen Sie. Ist nicht der passende Zeitpunkt«, entschuldigt er sich. »Können Sie die Putzen für mich losschicken? Ich würde gerne sehen, wie die ticken und ihren Job machen.«

Helen geht zum Steuerpanel und braucht einige Versuche, bis sie die Einstellungen vorgenommen hat.

Als die Maschinen aus den Depots jagen, hüpft Kommissar Vogt zur Seite und hält sich am Handlauf fest. Knapp vor dem Zusammenstoß mit seinen Füßen nimmt die Maschine eine Kurve und gleitet auf die oberste Treppenstufe.

»Ich dachte, die Biester werden im Erdgeschoss geladen«, meint Vogt.

»Dachte ich auch«, entgegnet Helen.

Der Kommissar umschifft auf dem Weg nach unten die Reinigungsmaschinen. Helen schaltet sie ab. Sie unterbrechen die Arbeit und kehren in die Depots zurück. Zwei verschwinden oben, zwei hinter den Klappen unter dem Schrank im Salon. Vogt setzt an, etwas zu sagen. Doch Helen gibt ihm Zeichen, still zu sein. Sie deutet auf das Band an seinem Gelenk. Der Kommissar blickt darauf und versteht.

»Danke für die Demonstration, Frau Jagdt. Sind ja putzige Heinzelmännchen. Könnte ich zu Hause auch brauchen.«

»Warum wollten Sie mich sprechen?«

»Ein paar Fragen zum Unfall Ihrer Schwester, um den Abschlussbericht zu schreiben. Wollen wir hinausgehen?«

Helen sieht ihn verzweifelt an. »Jetzt sofort? Hier? Ich muss zum Bahnhof.«

»Wäre Ihnen draußen lieber?«, fragt er freundlich nach. »Ich kann Sie mitnehmen. Eine halbe Stunde brauche ich noch.«

»Können wir uns in der Stadt treffen?«

Vogt schlägt ihr die Gaststätte im Hauptbahnhof vor. »Reisen Sie nicht ab, bevor wir geredet haben. Ich brauche Ihre Aussage, um den Bericht abzuschließen.«

Der Kommissar geht. An der Haustür hört sie ihn mit den Wachleuten reden. Die Stimmen werden leiser und verstummen. Helen geht die Treppe hoch. Vorsichtig setzt sie einen Schritt nach dem anderen. Oben huscht sie ins Badezimmer und atmet durch. Als sie Edgars Namen auf der vibrierenden Watch sieht, wirft sie alle Vorsicht über Bord. Sie reißt das Himmel-Band vom Handgelenk und spült es die Toilette hinunter.

»Edgar!«, ruft sie verzweifelt in die Watch. »Edgar! Etwas Furchtbares ist passiert. Julia ist tot, sie hatte einen Unfall.«

»Wie bitte?«, erwidert Edgar mit schwerer Zunge.

Helen erkennt ihn kaum wieder. »Du klingst komisch. Ganz anders.«

Edgars Stimme klingt hohl, als er mit kaum verständlichen Worten kondoliert und überhastet, als telefoniere er heimlich, das Gespräch beendet.

In Gedanken versunken bemerkt sie, dass das Himmel-Band nicht weggespült wurde. Sie trocknet es und legt es wieder an. Dann greift sie zur Reisetasche und verlässt das Haus.

Adam erwartet sie in einem Mobil vor dem Eingang der Einheit. Sie nimmt mit Reisetasche und Julias Rucksack neben ihm Platz. Auf der Fahrt über das Gelände fällt Helen nichts ein, was sie ihm zum Abschied sagen könnte. Adam spürt, dass es keinen Sinn hat, sie zurückzuhalten. Lass sie in Ruhe trauern, sagt er sich, als sie an der Schranke ankommen.

Mit der Umarmung und den Wangenküssen rechnet er nicht.

Adam ist überrascht. Sie hat seiner Verwunderung nichts als ein leises, müdes Lächeln entgegenzusetzen.

»Danke«, sagt sie.

»Soll ich dich wirklich nicht in die Stadt fahren?«, fragt er.

»Leb wohl«, erwidert Helen und verlässt die Siedlung.

Adam empfindet keine Enttäuschung darüber, sie ziehen lassen zu müssen. Dennoch spürt er eine Anwandlung. Ungewohnt und stark. Er setzt sich in das Mobil und gibt seine Villa als Ziel an.

Auf dem Rückweg durch die Siedlung, seinem Werk, dem Ausdruck seiner Schaffenskraft, fühlt er, wie Furcht sich seiner bemächtigt, sie vermissen zu werden. Er möchte ihr nachlaufen und sie zurückholen. Der Schrecken über die Beobachtung zeigt sich auf dem Display der Watch. Sie blinkt orange auf. Entsetzt stellt Adam Heise fest, dass er etwas fühlt, was ihm in seinem Leben bislang erspart geblieben ist: Einsamkeit.

49 Der städtische Bus, mit dem Helen nach Augsburg
fährt, ist voll. Fahrgäste stehen eng nebeneinander.
Helen fühlt sich unwohl in der Menge. Julias Rucksack und ihre
Reisetasche stören die umstehenden Leute. Sie presst die Lippen
zusammen und schließt die Augen. Sie atmet tief und zählt bis
zehn. Eine einfache Übung, die ihr die Therapeutin in der Psychiatrie aufgetragen hat, wenn Traurigkeit in ihr zu explodieren
drohte. Julia hat das Zählen in ihrer letzten Nacht, bei ihrem
letzten Einschlafen geholfen. Helen murmelt die Zahlen sehr
langsam und spürt dabei einen unangenehmen Blick. Sie blinzelt und vergewissert sich. Ein Geschäftsmann steht neben ihr,
vielleicht dreißig. Mit einem freundlichen Lächeln ahmt er ihre
Lippenbewegungen nach. Helen dreht sich weg.

»Rechnen Sie im Kopf?«, fragt er sie. »Kopfrechnen ist ein
Hobby von mir.«

»Ich rechne lieber alleine«, antwortet sie schnell. Sie tritt einen Schritt zur Seite.

In dem Moment, als sie seine Hand auf ihrem Rücken spürt,
jagt sie ihm das Knie in den Unterleib und stellt sich woanders
hin. Passagiere kümmern sich um den Mann, der vor Schmerzen
und verletztem männlichen Stolz aufjault. Er deutet mit aus-
gestrecktem Zeigefinger auf sie, beschuldigt sie, ihn grundlos
getreten zu haben. Helen zögert nicht. Mit dem Gepäck am
Körper stürmt sie auf ihn zu und reißt ihn zu Boden. Es dauert,

bis Passagiere sie von ihm weggezerrt haben und sie sich wieder unter Kontrolle hat.

Sie steigt an der Haltestelle am Hauptbahnhof aus. Schwindel ergreift sie. Sie hastet in einen nahe gelegenen Park und setzt sich auf die Wiese. Mit gleichmäßigen Zügen atmet sie in die Mitte des Bauches hinein. Die Hände legt sie umgedreht in ihren Schoß. Nach Tagen in der Siedlung gibt sie sich dem Irrglauben hin, frei und unbeobachtet zu sein. Um sie herum sind keine Kameras, keine Mikrofone, kein Zaun. Sie atmet weiter. Ein und aus. Bis die Geräusche der Stadt nicht mehr in ihr Inneres dringen. Sie spürt in sich hinein, diese schlanke Frau mit blonden Haaren und einer Haut weiß wie Porzellan. Sie sucht und findet das Bild, das sie beschreibt: ausgetrunken und leer, eine ausgedörrte Wasserstelle in der Wüste. Da ist nichts in ihr. Nichts bis auf Zahlen. Von null bis zehn. Von zehn bis null.

Etwas später, pünktlich zur verabredeten Uhrzeit, sitzt sie mit Kommissar Vogt in der Gaststätte, die er vorgeschlagen hat. Das Geschnatter der Gäste wabert durch den Raum. Die Kellnerin serviert Tee für sie und Kaffee für ihn. Vogt war drauf und dran, ein Stück Kuchen zu bestellen. Doch die verweinten Augen der Zeugin, der schmerzerfüllte, traurige Ausdruck, der sich an einen fernen Punkt im Weltall zu richten schien, hielten ihn davon ab.

»Sind Sie sich absolut sicher?«, nimmt er das unterbrochene Gespräch wieder auf.

»Da war nichts«, wiederholt Helen ihre Aussage. »Ich bin aus dem Badezimmer gerannt. Paar Sekunden nach dem Schrei.«

»Die Maschinen waren nicht da?«

»Nein«, bestätigt sie noch mal. »Erst als ich bei Julia an den Treppenstufen stand, sind sie aus den Löchern gekrochen. Einem habe ich einen Tritt verpasst, sonst hätten sie meine Schwester ... keine Ahnung.«

Kommissar Vogt setzt die Tasse auf die geblümte Tischdecke

und schüttelt den Kopf. »Wäre ja auch absurd. Putzmaschinen stoßen niemanden die Treppe hinunter.«

Helen lässt sich den Gedanken durch den Kopf gehen. »Nein, tun sie nicht. Nicht ohne Grund.«

Er zuckt mit den Schultern. »Wussten Sie, dass der Himmel-Server wirklich jeden Mist protokolliert? Selbst Druckstärke, Dauer und Zeitpunkt der Spülung?«

Helen bemüht sich um ein Lächeln.

»Ich habe die Logdaten kontrolliert. Sie bestätigen Ihre Aussage. Zwischen Toilettenspülung und Einsatz der Maschinen liegt mehr Zeit, als Sie angeben. Rund eine Minute«, sagt er. Mit einem Schmunzeln fügt er hinzu: »Ein lupenreines Alibi. Die Putzroboter haben Ihre Schwester nicht auf dem Gewissen.«

Helen sieht nach der Uhrzeit auf der Watch. Das Himmelhof-Logo ziert den Sperrbildschirm.

»Seit wann tragen Sie eine?«, staunt Vogt. »Wenn das Band mithören kann, warum nicht die Watch?«

»Die Watch ist aus«, lässt Helen ihn wissen. »Das Himmel-Band kann nicht ausgeschaltet werden. Auf dem Gelände ist es immer on wie der Chip der Bewohner.«

Dann steht sie auf, schnallt Julias Rucksack auf den Rücken und schultert ihre Reisetasche. »Ich muss los. Mein Zug.«

»Nach Frankfurt?«

»Nach Hause, ja.«

50

Eine Woche nach dem Tod ihrer Schwester steht Helen Jagdt vor der Zentrale des Kreuzer Konzerns. Ein Drachen aus Beton, Stahl und Glas. Das architektonische Ungetüm strotzt vor Selbstbewusstsein. Es kostet sie Überwindung, die Drehtür des Hochhauses zu durchschreiten. Sie macht die Runde bei den Kollegen in der Sicherheitszentrale, berichtet, was ihrem Vorgesetzten Edgar Pfeiffer zugestoßen ist. Auf die Frage, wie es ihm geht, hat sie keine Antwort. Seit er in der Wiener Klinik in Behandlung ist, hat sie ihn ein einziges Mal gesprochen. Fabian Bosch hängt nicht vor dem Monitor an seinem Arbeitsplatz. Er ist wieder krankgemeldet, informiert sie Kreuzers Teamassistentin, als sie Helen zur Besprechung begleitet.

Der gesamte Vorstand ist angetreten, um ihren Abschlussbericht zu den Vorgängen in Himmelhof zu hören. Die Herren und eine Dame sind zufrieden, als sie hervorhebt, wie durch die Verkettung unglücklicher Umstände Adam Heise in Verruf geraten ist. Beim Bericht nickt Ferdinand Kreuzer ihr aufmunternd zu. Er hätte keine andere Einschätzung zugelassen, ist ihr bewusst. Sie berichtet das, was er hören will.

Das Vertrauen zwischen dem Konzernchef und dem Siedlungsleiter ist mittlerweile wiederhergestellt. Kreuzer hat mit offenen Karten gespielt und Heise gestanden, dass er seine Mitarbeiter Pfeiffer und Jagdt nach dem Rechten sehen ließ. Heises Verständnis für die Maßnahme stieß auf einen von einem Megadeal beseelten Vorstandsvorsitzenden. Nachdem der taiwanesische Investor einstieg, ist Haru Tanaka auch überzeugt gewesen. Das Konzept »Himmelhof« ist verkauft. Die Chinesen mit ihrer Mustersiedlung sind ausgebootet. Vorstand, Aktionäre und Mitarbeiter glücklich. Kreuzer hat mit Tanaka das Baugelände vor den Toren Tokios für den ersten Nachbau bereits in Augenschein genommen.

Der Tod der Stielers, Valerias nach wie vor ungeklärtes Verschwinden und der Unfalltod ihrer Schwester interessierten die Konzernleitung nicht mehr. Eine Verkettung unglücklicher Umstände, wiederholt Kreuzer Helens Worte im Namen des Vorstands und ergänzt, dass die Augsburger Polizei die Fälle zu den Akten gelegt habe.

Nach der Sitzung, im Gespräch unter vier Augen, bittet sie ihn um unbezahlten Urlaub. Sie brauche Zeit für sich, ihre Familie, die Beerdigung ihrer Schwester. Edgar in Wien wolle sie besuchen, vielleicht mache sie auch eine längere Reise. Kreuzer gewährt ihr den Antrag und gibt ihr eine Aufmerksamkeit für Edgar Pfeiffer mit.

Am Tag nach der Beisetzung ihrer Schwester in Frankfurt besteigt Helen einen Zug. Sie ist in der Spezialklinik in Wien angekündigt. Edgar Pfeiffer ist aber nicht in der Verfassung, sie zu empfangen. Die Ärzte wollen und dürfen ihr keine Auskunft über seinen Gesundheitszustand geben. Als sie versucht, trotz Verbots in sein Zimmer einzudringen, packt sie ein Pfleger und begleitet sie hinaus.

Frau Pfeiffer nimmt ihre unzähligen Anrufe nicht an. Über Umwege bekommt sie die Adresse in der Nähe der Klinik heraus, wo sie seit der Einlieferung ihres Mannes wohnt.

Sie läutet an dem Apartment, in der Hoffnung, von ihr zu erfahren, wie es Edgar geht. Als Frau Pfeiffer die Tür aufreißt, hallen ihr vor Zorn triefende Worte entgegen: »Edgar wollte Sie nicht allein lassen! Das war der einzige Grund, weshalb er mit

Ihnen in die Siedlung gegangen ist. Verschwinden Sie und lassen Sie uns in Ruhe!«

Zurück in Frankfurt besucht sie Fabian Bosch. Er liegt mit Grippe im Bett. Keuchend witzelt er über den Fortschritt der Medizin, von intelligenten Stands und digital gesteuerten Prothesen. An der Ausmerzung der Grippeviren aber scheitern die Forscher.

Helen bittet ihn, den Prototypen, den sie aus Marnie Renners Haus mitgenommen hat, zu untersuchen. Nachdem er das elektronische Teil analysiert hat, vermutet er, dass es sich um kein Speichermedium handelt. Der Schlitz und der Anschluss bringen ihn auf einen anderen Gedanken. Ein Start-up in Himmelhof hat ein Patent für ein flexibles, programmierbares Folienimplantat angemeldet. Möglicherweise ist das elektronische Teil einer der Prototypen. Das Unternehmen forscht im Bereich künstlicher Intelligenz, Brain-to-Brain Communication. Helen erinnert sich an die Koryphäe auf dem Gebiet, dem sie mit Edgar am ersten Tag in der Siedlung begegnete.

Im Prinzip, erklärt Fabian, gehe es um den Austausch von Informationen zwischen menschlichem Gehirn und Computersystemen. Der Erfolg der Kryonik hänge davon ab. Wenn Menschen in ferner Zukunft aus Tiefkühltanks geholt werden, wollen sie ihr Gehirn, Erinnerungen, Wissen und Können, die Lebensleistung zurück, scherzt er bei einem Hustenanfall. Genaueres kann er ihr nicht sagen. Sie umarmt ihn zum Abschied, obwohl er sie wegen der Ansteckungsgefahr auf Abstand hält.

Tags darauf schickt Helen den Prototypen an Marnie Renner zurück. Anonym in einem Brief. Am Abend desselben Tages rafft sie die Grippe nieder. Schlagartig bekommt sie Fieber, das mit Pusteln ihren Körper malträtiert. Sie schwitzt, liegt hustend und schniefend im Bett, nimmt keinen Anruf an und beantwortet keine Nachrichten.

Unentwegt denkt sie an die Ungereimtheiten in Himmelhof.

An Doktor Drechsler und Doktor York, ihre mutmaßlichen Forschungen mit Totgeburten in Kolumbien. Mit brennenden Zigarren foltert sie in ihrer Vorstellung Lisa Kupfer, die Expertin für menschliches Blut, um irgendetwas über die Schwangeren in Erfahrung zu bringen. Adam Heises erhitzte Worte über eine Transplantation, die sie belauschte, leiert sie auswendig herunter. Edgars Bundeswehrakte aus Adams Kamin brennt in ihrer Fantasie in ihrem Herzen nieder. Im Fieberwahn beschäftigen sie die Schwangeren, die unbeantworteten Fragen, warum Herr Stieler kurz vor seinem Tod schrie, Adam Heise habe ihr Baby gestohlen. Halluzinationen suchen sie heim. Im Wald bei der Siedlung findet sie Valerias verscharrten Leichnam. Der Bauch ist dick. Das Baby in der Toten schlitzt mit einer Nagelschere die Bauchdecke von innen auf und kriecht in die Freiheit. Den Fieberträumen ausgeliefert verfällt sie in lustvolle Orgien mit dem Mann, der Herr über alles Geschehen in der Siedlung ist.

Am fünften Tag allein in der Wohnung geht es ihr etwas besser. Der Lieferservice mit der Pho Bo Suppe, die sie bestellt hat, läutet. Mit dem Glockenton hat sie eine einigermaßen brauchbare Idee, wie sie nach Himmelhof zurückkehren und weitere Nachforschungen anstellen kann. Sie wird Adam anrufen, ihm vorgaukeln, ihn zu vermissen und ihn wiedersehen zu wollen.

Statt des Lieferanten steht Adam Heise an ihrer Wohnungstür. Die beiden sehen sich erschrocken an. Sie, weil sie an die Manifestation der intensiven Gedanken an ihn glaubt. Er stutzt über ihre Verfassung.

Helen ist in eine Strickjacke gehüllt, aus den Taschen ragen verrotzte Taschentücher. Das blonde Haar klebt im schweißgebadeten, unnatürlich hell schimmernden Gesicht. Sie ist schwach auf den Beinen. Sie bittet ihn nicht in die Wohnung. Er ist froh darüber und besteht nicht darauf, eingelassen zu werden. Er bestellt Grüße von Ferdinand Kreuzer, den er zu einer Besprechung wegen des letzten Bauvorhabens in Himmelhof getroffen hat. Von ihm wisse er, dass sie sich freigenommen hat.

»Sei mein Gast«, sagt er. »Wenn du dich danach fühlst, komm mich besuchen. Das Loft steht leer. Ein Urlaub.«

Sie zögert mit der Antwort. Er drängt sie nicht. Stattdessen verabschiedet er sich, um Platz für den Lieferanten im Hausflur zu machen.

Am Küchentisch, vor der dampfenden Suppe, merkt Helen, wie gerührt sie von seiner Einladung ist. Der Verdacht, er könne mit den Ungereimtheiten etwas zu tun haben, wandert in die hintersten Windungen ihres Gehirns. Anscheinend hat er nichts zu verbergen oder glaubt, sicher vor ihr zu sein.

51

Vierzehn Tage nach ihrer Abreise von Himmelhof kehrt Helen an einem sonnigen, warmen Tag in die Siedlung zurück. Sie hat dieselbe Reisetasche wie bei ihrem ersten Besuch gepackt. Die Grippeviren hat sie erfolgreich niedergerungen, ob ihr das bei Adam Heise glückt, steht in den Sternen, denkt sie. Sie sieht ihn hinter der Glasscheibe der Empfangszentrale. Das glückliche Gesicht über ihr Erscheinen verbietet ihr, ihm Böses zu unterstellen. Sie will abwarten, die Villa auf den Kopf stellen, um Beweise gegen ihn zu finden.

Adam winkt sie in die Zentrale, umarmt sie innig und heißt sie willkommen. Er stellt ihr Sky vor. Der Roboter wuselt vor Samuel Papst hin und her. Der Sicherheitsmann behandelt ihn wie einen Wachhund. Sky ist einen Meter groß. Die Kulleraugen leuchten im Takt zu den Begrüßungsworten, die er Helen in hessischem Dialekt vorträgt. Sie lacht amüsiert auf. Adam klopft der Maschine anerkennend auf das Köpfchen und preist ihn als die neue Generation Wachroboter.

Dann legt er ihr das Himmel-Band für Gäste an und spaziert mit ihr den Hauptweg entlang. Helen hat den Eindruck, dass sich in ihrer Abwesenheit nichts verändert hat. Das Gefühl, nach Hause zu kommen, ergreift sie und löst ein Befremden aus. An der Villa teilt Adam ihr den Zugangscode mit und lässt sie vorangehen.

Mit dem Betreten des Flurs setzt das Lichtspiel um sie herum ein. Es funkelt und sprüht wie ein Feuerwerk.

»Ich mag deine Spielereien«, sagt sie.

Adam schnippt mit spitzbübischem Lächeln. Licht und Reflexionen wandern von den Wänden auf den Boden. Umkreisen Helens Füße, dann hüpfen und springen sie zurück über die Wände an die Decke.

»Ich erwarte nichts von dir. Hab du bitte auch keine Erwartungen an mich«, sagt er.

Helen sieht ihn lange an. Er ist ernst. Das Licht reflektiert sich in seinen hellen Augen. »Ein wenig ausruhen, das wäre schön.«

»Komm, ich zeige dir dein Reich. Du kennst es schon.«

Nach drei Tagen in der Siedlung schläft Helen problemlos ein und wacht nächtens nicht mehr von Albträumen geplagt auf. Sie hat sich an das Luxusbett in dem Loft gewöhnt und sich mit den Gepflogenheiten der altehrwürdigen, klugen Villa vertraut gemacht. Adams Trakt, sein Refugium auf der anderen Seite vom Loft im oberen Stockwerk, ist ihr durch Amma und versperrte Türen verwehrt. In den restlichen Räumen der Villa wird sie nicht fündig. Sie findet keinen geheimen Ausgang, wie sie ihn in Einheit 12, Marnie Renners Zuhause, vermutet hat. Die Gespräche im Gemeindehaus mit anderen Bewohnern lassen bei ihr keinen Verdacht aufkommen. Mit Marnie kann sie nicht reden. Sie kämpft, wie sie von Susan York erfährt, auf der Intensivstation ums Überleben. Einmal begegnet sie Esther am See, wie sie im Kinderwagen Marnies Tochter spazieren fährt. Sie begleitet sie ein Stück, bis Doktor Drechsler auftaucht und das Gespräch sich über die Architektur des neuen Bauwerkes dreht. »Es wird alle anderen Gebäude überragen«, meint Esther in heller Vorfreude.

In der Villa ist Helen bedacht, Adams Zuhause nicht als ihres anzunehmen. Doch er macht es ihr schwer, keine Geborgenheit aufkommen zu lassen, sich nicht aufgehoben zu fühlen. Adam ist ein charmanter und aufmerksamer Gastgeber. Helen hat keine Verpflichtung, bis auf die, sich auszuruhen und den Verlust ihrer Schwester zu verarbeiten.

Adam Heise ändert nichts an seinem gewohnten Tagesablauf. Frühes Aufstehen, Sportprogramm. Er managt und leitet die Gemeinschaft, erzählt ihr, mit derselben Begeisterung wie Esther, von der anstehenden Baumaßnahme, den Problemen bei der Vernetzung der Einheiten zu einem Cluster.

Ob er sich in der Villa aufhält oder nicht, weiß Helen oft nicht. Adam kommt und geht, ohne sie zu stören, ohne sich zu verabschieden oder sie zu begrüßen. Die Abende verbringen sie gemeinsam. Helen ärgert sich ein wenig, von ihm nicht als Frau wahrgenommen zu werden. Sie spricht ihn auf Frieda Drechsler und seine Verbindung zu ihr an. Adam antwortet ausweichend, gibt Anekdoten zum Besten, wie den Schlangenbiss, der ihm das Leben gekostet hätte, wäre Frieda nicht zur Stelle gewesen.

Helen Jagdt merkt nicht, wie ein neuer Virus – namens Adam Heise – in sie kriecht und sich in ihr festsetzt. Die Versuche, ihm etwas über die Ungereimtheiten zu entlocken, schlagen fehl. Er nimmt ihr die Bedenken, so gut er kann. Er erkundigt sich für sie nach Edgar, der in der Spezialklinik auf dem Wege der Besserung ist. Als er sie dabei ertappt, wie sie einen Hintergrundcheck über die Gerichtsmedizinerin Premer durchführt, fährt er mit ihr nach Augsburg. Vor den Toren der Rechtsmedizin verzichtet Helen darauf, sie zu treffen. Von Valeria fehlt nach wie vor jede Spur. Bei ihrer Familie in Kolumbien ist sie nicht aufgetaucht. Die Polizei führt sie als vermisste Person in den Akten.

Auch wenn sie es nicht für möglich hält, findet sie alsbald Gefallen an den alkoholfreien exotischen Longdrinks, die er wie ein Bartender für sie mixt. Am meisten genießt sie die Stunden in der Schwimmhalle mit ihm, nachdem sie beide auf den Fitnessgeräten gewesen sind. Die Abende enden mit dem Auffüllen einer Flasche Wasser für die Nacht und Wangenküssen an der Treppe. Oben biegt er in seinen Trakt ab, wo sich sein persönliches Bad und sein Schlafzimmer befinden. Sie geht in das Loft, in Vorfreude auf das Bett, in dem sie schläft, als würde sie auf Wolken liegen.

52

Gleißende Sonnenstrahlen schwappen an dem Morgen des achten Tages nach ihrer Rückkehr in das Loft. Helen erwacht mit einem freien, leichten Gefühl nach Urlaub und Sommerferien. Kein noch so geringer Verdacht schleicht ihr alarmierend ins Herz. Die Dunkelheit der Nacht scheint ihr in der Siedlung weniger dunkel. Die Angstträume von ihrem Baby haben aufgehört. Sie ist ausgeschlafen, hat geruht, tief und selig, beschützt und behütet wie ein krankes Kind, das in den Armen seiner Mutter gesundet.

Das Gesicht ihrer verstorbenen Schwester ist das Erste, was sie beim Erwachen sieht. Eingepackt in einem Berg Decken blickt sie Julia an. Adam hat keine Einwände gehabt, das Fotomotiv in verschiedenen Größen und Formaten an die Wände zu hängen.

Im Angesicht des nahenden Todes hat sich Julia auf ihrer Weltreise von einem mexikanischen Leichenfotografen ablichten lassen. Auf der Farbaufnahme sind die Haare zerzaust. Sie trägt kein Make-up. Die Augen kneift sie mit aller Kraft zusammen, als würde sie sie bis zum Jüngsten Tag geschlossen halten. Die Fältchen um Lippen und Mund lassen sie fröhlich und lebendig erscheinen.

Helen löst ihren Blick von Julias Foto und sieht auf die Rechneruhr, die sie in das Loft gestellt hat: $8 \div 4 + 6 : 24 \div 2$ Uhr. Eine faire Zeit, den Tag zu begrüßen, denkt sie. Sie schaltet die Kaffeemaschine über das Steuerpanel auf dem Tablet ein und holt die Küche auf das Display. Die Maschine blinkt. Adam ist nirgends zu sehen. Im Salon befindet er sich auch nicht. Die Schwimmhalle ist leer.

Der frische Kaffeeduft in der Küche feuert ihre Tatenlust an. Sie will laufen, danach in der Schwimmhalle floaten. In der Küche füllt sie Leitungswasser aus dem Hahn in den Becher und trinkt ihn bis zum letzten Tropfen aus. Denselben Becher füllt die Maschine mit Kaffee, gewürzt mit einem Hauch Vanille und Haselnuss.

Nach dem Frühstück verstaut sie das Geschirr in die Spülmaschine und startet die dienstbaren Helfer, die das Abwischen des Tisches übernehmen.

Später im Waschkeller steht sie vor einem fünf Meter langen weißen Kasten, der absolut keine Ähnlichkeit mit der Waschmaschine in ihrem Badezimmer in Frankfurt hat.

»Amma«, sagt sie. »Anleitung Waschmaschine.«

Die Stimme trägt die Bedienungsanleitung in chinesischer Sprache vor.

»Amma. Stopp«, unterbricht sie. »Auf Deutsch und langsamer, sei so gut.«

»Sei so gut?«, wiederholt die Stimme. »Amma versteht nicht.«

»Amma hat keinen Bock, Helen zu verstehen«, klagt sie.

»Amma versteht strukturierte Befehle: Amma, Licht. Amma, Musik …«

»Amma, halt die Klappe.«

Adam hat ihr gezeigt, wie das hausinterne System, gespickt mit Sensoren und Messgeräten, sie in allen Belangen unterstützt. Doch die Sprachsteuerung macht ihr Probleme, seit sie das Loft bezogen hat. Statt Waschmaschine eben Handwäsche, denkt sie gut gelaunt. Im Waschbecken knetet sie Nachthemd und Unterwäsche sauber. Den Trockner mit cockpitähnlicher Front versucht sie erst gar nicht einzuschalten. Sie findet eine Leine und geht mit dem Wäschekorb in den Garten. Die Leine befestigt sie an der Markise der Schwimmhalle und bindet das andere Ende an einen Apfelbaum. Die Wäsche duftet nach dem Weichspüler, den sie in der Stadt gekauft und zugegeben hat. Die Meldung über die Schadstoffe wird Adam nicht gerne sehen, fürchtet sie. Aber es ist ihr egal. Wind verfängt sich in dem Nachthemd auf der Schnur. Der Stoff bläht sich auf.

»Helen«, hört sie Doktor Drechsler nach ihr rufen. »Sie sind zu Ihrem Termin nicht erschienen.«

Helen greift in den Wäschekorb. »Die Watch hat nicht gebimmelt«, sagt sie unbekümmert. »Ich könnte schwören, ich habe einen Alarm gestellt.«

Drechsler erreicht sie durch das Gartentor. »Warum benutzen Sie nicht den Trockner?«

»Keine Ahnung, wie der funktioniert«, entgegnet sie. »Amma streikt.«

»Das Haus kann nicht streiken«, erwidert Drechsler. »Wenn es Probleme gibt, machen Sie eine Meldung bei der Störungsstelle.«

»Adam soll das machen, bin nicht gut in Technik«, meint sie.

Drechslers Blick haftet an dem Höschen, aus dem Helen die letzten Tropfen wringt. Leicht verschämt wendet sie sich der Schwimmhalle zu.

»Gehen Sie ruhig eine Runde schwimmen. Adam hat sicher nichts dagegen«, bietet Helen ihr an.

»O doch, das hätte er«, widerspricht Drechsler und kommt zum Grund ihres Besuches. »Sie kennen die Statuten. Lassen Sie uns das in der Küche erledigen, bei einer Tasse Tee. Es pikst, mehr passiert nicht.«

Kurze Zeit später heizt das Teewasser im Kessel. Helens rechte Hand liegt auf dem Küchentisch. Sie spreizt die Finger. Drechsler desinfiziert die Haut zwischen Daumen und Zeigefinger, legt den Injektor an und chippt sie. Es pikst nicht einmal, denkt Helen und holt sich Valerias Schmerzen in Erinnerung, als sie ihr den Himmel-Chip herausgeschnitten hat.

»Tut mir leid, Frieda«, sagt Helen unvermittelt. Sie reibt sich die Einstichstelle. Keine Erhebung, der Chip ist unter der Haut eingepflanzt wie ein natürlicher Teil ihres Körpers, ein zusätzliches Organ.

»Was meinen Sie?«, fragt sie. »Was tut Ihnen leid?«

»Adam und Sie ...«

Die Ohrfeige, die Doktor Drechsler Helen verpasst, trifft sie vollkommen unerwartet. »Sie Schlampe haben ihn betört, aber aufhalten werden Sie uns nicht«, bricht es aus der Klinikleiterin heraus. Danach entschuldigt sie sich für die Ohrfeige.

»Was werde ich nicht aufhalten?«, fragt Helen überrascht mit der Hand auf der Wange.

Die Ärztin senkt den Blick. Sie reagiert nicht auf die Frage und hat sich wieder unter Kontrolle. Sie blickt auf die Anzeige des Himmel-Chips auf dem Tablet und dreht ihn zu Helen.

»Sie aktivieren den Chip selbst. Aus Versicherungsgründen.«

Ohne Himmel-Chip ist Gästen aus Sorge um Reinheit und Kohärenz der Datenerhebung und die daraus abgeleiteten Algorithmen kein längerer Aufenthalt gestattet. Selbst der Siedlungsleiter hat keine Ausnahme für Helen erwirken können. Sie drückt die Bestätigung.

»Ab jetzt werden Sie nicht mehr als Gast geführt«, erklärt Drechsler. »Sie sind nun in unserem Verbund. Bewohner, intelligente Dinge und elektronische Systeme bilden eine Gemeinschaft zum gegenseitigen Nutzen. Herr Heise kann Sie freischalten, damit Sie ohne Zahlencode in die Villa gelangen. Hand hinhalten genügt. Auf dem Chip ist unter anderem ein GPS-Transponder. Er sendet Aufenthaltsort und analysiert Ihr Bewegungsprofil. Wundern Sie sich nicht, wenn ein E-Mobil für Sie bereitsteht, obwohl Sie keines bestellt haben.«

Sie zieht Helens Gästeband vom Handgelenk ab. »Im Vorsorgecenter erfassen wir Ihre Gesundheitsdaten. Puls und so weiter. Wenn Sie auf die Toilette gehen, checken wir Ihren Urin. Der Spiegel im Badezimmer prüft Ihren Atem. Wenn nötig, meldet sich jemand vom Center mit einem Terminvorschlag. Wir speichern alles, aber nichts, wovon Sie nichts wissen. Was wir erheben, können Sie über die Watch einsehen. Sie bezahlen und bestellen mit dem Chip auf dem Gelände. Sprechen Sie mit Ihrer Bank. Sie können damit Geschäfte im Internet tätigen. Es gibt keine sicherere ID-Authentifizierung. Der Himmel-Chip generiert bei jeder Transaktion ein neues zweiunddreißigstelliges Passwort. Was der Chip sonst alles kann, sehen Sie in dem Video auf der Website, das unsere Schüler produziert haben, oder fragen Sie Ihren Gastgeber.«

Sie klappt das Tablet zu. »Ah ja. Chip abschalten oder in den Pausenmodus versetzen ist auf dem Gelände nicht möglich. Rund einen Kilometer im Umkreis des Siedlungszaunes funkt das Signal. Außerhalb der Reichweite erscheint auf der Watch ein Pausenzeichen. Manche nutzen die Möglichkeit, sich abzuschalten. Die meisten nicht. Für das Entfernen wird ein Spezialgerät benutzt. Schlitzen Sie sich nicht auf. Kommen Sie in die Klinik, oder der Pförtner erledigt das, sollten Sie sich spontan entscheiden, uns zu verlassen.«

Helen hat dem Informationsschwall aufmerksam zugehört. »Danke, Frieda. Dass ich das alles weiß, ist Ihnen bewusst. Sie wissen von meinen Nachforschungen auf dem Gelände.«

Drechsler sucht in Helens Augen nach einer Erklärung. »Er muss den Verstand verloren haben, dass er Sie hier duldet.«

Keine Ohrfeige mehr, denkt Helen. »Was, wenn ich den Löffel abgebe wie meine Schwester? Schaltet sich der Chip aus?«

Drechsler wischt mit der Handfläche über das Tablet. Das leuchtende Himmelhof-Logo lässt ihr Gesicht in Falten zergehen. »Wenn der Chip keine Herzstöße registriert, geht das System davon aus, dass Sie nicht mehr hier wohnen oder tot sind. Kommt beides auf dasselbe hinaus.«

Mit den Worten steht sie auf und verlässt die Küche, als das Teewasser zu brodeln beginnt.

Helen streicht über die schmerzende Wange. Die Bestrafung

kam spontan und aus tiefstem Herzen. Eine Ohrfeige geführt von einer hasserfüllten Hand. Dennoch hat sie Verständnis für die Gefühle der Ärztin. Offenkundig liebt Frieda Drechsler Adam. Sie ist eifersüchtig auf sie, die Schlampe, die er in sein Heiligstes aufgenommen hat.

Die trüben Gedanken verfliegen, wie sie gekommen sind.

»Amma«, sagt sie. »Programm Floating Helen. In einer Stunde.«

Das System reagiert nicht.

»Amma«, wiederholt sie. »Hast du verstanden?«

»Floaten in sechzig Minuten. Welches Programm?«

»Amma!«

Das System bleibt stumm.

53

Im weißen Trainingsanzug der Himmelhof-Bewohner bereitet Helen sich mit Dehnübungen im Garten für die Joggingrunde vor. Gegenüber, vor Einheit 11, entdeckt sie den neuen Mieter. Um die dreißig Jahre alt schätzt sie den Mann mit Schnauzer und Kappe ein. Sie ist überrascht, ihn im leichten Sommeranzug in einem Rollstuhl sitzen zu sehen. Mit kräftigen Oberarmen schiebt er die Räder zum Hauseingang. Sie unterbricht die Übung und winkt ihm zu. Er winkt zurück und betätigt die Watch. Daraufhin klappen die Treppenstufen zusammen und formen sich zu einer Ebene. Er rollt die Bahn nach oben und dreht den Rollstuhl vor der Haustür.

»Mit Muskelkraft, soso«, sagt Helen, die zu ihm gekommen ist. »Ohne Motor?«

»Irgendwas Gutes muss die Behinderung ja haben«, erwidert er. »So trainiere ich wenigstens die Arme. Sie müssen Helen Jagdt sein. Ich bin Detlev Krumm.«

Sie schütteln Hände. »Doktor Krumm!«, berichtigt sie ihn. »Gibt sich bescheiden, der Herr Wunderingenieur! Adam hat von Ihnen erzählt. Sie sorgen dafür, dass wir eines schönen Tages keine hässlichen Steckdosen mehr brauchen.« Helen kann nicht glauben, dass er verlegen lächelt. »Und zaubern können Sie auch.«

»Sie meinen die Treppen?«, lacht er. »Spezialkonstruktion. Hat derzeit nur die 11. Wichtig für die Vermarktung. Herr Heise denkt an alles.«

»Wir reden ein anderes Mal«, verabschiedet sie sich. »Kommen Sie zu meiner Yogastunde ins Gemeindehaus. Um drei. Wir finden etwas, was Sie mit den Armen machen können.«

Fasziniert sieht Krumm ihr nach, wie sie den Weg zum See einschlägt.

Verschwitzt und atemlos hält Helen nach der Laufrunde den Mund unter das Leitungswasser in der Küche. Auf Nachfrage speichert sie nach dem Duschen ihre bevorzugte Wassertemperatur auf dem Himmel-Chip. Mit dem roten Bikini, den Julia ihr vererbt hat, steigt sie die Treppen nach unten und durchquert den Maschinenraum mit dem Wellness- und Fitnessbereich. Am Eingang zur Schwimmhalle stoppt sie abrupt. Die gläsernen Schiebetüren stehen offen. Kein Licht illuminiert die Halle. Amma hat das Floating-Programm nicht gestartet. Sie hat keine Lust, sich zu ärgern, sich von dem Hausgeist, der Macken hat, den Tag verderben zu lassen.

Als sie sich mit der Hand dem Steuerpanel nähert, erkennt das System sie. Das Menü der Schwimmhalle erscheint. Sie wählt das Profil »Floating Helen«. Auf der Liege verfolgt sie die wundersame Verwandlung: Die Schiebetüren schließen sich. Eine Trennwand fährt durch das Wasser und verkleinert das Becken. Im Boden des kleineren Teils öffnet sich eine Luke. Salz entströmt ins Wasser. Die Jalousien fahren herunter. Dunkelheit zieht ein. Die Halle wird in türkisblaues Licht getaucht.

Sie gleitet in das Becken.

Im Wasser entschwinden allmählich ihre Sinne in die Ferne. Sie fühlt die wohltuende Wirkung der Schwerelosigkeit, ihr Körper löst sich in der Energie des Wassers auf. Bilder erreichen sie. Sand, Salzbrocken, Wellen. Sie hört Lachen, schmeckt Salz. Julia ist ihr nah. Im bunten Badeanzug schwebt sie neben ihr, wie im Familienurlaub am Toten Meer. Die Kindheitserinnerungen stören ihr Gleichgewicht.

»Amma. Was Ruhiges, zum Entspannen, bitte«, sagt sie mit gedämpfter Stimme.

»Was Ruhiges?«, wiederholt Ammas hallende Stimme. »Amma versteht nicht.«

»Amma. Ambientsound.«

Die Musik setzt ein. Mit den ruhigen Bassklängen kehrt das Gefühl der Schwerelosigkeit wieder zurück. Sie konzentriert sich darauf, Körper und Geist in Schwebe zu halten. Arme und Beine liegen auf dem Wasser auf. Sie spürt bald kein Gewicht mehr. Knochen, Organe, Gewebe, alles Körperliche wird ausgeblendet. Helen Jagdts Geist floated in dem Becken. Der tiefe Moment der Entspannung hält nicht lange an. Helen vernimmt neben sich ein Plätschern. Leise, kaum hörbar. Sie möchte die Augen nicht öffnen, möchte weiter schweben und die Leere in sich spüren. Die Bewegungen des Wassers erreichen sie. Salzige Tropfen benetzen ihre Lippen. Sie öffnet die Augen. Neben ihr liegt ihr verstorbenes Baby, wohlig glucksend im Fruchtwasser ihres Bauches. Sie verzieht den Mund zu einem Lächeln. Schließt erneut die Augen, bis ein Gedanke sie durchfährt. Sie schreckt auf, rudert mit den Armen, schluckt das mit Salz versetzte Wasser, hustet und spukt, bis sie sich wieder im Griff hat.

»Amma. Musik aus«, ruft sie.

Sie krault zum Beckenrand und entsteigt dem Becken, tippt auf das Panel und öffnet die Schiebetür. Tropfend nass rennt sie im Bikini durch den Garten, springt über den Zaun und spürt den Kies unter den nackten Füßen. Sie erreicht den Eingang von 11. Sie läutet, klopft an die Tür, ungeduldig, angetrieben von dem Gedanken, den sie sofort überprüfen muss.

Detlev Krumms Stimme tönt aus dem Lautsprecher. Sie hält ihr Gesicht in die Türkamera und wird eingelassen.

Der Ingenieur fährt ihr mit dem Rollstuhl im Flur entgegen. Helen lässt ihn grußlos zurück und eilt in den Salon. Der neue Bewohner hat umgestellt, bemerkt sie. Die Abstände zwischen den Möbeln sind für den Rollstuhl verbreitert. Der Zugang zur

Küche ist frei. Sie starrt auf die Holztreppe, von der Julia gestürzt ist.

Krumm erscheint in ihrem Rücken.

»Wie kommen Sie in das obere Stockwerk?«, fragt sie ihn. »Zeigen Sie mir den Trick.«

In dem Moment stechen Putzmaschinen aus dem Depot. Sie saugen die Kieselsteinchen auf, trocknen Schmutz und Wasser, den Dreck, den Helen an ihren Füßen hereingetragen hat. Gleichzeitig klappen vor ihrem verdutzten Gesicht die Treppenstufen zusammen und bilden eine Ebene. Lautlos.

»Ein Magnetfeld hält den Rollstuhl«, erklärt Krumm. »Nach oben schalte ich den E-Motor ein. Schon etwas steil, funktioniert aber bestens.« Lächelnd fügt er hinzu: »Vom TÜV geprüft.«

Helen glotzt auf die ebene Bahn. »Klappen Sie sie zurück, bitte.«

Sie erhält keine Antwort. Krumm ist weg. Helen geht selbst zu einem der Panels, die im Salon an den Wänden eingelassen sind. Das System grüßt sie mit Namen. Sie sucht und findet das Treppenmenü.

Krumm kommt zurückgerollt und reicht ihr ein Handtuch. Sie ignoriert die aufmerksame Geste. Stattdessen tippt sie auf den Menüpunkt. In Sekundenschnelle klappen die Treppenstufen auf und zu. Sie wiederholt den Befehl mehrmals, bis sie genug gesehen hat.

»Ist der Treppenmechanismus neu?«, fragt sie den verdutzten Ingenieur.

»Nein«, antwortet er. »Die 11 ist ein Musterhaus für Rollis. Er wurde aktiviert, als ich eingezogen bin. In Tokio ist der Mechanismus Standard.«

»Danke«, flüstert sie.

Auf dem Weg hinaus fegt sie einen Putzroboter zur Seite.

Zur selben Stunde des sonnigen Vormittages ist im Gemeindehaus die Makers-Stunde für die jüngsten Bewohner in vollem

Gange. Unter Anleitung von Fachleuten nehmen Kinder nach Herzenslust Computerteile auseinander. Ausgediente Motherboards, Speichereinheiten, Sensoren und Implantate werden auf Herz und Nieren geprüft. Unter ohrenbetäubendem Lärm üben die Jüngsten den Umgang mit Elektronik und tasten sich spielerisch an Quellcodes und Algorithmen heran. Ausrangierte Roboter werden wie Spielpuppen in die Arme genommen, repariert und neu zusammengesetzt.

Mitten im Gewühl sitzen Susan York und Frieda Drechsler am Tisch mit den Eltern der Kinder zusammen. Aus Augsburg ist eine enge Freundin zu Besuch. »Lasst uns nach oben gehen«, schlägt York vor. »Der Lärm treibt mich in den Wahnsinn.«

Die drei Frauen verziehen sich auf das Dachgeschoss. Zwischen den Grünflächen, neben Solarmodulen und Bewässerungssystem, laden Liegelandschaften zum Verweilen ein. Die Stille mit Blick über das Siedlungsgelände beruhigt die strapazierten Nerven der Freundinnen.

»Wollt ihr nicht mit in die Stadt zum Essen kommen?«, fragt Claudia Premer. Sie ist etwas älter als Drechsler, hat wie sie und York Medizin studiert. Die Frauen kennen sich aus Bogotá. Premer hat nach der Rückkehr geheiratet und dank der wundersamen Behandlung der Freundinnen Zwillinge zur Welt gebracht. Seit vielen Jahren ist sie am gerichtsmedizinischen Institut in Augsburg tätig.

»In die Stadt?«, fragt Drechsler verwundert. »In einer Stunde gibt es unten in der Küche für alle was zu essen. Bleib doch noch.«

»Ach, Frieda«, erwidert Premer. »Wann hast du zuletzt einen Fuß vor den Zaun gesetzt?«

Drechsler lässt die Frage unbeantwortet. Sie denkt an den Schauer, der sie überkam, als sie zusah, wie der Grabhügel mit den Überresten der Totgeburten abgetragen wurde. Sie hatte von Anfang an auf die nächtlichen Beisetzungen bestanden. Jetzt, hofft sie, wird mit dem Abschluss der Forschungsreihe ein letztes Mal ein Neugeborenes beerdigt werden. Sie lehnt sich an das Geländer und blickt nach unten. Sie ist auf Kinder aufmerksam geworden, die aus dem Haus rennen und sich in Gebüschen verstecken. »Ich habe ihr eine Ohrfeige gegeben«, sagt sie unvermittelt.

»Wem?«, erschrickt York. »Doch nicht?«

Ein dünner, in die Höhe geschossener Roboter, dem ein Bein fehlt, folgt den Kindern aus dem Haus und sucht nach ihnen. Drechsler verfolgt das eigentümliche Schauspiel und erzählt den Freundinnen, was beim Chippen von Helen Jagdt vorgefallen ist.

Premer und York werden ebenfalls auf das Versteckspiel der Kinder aufmerksam. »Unruhe ist das Letzte, was wir jetzt brauchen«, sagt York.

»Hat er irgendwas mit ihr vor?«, fragt Premer nach. »Noch eine Leiche kann ich nicht falsch obduzieren, das schaffe ich nicht. Beim besten Willen nicht.« Sie holt eine Packung Zigaretten hervor und zündet sich eine an.

»Ob er was mit ihr vorhat?«, lacht York. »Er vögelt sie. Mal zur Abwechslung eine aus Fleisch und Blut. Hat wahrscheinlich genug von den Digihuren in seiner Suite.«

»Vielleicht, ja«, gibt Drechsler ihr bereitwillig recht. »Aber um Sex geht es nicht. Er behandelt sie wie die Bienenkönigin. Himmelhof ist sein Bienenstock. Wir alle arbeiten für ihn.«

»Heise ist nicht fair zu dir, Frieda«, versucht Premer, sie zu trösten. »Aber du musst das akzeptieren. Er hat ein Auge auf sie geworfen. Das Timing ist allerdings alles andere als perfekt.«

Die Ärztinnen sehen weiter dem Treiben der spielenden Kinder und des einbeinigen Roboters zu. York dreht sich weg, hin zu Drechsler. »Heise darf nie erfahren, weshalb sie so gut drauf ist. Sie ist ganz sicher nicht nur zurückgekommen, um sich ihm an den Hals zu werfen. Wir müssen aufpassen.«

Premer sieht sie fragend an, während im Garten der Roboter zu Boden fällt. Die Kinder laufen schreiend auf ihn zu und versuchen, ihn in Gang zu bringen.

»Wer ist hier naiv, Claudia?«, fragt Drechsler die paffende Freundin.

Die Gerichtsmedizinerin, die Marion Stielers Schwangerschaft bei der Autopsie vertuscht hat, lächelt verwegen. »Das war seine Idee?«

»Natürlich«, antwortet Drechsler. »Heise hat sie in Frankfurt besucht und sie zurückgeholt. Danach hat er mich beauftragt, das Wasser in der Küche mit Psychopharmaka zu versetzen. Zwei Tage noch, dann ist ihr Leben vollends in Watte gepackt.«

»Er hat verlangt, dass du sie hackst?«, horcht York auf.

»Sanft, ohne dass sie etwas merkt«, gibt sie zu. »Er hat mir keinen Grund genannt. Ich weiß nicht, was er vorhat.«

»Der alte Fuchs übertrumpft uns alle«, bestätigt York nun doch. »Perfider geht's nicht.«

Premer stößt York in die Seite. Drechsler dreht sich mit ihnen um. »Seht mal«, sagt sie gerührt.

Im Garten richten die Kinder den Roboter auf. Die Maschine hüpft auf einem Bein vor und zurück. Die Kleinen ahmen ihn nach.

54

Nichts überstürzen, ermahnt Helen sich, die ins Floating-Becken zurückgekehrt ist. Die Wände der Schwimmhalle reflektieren das türkisblaue Licht. Der schwebende Körper liegt regungslos im Wasser, bis auf die Fingerspitzen. Sie bewegt sie auf und ab, versucht, mit ihnen ihre Gedanken zu greifen, sie im Kopf zu behalten, die kristallklare Erkenntnis nicht verblassen zu lassen: Julia ist getötet worden.

Der entsetzliche Gedanke entschwindet ihr, wird verdrängt, von einem anderen, weit schöneren Gedanken: Das Wasser, das ihre Haut umhüllt, ist warm. Gleichgültigkeit erfasst sie. Julia hatte Leukämie. Ob sie von der Treppe gestürzt wurde oder nicht. Sie wäre ohnehin bald gestorben. Was macht das für einen Unterschied, ob jemand nachgeholfen hat oder nicht? Statt dahinzusiechen wie Opa, hatte sie einen gnädigen, einen schnellen Tod.

Wasser benetzt ihre Lippen. Der Geschmack des Salzes ruft sie zur Besinnung. Die Finger zucken auf der Wasseroberfläche. Da ist ein Unterschied, sagt sie sich. Ein gewaltiger. Sie gleitet in einen Dämmerzustand. Zwischen Wachen und Träumen besinnt sie sich auf das, was sie herausgefunden hat: Als Julia aus dem Badezimmer gerannt und die Treppe hinuntergelaufen ist, hat jemand das Klappsystem ein- und wieder ausgeschaltet. Sie fügt einen weiteren Gedanken hinzu. Einen wichtigen, einen entscheidenden: Sie muss Kommissar Vogt verständigen, damit er die Ermittlung wieder aufnimmt. Sofort. Sie richtet sich auf. Das dunkle Wasser reicht ihr bis unter die Achseln. Schnell, Helen, schnell, sagt sie sich. Der Entschluss droht sich zu verflüchtigen.

»Amma. Eine Verbindung zu Kommissar Vogt«, ruft sie gehetzt.

»Privat oder dienstlich?«, fragt Amma.

»Mobilnummer.«

»Amma hat Kommissar Vogts Mobilnummer nicht in der Himmel-Datenbank gespeichert.«

»Verarsch mich nicht«, brüllt Helen. »Such im Internet! Google die Scheißnummer!«

Im selben Moment verdunkelt sich die Halle.

»Amma!«, ruft sie. »Mach das Licht an.«

Da spürt sie etwas. Etwas an ihrem Fußgelenk. Es gleitet die Wade hoch. Sie schreit vor Schreck, als hätte eine Qualle Gift auf sie verspritzt. Im Reflex greift sie mit beiden Händen ins dunkle Wasser. Etwas Metallenes krallt sich an ihr fest. Ein Saugknopf. Ein metallener Sauger, ein saugender Mund. Sie schreit in Todesangst. Es kommen mehr. Immer mehr Münder heften sich kalt und metallen an sie. Die Beine sind voll mit ihnen. Sie greift in den Schritt. Ein Sauger klemmt an ihrer Scham. Unter Schmerzen packt sie ihn und wirft ihn von sich. Die Konturen des Angreifers bleiben im Dunkeln unkenntlich. Mit einem Klacken stößt das, was sie von sich geschleudert hat, am Beckenrand auf und plumpst zurück ins Wasser. Sie stampft los. Raus, raus hier, befiehlt sie sich in Todesangst. Die Fußsohlen finden keinen Halt. Der Boden ist uneben, kantig. Sie tritt auf Eckiges. Bei jedem Schritt durchstößt sie ein Stich. Schmerz. Sie schreit, wie sie noch nie in ihrem Leben geschrien hat.

»Amma! Aufhören. Schalt aus.«

Plötzlich rutscht sie aus. Der Kopf durchbricht die Wasseroberfläche. Kindheitserinnerungen an Tage am Meer, wie Julia sie im Spiel untertaucht, schleichen sich in ihr Bewusstsein. Sich gegenseitig unter Wasser zu drücken, war immer ein Heidenspaß. Jetzt grinst sie unter Wasser, erinnert Julias Grimassen, die ausgestreckte Zunge. Sie schlägt um sich, als ihr bewusst wird, um Leben und Tod zu kämpfen. Sie reißt den Mund auf, um nach Luft zu schnappen. Dass sie abgetaucht ist, kommt ihr zu spät in den Sinn. Sie schluckt das salzgetränkte Wasser. Die Lungen drohen zu platzen. Die Münder haben Arme und Beine, ihren Torso besetzt, kleben saugend an ihr. Einige krabbeln auf ihren Kopf und machen sich auf ihrem Gesicht breit. Die Augäpfel werden aus den Höhlen gepumpt. Äderchen platzen. Die Ohrmuscheln ziehen sich auseinander. Die Wangen blähen auf, bis die Haut Risse bekommt. Herausgerissene Haarbüschel verteilen sich im Wasser. Helens Kopf ist vollends umschlossen von den Angreifern. Sie packt die Unterwasserkakerlaken, fetzt weg, was sie greifen kann. Doch es sind zu viele. Das abgetrennte Floating-Becken ist voll mit ihnen. Helen rudert mit den Armen, bis sie nicht mehr kann. Die Kraft schwindet. Das Gewicht der metallenen Monster an ihrem Körper ist zu schwer. Einer der Sauger schlüpft in ihren Mund. Sie kann nicht mehr atmen.

Sie töten mich, schießt es ihr durch den Kopf. Ohne zu wissen, was oder wer die Mörder sind. Plötzlich stoppen die Sauger den Angriff. Sie fallen von ihr ab, tauchen weg und verschwinden im Nichts. Gleich darauf greifen sie Hände und heben sie aus dem Wasser.

»Helen!«, ruft Adam entsetzt. »Was ist geschehen?«

Helen öffnet die Augen. »Adam …«

Dann verlassen sie die Kräfte. Sie verliert das Bewusstsein.

Adam blickt in ihr regungsloses Gesicht. »Helen, bitte, stirb nicht.«

Etwa fünf Minuten nach Helens verlorenem Kampf gegen die Reinigungskuben wird die Tür zu Frieda Drechslers Arztzimmer aufgerissen. Die Klinikleiterin ist mit Susan York im Gespräch. Lisa Kupfer steckt den Kopf herein.

»Herr Heise trägt gerade Helen Jagdt zur Notfallaufnahme«, meldet sie. »Er ist stinksauer.«

Beim Hinauslaufen blickt Doktor York auf ihre Watch. Kein Notfallsignal, das sie verpasst hat. Auch bei Doktor Drechsler und in der Klinik ist kein Notruf eingegangen.

In durchnässter Kleidung erreicht Heise mit Helen auf den Armen den Klinikeingang. Angeführt von Doktor York eilen die Sanitäter ihm entgegen. Sie legen die bewusstlose Patientin auf die Trage und fahren sie ins Untersuchungszimmer.

Adam Heise nimmt Doktor York zur Seite.

»Susan, Helen war floaten. Sie hat Salzwasser geschluckt«, informiert Heise sie außer Atem.

»Keine Sorge …«

»Du weißt, was zu tun ist?«

Doktor York nickt und folgt den Sanitätern. Heises strafender Blick trifft Drechsler, die auf ihn zuläuft. »Was hast du ihr gegeben? Ich sagte, sanft in ihre Gefühlsmatrix eingreifen.«

»Aber warum? Das hast du mir nicht gesagt.«

»Damit es ihr leichter fällt, sich für unsere Sache zu entscheiden.«

Drechsler bleibt ruhig, obwohl ihr die Worte wehtun. »Für unsere Sache?«

»Nicht jetzt«, erwidert Heise ungeduldig. »Kann es an der Dosierung liegen?«

Drechsler braucht ein paar Sekunden, bis sie die Frage durchdacht und sich unter Kontrolle hat. »Nein, an meiner Dosierung ist nichts falsch. Was ist passiert?«

Heise erzählt, wie er Helen in der Schwimmhalle gefunden hat. »War etwas in dem Becken?«, fragt sie nach.

»Ein paar Kuben vielleicht«, antwortet er. »Möglicherweise haben sie sie erschreckt. Kann das Salz den Anfall ausgelöst haben? In Verbindung mit den Psychopharmaka?«

Drechsler denkt nach. »Sehr unwahrscheinlich«, antwortet sie resolut. »Ich sehe nach ihr.«

55

Helen Jagdt fühlt sich elendig, wie aufgefressen und ausgespien von den Unterwasserkobolden, die sie angegriffen haben. Das Merkurzimmer, in dem sie erwacht, erkennt sie von Edgars Klinikaufenthalt wieder. Sie liegt im selben Krankenbett wie er, glaubt sie.

Doch die Sinne täuschen sie. In schillernden Farben kreisen virtuelle Planeten durch das Loft in Heises Villa. Sie zwinkert, versucht, Sternenstaub zu verstreuen. Der Merkur verblasst und löst sich auf. Gedämpftes Licht erfüllt den Raum, legt sich über ihr fahles, leuchtend weißes Gesicht.

Doktor Drechsler tritt in das Loft. Sie kontrolliert Helens Werte auf dem Tablet. Tapfer und stark ist sie, denkt sie über ihre Patientin. Befeuert von den Zauberkräften der Frau im weißen Kittel erhebt Helen die Stimme. Brüchig und tonlos. »Wasser.«

Die Ärztin beeilt sich, sie aufzurichten und ihr ein Kissen in den Rücken zu legen. Sie begutachtet den Zugang der Infusion am Unterarm. Dann füllt sie das Glas mit Wasser aus der Karaffe vom Nachtkästchen. Helen benutzt einen Strohhalm. Hastig trinkt sie das Heilwasser aus der Siedlungsquelle. Flüssigkeit rinnt über das Kinn hinab.

»Langsam, Frau Jagdt, lassen Sie sich Zeit«, sagt die Ärztin fürsorglich. Sie wischt das Kinn trocken. Helen trinkt in langen Zügen, bis die Ration ihrem Körper gehört.

»Mehr«, bittet sie.

Zögerlich geht Drechsler die verabreichten Dosierungen auf dem Tablet durch und gibt sich schließlich einen Ruck. Mit verständnisvollem Lächeln füllt sie das Glas bis zur 100-ml-Marke. Helen saugt langsam am Strohhalm. Die zweite Gabe wirkt anders. Ein lang gezogener Bremsvorgang, der sie knapp vor dem tödlichen Aufprall zum Durchatmen bringt. Es dauert, bis die Substanzen im Wasser alle Seelenteile zusammensuchen und Harmonie und Gleichgültigkeit sie in Besitz nehmen.

»Schlafen Sie weiter«, sagt Drechsler. »Es ist alles in Ordnung, alles ist gut.«

Helen legt den Kopf zurück auf das Kissen, zieht die Beine an und schließt die Augen.

»Amma. Kurzprogramm lüften«, befiehlt die Ärztin.

Die Jalousien fahren hoch. Die Fensterläden öffnen sich. Mit der Morgenluft erfüllt Sonnenlicht das Loft. Drechsler tauscht den Infusionsbeutel, als sich in der Helligkeit eine Gestalt zeigt.

»Adam!«, schreit sie erschrocken auf.

Heise sitzt auf dem Sessel in der Ecke. Er wischt sich mit den Händen über das Gesicht. »Ich bin eingedöst«, gähnt er. »Wie geht's ihr?«

Drechsler atmet durch. »Sie verkraftet alles sehr gut.« Sie sieht ihm tief in die Augen. »Achtest du auf dich?«

Heise erhebt sich aus dem Sessel und stellt sich vor sie. »Du kennst meine Werte, Frieda.«

Beide blicken auf Helen, als wäre sie ein Engel, Heilsbringerin und Erlöserin, gesandt vom himmlischen Vater, an den die Forscher nicht glauben.

»Ich hätte sie lieber unten«, sagt Drechsler, ohne zu drängen. »Warum willst du sie nicht mit Marnie zusammenlegen? Früher oder später erfährt sie, was mit ihr ist.«

Statt einer Antwort berührt Heise ihre Wange. Wie Balsam durchströmt Drechsler der innige Moment.

»Was hast du?«, fragt er gut gelaunt. »Helen ist seit fünfzehn

Wochen hier oben in deiner Obhut und alles ist gut gegangen. Bald hat sie es überstanden.«

Sie schmiegt ihre Wange weiter an seine Hand. »Du musst es ihr sagen.«

»Das werde ich.«

»Hast du die Nacht bei ihr verbracht?«, fragt sie zögerlich.

»Lass uns frühstücken«, erwidert er. »Ich habe einen Mordshunger.«

Er löst die Hand von ihr und verlässt das Loft, ohne sich nach Helen umzudrehen.

Das Lüftungsprogramm wird beendet. Die Fensterläden klappen zu. Drechsler überfliegt die Daten auf dem Tablet. Helens Herz schlägt regelmäßig. Die Atmung ist ruhig. Mit einem letzten kontrollierenden Blick verlässt auch Drechsler das Loft.

Helen öffnet die Augen. Sie folgt den Planeten, bis der Schlaf sie aufs Neue umarmt. Das Weiß um die roten Äderchen ihrer Augen blitzt im Licht der Projektion. Sie dreht sich auf die andere Seite und zieht die Decke wohlig glucksend über sich.

56

In der Frankfurter Innenstadt kommt sich Edgar Pfeiffer wie ein Cyberkrimineller vor, der in sein eigenes Büro eingebrochen ist. Kläglich scheitert er daran, den Computer an seinem Arbeitsplatz zu hacken. Das achtstellige Passwort, das ihm Fabian Bosch aufgenötigt hat, will ihm nicht einfallen. Er lenkt sich ab. Doch ihm fällt nichts Besseres ein, als dass er froh sein darf, überhaupt ein Passwort vergessen zu können. Hätte ihn Ferdinand Kreuzer nicht zu den Spezialisten nach Wien geschickt, wer weiß, ob er überlebt hätte, mit oder ohne der neuen Zunge.

Das achtzehnte Stockwerk im Kreuzer Building ist von der Morgensonne aufgeheizt. Er zieht den Reißverschluss der Trainingsjacke hinunter.

Offiziell ist er noch nicht zurück bei der Arbeit. Auf dem Schreibtisch stapeln sich Unterlagen und Papiere. Von wegen mit Computern beginnt das papierlose Zeitalter, denkt er mürrisch. Endlich fällt ihm der Zugangscode ein. Er tippt das Passwort in die Tastatur und öffnet das Mailprogramm. Über vier Monate ist es her, dass er zuletzt E-Mails gelesen hat. Die Liste unbeantworteter Nachrichten im Postfach ist unerträglich lang.

Am Tag zuvor ist er mit seiner Frau aus Wien zurückgekehrt. In einer Stunde erwartet ihn der Physiotherapeut zur Rehastunde. Dass er über so lange Zeit von Anrufen und Nachrichten verschont wurde, verdankt er seiner Frau. Ohne ihn um Erlaubnis zu fragen, hat sie das Handy einbehalten und an seinem Arbeitsplatz abgegeben. Nach der Herzoperation und der Zungentransplantation sollte er sich schonen und zu Kräften kommen.

Er überfliegt die geschäftlichen Mails, findet aber nichts, was er für dringlich genug erachtet, um zu antworten. Seit das Konzept »Himmelhof« verkauft ist, herrscht Hochstimmung im Konzern. Die Vermietung der Einheiten in der Tokioter Siedlung ist abgeschlossen. Folgeaufträge aus Südamerika und Russland versprechen Gewinne für die kommenden Jahre.

Edgar steht auf und stellt sich ans Panoramafenster. Die einsetzende Taubheit der Zunge nötigt ihm Übungen ab. Dabei entdeckt er das Handy an der Steckdosenleiste. Er greift danach und lässt sich auf den Schreibtischstuhl fallen. Er überfliegt die entgangenen Anrufe. Die meisten sind von Mitarbeitern aus den Tagen, als er in der Duschkabine den Aussetzer hatte und sich beim Sturz die Zunge abbiss. Gestern, gleich nach der Heimkehr aus Wien, hat er Helen zurückgerufen. Sie aber nicht erreicht. Vom Hausmeister ihres Wohnhauses hat er erfahren, dass sie verreist ist. Helens Vater hat dasselbe erzählt. Helen wollte alleine sein, sich in anderen Ländern treiben lassen wie ihre Schwester. Edgar wundert sich. Helens Reiselust ist nicht ausgeprägt, anders als bei Julia. Am liebsten ist Helen in Frankfurt. Frankfurt hat Charakter, erinnert er sich an ihre Worte. Die Stadt ist wie ein Boxer, der nie zu Boden geht, aufrecht Schläge einsteckt, durch die Hiebe Kraft sammelt und zurückschlägt.

Beim Lesen der Nachrichten spürt er, wie die Zunge den Weg aus der Mundhöhle sucht. Wäre er nicht alarmiert wegen Helens Zeilen auf dem Handydisplay, hätte er rechtzeitig den Mund geschlossen. So aber liegt die Zunge auf der Unterlippe, als wolle sie die Flucht ergreifen. Er schiebt sie mit dem Handrücken zurück, macht eine Schluckbewegung und sperrt die Ersatzzunge weg, die sich nicht an das neue Zuhause gewöhnen kann. Er liest nochmals Helens Nachricht, die sie ihm geschickt hat, als er in der Klinik lag: »Hallo, Edgar, Adam Heise hat mich in seine Villa eingeladen. Wenn du nichts von mir hörst, such mich dort. Helen – nur so ein Gefühl. Keine Panik also!«

Nach wiederholtem Lesen fasst Edgar einen Entschluss. Er packt seine Trainingstasche und eilt hinaus.

Helen erwacht im Loft, das in den letzten vier Monaten zu ihrem Krankenzimmer und Zuhause geworden ist. Sie hat kein Gespür, kein Interesse daran, wie spät es ist, ob die Sonne am Firmament scheint oder der Mond das Zepter führt. Der einzige Gedanke gilt ihrem trockenen Mund. Gaumen und Zunge kleben aufeinander. Karaffe und Glas stehen nicht auf dem Nachtkästchen. Der Venenkatheter hat eine rötliche Stelle hinterlassen. Sie streicht darüber und verfolgt die kreisenden Planeten im Sternenhimmel. Sie streckt die Arme mit zitternden Fingern in die unendliche Weite. Sie fasst ins Nichts. Vorsichtig steht sie auf und bewegt sich durch das All zu den geschlossenen Jalousien.

»Amma«, sagt sie. »Projektion aus.«

Prompt setzt Dunkelheit ein. Die Angst bleibt aus.

»Amma. Jalousien öffnen.«

Es passiert nichts.

»Amma?«

Das System antwortet nicht. Sie durchquert den Raum und tippt auf das Türblatt. Die Schiebetür öffnet sich. Auf dem Weg die Treppen hinunter schallt ihr klassische Musik entgegen. Adam Heise sitzt auf dem Sofa und freut sich, sie zu sehen.

»Komm nur, Helen. Wir haben Grund, zu feiern.«

»Warum?«

»Du lebst. Du hattest einen Unfall im Schwimmbecken.«

»Ich erinnere mich nicht.« Sie setzt sich zu ihm.

»Wir haben dich in ein künstliches Koma versetzt.«

»Ich bin müde«, erwidert sie leise. »Ich kann nicht denken. Mein Mund ist trocken.«

»Mach dir keine Sorgen«, sagt er sanft.

Er nimmt ihre Hand und führt sie in die Küche. Als Helen

den Wasserhahn erblickt, kann sie sich nicht zurückhalten. Sie springt darauf zu und hält den geöffneten Mund unter das laufende Wasser.

Adam sieht ihr besorgt zu. »Helen, das reicht. Ich möchte dir etwas zeigen.«

Helen reagiert nicht auf seine Worte. Sie trinkt weiter und wischt sich mit dem Ärmel den Mund trocken. »Ich muss mit Edgar sprechen«, wirft sie aufgeregt ein.

Sie huscht an Adam vorbei aus der Küche. Er blickt auf die Watch, ohne ihr nachzugehen. Drechsler hat ihm eine Nachricht geschickt. Sie bittet ihn, die Patientin zur Untersuchung zu bringen.

Helen erreicht die Eingangstür der Villa. Sie tippt darauf. Nichts geschieht. Adam taucht im Flur auf. Sie starrt ihn an und eilt an ihm vorbei. Zurück im Salon blickt sie sich suchend um. Sie greift nach einem Kerzenständer und schleudert ihn gegen die Fensterscheiben. Die Jalousien schnellen herunter, bevor der Ständer dagegen prallt.

»Du hast mich eingesperrt«, stellt sie entkräftet fest.

Adam will etwas erwidern. Doch Helen beachtet ihn nicht. Sie lässt ihn stehen und geht zur Kellertreppe. Vorsichtig nimmt sie eine Treppenstufe nach der anderen. Sie durchquert den Maschinenraum mit den Fitnessgeräten, schiebt sich am Schwimmbecken vorbei und hämmert erschöpft gegen die verschlossenen Schiebetüren. Dumpfer Hall echot von den Wänden der Schwimmhalle.

57

Kommissar Vogt starrt auf den hellblauen Trainingsanzug vor seinem Schreibtisch. Axel Macke, der Sicherheitsmann aus Himmelhof, trägt ein ähnliches Modell in Weiß. Angeblich ist er gefeuert und von einem Wachroboter ersetzt worden, hat ihm jemand in der Kneipe erzählt. Vogt gibt das Handy seinem Besitzer zurück. Die Nachricht, die er darauf gelesen hat, hat etwas Befremdliches. Aber nichts Bedrohliches, was ihn als Kriminalbeamten in Wallung brächte.

»Warum kommen Sie jetzt erst damit an, Herr Fromm? Oder ist Ihnen Pfeiffer lieber?«, fragt der Kommissar den unangemeldeten Besucher.

Edgar Pfeiffer ist auf schnellstem Weg nach Augsburg gefahren. Wie er seiner Frau erklären soll, was passiert ist, warum er nicht in der Rehastunde gewesen ist, würde er sich auf dem Rückweg überlegen. Die Wahrheit, dass er wegen Helen Jagdt, die für alle Welt verreist ist, erneut hierhergekommen ist, wird ihr nicht gefallen.

»Die Nachricht ist fast vier Monate alt«, erklärt Edgar ungeduldig. »Seitdem hat sich Helen bei niemandem gemeldet. Nicht bei ihrer Familie, bei Freunden, Nachbarn, nicht bei ihrem Arbeitgeber. Das passt nicht zu ihr. Wer geht schon fünfzehn Wochen auf Reisen? Nicht Helen!«, bringt Edgar hervor, bevor er den Mund schließt, um die Zunge daran zu hindern, herauszukriechen.

»Was haben Sie?«, erschrickt Vogt über die Grimasse. »Haben Sie sich verschluckt?«

Er schüttelt den Kopf und greift nach Zettel und Stift vom Schreibtisch. Er kritzelt mit zusammengepressten Lippen. »Die Zunge ... Nicht wichtig. Fahren wir zur Siedlung!«

Vogt schielt auf die Botschaft. »Um was zu tun?«

»Helen finden!«, schreibt Edgar hastig. Er spürt, wie die Zunge sich beruhigt. Langsam löst er die Lippen. »Was ist?«

»Hören Sie ...«, setzt der Kommissar an.

»Nein, Sie hören mir zu«, unterbricht Edgar ihn und überlegt einen Augenblick. »War da nicht was mit einem Kindermädchen, das verschwunden ist? Ist sie wieder aufgetaucht?«

»Nein, aber ...«

»Sehen Sie!«, fühlt Edgar sich bestätigt. »Helen reist nicht mir nichts, dir nichts irgendwo hin! Adam Heise hat mit ihrem Verschwinden zu tun.«

»Das glaube ich auch«, sagt Vogt und hält ihm eine Akte hin. »Er hat sie als vermisst gemeldet.«

Edgar entreißt ihm die Akte. »Wie bitte?«

Kommissar Vogt steht auf und nimmt dem verwirrten Sicherheitsexperten die Akte ab. »Nach dem Aufenthalt bei ihm ist Frau Jagdt zu einer Reise aufgebrochen. Herr Heise hat lange Zeit nichts von ihr gehört. Er macht sich dieselben Sorgen wie Sie.«

»Bullshit!«, brüllt Edgar.

Helen spürt den Stoff des Nachthemds auf ihrem Körper kaum. Sie klammert sich an Adam Heises Hand. Er führt sie durch seinen Wohntrakt im oberen Stock der Villa. Sie erheischt einen Blick durch einen Türspalt in Adams Digisuite. An Herrendienern hängen Datenanzüge, die aussehen wie Gymnastikbekleidung. Die dazugehörigen Visiere leuchten von innen. Helen zuckt zusammen, als sie ihre Gesichtszüge auf dem Geisha-Hologramm erkennt. Sie klammert sich fester an Adams Hand. Sie besteigen den Lastenaufzug. Die Fahrt geht abwärts in Adam Heises offizielles Versuchslabor. Von dort führt eine unscheinbare Tür in den nicht im Bebauungsplan verzeichneten Bereich.

Sie erreichen ein Labor von der Größe einer Turnhalle. Vor Helen bauen sich nicht endende Tischreihen mit Geräten auf. Der Schein der Tageslichtlampen blendet sie. Der Saal verschwimmt vor ihren Augen. Die Gerätschaften, Dialyseapparate und Analysegeräte, Flüssigkeitssäulen und Inhalte der Reagenzgläser, die Adam ihr erklärt, wecken kein Interesse bei ihr. Das Wort Blut fällt oft. Es ergreift sie die Vorstellung, in einer Blutfabrik zu sein. Helen bemüht sich, Adams Ausführungen zu folgen. Doch sie versteht nicht, was er ihr erklären will. Männer und Frauen in Himmelhof-Kitteln an den Tischen erkennt sie wieder. Vom Laufen. Vom Supermarkt. Vom See.

Lisa Kupfer schaltet das Ultraschallgerät aus, an dem sie gerade die Umrisse eines Fötus studiert hat. Sie drückt Helen mit einem Lächeln an sich.

»Was macht ihr?«, fragt Helen sie.

Lisa nickt Adam Heise zu und tritt an ein anderes medizinisches Gerät, auf dem Helen das Zeichen für Radioaktivität erkennt.

Adam übernimmt die Antwort auf Helens Frage: »Die Welt verändern.« Er führt sie weiter an der Hand. »Komm, Marnie möchte dich begrüßen.«

Sie durchqueren den Laborsaal und betreten die Katakomben, Marnies Raum, die Geburtszelle. In seiner schönen Schlichtheit erinnert er sie an das Loft. Wiege und Wickelkommode neben einem Bett könnten Antiquitäten vom Flohmarkt sein. Spielzeug liegt auf dem Teppichboden verstreut. Ein Mobile mit Schafen tänzelt im Fahrtwind, den Marnie Renner auf einem EKG-Rad erzeugt. Sie trägt eine kurze Trainingshose. Ein straffes Achselhemd stellt ihre milchbeladenen Brüste zur Schau. Drähte führen von ihrem Körper zu unsichtbaren Geräten hinter der Wand. Lustlos tritt sie in die Pedale.

»Hab's gleich, Villastürmerin!«, ruft sie Helen entgegen, als wäre sie in einem Fitnessstudio. »Geil das Zeug, was sie dir verpassen, oder? Ich hab's geliebt. Mir war alles so was von scheißegal. Hat sich Druidin Drechsler von Kriegshetzern abgeguckt, die Studien mit Ego-Shootern gemacht haben. Jeder Kill ein Freudenfest, wenn die Gefühlsmatrix eingestellt ist.«

Helen sieht Adam fragend an.

»Später«, sagt er ihr und wendet sich Marnie zu. »Mit Melanie alles in Ordnung?«

Marnie schließt für einen Moment die Augen. »Funkstille. Sie schläft, träumt wahrscheinlich von meinen Brustwarzen. Viel mehr kennt sie ja nicht von der Welt«, bringt sie als Beschwerde hervor. »Sag den Archbrain-Fuzzis, dass wir zwei endlich mit dem Lernprogramm anfangen wollen!«

Abermals sieht Helen Adam fragend an. Er vertröstet sie.

»Darf ich Melanie sehen?«, fragt sie Marnie, ohne genau zu wissen, warum sie den Drang dazu verspürt.

»Die Süße kriegt gleich was gegen neuronale Viren, später gerne«, antwortet sie und steigt vom EKG-Rad ab. Sie winkt Helen mit offenen Armen zu sich. »Wo hat der alte Sack dich Engel aufgetrieben?«

Helen geht auf sie zu und lässt sich von ihr umarmen. Aufgrund Helens Reaktion ahnt Marnie etwas. Sie zupft die Drähte aus den Körperöffnungen und baut sich direkt vor Adam Heise auf. »Sag es ihr, sonst übernehme ich das. Sie hat ein Recht darauf. Es ist ihr Körper!«

»Wovon spricht sie?«, fragt Helen Adam. »Was sollst du mir sagen?«

»Dass du schwanger bist, Helen«, offenbart Adam ihr.

Marnies giftiger Blick ist unverändert. »Sag ihr die ganze Wahrheit«, warnt sie ihn. »Ich geh duschen.«

Helen blickt Marnie nach, wie sie den Raum verlässt. Instinktiv fasst sie sich an den Bauch. »Das … das kann nicht sein …«, stammelt sie. »Als ich mein Baby verloren habe, haben die Ärzte gesagt, dass ich kein Kind mehr bekommen kann.«

Adam atmet durch. »Drechsler und York haben in Bogotá Methoden entwickelt …«

Helen hört Adam nicht zu, sie starrt auf ihren leicht gewölbten Bauch. »Ich spüre nichts.«

Adam stellt sich an die Wand. Ultraschallbilder eines Fötus erscheinen. »Du bist in der fünfzehnten Woche. Die Bilder sind von gestern.«

»Von wem ist es? Von dir?«, fragt sie emotionslos.

»Wir haben nicht miteinander geschlafen.«

»Ich habe im Koma gelegen.«

Er dreht sich entsetzt zu ihr. »Was hältst du von mir?«

»Entschuldige«, erwidert sie kleinlaut.

Sie nähert sich den farbigen Digitalaufnahmen. Eine Hand belässt sie auf dem Bauch. Mit der anderen streicht sie über das riesenhaft dargestellte, winzige Köpfchen, die Ärmchen, Beinchen.

»Ein Junge.«

Adam blickt sie verdutzt an.

»Ich bin die Mutter«, erklärt sie. »Was habt ihr mit ihm vor?«

»Nichts, was ihm schaden wird«, erwidert er im festen Glauben, die Wahrheit zu sagen. »Es ist ein Wunder. Dank Julia und dank dir, Helen.«

Verunsichert zieht Helen die Hand von den Bildern weg. »Julia?«

Adam reagiert verlegen. »Ich hätte dich früher einweihen müssen. Verzeih mir, Helen.«

»Was ist mit Julia?«

Adam stellt sich vor die Projektion der Ultraschallbilder und sieht Helen tief in die Augen. »Deine Schwester war schwanger, als sie verunglückt ist. Wir haben ihr die befruchtete Eizelle entnommen und dir eingesetzt. Du trägst ihr Kind aus.«

Helens Beine geben nach. Adam ergreift sie, bevor sie niedersinkt.

Als Helen die Besinnung wiedererlangt, liegt sie in einem Krankenbett. Sie kennt den Raum nicht. Er ist weiß, nüchtern, schmucklos, ohne Geräte oder Nachtkasten. Endstation, kommt Helen in den Sinn. Ein Sarg in Weiß, mein Sarg.

Drechsler, gefolgt von York und Lisa, betreten den Raum. Die drei Wissenschaftlerinnen haben ihre Hände in den Kitteltaschen vergraben. Alle drei sehen zufrieden und glücklich drein. Drechsler, bemerkt Helen vom Bett aus, lächelt sogar. Sie kommt zu ihr und wischt ihr Schweiß von der Stirn.

»Wasser«, bittet Helen.

Lisa gibt ihr zu trinken. »Gratulation, Frau Jagdt.«

Helen entgeht nicht, wie Marnie mit Melanie auf dem Arm den Raum betritt. Sie schielt zwischen den Kitteln hindurch, um von Melanie wenigstens einen Blick zu erhaschen. Sie versucht, sich aufzurichten. Doktor York hilft ihr und zieht die Decke nach.

Marnie drängt sich zwischen den Ärztinnen hindurch. Helen schwelgt in dem Gesicht des zauberhaft lächelnden kleinen Wesens.

»Wie alt ist sie?«, fragt sie Marnie.

»Bald fünf Monate«, antwortet die Mutter stolz. »Melanie hat dich im Loft oft besucht. Aber du erinnerst dich nicht. Das Zeug in dir ist der Hammer. Ist auch besser, wenn du nichts weißt.«

Helen hat tatsächlich kein Gefühl für die Zeit, in der sie schwanger gemacht wurde. Keine Erinnerung an die Eingriffe und Untersuchungen in den unterirdischen Labors.

Nochmals erscheint Besuch. Helen denkt an den Todestag ihres Großvaters. Die ganze Familie war in Opas Krankenzimmer versammelt, um sich von ihm zu verabschieden. Im Geiste verwechselt sie Esther mit Julia. Esther trägt ein Klinikhemd wie sie selbst. Das Mädchen übernimmt von Marnie das Baby.

»Weiß sie Bescheid? Ich meine über alles?«, fragt Marnie die Frauen und schüttelt die Arme.

»Worüber soll ich Bescheid wissen?«, will Helen wissen. Sie

blickt dabei Esther und Melanie an. Beide Mädchen lächeln, beide tragen ein Netz aus Drähten auf ihren Köpfen.

»Lasst uns gehen, Helen braucht Ruhe«, beendet Drechsler die Visite.

Sie schiebt Marnie aus dem Krankenzimmer. »Überlass das Heise. Er weiß, was er tut.«

»Das glaubst du doch nicht wirklich!«, speit Marnie ihr entgegen. »Der Alte hat sie nicht mehr alle!«

58

Nach dem überfallartigen Besuch auf der Augsburger Polizeidienststelle hat Edgar sich in einem Fachgeschäft adäquatere Kleidung zugelegt. Er trägt einen Anzug, Hemd und Krawatte. Das Taxi lässt er rund fünfzig Meter vor dem Eingang der Siedlung halten. Er bezahlt und geht den einfachen Plan durch, den er sich zurechtgelegt hat. Mit einem Vorwand will er auf das Gelände kommen und Adam Heise über Helens angebliche Reise zur Rede stellen. Hinter der Glasscheibe grüßt ihn Samuel Papst.

»Freut mich, dass es Ihnen wieder gut geht, Herr Pfeiffer«, sagt der Sicherheitsmann. »Habe ich Sie auf der Liste übersehen? Werden Sie erwartet?«

»Nein, ich bin nicht angemeldet«, antwortet er wahrheitsgemäß. »Ist Herr Heise zu sprechen?«

»Bedauere«, sagt Papst. »Er ist in einem Meeting mit Architekten.«

Edgar nickt. »Spricht etwas dagegen, die letzten Überwachungsaufnahmen mit Helen zu sehen?«

»Es tut mir leid wegen Frau Jagdt«, erwidert Papst zuvorkommend. »Die Polizei hat die Aufnahmen auch gesichtet. Herr Heise hat eine Vermisstenanzeige aufgegeben.«

»Ich weiß, danke«, sagt Edgar.

Papst startet die Aufzeichnung und hält das Tablet für Edgar an die Glasscheibe: Mit tropfendem rotem Bikini erscheint Helen am Eingang von Einheit 11. Ein Mann im Rollstuhl öffnet ihr. Sie tritt ein und verlässt nach wenigen Minuten die Einheit wieder.

Sky, der Wachroboter, fixiert Edgar durch die Glasscheibe. Er kullert mit leuchtenden Kameraaugen, dreht und wendet den Kopf, als scanne er ihn.

»Sky«, befiehlt Papst. »Platz.«

Der Roboter gehorcht. Er rollt in die Ecke und schließt die mechanischen Augen.

»Danach ist sie abgereist?«, erkundigt sich Edgar weiter.

»Am selben Tag«, bestätigt Papst. »Sie hat bei meinem Kollegen das Band am Empfang abgegeben. Wollen Sie den Logeintrag sehen?«

»Nicht nötig, danke«, sagt er und denkt an Fabian Bosch. Digitale Daten zu manipulieren, ist einfach, wenn du weißt, wie du es anstellst. »Aber könnten Sie nachfragen, ob der Herr im Rollstuhl mich empfängt?«

»Doktor Krumm?«, hilft Papst aus. »Ich frage gleich nach.«

Papst setzt eine Nachricht an den Ingenieur ab. Gleichzeitig informiert er Adam Heise über den unerwarteten Gast.

»Was wollte sie bei Doktor Krumm? Im Bikini?«, erkundigt sich Edgar.

»Da bin ich überfragt, Herr Pfeiffer.«

Nach ein paar Minuten, in denen sich Papst über Edgars Klinikaufenthalt erkundigt, trifft Detlev Krumms Einverständnis für den Gast ein. Edgar hält dem Pförtner sein Handgelenk hin. Beim Anlegen des Himmel-Bandes informiert ihn Papst darüber, dass Sky ihn zur Einheit begleiten wird. Eine Sicherheitsmaßnahme wegen der Vorbereitung eines Empfangs, der auf der Baustelle stattfindet.

Mit dem Wachroboter an seiner Seite erreicht Edgar die Einheit gegenüber der Villa. Der Ingenieur erwartet ihn im Rollstuhl an der Haustür.

»Herr Pfeiffer, kommen Sie nur«, begrüßt er den Gast. »Mehr

als ich der Polizei gesagt habe, kann ich Ihnen allerdings auch nicht erzählen.«

Als Edgar über die Haustürschwelle tritt, setzt ein brummendes Geräusch ein, das er für gefährlich hält. Mit einem Tritt bereitet er diesem ein sofortiges Ende. Die Kameraaugen des Wachroboters leuchten auf, Skys Maschinenkopf knallt auf den Boden. Sei froh, dass du keine Zunge hast, denkt Edgar ohne einen Funken Mitleid für das demolierte Maschinenwesen.

»Was sollte das?«, mault Krumm. »Sky hat Ihnen nichts getan!«

»Was hat Helen bei Ihnen gewollt?«, fragt Edgar mit wirbelnder Zunge im Mund. Krumm versteht ihn kaum und erschrickt, als sich Edgars Gesichtszüge zu einer Fratze verziehen. Der Ingenieur bekommt es mit der Angst zu tun.

In beider Rücken erwacht die Maschine wieder. Edgar dreht sich um. Der Roboter richtet sich auf. Die Greifer verwandeln sich zu Tasern. Edgar gesteht sich ein, einen Fehler begangen zu haben. Dann läuft er Krumm hinterher, der in den Salon gefahren ist. Im Rollstuhl schiebt er sich mit kräftigen Schwüngen in das obere Stockwerk. Edgar folgt ihm. Die Maschine ist ihm auf den Fersen. Oben rollt Krumm in das Badezimmer und verriegelt hinter sich die Tür. Edgar erreicht über die heruntergeklappten Treppen den Ingenieur nicht rechtzeitig.

»Herr Krumm! Ich will nur mit Ihnen reden«, lallt er gegen die Badezimmertür, als wäre er sturzbetrunken. »Was wollte Helen bei Ihnen im Bikini?«

Edgar horcht.

Statt eine Antwort zu erhalten, spürt er, wie ihn jemand von hinten anstupst. Er dreht sich langsam um und blickt in Skys rot blinkende Kameraaugen. Die Maschine hat den Teleskophals ausgefahren. Der Kopf ist auf derselben Höhe wie seiner. Mit einer Stimme, die ihm bekannt vorkommt, bittet die Maschine ihn darum, sich ruhig zu verhalten, bis der Objektschutz eintrifft. Edgar denkt nicht daran. Er versucht, an Sky vorbeizukommen. Doch der Taserarm versperrt ihm den Weg zur Treppe. Gleichzeitig fahren die Jalousien der Einheit herunter. Du sitzt in der Falle, du Vollidiot, schimpft Edgar sich.

Die Wachleute lassen nicht lange auf sich warten. Ohne Federlesens wird Edgar von den Männern in weißen Trainingsanzügen auf ein Mobil gesetzt. Sky rollt neben dem schwebenden Fahrzeug bis zur Empfangszentrale.

Samuel Papst zieht die Schultern hoch. »Im Namen der Siedlungsgemeinschaft erteile ich Ihnen hiermit Platzverbot, Herr Pfeiffer.«

59

Später an dem Tag führt Adam Heise Helen zu demselben unterirdischen Operationssaal, in dem Marnie Renner ihre Tochter zur Welt gebracht hat. Doktor York und Lisa Kupfer warten angespannt im Flur. Doktor Drechsler dagegen ist bester Laune. Sie hat mit dem Team den nächsten Schritt genauestens vorbereitet. Über viele Jahre haben alle an der Forschungsreihe Beteiligten Opfer gebracht, um diesen Punkt zu erreichen. Doch Adam Heise, Initiator und Taktgeber, freut sich nicht über den letzten entscheidenden Schritt. Sein Gesicht ist bedrückt, wie sie von Weitem erkennt.

»Gebt mir bitte eine Minute«, ruft er den wartenden Frauen zu.

Drechsler dreht sich weg, schiebt wütend die Fäuste in den Kittel und nickt den anderen zu, ihr in den Saal zu folgen.

»Hörst du mich, Helen?«, fragt Adam.

Helens Gesichtsmuskeln sind schlaff vom Sedativum, das ihr verabreicht wurde. Adam blickt in ein schiefes, freundlich gemeintes Lächeln.

»Nach der Operation gehen wir wieder schwimmen, ja?«

Helen scheint zu verstehen. Sie nickt mit schwerem Kopf. »Macht ihr mich tot wie Julia?«, fragt sie schläfrig.

»Aber nein, nicht doch. Das mit Julia war ein Unfall. Ein Schicksalsschlag. Wie mit deinem Baby, das du verloren hast.«

Helen wischt mit zitternder Hand eine Träne aus dem Augenwinkel.

Drechsler tritt mit Mundschutz und übergezogenen Handschuhen zurück auf den Gang. Lisa begleitet sie mit einem Patientenrollstuhl zu Helen.

»Es wird Zeit, Herr Heise«, sagt sie. »Wir müssen anfangen.«
Lisa hilft Helen in den Stuhl und fährt sie in den OP-Saal.

Mit verstörtem Blick starrt Frieda Drechsler den Mann an, der kurz davor steht, seine Vision Realität werden zu sehen. Statt in ein vor Aufregung gebanntes Gesicht blickt sie in ein trauriges. Es dämmert ihr, was er gleich zu ihr sagen wird.

Mit fester Stimme weist Adam Heise an: »Du bist dafür verantwortlich, dass Helen nach der Operation aufwacht.«

»Das geht nicht ...«, stockt ihr der Atem. »Du setzt alles aufs Spiel.«

»Du hast mich verstanden, Frieda«, sagt er klar und deutlich. »Geh und kröne unsere Arbeit, aber lass Helen am Leben.«

Stunden danach, nachdem der Eingriff vollbracht ist, steht Adam Heise mit weißem Schutzanzug, Handschuhen und Mundschutz neben Doktor York. In dem keimfreien, gekachelten Aufwachraum blickt er auf das Monitoring der Körperfunktionen, obwohl in dem Inkubator kaum ein Körper auszumachen ist. Andächtig folgt er dem Piepsen der Herztöne. In Demut und Dankbarkeit sinniert er über die Daten, die beweisen, dass der Fötus lebt. Der Junge ist stark, trotz der zwangseingeleiteten Frühgeburt. Das Herzchen pumpt. Er hat den Sinn seiner Existenz erkannt, überlegt er. Das Häuflein Mensch will leben. Vielleicht mit Melanie, wenn beide geschlechtsreif sind, ein Kind zeugen. Er schmunzelt bei der absonderlichen Vorstellung über den natürlichen Verlauf, den die Evolution vorsieht. Der Junge wird sich eines schönen Tages fortpflanzen, redet er sich ein.

Doktor Yorks Rührung über den Erfolg des Eingriffs äußert sich in einer brüchigen Stimme. »Es ist ein Wunder.« Wie hypnotisiert starrt sie mit ihm in den Brutkasten.

»Bekommen wir genug?«, fragt er.

»Schwer zu sagen«, äußert sich Doktor York verhalten. Augenblicklich ist sie wieder sachlich. »Vor dem Herausbilden der Lunge entnehmen wir dem fötalen Blutkreislauf Antikörper und Leukozyten. Wir werden genug reines Blut zum Erforschen haben.« Sie greift zum Tablet. »Lisa hat eine quantitative Hochrechnung erstellt.«

Heise winkt ab. »Danke, keine Zahlen jetzt. Schicken Sie sie mir oder auf den Himmel-Server damit.«

»Herr Heise!«, erschrickt sie. »Das meinen Sie bitte nicht ernst! Wenn die Daten jemand zu Gesicht bekommt. Vom Fötus darf niemand wissen.«

Heise ist vertieft in die Umrisse des Winzlings mit annähernd menschlicher Gestalt. »Verzeihen Sie, ich war in Gedanken. Löschen Sie die Hochrechnung. Ich brauche die Statistik nicht.«

Doktor York atmet auf.

»Der Brutkasten ist sein Sarg«, gibt Heise kurz darauf von sich.

»Ja«, bestätigt die Ärztin, ist aber irritiert über die Feststellung. »Aber er wäre mit seiner Mutter ohnehin gestorben. Wir haben ihm das Leben geschenkt. Ein Glücksfall, dass Julia Jagdt tödlich verunglückt ist und Helen als Leihmutter zur Verfügung stand.«

Das winzige Wesen ist von Wärmelampen umgeben. Eine künstliche Nabelschnur führt vom Inkubator zu dem Versorgungsapparat mit der Funktion einer Plazenta.

Heise verabschiedet sich mit einem Nicken und begibt sich auf den Weg hinaus. Er kann nicht fassen, wie ein absurdes Gefühlsgemenge ihn ins Wanken bringt. Einsamkeit hat Helen ihn spüren lassen, als sie fortgegangen ist. Jetzt schafft sie es, ihm ins Gewissen zu reden, ihn anzuflehen, etwas zu unternehmen. Er kehrt um und legt die Hand auf den Kasten. »Du wirst leben, mein Junge«, sagt er mit belegter Stimme.

Die Ärztin sieht ihn verstört an. »Das können Sie nicht versprechen.«

Heise reißt den Kopf zu ihr. »Geben Sie ihm dasselbe Versprechen.«

»Aber«, sagt sie verwirrt, »wir entnehmen sein Blut. Wir brauchen jeden Milliliter für die Forschung, ohne ...«

»Los!«, fällt er ihr ins Wort. »Versprechen Sie ihm, dass er überleben wird.«

»Nein«, schluckt Doktor York. »Das kann ich nicht. Er wird sterben. Das wissen Sie.«

»Natürlich«, besinnt sich Heise plötzlich, als wäre er aus einem Albtraum aufgeschreckt. »Sie haben recht.«

Doktor Drechsler erscheint im Raum. Sie legt ihre Hand auf Heises Schulter. »Wir hätten Helen nicht aufwachen lassen dürfen.«

Feucht glänzen Heises Augen im Licht der medizinischen Leuchten. »Ein Fehler?«

Sie kratzt sich am Nacken. Eine seltene körperliche Reaktion. »Ja, Adam. Helen muss sterben. Wie ihr Sohn.«

60

Früher, als es die Wetterprognose vorhergesagt hat, zeigen sich am Nachmittag des nächsten Tages die Ausläufer eines Tiefs, das von England über Deutschland zieht. Feuchte Luftmassen liegen über dem Gelände. Wolken sammeln und türmen sich zu Gebilden. Die Laternen an den Wegen und vor den Einheiten schalten sich ungewöhnlich früh ein. Wie ein Leichentuch liegt dünner Nebel aus bläulichem Schein über dem Recyclingpark und der angrenzenden Baustelle.

Am Empfang blickt Samuel Papst skeptisch durch die Glasscheibe in den Himmel. Haben wir nicht verdient, denkt er, dass der Wettergott nicht mitspielt. In zwei Stunden treffen die ersten Gäste ein. Keiner der hohen Herrschaften hat wegen des Unwetters abgesagt. Angesichts des Anlasses wundert er sich nicht.

Edgar Pfeiffer kauert zwischen Lieferungen und Paketen im Laderaum eines Kleintransporters. Der Wagen kämpft sich auf der Landstraße durch den stürmischen Wind. Mit einem Ruckeln stoppt der Transporter. Samuel Papsts Stimme dringt zu ihm. Doch ein anderer Sicherheitsmann reißt die Tür auf und wirft einen flüchtigen Blick auf die Ladung. Wind sprüht Regen in das Innere. Der Wagen fährt in Schritttempo weiter und hält nach kurzer Fahrt. Edgar wartet ungeduldig, bis sich die Ladetür abermals öffnet. Der Fahrer winkt ihn mit zerzausten Haaren heraus. Edgar kriecht aus dem Versteck und steckt ihm die zweite Hälfte der vereinbarten Summe zu.

Nach dem Fehlschlag, etwas über Helens Verbleib in Erfahrung zu bringen, hat Edgar die Zeit damit verbracht, nach Sicherheitslücken zu suchen. Den Siedlungszaun hätte er nur mit großem Aufwand überwinden können. Störsender für das Himmel-Band hat er zuhauf im Netz gefunden, doch das nutzte ihm nicht viel. Die Überlegung, über den See einzudringen, scheiterte an verlässlichen Informationen. Angeblich patrouillieren Unterwasserdrohnen in dem Gewässer.

Auf die Schnelle konnte er keine Schwachstelle in Heises Sicherheitskonzept ausmachen, das unabhängig vom Kreuzer Konzern entwickelt wurde. Der Mensch war sein letzter Strohhalm. Menschen vom Schlage des Fahrers, dessen Lieferroute er ausgespäht hat. Der Mensch ist die Schwachstelle eines jeden Sicherheitskonstruktes. Nicht das System.

Ein Donnerschlag kracht bedrohlich über dem E-Zentrum, als Edgar am Garten von Heises Anwesen auftaucht. Die Schiebetüren der Schwimmhalle findet er einen Spaltbreit offen vor. Er hegt keinen Verdacht und beeilt sich einzutreten. Der Objektschutz wird in zwei, spätestens drei Minuten auftauchen, um ihn wieder vom Platz zu jagen, rechnet er. Wenn er vorher Heise in die Finger bekommt, hat er eine Chance, etwas über Helens angebliche Reise zu erfahren. Oder, so hat er sich zurechtgelegt, sie in der Villa zu finden.

In der Halle ruft er nach dem Hausherrn. Ein Geräusch unterbricht ihn. Ruckartig dreht er sich auf dem glitschigen Marmorboden um. Er rutscht aus, flucht und schimpft mit sich, als er auf den Boden knallt.

Im nächsten Augenblick stößt ihm eine der vier Putzmaschinen mit irrem Tempo in den Rücken. Er jault vor Schock und Schmerzen auf. Er rappelt sich schnell auf und springt in die Höhe. Die Maschine jagt unter seinen Füßen ins Leere. Wie ein abgerichteter Wachhund rast eine zweite Maschine los. Edgars

Aufschrei bleibt ihm beim Aufprall im Hals stecken. Die Zunge versagt den Dienst. Unter Stechen und Schmerzen robbt er zu den Schiebetüren. Ein metallener Hieb nach dem anderen trifft ihn in die Seite. Schützend hält er sich die Hände vor das Gesicht. Er schreit und stößt die Maschinen mit den Füßen weg. Als er bemerkt, dass die Türen sich vor seinen Augen schließen, wendet er. Verängstigt bis in die Eingeweide sucht er nach einer anderen Möglichkeit zur Flucht. Er hält auf den Wellnessbereich zu. Dort sieht er Hocker an einer Bar. Er wünscht sich auf den Tresen, hoch über jedweden glatten Boden, auf dem die Maschinen wie Eishockeypucks ihn zur Strecke bringen wollen. Doch eine Maschine fährt ihm beim Durchqueren der Halle in die Knöchel. Das Knacksen geht in seinem Schrei unter. Er fällt und kreist bäuchlings auf dem Boden. Die Plane über dem Schwimmbecken gerät in seinen Blick. Er robbt darauf zu und schiebt seinen geschundenen Körper auf die Abdeckplane. Erleichtert stellt er fest, dass sie sein Körpergewicht hält.

Die Maschinen verharren am Beckenrand, in Erwartung seiner Rückkehr auf festen Boden. Die Ladeanzeigen der Batterien leuchten grün.

»O mein Gott«, krächzt er.

Edgar atmet schwer. Mit zitternden Fingern holt er das Handy aus dem Sakko. »Kein Empfang« leuchtet auf dem Display. Plötzlich spürt er eine Bewegung unter sich. Die Plane zittert. Sie strafft sich. Edgar bleibt nichts anderes übrig, als ins Wasser zu gleiten. Das ist seine Rettung, glaubt er. Wasser, jubelt er verzweifelt. Schwimmen können die Monster nicht.

Plötzlich, er versteht die Welt nicht, öffnet sich die Hallendecke über ihm. Zwei armdicke Pfosten mit Querlatte dazwischen stürzen auf ihn nieder. Das Gestell aus Aluminium verfehlt um Haaresbreite seinen Kopf. Es klatscht ins Wasser. Er krault, bringt sich auf der anderen Seite des Beckens in Sicherheit. Unsicher blickt er zur Decke. Wo ein Tor ist, ist auch ein zweites. Doch keine Lücke öffnet sich. In der Mitte des Beckens, wo er nicht stehen kann, kommt sein rasendes Herz langsam zur Ruhe. Er zieht das Sakko aus und wirft es über den Beckenrand. Die Maschinen, die ihm gefolgt sind, stürzen sich wie Hyänen darauf. Offenbar behandeln sie das Sakko wie ein benutztes Handtuch. Eine Maschine schiebt es quer durch die Halle in einen Schlund. Dort lande auch ich, wenn sie mir den Garaus gemacht haben, denkt er. Er ruft nach Hilfe. Als er merkt, wie das Wasser um ihn schwarz wird und zu brodeln beginnt, versagt ihm die Stimme.

Auf der anderen Seite des Siedlungsgeländes bewahrt Adam Heise Ruhe. Donner und Blitz choreografieren infernale Himmelsgebilde. Wütend und rasend umwirbeln Böen den Baugrund, über den er blickt. Einen Steinwurf entfernt scheint sich der Recyclingpark vor den tobenden Naturgewalten zu ducken. Neben ihm im Regenguss warten die Londoner Architekten und der schwäbische Chef der Cateringfirma auf eine Antwort. Der Empfang für die fünfzig geladenen Gäste ist im Freien geplant. Er hat den Tag damit zugebracht, die letzten Vorbereitungen zu koordinieren. Dieser Tag ist ein besonderer. Er will nicht von dem Plan abrücken, den er mit dem offiziellen Bauherrn Ferdinand Kreuzer abgestimmt hat. Im Donnerrauschen geht er die vorgeschlagenen Alternativen durch. Die Nachricht, dass Edgar Pfeiffer in seine Villa eingedrungen ist, hilft ihm, eine Entscheidung zu treffen. Er weist die Mitarbeiter an, den Empfang in das Gemeindehaus zu verlegen.

Warum hat Amma sich nicht gemeldet?, fragt er sich und springt auf das Segway. Auf dem Lenkradmonitor klickt er durch die Kameras der Villa. Vom Regenwasser getrübte Überwachungsbilder zeigen Edgars aussichtslosen Kampf gegen die Reinigungskuben im Schwimmbecken. Angetrieben von stürmischen Winden holt er das Letzte aus dem Gefährt heraus.

»Amma!«, befiehlt er gegen das laute Prasseln in die Watch. »Beckenreinigung aus!«

Die Übertragung fällt aus. Der Monitor wird schwarz. Ohne zu wissen, ob Amma seinem Befehl gefolgt ist, erreicht er über den Garten den Anbau. Die Schiebetore öffnen sich erst, nachdem er händisch den Notfallcode aktiviert hat. Als er Edgar Pfeiffer wohlbehalten antrifft, atmet er durch und geht in den Wellnessbereich. Er holt zwei Handtücher und reicht ihm eines. Erschöpft und außer Atmen sitzt Kreuzers Mitarbeiter neben dem Beckenrand. Hemd und Anzughose kleben ihm am Körper.

»Dafür bringe ich Sie ins Gefängnis!«, stößt Edgar einigermaßen verständlich hervor. Er greift nach dem Handtuch und wischt das Gesicht trocken. »Sagen Sie mir, wo Helen ist.«

»Weiß Herr Kreuzer, dass Sie hier sind?«, entgegnet er.

Statt zu antworten, reißt Edgar die Augen auf. In Heises Rücken nehmen die Reinigungsmonster die Jagd auf ihn wieder auf. Heise springt zur Seite, um nicht niedergerissen zu werden. »Amma«, ruft er. »Notstopp.«

Das System reagiert nicht.

Heise wird Zeuge, wie Edgar Pfeiffer von der Wucht der Maschinen ins Wasser katapultiert wird. Er will ihm helfen. Doch die Maschinen versperren ihm den Weg.

Schweigend wendet er sich ab und überlässt Edgar Pfeiffer seinem Schicksal, das Amma für ihn bestimmt hat. Auf dem Rückweg geht ihm durch den Kopf, dass er als Mensch wieder einen Menschen falsch eingeschätzt hat. Einen Fehler hat er bei Marion und Josef Stieler begangen. Er hat ihren unbedingten Wunsch nach einem Kind unterschätzt. Bei Edgar Pfeiffer ist er nicht davon ausgegangen, dass er sich gegen die Anweisungen seines Arbeitgebers stellen würde. Er wollte ihn kontaktieren, sobald er wieder seinen Posten eingenommen hat. Er wollte mit ihm über Helen reden. Gemeinsam eine Strategie ersinnen, sie zu suchen und ihren Leichnam irgendwo auf der Welt finden. Helen aber lebt. Und Edgar darf davon nichts wissen.

Als er das Segway besteigt, wird ihm deutlich, dass Amma

im Begriff ist, seinen Fehler auszubügeln. Ein Gedanke rauscht durch sein Gehirn. Zusammenhänge, die er von sich geschoben hat, werden ihm bewusst. Er sucht ein Gesicht, eine Gestalt, eine Form, die Ammas Wesen entspricht. Nichts annähernd Menschliches kommt ihm in den Sinn.

Adam Heise erreicht die Siedlungsklinik. Als er das Segway abstellt, studiert er den Himmel. Das Unwetter hat sich beruhigt. Wind und Regen haben nachgelassen. Die Verlegung des Empfangs in das Gemeindehaus beschäftigt ihn nicht sonderlich. Er denkt an die Kuben im Schwimmbecken. In einer größeren Variante patrouillieren die Unterwasserdrohnen im See. Je nach Modus können sie zum Reinigen, Spähen oder Stellen von Eindringlingen eingesetzt werden. Edgars Tod, überlegt er, wird manches von dem, was ansteht, einfacher machen. Es war nicht schwer, Helens Abreise vorzutäuschen. Ebenso leicht war es, ihren Aufenthalt in der Villa und im unterirdischen Bereich zu verheimlichen. Valeria kommt ihm in den Sinn. Das arme Mädchen, ergreift ihn Trauer um sie. Helen wünscht er einen anderen Tod. Einen würdigeren, als zerhackt auf dem Kompost zu landen.

61

Die Gedanken, die Adam Heise mit Frieda Drechsler und Lisa Kupfer kurz darauf in der Klinikkantine teilt, sind verrückt. Doch mit eigenen Augen hat er gesehen, wie Amma Reinigungsmaschinen und Kuben auf Edgar Pfeiffer gehetzt hat. Kupfer und Drechsler tauschen fragende Blicke aus. Die Klinikleiterin urteilt skeptischer als Lisa über die Ungereimtheiten, die Heise mit Ammas Aktivitäten in Verbindung setzt. Er vermutet, Amma habe Helen unter Drogen gesetzt. Deswegen sei sie in seinem Salon ins Delirium gefallen. Heise vermutet auch, Amma habe die Treppenstufen eingefahren, um Julia hinunterzustürzen.

Lisa zuckt mit den Schultern. »Amma hat Zugriff auf alle Datenströme und Informationen in der Siedlung. Sie hat das Hormon registriert wie wir. Sie hat die Information verarbeitet, dass Julia schwanger ist«, pflichtet sie ihm bei. »Amma hat nachgeholfen, damit wir an die befruchtete Eizelle kommen.«

»Was für ein Unfug«, widerspricht Heise ihr zögerlich.

Lisa bleibt hartnäckig. »Auch Helen ist im Becken angegriffen worden. Aber nicht bis zum Ende wie bei Edgar Pfeiffer. Amma hat aufgehört, damit sie weiterlebt. Nach Julias Tod brauchten wir eine Gebärmutter. Und das schnell. Helen war die perfekte Kandidatin. Amma hat recht behalten.«

Drechsler und Heise werfen sich entsetzte Blicke zu. Nachdenklich sieht die Klinikleiterin durch das Fenster auf das wie-

der stärker werdende Naturspektakel. Blitze jagen aus Wolken-
formationen auf die Siedlung herab. Am Empfang herrscht
Hochbetrieb. Scheinwerferlichter hereinfahrender Fahrzeuge
an der Schranke strahlen über das Gelände. Sie ist froh, bei dem
Empfang am späteren Abend nicht anwesend sein zu müssen.
Heise hat ihre Assistentin als Begleitung auserkoren.

»Wenn das Steuerungssystem dahintersteckt«, beginnt
Drechsler, einen absurd wirkenden Gedanken zu formulieren,
und stockt.

»Sie meinen den Himmel-Server?«, fragt Lisa nach.

»Ja, das System«, bekräftigt Drechsler. »Ist Josef Stielers Tod
dann auch Ammas Werk?«

Heise reagiert betroffen, als sie ihn daran erinnert, dass Kommissar Vogt behauptete, den Schießbefehl nicht gegeben zu haben.

Lisa reimt sich zusammen, was in der tragischen Nacht vorgefallen sein könnte. »Amma hat über die Außenmikrofone das
Kommando des Schießbefehls aufgezeichnet und Vogts Stimme
in den Funkverkehr gespeist«, meint sie anerkennend und erschrocken zugleich. »Technisch kein Problem.«

Die Konsequenz daraus bringt Heises Utopie einer daten-
gestützten Weltordnung ins Wanken. »Das ist Unfug! Amma
hat ethische und moralische Prinzipien. Das System steuert die
Siedlung, es ist Teil der Gemeinschaft.«

Lisas Kommentar lässt nicht auf sich warten. »Wir haben
auch Prinzipien über Bord geworfen für etwas, das größer und
wichtiger ist als der einzelne Mensch. Ein ewig während Di-
lemma.«

Drechsler liest in Heises Gesicht Anspannung und Zweifel.
Sie nickt Lisa zu sich. Für Heise holt sie eine Ampulle aus dem
Medizinschrank und reicht sie ihm. »Würden Sie in der Schwimm-
halle nachsehen, ob Herr Pfeiffer …«

»Ob er tot ist?« Sie nickt. »Ich dachte, Stahl könnte ihn im
Recyclingpark … Sie wissen schon … wie Valeria.«

Heise schluckt die grüne Flüssigkeit. »Das hat Zeit bis nach dem Empfang, Lisa«, sagt er. »Die Gäste treffen gerade ein.«

In der Augsburger Polizeidienststelle unterbricht Kommissar Vogt die Gedankenspiele beim Ausfüllen der Online-Fußball-wette. Er erhebt sich von seinem Bürostuhl und stellt sich ans Fenster. Das Unwetter über der Innenstadt zieht zügig Richtung Westen, Richtung Siedlung.

Er denkt an Edgar Pfeiffer, an seinen unangemeldeten Besuch. Sein unerschütterlicher Glaube, dass seine Partnerin Helen Jagdt in Himmelhof sei, hat ihm imponiert. Laut Faktenlage ist sie verreist. Irgendwo unterwegs in der Welt, um den Unfalltod ihrer Schwester zu verarbeiten.

Unwillkürlich greift er an das Handgelenk. Die Rolex fühlt sich gut an, echt und schwer, wie die Schuld, die auf seinen Schultern lastet. Er hat nie die Absicht gehabt, Adam Heises Schmiergeld zu behalten, nachdem er ihm Pfeiffers Bundeswehrakte aushändigte. Doch irgendwann an dem Tag hat er sich in der Pfandleihe wiedergefunden und das Erbstück seines Vaters zurückgeholt.

Er nimmt an dem Schreibtisch Platz und bemüht sich, sich auf die Wetteinträge zu konzentrieren. Das Handy auf dem Tisch vibriert. Eine Nachricht auf der Mailbox.

Edgar Pfeiffers Stimme ist laut und wütend: »Hören Sie, Sie Scheißkerl! Ich habe herausgefunden, dass Sie sich meine Personalakte bei der Bundeswehr besorgt haben. Inoffiziell, versteht sich. Meine scheißneue Zunge verwette ich darauf, dass Adam Heise von Ihnen erfahren hat, wer ich bin. Ich bin unterwegs zur Siedlung. Rufen Sie mich zurück! Sie helfen mir, Helen zu finden, oder ich melde Sie bei Ihrem Vorgesetzten.«

Erschrocken wirft Vogt das Handy auf den Schreibtisch. Das nicht auch noch, rattert es durch seinen Kopf. Er steht auf, wälzt Horrorszenarien über seine Suspendierung hin und her. Mit Angstschweiß auf der Stirn überprüft er das Handy. Vor rund einer Stunde hat Edgar die Nachricht hinterlassen. Er ruft zurück. Als er ihn nicht erreicht, greift er seine Jacke. Bevor er endgültig aufbricht, löscht er den Wettschein auf der Website. Bei dem Pech, das er seit der Tragödie in Himmelhof hat, ist ein Gewinn sowieso aussichtslos.

62 Helen erwacht. Der Knall eines mächtigen Donner-
schlags dringt durch die geschlossenen Jalousien.
Aufgeschreckt richtet sie sich im Bett auf. Es donnert und blitzt
weiter. Plötzlich fällt die Projektion aus. Vor Schreck zuckt sie
zusammen und steigt vorsichtig aus dem Bett. Die Lofttür ist
nicht verschlossen. Sie tritt auf den Flur und tastet sich die Treppen nach unten. Das Unwetter wütet unablässig weiter, während sie sich der Hoffnung hingibt, der Villa entkommen zu können. Tatsächlich erreicht sie schadlos die Eingangstür. Sie tippt
darauf und redet dem Türblatt gute Worte zu. Nichts geschieht,
auch als sie verzweifelt daran rüttelt und hämmert.

»Amma!«, schreit sie trotz besseren Wissens. »Mach die verdammte Tür auf!«

Nicht Ammas Stimme, die eines vertrauten Menschen lässt
sie innehalten. Ein Glücksgefühl fährt ihr durch Haut und Knochen.

»Helen«, flüstert Edgar. »Hier drüben.«

Am Treppenabgang zum Keller winkt er seine Partnerin zu
sich. Sie läuft in seine Arme, schmiegt sich an das nasse Hemd
auf seiner Brust und drückt ihm Küsse auf die Wangen. Edgar
verzieht das schmerzende Gesicht.

»Du siehst furchtbar aus«, sagt sie.

»Du auch«, erwidert er. »Erzähl später, was passiert ist.
Komm.«

»Wohin? Die Villa ist abgeriegelt.«

»Das E-Zentrum scheint ausgefallen zu sein. Aber wer weiß, wie lange. Komm!«

Edgar schleicht mit ihr die Treppen hinunter und durchquert vorsichtig die Schwimmhalle. »Ich war gerade in der Sauna, als ich dein Schreien gehört habe«, sagt er, um sich selbst zu beruhigen. Sein verängstigter Blick streift das Becken. »Da drin waren Biester.«

»Was für Biester?«, fragt Helen, die sich an ihren eigenen Todeskampf mit den Kuben nicht erinnert.

»Monster, die mich umbringen wollten. Ich habe einen Notschalter unter Wasser entdeckt, sonst wäre ich jetzt tot.«

Edgar hält Abstand zu den Reinigungsmaschinen an den Ladestationen und erreicht mit Helen an der Hand den Wellnessbereich. Die Beleuchtung der Bar flackert auf. Die Hanteln beginnen, in die Höhe zu schweben. Die Rudermaschine rückt den Sitz in Position. Edgar schreckt zusammen.

»Notstrom, schnell weg hier«, ruft er verängstigt und reißt die Holztür zur Sauna auf. Durch ein quadratisches Glasfenster scheint der Mond. Edgar greift nach der Holzkelle aus dem Aufgusskübel und schlägt die Scheibe ein. Wind pfeift und singt durch das Loch in die Freiheit.

»Amma löst keinen Alarm aus«, wundert sich Helen. »Wo bleiben die Sicherheitsleute?«

»Keine Ahnung«, sagt Edgar. »Raus hier. Schnell.«

Helen zwängt sich im Nachthemd aus dem Fenster in den Garten und wartet, bis Edgar gefolgt ist.

»Die Villa hat keinen Strom«, flüstert er. »Sonst hätten wir aus Heises Gefängnis nie fliehen können.«

Er deutet auf den im Dunkeln liegenden Schornstein des E-Zentrums und erschrickt gleichzeitig. Im Blitzgewitter erwacht die Strom- und Energieversorgung der Siedlung wieder. Die grüne Ummantelung leuchtet durch den Regenvorhang.

Helen ist barfuß. Der durchweichte Kiesweg kitzelt an den

Fußsohlen. Sie verlangsamt das Tempo. Entkräftet und müde. Statt zu rennen, wie Edgar, schlendert sie, lässt Adam und die Villa in ihrem Rücken zurück. Edgar hält einige Meter vor ihr an und winkt sie zu sich.

»Komm, Helen!«, schreit er durch den lauten Sturmwind. »Beeil dich.«

Ich habe mich nicht umgezogen, fällt ihr ein, als sie zu ihm aufschließt. Obst, kommt ihr in den Sinn. Obst wollte sie im Supermarkt bestellen. Sie verscheucht die Gedanken. Sie sieht in Edgars verkrampftes Gesicht. Wovor hat er Angst?, fragt sie sich.

Edgar greift ihre Hand und zieht sie mit sich. Es scheint, die Siedlung habe ihre Bewohner vertrieben oder sie in ihren Einheiten weggeschlossen. Kein Mensch wagt sich bei dem Gewitter ins Freie. Kein Schatten, bemerkt Helen. Da ist Licht, leuchtende Laternen, die den Weg weisen. Warum werfen wir keine Schatten?

Das Empfangsgebäude in der Ferne taucht vor ihnen auf. Helen bleibt plötzlich stehen. Sie stößt die Fingernägel in Edgars Hand. Mit aller Kraft. Er zieht sie zurück und sieht sie verdutzt an.

»Was ist?«, fragt er. »Du tust mir weh.«

Der strömende Regen prasselt auf sie nieder. Helen verschlägt es den Atem. Das Herz hämmert und klopft und sticht, dann scheint es zu schlagen aufzuhören. Das Gesicht erbleicht. Sie starrt auf ihren Bauch.

Edgar greift wieder ihre Hand. »Komm, wir haben es gleich geschafft.«

Helen streicht über das dünne Nachthemd. Klitschnass vom Regen klebt der Stoff auf der Haut, auf ihrem Bauch. Er ist flach.

»Das Baby ist weg«, sagt Helen.

»Natürlich, Helen«, beruhigt Edgar sie. »Du hast es verloren.«

Helen verharrt wie angewurzelt. Sie stiert in Edgars fragendes Gesicht. Er weiß nichts von den Vorgängen in der Villa. Er weiß nichts von Julias befruchteter Eizelle, die sie ihr eingepflanzt haben, von dem Baby in ihrem Bauch, das verschwunden ist. Wie die anderen Babys. Das von Marion Stieler, das von Valeria.

»Ich muss zurück«, sagt sie.

Edgar hält sie fest. »Was ist mit dir?«, fragt er besorgt. »Was haben sie dir angetan?«

Sie reißt sich von ihm los.

»Helen!«, ruft Edgar ihr nach. »Das ist zu gefährlich!«

Unbeirrt läuft sie durch den Regenguss. Getrieben von wiedererwachten Gefühlen. Entfesselt sind der unterdrückte Zorn, die ausgeschaltete Wut. Sie rennt. Schnell wie eine Löwin.

»Adam tut mir nichts«, spricht sie mit sich selbst.

Verdutzt über Helens Tempo benötigt Edgar einige Sekunden, bis er in der Lage ist, ihr zu folgen. Helen huscht durch die Eingangstür. Edgar ahnt, warum die Villa ihr den Zugang nicht verweigert. Er berührt, wie Helen Augenblicke zuvor, die Eingangstür. Ein Stromschlag stößt ihn zurück. Er zuckt zusammen und stolpert einige Schritte nach hinten. Jemand hält ihn, bevor er zu Boden stürzt.

63

Im durchnässten Nachthemd erreicht Helen den Aufzug im oberen Stockwerk der Villa. Mit kalten Fingern drückt sie auf das Display und fährt nach unten. Vage erinnert sie sich an die vielen Male, die sie mit Adam den Aufzug benutzt hat. Im Untergrund läuft sie den Gang entlang und erreicht den Laborsaal. In aller Stille arbeiten im Halbdunkeln autonome Maschinen an Gerätschaften. Sie findet den Raum, in dem sie die Ultraschallbilder ihres Babys gesehen hat. Sie vernimmt Stimmen aus dem schlichten, schönen Raum. Sie bleibt stehen, versteckt sich unweit des Schmelzofens, der wohlige Wärme abstrahlt. An der Wand mit Kontrollmonitoren entdeckt sie das Überwachungsbild, wonach sie sucht. Sie erkennt Melanie in der Wiege. In dem Brutkasten daneben liegt ein viel kleinerer Körper mit menschenähnlichen Zügen. Erschrocken hält sich Helen den Mund zu. Tränen laufen ihr über die Handrücken. Sie fasst sich an den Bauch. Flach. Leer. Sie hat keine Erinnerung, wann ihr das Baby entnommen wurde.

Eine Spiegelung auf den Monitoren irritiert sie. Sie dreht sich um.

In einem perfekt sitzenden Smoking mit Fliege steht Adam Heise vor ihr. Zu ihm gesellt sich Lisa Kupfer in einem weißen Abendkleid. Was für ein schönes, besonderes Paar, findet Helen.

Adam wirft Lisa einen vorwurfsvollen Blick zu. Beide versuchen das Entsetzen, Helen im Laborsaal anzutreffen, zu unterdrücken.

»Warum bist du nicht oben?«, fragt Adam sanft.

Er gibt Lisa ein Zeichen. Sie rafft das Kleid und eilt in den Raum. Adam bleibt zurück und streckt Helen die Hand entgegen.

»Komm, ich bringe dich ins Bett zurück.«

»Ich … ich habe genug von deinen Planeten, Adam«, sagt Helen stockend.

Doktor Drechsler und Doktor York können ihre Überraschung nicht verhehlen, als Helen, gefolgt von Heise, in den Raum stürmt. Die Ärztinnen versperren ihr die Sicht auf den Brutkasten.

Marnie Renner sitzt auf dem Boden in einer Ecke. Sie ist vertieft in einen Laptop auf ihrem Schoß. Mit Mühe löst sie sich von den Steuercodes, mit denen sie unbemerkt von den anderen Amma Instruktionen gibt. »Helen!«, brüllt sie entgeistert. »Was machst du hier?«

»Bitte, Helen«, übernimmt Drechsler. »Das ist nicht gut. Sie sollten das nicht sehen.«

Helen schiebt sie und York zur Seite und starrt in den Kasten. Marnie hat sich von ihrem Laptop losgeeist. Sie umarmt Helen von hinten und sieht mit ihr auf das Menschenknäuel. »Sie haben dir den Winzling rausgeholt, bevor die Lunge zu pumpen angefangen hat. War wichtig wegen der Antikörper …«

Helen stößt Marnie weg. »Ihr habt mir mein Kind gestohlen«, faucht sie. »Warum?«

Ein alarmierender Ton erfüllt den Raum und lässt die Watch aller im Raum piepsen. Die Dringlichkeit äußert sich mit einem tiefen Brummen. Die Versorgungsgeräte des Fötus geben Alarm. In der Wiege daneben strampelt Melanie, dreht sich zur Seite und schläft weiter. Helens wiedererwachte Kraft fällt in sich zusammen. Sie erstarrt vor Angst und Hilflosigkeit. Auf der Stelle

302

versuchen Drechsler und York, den Grund für den Alarm auszumachen.

Unter Tränen fürchtet Helen um das Leben ihres Babys. »Bitte, er darf nicht sterben!«, fleht sie und blickt Hilfe suchend in die Augen der Ärztinnen.

»Beruhigen Sie sich«, sagt Drechsler, nachdem sie den Verbindungsschlauch kontrolliert hat. »Es ist alles in Ordnung.«

Das Brummen verstummt. Die Vitalwerte des Winzlings pendeln in den normalen Bereich zurück.

Adam erklärt Helen, was Marnie Renner eben nur andeuten konnte. Das Wissenschaftsteam hat die einmalige Gelegenheit geschaffen, den Blutkreislauf eines lebenden Fötus zu erforschen. Junges, frisches Blut, das nicht mit dem Blut der Mutter vermischt ist. Adam Heise ist bemüht, die Dramatik in der Stimme nicht zu übertreiben, als er ihr offenbart: »Uns ist eine wissenschaftliche Sensation gelungen. Plasma, Helen. Wir wissen, wie wir künstliches Blut herstellen können.« Ergriffen legt er eine Pause ein. »Niemand auf der Welt hat das für möglich gehalten. Wir retten Totgesagte, wir heilen Kranke. Menschen werden länger leben. Viel länger leben. Mit unserer Forschung verändern wir die Welt.«

»Die Welt ist mir scheißegal!«, schreit Helen. »Wird er leben? Sag es mir!« Sie nimmt Adam ins Visier. Mit stechenden Augen.

Er senkt den Kopf.

Helen blickt in die Runde der Ärztinnen. »Sagt ihr es mir! Wird er leben?«

Sie starrt auf die Münder. Sie machen keine Anstalten, ihr zu antworten.

»Komm, Helen«, sagt Adam. »Ich bringe dich nach oben.«

Ohne Widerstand zu leisten, lässt Helen sich von ihm aus dem Raum führen.

In die betroffene Stille baut Marnie sich vor Doktor Drechsler auf. »Der alte Sack bringt uns alle in Gefahr«, faucht sie. »Hält

Helen oben im Loft wie eine Leibeigene. Dabei vögelt er sie nicht mal!«

»Woher willst du das wissen?«, fragt Lisa verwundert.

»Woher?«, krächzt Marnie heiser. »Von Amma natürlich! Amma war dagegen, dass Helen aufwacht, nachdem ihr den Kleinen rausgeholt habt! Helen hat gerade ihr Baby im Sarg gesehen. Das ist nicht in Ordnung!«

Nach dem Ausbruch fixiert sie Lisa noch mal. »Medizinische Forschung ist keine Spielerei, sag dem Alten das bei der Party.«

»Was geschieht mit Helen?«, fragt Lisa besorgt. »Sie weiß Bescheid. Sie ist eine Gefahr für uns alle.«

Der brummende Alarmton schallt erneut durch den Raum. Penetranter diesmal, bedrohlicher. Drechsler und York wollen einschreiten, doch Marnie hält sie zurück. »Lasst den Kleinen in Ruhe sterben.«

64 Ohne zu ahnen, mit welch schrecklichen Ereignissen Helen konfrontiert ist, steht Edgar Pfeiffer mit Kommissar Vogt in gebührendem Abstand vor der Villa. Ohne Vorankündigung ist der Kommissar aufgetaucht und hat sich Edgars Geschichte von den Putzmaschinen und den Kuben angehört, die ihm nach dem Leben trachteten.

»Schwer zu glauben, was Sie erzählen«, sagt der Kommissar.

Edgar zieht das Hemd hoch und zeigt ihm Schnitte und blaue Flecken.

»Die Roboter wollten mich töten, glauben Sie mir.« Er stopft das Hemd zurück in die Hose. »Heise hält Helen seit Monaten in der Villa gefangen. Keine Ahnung, was da drinnen vor sich geht. Sie hat was von einem Baby erzählt, dass sie ihr weggenommen haben. Helen kann aber nicht schwanger sein.«

Schweigend blickt Vogt zur Villa.

Sich langsam bewegende Spots strahlen über das Anwesen. Ein harmloses, freundliches Lichtspiel. Festschmuck, denkt Vogt, der sich vom Pförtner über den großen Empfang unterrichten ließ.

»Frau Jagdt hält sich in der Villa auf? Freiwillig?«, will Vogt nach einer Weile wissen. »Sie ist gar nicht auf Reisen? Oder ist sie zurückgekehrt, ohne jemandem Bescheid zu geben?«

Edgar ist nicht fähig, zu antworten. Seine Aufmerksamkeit

liegt woanders. Mit zusammengekniffenen Augen starrt er an Vogt vorbei.

Der Kommissar kann nicht sehen, was Edgar in Bann zieht. »Fragen wir, warum Herr Heise die Vermisstenanzeige nicht zurückgezogen hat. Er ist im Gemeindehaus.«

Im selben Moment packt ihn Edgar und zieht ihn mit sich.

»Schnell, weg hier!«

Im Gewitterhimmel zeichnen sich die Konturen von einem halben Dutzend Drohnen ab. Sie schlingern im Sturm hin und her. Unbeirrt wie ein Kampfgeschwader bleiben sie auf Kurs. Sie nähern sich den Männern. Unterstützung am Boden folgt ihnen in einigem Abstand. Fahrerlose E-Roller, Einkaufswagen und Mobile bewegen sich Richtung Villa.

»Die Maschinen!«, sagt Edgar. »Sie haben es auf uns abgesehen.«

Vogt verkneift sich eine abschätzige Bemerkung. Sky mit funkelnd roten Kameraaugen rollt in einiger Entfernung auf sie zu. Je zwei identische Modelle an seiner Seite begleiten ihn bei dem Einsatz.

»Was ist hier los?«, ruft Vogt erschrocken.

Er hält Edgar fest, der Richtung See laufen will, und schiebt ihn zur Einheit II. Dort tippt er den Zugangscode ein, den Axel Macke ihm bei der Tatortbegehung gegeben hat. Der Code funktioniert nicht, stellt er panisch fest.

»Weg hier!«, schreit nun auch Vogt.

Die Männer rennen nebeneinander her zum leuchtenden Seetor. Die Maschinen halten unbeirrt weiter auf sie zu. Über dem im Dunkeln liegenden See entladen sich beeindruckend schöne Blitzformationen.

Adam Heise hat zwischenzeitlich Helen in das obere Stockwerk der Villa geführt. Als sie am Badezimmer vorbeikommen, bleibt Helen stehen. Mit einem Blick gibt sie ihm zu verstehen, dass sie auf die Toilette muss. Adam hat Ammas Steuerung geprüft.

Nachdem die Stromversorgung wieder funktioniert, hat er keine Bedenken, sie alleine zu lassen. Auf dem Flur nutzt er die Gelegenheit, wichtigen Gästen über die Watch einen Willkommensgruß zu schicken. Wie entscheidend Marketing in Forschung und Wissenschaft ist, hat er gelernt, als er die Siedlung und die dazugehörigen Firmen und Forschungsgruppen aus dem Nichts aufgebaut hat. Prominenz ist eingetroffen, liest er. Ein Weltstar aus dem Popgeschäft, den er persönlich begrüßen möchte. Die Zeit drängt.

»Ich sehe später nach dir«, ruft er Helen durch die Tür zu. »Leg dich hin. Das wird dir guttun.«

Mit den Worten, die zu ihr in das Badezimmer dringen, spürt Helen, wie sie die Kontrolle über ihre Muskeln verliert und niedersinkt. Sie hat sich geschworen, nicht zu vergessen, weshalb sie in die geschlossene Psychiatrie eingewiesen wurde. Elf Monate und zwölf Tage kämpfte sie jede einzelne Sekunde gegen die Trauer. In der Zeit verlor sie ihre Sprache. Sie war ohne Gedanken, ohne Gefühle, die sich in Worte kleiden ließen. Das Schweigen war ihre Rettung. Sie schwieg gegenüber der Therapeutin. Dem Pflegepersonal. Den anderen Patienten. Sie erinnert sich an keines der Gesichter. Nicht daran, wie ihre Eltern, Julia und Edgar, Freunde, die sie besuchten, auf ihr Schweigen reagierten.

An den Schmerz aber erinnert sie sich. An die Schuld.

Aufs Neue spürt sie das Gefühl der Zurückweisung in ihrem Lieblingsrestaurant, als sie ihrem Freund, dem Vater ihres Kindes, von der Schwangerschaft erzählte. Mit seinem Aufschrei hatte sie nicht gerechnet. Was bei ihr unendliche Freude über das gemeinsame Baby auslöste, löste bei ihm einen Schwall Vorwürfe aus. Er wollte kein Kind, nicht von ihr oder sonst jemandem. Nach dem Streit ließ sie ihn im Restaurant zurück. Bei dem nächtlichen Spaziergang durch Frankfurts Straßen entschloss sie sich, das Baby gegen seinen Willen zu bekommen. In Gedanken bei dem Entschluss überquerte sie die Straße, ohne nach links und rechts zu sehen. Ein Fahrradfahrer stieß ihr beim Zusammenprall das Lenkrad mit der Wucht eines Dampfhammers in den Bauch. Sie verlor ihr Baby an Ort und Stelle. Sie tötete ihren Sohn, ihr eigen Fleisch und Blut, noch im Mutterleib.

In der Psychiatrie verwandelten die Medikamente sie zu einer Frau, die ihr Schicksal nicht zu akzeptieren bereit war, aber hinzunehmen hatte. Für den Rest ihres Lebens. Jetzt spürt sie dieselben Qualen wie in der Psychiatrie. Sie schafft es zur Badewanne und beugt den Oberkörper vor. Blut schießt aus der Nase und zieht in Bahnen und Spritzern über das Porzellan.

Mit dem Herausströmen des Blutes steigt ein Duft in ihre Nasenflügel. Süßlich und intensiv. Sie muss husten. Die Sinne, das Denken, das Wahrnehmen und Verstehen setzen wieder ein. Sie hustet sich das Gehirn frei, scheint ihr. Denn sie spürt und weiß, dass das Frühchen im Brutkasten keine Chance hat, zu überleben. Ihr zweiter Sohn, das gemeinsame Kind mit ihrer Schwester, ist dem Tode geweiht. Das Nachthemd auf ihrer Haut wird zu einem Gewand aus Blei. Tonnenschwer wiegt der Stoff. Das bleierne Korsett schnürt und drückt ihren flachen Bauch nieder, bis er ihr den Rücken durchstößt. Die Venen halten dem Druck des Gewichtes nicht stand. Sie platzen. Blut spritzt heraus. Es verteilt sich in ihrem Körperinneren. Sie wird von innen geflutet. Sie legt die Arme auf den Bauch, beugt den Körper, als müsste sie das Baby beschützen, das sie ihr weggenommen haben, um der Menschheit Gutes zu tun. Sie haben es aus ihrem Leib geschnitten, um das reine, frische Blut zu untersuchen. Das und nichts anderes haben Adam Heise und die Ärztinnen gesagt.

Helen hält sich den Mund zu, als ihr bewusst wird, zu halluzinieren, dass die Realität nichts anderes als Horror ist: Sie ist am Verrecken. Der Duft ist intensiv. Ein beißendes Aroma. Sie wischt mit dem Hemd das Blut aus dem Gesicht und blickt sich in Panik um. Aus dem Duschkopf strömen dünne Fäden, die Ätzendes der Luft beimengen. Das Gift bohrt sich in ihre Atemwege. Sie rüttelt an der verschlossenen Tür. Sie kratzt an der heruntergelassenen Jalousie. Vergebens.

»Amma«, krächzt sie. »Hör auf.«

Von Hustenanfällen gebeutelt krümmt sie sich, bis sie zu Boden fällt. Sie macht einen Buckel, kriecht auf allen vieren, sieht ihre Hand. Die rechte mit dem Himmel-Chip unter der Haut. Mit der Kraft einer Verzweifelten, mit dem Willen, leben zu wollen, stößt sie die Zähne in die Haut zwischen Daumen und Zeigefinger und beißt in ihr eigenes Fleisch, lässt die Zunge in die Wunde fahren und pult den Chip heraus. Sie fühlt die Elektronik im Mund. Sie spukt aus und klopft mit der zur Faust geballten Hand darauf. Er will nicht kaputtgehen. Die Kraft, aufzustehen, in den Schubläden nach Werkzeug zu suchen, fehlt ihr. Der Kopf knallt auf den Boden. Sie kippt ihn zur Seite und schleckt den Chip in den Mund. Sie schafft es, den Himmel-Chip zu durchbeißen.

Der Blick wandert zum Duschkopf. Der Strom aus tödlichen Fäden versiegt. Das System, Amma, hat die Information verarbeitet, dass sie keine Herzfrequenz mehr sendet. Dass sie, Helen Jagdt, tot ist.

Es dauert eine Weile, bis der Husten nachlässt. Die schmerzende Hand spürt sie nicht. Sie kriecht auf allen vieren zur Tür. Mit einem Tippen öffnet sie sich. Sie rappelt sich auf. Das Spiegelbild, in das sie blickt, stimmt sie nicht froh. Sie sieht verheerend aus.

»Trotzdem schön, dass du wieder da bist, Helen«, flüstert sie sich Mut zu.

Dann wäscht sie sich im Waschbecken das Blut ab. Der Drang, den Mund unter das Wasser zu halten, ergreift sie. Ein zwanghafter, schier unüberwindbarer Drang. Sie versteht mit einem Mal, wie sie in der Villa gefügig gemacht wurde. Das Wasser, das sie getrunken hat, tagein, tagaus mit stärker werdender Lust und Verlangen, muss mit Substanzen versetzt gewesen sein. Statt ihrem Drang nachzugeben, öffnet sie das Fenster und ringt nach Luft.

Was sie sieht, jagt ihr erneut Schrecken in die Glieder. Am Tor zum Siedlungssee sieht sie Kommissar Vogt, der mit gezogener Waffe eine Schar Maschinen in Schach hält. Edgar versucht verzweifelt, das Tor zu öffnen. Angeleuchtet werden die Männer von Drohnen, die über ihren Köpfen kreisen, als wären sie von der Polizei gestellte Schwerverbrecher.

»Edgar!«, will sie schon schreien, hält sich jedoch zurück. Amma erkennt Stimmen.

Tote reden nicht.

Das Verlangen nach Wasser, der unglaubliche Durst, bringt sie auf die Idee. Helen weiß, was sie zu tun hat. Mit einem Handtuch macht sie ihr Gesicht unkenntlich und eilt aus dem Badezimmer, in dem Amma sie töten wollte.

Als sie mit dem Aufzug den Laborsaal erreicht, ist niemand mehr da. Der Raum mit Wiege und Brutkasten steht leer. Spuren und Beweise sind beseitigt worden. Mein Sohn, fragt sie sich, wo haben sie ihn hingebracht? Die pure Verzweiflung treibt sie weiter an. Sie findet den klimatisierten Raum, den Himmelhof-Server, wo Amma ihr Unwesen treibt. Speichereinheiten und Rechnerfarmen reihen sich aneinander. Ein hoher Kubus glänzt in schwarzem Metall. Wenn es ihr glückt, Amma auszuschalten, hofft sie, werden die Maschinen von Edgar und dem Kommissar ablassen. Zum Teufel mit dem Himmel, den Heise errichtet hat, flucht sie.

Zurück im Laborsaal umwickelt sie mobile Infusionsständer mit Himmelhof-Kitteln. Sie findet brennbare Substanzen in den Schränken und überschüttet die mannshohen Fackeln damit. Als sie den ersten entflammten Ständer in den Serverraum geschoben hat, hört sie bei der Rückkehr in den Laborsaal eine laute Stimme.

»Amma!«, schreit Marnie Renner aus dem Nebenraum. »Reiß dich zusammen. Du Miststück! Mach das Scheißtor auf! Lass die zwei in den See. Den Rest erledigen die Drohnen im Wasser. Los jetzt!«

Helen reißt die Tür auf.

Marnie plärrt in den Laptop, den sie mit beiden Händen direkt vor dem Gesicht hält. Sie reißt den Kopf zu Helen. Bahnen von Blut laufen über den kahlen Kopf. Sie tropfen auf das Gehäuse. Das Display ist blutverschmiert. »Du nervst, Helen! Warum bist du nicht tot?«, bringt sie heraus.

»Was treibst du hier, Marnie?«

Marnie reißt den Laptop hoch. »Amma mit dem Scheißding Befehle geben. Sie hört nicht mehr auf mich«, stöhnt sie unter Schmerzen. »Wie bist du aus dem Badezimmer gekommen? Wie hast du das angestellt?«

»Das warst du?«

Dann entgleitet ihr der Laptop und kracht mit ihr zu Boden. Helen kniet sich zu ihr. Blut röchelt aus ihrem Hals. Ihre letzten Worte erschüttern Helen. »Melanie mag dich. Hat sie mir gesagt.«

65

Honoratioren aus der ganzen Welt, Internetmillionäre, Männer und Frauen, die in anderen Branchen zu Reichtum gelangt sind, haben sich ins Trockene geflüchtet. Während das Unwetter weiter über die Siedlung tobt, versorgen Cateringroboter die munter plaudernde Schar mit Häppchen und Cocktails. Ferdinand Kreuzer ist unter den Gästen, die sich in Smoking und Abendgarderobe im Gemeindehaus eingefunden haben. Im Plausch mit dem Augsburger Bürgermeister schüttet Kreuzer aus einem Flachmann Rum in die alkoholfreien Drinks.

Auf der Bühne begrüßt Adam Heise mit Lisa an seiner Seite die Gäste. Die Entwicklung von Himmelhof zu einer Smart City illustriert er anhand einer Zusammenstellung von Überwachungsbildern. Vom ersten Spatenstich bis zum Aushub der Baugrube für das letzte Gebäude, dem wichtigsten für jene, die im Saal zusammengekommen sind. Mit den Worten »Blut ist die Basis des Lebens« leitet er zum Anlass des feierlichen Abends über: die Grundsteinlegung zum Bau des ersten deutschen Kryonikzentrums mit angeschlossenem Forschungsinstitut.

Ausnahmslos alle Gäste haben sich mit ihrem Tod beschäftigt. Niemand will akzeptieren, dass mit dem Sterben das Leben ein Ende haben soll. Auch Ferdinand Kreuzer. Ihn hat Heise in Frankfurt als jüngstes Mitglied der Kryonikgesellschaft gewon nen. An dem Tag, als er Helen zu Hause aufsuchte und sie zu sich einlud.

Wie die anderen weiß Kreuzer, dass die Tiefkühlung des Patienten und Aufbewahrung in Stickstoff eine Voraussetzung für die lebensverlängernde Maßnahme ist. Das Blut wird mit einer Schutzlösung ausgetauscht. Die Bildung von Eiskristallen wird dadurch verhindert. Gewebe und neuronale Struktur des Gehirns bleiben unbeschädigt.

»Die anwesenden Damen und Herren haben sich durch die Mitgliedschaft in der Kryonikgesellschaft einen Lebensplatz gesichert«, redet er weiter. »Zu der Weitsicht kann ich Ihnen nur gratulieren. Sie glauben an die Zukunft, an ein Leben nach dem Tod. Wenn die Zeit reif ist, werden Sie aus dem flüssigen Stickstoff herausgeholt und dank der Errungenschaften einer zukünftigen Medizin Ihr Leben fortsetzen.« Er wendet sich Lisa zu. Sie startet ein verlangsamtes Video. Eine Mikroskopaufnahme von Blutkörperchen erscheint in leuchtend roten Farben auf der Leinwand. »Doch was, meine Damen und Herren, ist mit Ihrem Blut, das aus Ihnen herausgepumpt wurde?«

Er lässt die Frage im Raum stehen. Nach der Pause holt er zum Paukenschlag aus. »Was medizinisch als unmöglich gilt, jetzt und in alle Ewigkeit, ist nach unzähligen Jahren Arbeit einem Forschungsteam aus Himmelhof geglückt. Ein Meilenstein in der Menschheitsgeschichte: Wir wissen, wie wir Blutplasma herstellen können.«

Heise erfreut sich an den Frauen und Männern, die tuscheln und raunen, deren Augen gebannt auf ihn gerichtet sind. Lisa setzt die Präsentation des Forschungshergangs fort.

Heise hat den Vortrag vorbereitet. Er kennt jedes Wort auswendig. Doch die Information auf der Watch hält ihn zurück, von den Anfängen in Singapur zu erzählen. Von der Idee seines Freundes Steven Renner, Marnies Vater. Mit den lapidaren Worten »Lass uns Blut produzieren, damit werden wir steinreich und weltberühmt« brachte er das Forschungsprojekt ins Rollen.

Lisa sieht ihn fragend an. Heise blickt in die Reihen der wartenden Gäste.

»Meine Damen und Herren«, spricht er nach der Unterbrechung. »Die Präsentation wird Ihnen zugeschickt. Ich habe eben die Nachricht erhalten, dass wir wegen eines Notfalls die Siedlung evakuieren müssen. Es gibt keinen Grund zur Panik. Verlassen Sie bitte in aller Ruhe das Gelände. Ihre Fahrzeuge stehen bereit.«

In Windeseile leert sich der Versammlungsraum. Ferdinand Kreuzer, der sich zu Heise vorkämpfen will, wird von Wachleuten nach draußen geführt.

»Was ist passiert, Herr Heise?«, fragt Lisa auf der Bühne.

»Der Laborsaal brennt«, antwortet er verwirrt. »Die Feuerwehr ist auf dem Weg. Geh, sieh nach, ob Melanie und die anderen in Sicherheit sind.«

Adam Heise bleibt auf der Bühne zurück. Schweigend verfolgt er auf der Leinwand die Bilder, die er über die Watch projiziert. Das Labor, der Himmel-Server, Amma stehen in Feuerflammen. Wie absurd. Mit dem Erwerb der »Himmelhof«-Lizenz hat der Tokioter Zwilling Datenbestand und Systemressourcen erhalten. Er schüttelt den Kopf, als ihm klar wird, wer dahinterstecken muss. Gut gemacht, Helen Jagdt, denkt er. Am Ende hat sie Kreuzers Auftrag doch erledigt.

Flucht ist keine Option für ihn. Er hat damit gerechnet, dass das Verkünden der Sensation nicht folgenlos bleibt. Topanwälte sind unter den geladenen Gästen. Sie sind darauf vorbereitet, ihn zu verteidigen. All die herbeigeschafften Föten haben im Rahmen der Forschungsreihe nicht lange genug gelebt. Erst Helens Sohn hat ihnen den richtigen Weg gewiesen. Die Gerichtsverhandlung wird Himmelhof wieder in die Schlagzeilen bringen. Die Verurteilung für die illegale Forschung nimmt er in Kauf. Wenn er längst wieder auf freiem Fuß ist, wird die Menschheit ihm auf Knien danken. In zehn bis fünfzehn Jahren, schätzt er, wird der Allgemeinheit Plasma zur Verfügung stehen.

In die Stille des menschenleeren Raumes öffnet sich die Saaltür.

Helen tritt ein. Über ihrem Nachthemd trägt sie einen vom Regen befleckten Mantel. Die Hände sind über dem Bauch verschränkt. Sie friert, trotz der anhaltenden Wärme des Feuers auf der Haut, das sie gelegt hat. Sie setzt sich in die hinterste Stuhlreihe und betrachtet Adam Heise, wie er traurig lächelnd zu ihr sieht.

»Du hast Amma mit dem Feuer bestraft«, sagt er. »Aber ohne Ammas künstlicher Intelligenz wären wir nicht auf die Lösung gekommen.«

Helen steht auf und nähert sich ihm. Sie setzt sich in die vordere Reihe. »Warum, Adam?«

»Weil ich nicht sterben will, nicht bald jedenfalls. Ich möchte leben, am liebsten viele, viele Jahre ohne Krankheit. Wie dein Sohn leben will.«

Das Herz zerreißt ihr bei dem, was Adam andeutet. Sie springt auf und rennt zu ihm auf die Bühne.

»Wo ist er?«, fragt sie ihn.

Er blickt auf seine Watch. »Frieda und Susan sind mit Melanie in Sicherheit«, sagt er mehr zu sich selbst.

»Marnie ist tot«, informiert Helen ihn im Gegenzug. »Sie hat Amma dazu gebracht, meine Schwester zu töten und all die anderen furchtbaren Dinge zu tun.«

»Was meinst du damit?«, fragt Adam überrascht. »In Himmelhof ist alles miteinander vernetzt. Amma reguliert die Datenströme von Menschen, Dingen, Maschinen, Pflanzen ...« Er stockt. »Marnie ist tot? Sie hat Amma manipuliert?«

Helen nickt.

Adam benötigt wenige Sekunden, die Konsequenzen daraus zu verarbeiten. »Melanie wird eines Tages ihren Platz einnehmen«, sagt er zuversichtlich.

An der Saaltür erscheinen Polizeibeamte. Edgar und Kommissar Vogt sind bei ihnen. Unversehrt. Wie durch ein Wunder ließen die Maschinen von ihnen ab. Noch ist ihnen nicht klar, dass der Sinneswandel von Helens Feuer herrührt.

Helen nimmt die eintreffende Gruppe nicht wahr. Sie fixiert den Leiter der Siedlung. »Wo ist mein Sohn, Adam?«

Die Polizeibeamten erreichen die Bühne. Helen bittet sie mit einem Handzeichen um Geduld.

Adam steht auf und streckt seine Arme in Erwartung der Festnahme vor. »Frieda und Susan haben ihn in den Kühltank gelegt, den ich für mich angeschafft habe. Er schläft, eingefroren in Stickstoff«, erklärt er. »Hoffen wir, die Zukunft beschert ihm das Leben, das du ihm geschenkt hast.«

Adam lächelt. Die Handschellen auf seiner weichen Haut fühlen sich kalt an.

66

»Adam!«, ruft Helen.

Sie winkt aus dem See. Mit kräftigen Schwimmzügen nähert sie sich dem Ufer. »Machst du dich fertig?«

Der Junge von acht Jahren lässt sich nicht beirren. Adam steht auf dem Holzsteg gegenüber Melanie. Sie ist zu einer Frau herangewachsen, die ihrer Mutter wie aus dem Gesicht geschnitten ist. Melanie kontrolliert Adams Armstellung bei einer Yogaübung. Plötzlich schließt sie die Augen und konzentriert sich. »Bin gleich da«, sagt sie und öffnet die Augen wieder. »Amma braucht meine Hände. Was mit den Bäumen am Schulgebäude. Wir sehen uns morgen, ja?«

Melanie umarmt den schlanken, zierlichen Jungen. Sie winkt Helen zu und geht mit der schwebenden Badetasche neben sich davon. Adam läuft Helen entgegen und reicht ihr das Handtuch. »Edgar besucht uns, du wolltest für ihn kochen.«

»Und du wolltest einkaufen, junger Mann«, sagt sie beim Abtrocknen. »Steaks, Eier und Gemüse. Zu Ehren deiner Mutter.«

»Fleisch isst kein Mensch heutzutage.«

»Wir schon.«

»Können wir nicht online bestellen?«

»Können wir, tun wir aber nicht.«

Helen schlüpft in ein Sommerkleid. Der Junge seufzt. Eine Nachricht erscheint auf seiner Handprothese. Helen trocknet sich ab und wundert sich über die funkelnde Freude in seinen mechanischen Kameraaugen.

»Was ist?«, fragt sie.

»Du sollst deine Watch einschalten, schreibt Edgar«, antwortet er lächelnd. »Er ist am Bahnhof und nimmt ein Flugtaxi.«

»Schön«, lächelt Helen nun auch. »Los, wir gehen zusammen einkaufen. Vor allem doppelt so viel Himmelhof-Gemüse, wie du ohne mich eingekauft hättest.«

Sie schultert die Badetasche und schlendert mit ihm den Steg vor, durch das Tor hindurch in die Siedlung.

Sie passieren auf dem Kiesweg Adam Heises Villa. Amma lässt die Jalousien hoch- und runterfahren.

»Amma wurde mehrfach umprogrammiert«, sagt Adam. »Ich verstehe nicht, warum wir nicht bei ihr einziehen.«

»In die Villa setze ich bestimmt keinen Fuß«, erwidert sie belustigt.

»Das Feuer ist zweiundvierzig Jahre her, Mama«, beschwert er sich. »Und du bist die Leiterin von Himmelhof.«

Mit ihrer gealterten Hand ergreift Helen die unversehrte Hand ihres Sohnes und schlendert weiter über das Gelände.